Кирилл ВОРОБЬЕВ

Оборотень

ОНИКС
Москва 2000

УДК 882
ББК 84.Р6-4
В 75

Серия основана в 2000 г.

Серийное оформление В. Мирошниченко

Воробьев К. Б.

В 75   **Оборотень.** — М.: Издательский дом ОНИКС 21 век, 2000. — 400 с. — (Место действия — Россия).

ISBN 5-329-00001-7

Известный московский экстрасенс Игорь Дарофеев, пожиная плоды своей популярности, вел сытое и размеренное существование. Но неведомая ему злая сила ворвалась в его жизнь. Сначала отняла жену, потом дочь, уготовив им страшную, мучительную смерть. А потом подтолкнула к краю пропасти его самого, открыв, наконец, имя истинного врага.

УДК 882
ББК 84.Р6-4

Глава 1

1

Пошел уже третий десяток лет с тех пор, как Дарофеев начал лечить людей.

Он почти не сомневался в собственной непогрешимости, в том, что все и всегда делает правильно. А как иначе? Если в себе не уверен, не берись за человека. Этот принцип Игорь Сергеевич, народный целитель международного класса и обладатель доброй дюжины разного рода дипломов и свидетельств, декларировал всем своим ученикам да и пациентам.

Он протянул руку, чтобы перевернуть кассету, но передумал и продолжил заполнять карточки. Магнитофон щелкнул и выключился. Сегодня это был последний пациент, и музыка больше не потребуется.

«После шестого сеанса работа желудочно-кишечного тракта, со слов пациента, нормализовалась, — написал Игорь Сергеевич. — Боли в области желудка беспокоить перестали. Стабилизировался сон...»

Продолжать не хотелось, но он знал, что, если эту рутинную работу не сделать сейчас, потом все подробности забудутся. Придется напрягать память или выдумывать. А уж этого он старался и вовсе не допускать. Поэтому он вздохнул и продолжил:

«На седьмом сеансе предпринята общая биоэнергокоррекция эфирного тела пациента в районе свадхистаны[1] и манипуры[2]. Патогенная энергетика в районе локализации язвы не ощущается. Общий астральный фон спокойный.

Рекомендовано: продолжить биоэнергетические сеансы для закрепления результата».

Эту, бумажную, часть своей работы Игорь Сергеевич тихо ненавидел. Но когда он пришел работать в Центр традиционной народной медицины, с него в первую голову начали требовать именно ежедневную документацию по каждому пациенту. Экстрасенсорика должна быть подтверждена фактами, и неважно, какой у тебя стаж, какие заслуги, — записи обязаны вестись постоянно.

Потянувшись, он снял с себя большой поповский крест на массивной золотой цепи. Коллеги, сразу обратившие внимание на пристрастие Дарофеева к атрибутике, за глаза окрестили его Пономарем, даже не догадываясь, что на уголовном жаргоне это прозвище означает «болтун» или «любитель пустить пыль в глаза». Также не зная об этом, Игорь Сергеевич не обижался, ему даже немного льстило сравнение с лицом духовного звания.

Крест занял свое место в обитой синим бархатом коробке. Хрустнув суставами, Игорь Сергеевич встал и, дунув, загасил свечи перед образами.

Образов было три: доставшийся от бабки святой Николай Чудотворец, сияющий золотом новодел Иисуса Спасителя и потемневшая от времени икона Божьей Матери Утоли Моя Печали. Убирать их Дарофеев не стал: на завтра на прием были записаны четыре пациента.

Без света свечей в комнате стало совсем темно, и он раздвинул плотные шторы.

---

[1] С в а д х и с т а н а — энергетический узел в теле человека, расположенный в районе лобка и отвечающий за сексуальную энергетику. (Здесь и далее примеч. авт.)

[2] М а н и п у р а — энергетический узел в теле человека, находящийся в солнечном сплетении, так называемая «чакра власти».

Серые тучи, казалось, скребли распухшими животами по крышам. Их стружки угрюмо капали на подоконник. Деревья во дворе склоняли отяжелевшие ветви, расставались с пожелтевшими намокшими листьями.

Игорь Сергеевич вздохнул: он любил дождь, но сегодня не захватил ни шляпы, ни зонтика. Понадеялся на свою интуицию. Но интуиция, как и его ясновидение, не всегда работала так четко, как хотелось бы ему да и его пациентам тоже...

Он расставил по местам стулья. Зашел на кухню, плеснул полстакана кока-колы из холодильника.

Когда раздался телефонный звонок, Игорь Сергеевич не сразу взял трубку, сделав несколько глотков: от бесконечных разговоров постоянно пересыхало в горле.

— Да.

— Господин Дарофеев? — послышался гнусавый, смутно знакомый голос.

Игорь Сергеевич почему-то сразу напрягся. Говоривший явно не хотел, чтобы его узнали.

— Да, это я.

— Хэ, знаете, господин Дарофеев, что бы я вам посоветовал в вашем положении?

— Каком положении?

— Не притворяйтесь, господин Дарофеев, вы знаете в каком.

— Нет, не знаю, — занервничал Игорь Сергеевич. — А кто говорит?

— Неважно. Так вот, я бы посоветовал вам прекратить вашу деятельность... Иначе вы об этом очень скоро пожалеете... — И собеседник неприятно захихикал.

— Кто вы?! Какую деятельность?

— А вот кричать не надо. Если вы меня немедленно не послушаетесь, потом поздно будет...

— Да кто вы такой, черт подери?!

Но звонивший с диким хохотом бросил трубку.

Игорь Сергеевич смахнул проступивший вдруг на висках пот. Дарофеев подозревал, что когда-нибудь это случится. В очередной раз пожалев, что не купил для этой квартиры АОН, он торопливо набрал номер.

Было занято. Ругнувшись, Игорь Сергеевич опять пошел на кухню. На столе стояла неубранная пластиковая бутылка коки. Он выпил прямо из горлышка. Шипучий напиток ударил в нос, и Дарофеев закашлялся. И снова к телефону. Защелкали кнопки, аппарат вывел уже другую мелодию, но результат был тот же самый.

Выслушав в очередной раз короткие гудки, он начал понемногу успокаиваться. Положил трубку. Сел в удобное кресло, в котором обычно вел прием.

«Разве я не биоэнергетик? — спросил он себя. — Неужели я не найду этого подонка?!»

Он попытался успокоиться, задышал по системе. Вдох — на 10 счетов, задержка дыхания — 5, выдох — 15. Закрыл глаза. Но вместо вызываемого образа в голову полезли лица пациентов. Помучавшись минут десять, Игорь Сергеевич снова снял трубку и набрал еще один номер.

На этот раз ответили сразу:

— Алло.

— Катюша, здравствуй!

— Игорек, ты?

— Да, Катюша, я. Виктор дома?

— Сейчас позову.

Накручивая на палец телефонный провод, Игорь Сергеевич лихорадочно думал, с чего же начать.

— Привет, Игорь.

— Привет.

— Что-то случилось?

Игорь Сергеевич хмыкнул про себя: официально считалось, что Виктор Анатольевич, его друг и учитель по экстрасенсорике, по одному лишь слову мог определить состояние звонившего.

— Неприятности у меня...

— Рассказывай.

Стараясь не упустить ни одной детали, вплоть до того, что в это время у него зачесалась пятка, Игорь Сергеевич рассказал об анонимном звонке.

— Интере-есно... — протянул Виктор Анатольевич.

— Что интересного?! Плохо!.. Я и так сам для себя ясновижу паршиво, а тут вообще успокоиться не могу... Помоги, посмотри, а? Кто это меня так глупо пугает? Чего ему надо?

— Ладно, ладно, успокойся только. Дендриты[1] перепутаются.

— Шутишь все...

— Нет, серьезен, как никогда. Погоди, настроюсь.

— Хорошо.

— Так. Теперь думай о звонившем. — Голос Виктора Анатольевича моментально стал суровым, словно трубку перехватил какой-то другой человек. Человек сильный и безжалостный как к себе, так и к окружающим.

Игорь Сергеевич уже не раз работал с ним в паре и знал, что надо делать. Он уселся, прижал трубку плечом и, растопырив пальцы, соединил большие и указательные так, чтобы между ними образовалось подобие овала. Эта композиция из пальцев должна была успокоить целителя и придать ясность его мышлению. Обычно эффект наступал через две-три минуты, но сейчас Пономарь не стал его дожидаться и старательно принялся вызывать в памяти голос звонившего.

— Вижу, — после минутного молчания произнес Виктор Анатольевич. — Во-первых, ты крепко на него завязан. У вас были какие-то дела. Во-вторых, он на тебя зол. Зол и очень опасен. Тебя ждет крутая проработка по каузальному телу[2]. Он вышел на твой семейный эгрегор[3], так что посоветуй всем твоим быть поаккуратнее.

---

[1] Дендриты — короткие ветвистые отростки нервных клеток.

[2] Каузальное тело — в оккультизме одно из семи тел человека. Отвечает за восприятие происходящих с индивидуумом событий.

[3] Эгрегор — биоэнергетическая нематериальная сущность, объединяющая по какому-либо признаку или принципу группу людей и отвечающая за их развитие как группы.

— А кто это?

— Не вижу, он хорошо заблокирован. Я нашел только его связи с тобой, да и то они плохо просматриваются.

— Все?

— Увы, да... — В голосе Виктора Анатольевича зазвучали прежние — человеческие — интонации.

Игорь Сергеевич перехватил трубку рукой:

— Спасибо.

— Не трусь, Пономарь! Чуть что, звони в колокола — поможем чем сможем!

— Спасибо... — И Дарофеев аккуратно нажал на рычаг телефона.

Он снова попытался припомнить, кому и как он мог насолить. Милиции? Мафии? Пойманным с его помощью бандитам? Но о его работе на органы знали лишь трое... А про связь с «крышей» и того меньше.

Он позвонил домой, трубку долго не снимали, потом загромыхала музыка, и сквозь нее прорезался девичий голос:

— Светлана Игоревна слушает.

— Света, это я. Мать дома?

— Не-а. Она машину взяла и на шопинг поехала, а потом к Марине.

— А ты вечером дома? — поинтересовался Дарофеев, заранее зная ответ.

— Не, я ухожу...

— Опять к этим?.. — Он хотел произнести это сурово, но голос сорвался, и эта фраза получилась чуть ли не жалобно просящей.

— Да не-е, папка. У меня что, друзей мало?

— Смотри! Влипнешь в историю!..

— Я наслаждаюсь молодостью, — перебила его девушка. — А ее надо прожить так, чтобы всю жизнь было что вспомнить. А то буду я старушкой, а приключений никаких и не было...

— Философ из тебя никудышный. А из дома — не выходи!

— Ну, па-а!..

10

— Из дома — ни ногой, я сказал! Ну все, скоро буду.

Дочь Игоря Сергеевича Светлана в четырнадцать лет вдруг обнаружила, что в жизни, кроме учебы и всезнающих и от этого скучных родителей, существуют еще и удовольствия. Четвертый год она пыталась совместить их со школой. Авторитет родителей неудержимо падал. У жены Игоря Сергеевича Елизаветы Игнатьевны оставались еще какие-то крохи влияния на дочь, но и они таяли с каждым днем.

Ночные отлучки Светланы сильно тревожили Дарофеевых. В последнее время они стали случаться все чаще и чаще. Света уходила вечером в пятницу, а возвращалась лишь в воскресенье днем. Усталая, раздраженная, с лихорадочно блестящими глазами.

Однажды Дарофееву даже показалось, что на руках дочери он увидел следы от инъекций. Но на следующий день они пропали. А проверять, не показалось ли ему, с помощью ясновидения Игорю Сергеевичу все время что-то мешало: то изматывающая работа, то какие-то неотложные дела... Оставалось только надеяться, что это было случайностью, данью молодежной моде и не превратится в устойчивую привычку. А уж хронических наркоманов он на своем веку навидался.

Беда Игоря Сергеевича состояла в том, что полностью избавлять от этого пристрастия он не умел. И целитель с ужасом представлял свою беспомощность, если наркомания поглотит и его дочь.

2

За окном совсем стемнело, и Пономарь лихорадочно стал собираться.

Но только Игорь Сергеевич погрузил в дипломат карточки пациентов, как раздался требовательный звонок в дверь. Быстро спрятав в стенной сейф коробку с золотым крестом, Дарофеев пошел взглянуть, кого принесло в такой неурочный час.

В глазок Игорь Сергеевич с полминуты рассматривал неурочных визитеров — троих молодых парней, одетых в кожаные куртки со множеством молний и металлических заклепок. Один — длинноволосый, другой — аккуратно пострижен. Третий безвольно опустил голову и, поддерживаемый под руки, висел между ними. Дарофеев никого из них не знал.

— Кто? Что вам нужно?

— Здесь экстрасенс принимает? — спросил стриженый.

— А что случилось?

— С сердцем плохо...

Несмотря на просьбу и «Кодекс целителя», предписывающий оказывать помощь всем страждущим, ни открывать, ни помогать им не хотелось.

Игорь Сергеевич даже шагнул назад, но из-за двери послышался очень натуральный стон.

— Прием закончен! — резко сказал Дарофеев, но, памятуя о своей репутации, добавил: — Не могу, устал.

— Ну хоть что-нибудь-то сделайте!

— Хорошо, — вздохнул Игорь Сергеевич. — Подождите немного.

Вернувшись в комнату, он порылся в висевшей на стене аптечке. Дарофеев держал ее как раз для таких случаев. Случалось, что во время сеанса некоторых пациентов приходилось отпаивать валерьянкой или давать валидол.

В упаковке как раз оставалась последняя таблетка, и Дарофеев, предварительно накинув цепочку, приоткрыл дверь.

— Это валидол, держите...

Вместо ответа дверь сильно толкнули, и Игорь Сергеевич, потеряв равновесие, упал на пол, все еще сжимая в руке лекарство.

Поднимаясь, он увидел, что в щель просунулась рука и стала лихорадочно шарить по обивке, нащупывая конец цепочки. Игорь Сергеевич изо всей силы ударил ногой по двери. Но было поздно. Цепь со слабым звоном упала, и в прихожую ввалились все трое. Один из них держался за руку и злобно смотрел на Дарофеева. Двое других улыбались, но в этих улыбках не было ничего человеческого.

Все это заняло несколько секунд. А дальше — резкий, незаметный глазу удар по уху — и, мгновенно оглохнув, Дарофеев повалился на пол.

«Если ногами — то убьют», — мелькнуло у него в голове.

— Что, фраер, под крутого косишь? — Голос доносился будто издалека.

Игорь Сергеевич отчаянно замотал головой.

— Врешь, сука!

И тяжелый армейский ботинок впился в солнечное сплетение. Дарофеев судорожно выдохнул и отключился.

Резкая боль привела его в сознание. Кто-то хлестал его по щекам, грубо, наотмашь. Игорь Сергеевич застонал.

— Очухался, Айболит?

С трудом раскрыв глаза, Дарофеев увидел перед собой стриженого бандита.

— Эй, Хиппарь, — позвал тот, — кончай шмон. Клиент включился.

Из комнаты появился длинноволосый:

— Что ж это ты, экстрасенс, друга нашего покалечил? Нехорошо. Мирно жить надо. Так Будда с Христом говорили?

Игорь Сергеевич почувствовал, что заваливается на бок. Он оперся на руку. Стена, у которой он сидел, оказалась неожиданно холодной.

— Парни, вы под кем работаете? — Голова гудела, язык опух и плохо слушался, но сейчас этот вопрос был самым важным.

— Ишь как заговорил! Наблатыканый... — притворно восхитился Хиппарь. — А под кем мы работаем — тебе знать не надо. А что тебе надо знать: пять штук зелени каждый месяц. За охрану. Плати — и работай себе спокойно. Никто на тебя не наедет. Да, а за Филю с тебя еще пятерочка. Так что башляй.

Пытаясь преодолеть тошноту, Игорь Сергеевич прошептал:

— Ошиблись вы, ребята... Вы Сивого!..

— Да... в рот я твоего Сивого!.. — перебил его стриженый и замахнулся, но бить не стал. — Заткнись лучше и слушай, что умные люди говорят. Сегодня пятница. В понедельник готовь деньги. Все! Понял? — Стриженый сжал кулак и снова нарочито медленно замахнулся.

Инстинктивно Дарофеев прикрыл голову руками и зажмурился. Ботинок с размаху ударил его в пах. Игорь Сергеевич опять закричал, повалился на бок и потерял сознание.

3

Когда Дарофеев очнулся, в квартире уже никого не было. Сквозняк из входной двери холодил ноги. Игорь Сергеевич медленно поднялся. Кряхтя и зажмурив от боли глаза, он доплелся до кресла. Искореженное злой силой, оно лежало на боку. Кожа обивки вспорота, из разрезов торчали выдранные куски поролона. Проковыляв дальше, он добрался до трюмо. На него взглянуло незнакомое лицо.

— Красавец, — пробормотал Пономарь.

Когда-то один журналист, не имея возможности предоставить читателям фотографию целителя, постарался составить его словесный портрет: карие, с прозеленью, глаза, прямой, чуть длинноватый и с утолщением на конце нос, резко очерченные скулы, гладкий высокий лоб, над которым виднелась уже немного поредевшая шевелюра с благородной проседью.

Теперь все это благородное и привлекательное лицо раздулось и распухло. Один глаз начал уже заплывать. На губах запеклась кровь. Целитель провел языком по зубам и поморщился от боли. Зубы остались на прежних местах, но внутренняя сторона обеих щек превратилась в сплошную рану.

Он слегка повернул голову. Целитель гордился своими ушами. Мясистые, продолговатые, с несколько удлиненными мочками, они напоминали ему уши буддийских святых, среди которых считалось, что чем больше уши у человека, тем больше в нем святости. Теперь же один из признаков просветления неимоверно взбух, стал красно-фиолетового цвета и размерами напоминал казахский пельмень — мант.

Осторожно ступая подкашивающимися ногами, Игорь Сергеевич отошел от зеркала, повернул кресло, поставил на ножки, медленно опустился в него и закрыл глаза.

«Ублюдки, — подумал он. — Надо быстрее с ними разобраться. Кое-кто мне еще должен, сильно должен. Помогут».

Был у Дарофеева определенный круг знакомых, о которых он не мог нигде упоминать. Внешне они выглядели вполне преуспевающими людьми. Только причину этого преуспевания Дарофеев никому не имел права рассказывать.

4

Началось все вполне безобидно. В центр к Игорю Сергеевичу пришла женщина. Твердо зная, что сначала пациента надо поразить, Дарофеев часто выдавал психологические наблюдения за откровения свыше.

Это подействовало, но, пожалуй, слишком сильно. Женщине он помог, и вскоре появился ее муж, Александр Иванович. Одет он был неброско, но дорого. Держался с достоинством, но без наглости, присущей людям, неожиданно и легко разбогатевшим.

Игорю Сергеевичу пришлось попотеть, отвечая на его многочисленные вопросы:

— Что я делал вчера, в два часа дня? Где я был в прошлое воскресенье? Как ко мне относится имярек?..

Когда разговор кончился, гость достал из кейса массивную золотую цепь.

— Это вам, Игорь Сергеевич, в качестве аванса. — И он вложил цепь в руку Дарофеева.

— Нет, что вы! — Игорь Сергеевич отнекивался, но подарок словно прилип к пальцам. И он взял, кляня себя за жадность. Если это аванс — какова же оплата? И за какие услуги?

— Не отказывайтесь. — Александр Иванович впервые растянул губы в улыбке. — Работа, которую я предлагаю, вам вполне по силам.

Гость извлек из внутреннего кармана конверт.

— У меня с собой фотография одного человека, я прошу вас всего лишь оценить его материальное положение и примерно определить маршруты перемещения по городу. Вы ведь можете это сделать?

— Да, — вздохнул Дарофеев.

— Тогда через пару дней я к вам загляну. Основная оплата чуть позже.

И народный целитель Игорь Сергеевич Дарофеев стал работать на мафию. Точнее, на одну из крупных группировок, занимавшихся нелегальным бизнесом.

5

Дарофеев помотал головой, отгоняя воспоминания. Глаза сами собой открылись. Игорь Сергеевич побледнел: икон не было, стол, кушетка, стулья — все перевернуто, изломано, шторы кучей были свалены в углу. Пол комнаты покрывали разорванные медицинские карточки пациентов.

Метнувшись к стене, он нажал кнопку, замаскированную под шляпку гвоздя. Отошла деревянная панель, открывая встроенный в стену сейф с хитрым кодовым замком. Дарофеев набрал несколько цифр. Дверца сейфа щелкнула, распахнулась, открыв оставшееся нетронутым содержимое: коробку с крестом, деньги, часть незаконченной рукописи. Голова закружилась. Игорь Сергеевич захлопнул тайник, проковылял в коридор, запер наконец так и остававшуюся распахнутой входную дверь.

— Подонки, — бормотал он, вновь усаживаясь в кресло. По телу прокатывались спазмы боли.

«Сначала лечиться, — сказал себе Дарофеев. Постепенно он вошел в привычный гипнотический транс. — Задаю программу, полное избавление от боли. Ликвидация нанесенных моему телу повреждений. Срок исполнения — 30 минут. Состояние во время исполнения программы — сон».

И он тут же заснул.

Глава 2

1

— Еще кофейку?

— Нет, спасибо, Мариночка.

Елизавете Игнатьевне на самом деле хотелось посидеть, поболтать, пожаловаться на жизнь... Но настенные часы, выполненные в форме Африканского континента с горельефом бредущего на запад слона, показывали десятый час вечера. Это значит: скоро домой придет Дарофеев. Не стоило надолго оставлять его голодным.

— Да, — вспомнила Елизавета Игнатьевна. — Для Светочки подберите что-нибудь.

— Что именно?

Марина работала модельером-дизайнером в совместной российско-французской фирме и к вопросам одежды подходила подчеркнуто серьезно.

— Хотелось бы вечерний туалет и чтобы плечи открыты. Я, правда, не знаю, бывают сейчас в школах балы?

— У одной клиентки сын в прошлом году закончил лицей. Так они три дня отмечали. Но это лицей. А у вас Светочка в обычной школе?

Дарофеева вздохнула: разговор о школе мог растянуться еще на битый час или дольше.

— Ой, Мариночка, давайте в следующий раз. Мне уже бежать пора!

— Хорошо, Елизавета Игнатьевна. Что вы сегодня берете?

— То шелковое платье зеленой бронзы и английский костюмчик. Я подумала и решила, что черный будет элегантнее.

Пока Марина упаковывала вещи, Дарофеева подошла к зеркалу в прихожей поправить прическу.

Волосы были предметом гордости Елизаветы Игнатьевны и объектом зависти Марины. Но Марина обладала доставшейся по наследству огромной четырехкомнатной квартирой, которая с порога и до дальнего уголка кухни была заполнена роскошным антиквариатом.

Дарофеева не раз пыталась выторговать что-нибудь у Марины, но та держалась стойко и не транжирила наследство, ожидая состоятельного жениха. Но личная жизнь не складывалась, что, впрочем, не смущало Марину, а лишь давало еще один повод для бесед с клиентками.

— Пожалуйста, Елизавета Игнатьевна.

Марина принесла два свертка, большой и поменьше.

— Спасибо, Мариночка. — Дарофеева еще раз окинула взглядом свое отражение в высоком, до потолка, зеркале. Слегка вытертые расклешенные джинсы, белая шелковая блузка, минимум макияжа и водопад волос — русые, некрашеные, волной, как на рекламе импортного шампуня.

На прощание женщины поцеловались. Марина открыла бронированную дверь и выпустила гостью.

Лифт не работал, и Елизавете Игнатьевне пришлось спускаться пешком, прижимая одной рукой к боку сумочку, а другой обхватив свертки с обновками.

У входной двери подъезда она остановилась, нащупала в кармане плаща брелок с ключами от машины.

Пока Дарофеева находилась у модельерши, заметно стемнело. Пошел мелкий противный дождь. Порыв холодного ветра заставил Елизавету Игнатьевну поежиться, и она заторопилась к машине.

Морковного цвета «форд» влажно поблескивал в паре метров от подъезда. На нем контрастно выделялись несколько прилипших тополиных листьев. Один из них прикрывал мигавший в углу ветрового стекла красный светодиод сигнализации.

Стараясь не наступать в лужи, Дарофеева подошла к автомобилю, нажала кнопку на брелоке. Сигнализация, дважды пискнув, отключилась. Елизавета Игнатьевна открыла дверцу, закинула свертки на заднее сиденье к другим покупкам. Она потянулась к листьям, налипшим на стекло, и тут ее схватили.

Грубые руки обхватили ее и сжали, лишая возможности двигаться.

«Воры!» — промелькнула догадка.

— Помоги... — закричала Дарофеева, но сбоку подскочил еще один налетчик и зажал ей рот рукой в противно пахнущей перчатке.

Прикусив от неожиданности язык, Елизавета Игнатьевна застонала. И услышала злобный шепот:

— Рыпаться будешь — башку прострелю!

Ее виска коснулся холодный металл.

В страхе замерев, она не заметила, что ее отпустили. В шее что-то кольнуло. Стало больно. Перед тем как потерять сознание, она увидела взмах руки в перчатке, которая выбрасывала белый продолговатый предмет. Проследив глазами его полет, Елизавета Игнатьевна поняла, что это шприц. Через мгновение женщина погрузилась в мир причудливых галлюцинаций.

2

Марина вышла покурить на балкон.

Дул холодный ветер, но капли дождя сюда не залетали. Девушка поежилась и поплотнее закуталась в накинутую на плечи шаль. Облокотившись на перила, она проводила взглядом Елизавету Игнатьевну. Увидев, что та открывает дверь машины, девушка прикрыла глаза и затянулась сигаретой.

Выдыхая дым, Марина глянула вниз. Там разворачивалась невероятная сцена: двое невесть откуда взявшихся парней заталкивали обмякшую Дарофееву в автомобиль. Остолбенев от ужаса, девушка смотрела, как ее клиентку втаскивают в салон машины. Один из парней сел спереди, другой — сзади. Взревел двигатель. Резко рванув с места и разбрызгивая грязь, автомобиль с похитителями скрылся в арке дома напротив.

— Помогите!!! — изо всех сил крикнула Марина, но было уже поздно. Похитители скрылись.

Кинувшись в комнату, девушка нашла записную книжку. «М», милиция, капитан Синельников.

Этот номер дал ей Игорь Сергеич. Он говорил, что с Николаем Николаевичем они распутали столько дел, что Агата Кристи, будь она жива, вырвала бы у себя от зависти все волосы.

«Но звонить по нему можно только в экстренных случаях», — предупреждал Дарофеев.

Но Марина не послушала Игоря Сергеевича. Она позвонила капитану по первому же подвернувшемуся поводу: в магазине она потеряла или у нее украли кошелек.

Синельников посочувствовал, но помочь не смог. Однако девушка была настойчивой, и в скором времени они познакомились. Николай Николаевич был мил и обходителен. Он посодействовал установлению сигнализации в квартире Марины. Она же одела все его многочисленное семейство: жену, сына и двух дочерей.

Сейчас же случай был более чем экстренный.

Марина заметалась по квартире, разыскивая трубку радиотелефона. Нашла ее в ванной. Путаясь в кнопках, набрала нужный номер.

«Скорей, скорей», — просила она, слушая неторопливые попискивания. Наконец раздался гудок.

Трубку на том конце провода взяли почти сразу.

— Капитан Синельников.

— Похитили! — забыв представиться, закричала Марина. — Елизавету Игнатьевну! Я видела! Ее посадили в машину и увезли!

— Подождите! Кто говорит?

— Игнатенко Марина. Елизавета Игнатьевна была у меня в гостях. Ее только что похитили прямо у моего подъезда!

— Дарофееву? Жену Игоря Сергеевича?!

— Да! Да!

Марина не выдержала и расплакалась.

— Возьмите себя в руки — успокойтесь! На какой машине ее увезли?

— Они похитили ее вместе с машиной!

— Марка машины, цвет?

— «Форд». Красно-оранжевый.

— Сколько было похитителей?

— Не знаю, — всхлипнула Марина. — Я видела только двоих... Один держал ее, другой за руль сел...

— Хорошо, подождите немного.

Со звонким стуком трубка упала на стол. Раздался щелчок селекторной связи.

— Оперативная? — услышала Марина голос капитана. — Поступил сигнал. Похищение. Двое преступников в красно-оранжевом «форде». Несколько минут назад похищена женщина. Разошлите ориентировку всем постам... Марина, вы слушаете? — Николай Николаевич снова взял трубку. — Расскажите, как вы это увидели?

— Я курила. На балконе. Елизавета Игнатьевна не выносит табачного запаха. Мы с ней долго сидели... Я смотрю вниз, а они... ее...

Капитан некоторое время не прерывал рыданий девушки.

— Скажите, — спросил он через минуту, когда рыдания Марины несколько утихли, — похитители вас видели? Это очень важно.

— Не знаю... Нет, наверное. Я так опешила от этого... этой сцены... Закричала я только потом, когда ни уехали...

— Это хорошо, если так, — проговорил Синельников. — Ладно, ваш телефон у меня есть, скоро я позвоню.

Вдруг послышался какой-то резкий сигнал.

— Извините, меня вызывают... Да, слушаю.

— Докладывает дежурный, — послышался искаженный селектором голос. — «Форд», номерной знак У673АБ, следует по Рязанскому проспекту со средней скоростью сто километров в час в направлении Кольцевой дороги. Принимаются меры к задержанию.

— Спасибо. Доложите, как пройдет операция.

— Есть! — ответил дежурный, и связь прервалась.

— Вы слышали?

— Да, — шепнула Марина.

— Спасибо вам. Теперь им не скрыться! Скоро опять будете друг к дружке в гости ходить. А теперь простите, служба...

3

«Форд» бесшумно шел по левому ряду Рязанского проспекта. Похитители ехали молча. Наконец тот, что вел машину, спросил:

— Как тетка?

Второй гоготнул:

— Да чо ей, суке, сделается! Дрыхнет, глюки ловит. Черт, тесно тут. Напихано всякой хрени.

Он завозился на заднем сиденье. Залез рукой в целлофановый пакет. Развернул сверток.

— Эге, глянь — колбаса!

— Слушай, Кишка, ты когда-нибудь о жратве не думаешь? — обернулся первый. — Лучше прикинь: палева не было?

— Не-е... — замотал головой Кишка. — Мы чисто ее взяли. Никто не рюхнулся. А вот ты зря баян[1] скинул!

— На карман его ставить, что ли? Я гараж от струны[2] уронил!

— И-и-и... — развел руками его напарник. — Не, Слепой, ты всех нас подставишь!

— Подставишь, подставишь! — взорвался тот. — Мало ли шприцев валяется по улицам! Да и пальцев на нем не осталось. Вспомни лучше: когда мы когти рвали, ты ничего не слышал?

Кишка пожал плечами:

— Нет вроде...

— А я слышал! И не вроде! — зло процедил Слепой.

— Чо?! — всполошился толстый налетчик.

— Вопль бабий: «Помогите!» Понял?

— Да ты чо! Жми тогда! Стрема нам не хватало!

— Утухни, — поморщился бандит. — Видишь, за стольник иду.

«Форд» плавно катил по трассе. Левый ряд был свободен. В такую погоду водители не спешили.

Но только похитители миновали станцию метро «Рязанский проспект», как в зеркале заднего вида замаячил автомобиль с мигалкой. Ожил и милицейский «мерседес», стоявший на разделительной полосе. Оглушив воем сирены, он тоже рванул за «фордом».

— Номер 673, остановитесь! — загремел усиленный мегафоном голос.

— Это мы, что ли? — удивился Кишка.

Слепой выругался.

— Мы, мы! Держи рацию, послушай мусоров. — Не отрывая глаз от дороги, он передал назад коробку с антенной. — Я пока попробую оторваться. Держись!

---

[1] Баян — медицинский шприц.
[2] Гараж от струны — пластиковый чехольчик для одноразовой медицинской иглы.

Он сильнее утопил педаль газа и начал перестраиваться в правый ряд.

— Номер 673! Остановитесь! — прозвучало еще одно предупреждение. — Иначе открываю огонь на поражение!

— Брешут суки! Не посмеют! — рычал бандит, стараясь ровнее вести машину.

— Поймал! — сообщил второй похититель. — Слушай.

Из рации сквозь помехи прорезался спокойный голос патрульного:

— Я — семнадцатый. Продолжаю преследование. Преступники собираются уйти дворами. Прошу подкрепления. Разрешите сделать предупредительный выстрел?

— Огонь запрещаю! В машине заложник. Мы блокируем выезд с Рязанки. С Ташкентской идет еще одна машина. Продолжайте преследование!

— Мать их!.. — замотал головой Кишка. — Все ты, говнюк, нас спалил! Они про тетку знают!

— Закрой хлебало! — огрызнулся Слепой. — Проскочим. Держи бабу!

Он резко вывернул руль и, чудом не врезавшись в дерево, направил «форд» во дворы.

Сзади раздался визг тормозов: милиционер-водитель хотя и ожидал этого момента, но среагировал с опозданием.

Похитители, выиграв минуту, запетляли по узким дворовым улочкам. Слепой сбил мусорный бак, какой-то парень отпрянул от бешено мчавшегося «форда». Во все стороны летели грязные брызги, заляпывая ветровое стекло.

Чуть в стороне Слепой заметил раскрытый гараж-«ракушку». Рядом стоял белый «жигуленок» пятой модели с поднятым капотом. Около него суетился мужик в дождевике.

«Это шанс», — подумал Слепой и направил машину прямо в раскрытый зев гаража, нажав на тормоз. «Форд» точно въехал внутрь и замер.

— Мужика! — крикнул Слепой, выскакивая из автомобиля.

Кишка все понял. Пока один налетчик закрывал верхнюю створку ракушки, другой подбежал к опешившему хозяину и одним ударом в челюсть свалил его на мокрый асфальт. Слепой вытряхнул мужика из плаща, накинул порванный дождевик на плечи и, обернувшись, проводил взглядом промчавшийся невдалеке милицейский «мерседес».

— Рацию!

— Ща.

Бандиты открыли машину. Из невыключенной рации доносился разговор:

— Я — семнадцатый. Преследуемые свернули во двор. Я потерял их из виду. Что делать?

— Семнадцатый, я — первый. Продолжайте поиск. Прочешите дворы. Уйти им некуда. Все перекрыто.

— Я — семнадцатый. Продолжаю поиск. Отбой.

Похитители переглянулись.

— Это ненадолго, — запаниковал Кишка. — Они сейчас вернутся и нас накроют!

— Заткнись, дристун! Помоги лучше!

— Чего делать-то?

— Бабу — в «жигуль», мужика — в «фордешник». И рвем!

Они быстро связали начавшего приходить в себя хозяина гаража. Погрузили его в машину Дарофеевой. Елизавету Игнатьевну с вещами уложили на заднем сиденье «пятерки» и накрыли промасленной мешковиной из багажника. После этого бандиты закрыли и заперли ракушку.

Слепой сел на водительское сиденье, Кишка рядом. Машина завелась с трудом. Профыркавшись, она наконец тронулась.

— Прав ты был! — Слепой вдруг со злостью ударил обеими руками по рулю. — Засекли нас! Ну, узнаю кто!.. — Он взмахнул по-блатному растопыренными пальцами. — Они у меня!..

Машина вильнула. Слепой схватил рулевое колесо и выровнял автомобиль.

— Куда мы теперь, Слепой?

— Пойдем через Волгоградку. Там вроде не стремно.

— А эта? Не очухается?

— Такого дозняка[1] на два часа хватает.

— Главное, чтобы на нас потом хватило! Хо-хохо!..

— Утухни, абстяжник[2], — беззлобно огрызнулся Слепой.

И они опять замолчали.

Через десяток минут, незамеченные, похитители вывезли бесчувственное тело Дарофеевой из Москвы.

Глава 3

1

После отцовского звонка Света засуетилась. Достала из тайника под кроватью несессер с парой одноразовых шприцев, медицинскими иглами, ваткой и пузырьком спирта. Кинула их в джинсовый рюкзачок, привезенный Дарофеевым из Китая. Наскоро обшарив родительские карманы, Света увеличила свою наличность на четыре сотни. Для ее целей этого было достаточно. Накинув ветровку с капюшоном, она сбежала по лестнице и вынырнула в промозглый московский вечер.

Мелкие холодные капли дождя ударили ей в лицо. Света поморщилась, перепрыгнула лужу у подъезда и припустила быстрым шагом.

Всю дорогу до нужного ей дома она летела сломя голову. Подгоняла ее не только жажда поскорее по-

---

[1] Д о з н я к — порция введенного наркотика.

[2] А б с т я ж н и к — человек, находящийся в состоянии наркотического голодания. Это состояние характеризуется повышенной нервозностью и непреодолимым желанием употребить наркотик.

лучить свою дозу наркотика, но и нежелание встречаться с отцом.

Нужная ей хрущёвская пятиэтажка находилась рядом со станцией метро «Молодежная». Дарофеев дважды в день проходил мимо этого дома, не догадываясь о том, что творится в одной из квартир на третьем этаже.

Машина — морковный «форд» — только называлась семейной машиной. Ее безраздельно оккупировала мать Светы, Елизавета Игнатьевна, поэтому для личных поездок муж и отец вынужден был пользоваться общественным транспортом.

С Филей, где Игорь Сергеевич снимал квартиру для своей целительской практики, до высотки на Рублевском, где жила его семья, добираться было всего минут двадцать. Света уже дважды нарывалась на него по дороге в притон. Дознание, следовавшее за этим, портило нервы всем его участникам.

Не подозревая о бедах, случившихся с отцом, Света торопилась навстречу собственным неприятностям.

Взбежав через две ступеньки на третий этаж, она остановилась перед знакомой, обитой черным дерматином дверью. Позвонила условным кодом: два коротких и один длинный.

Переминаясь с ноги на ногу, она вдыхала просачивающийся из квартиры знакомый пряный запах. Запах, который заставлял ее трепетать в ожидании блаженства, уносящего за пределы угрюмого мира.

— Кто? — спросили из-за двери.

— Это я, Заяц, — ответила Света.

— Ну, Заяц, заходи.

Дверь приоткрылась, и девушка проскользнула в темную прихожую. Здесь запах был насыщенным, густым, он висел плотным туманом, и в нем, как пловцы, передвигались какие-то люди.

— Есть? — первым делом поинтересовалась Света.

— Только сейчас кончилось. Варить надо.

— А из чего есть?

— Сидит тут один барыга. За шесть сотен пузырь толкает.

— Может, скинемся? — предложила девушка.

Они вошли в крохотную кухню, которая уже была полна народа. Один парень устроился на полу, у мойки сидели две потасканного вида девицы и мужик с бандитской внешностью и громко спорили.

— Да фуфлогон твой Гнус! Фуфлогон и мразь! — раздраженно твердила одна из девиц.

Ее сосед вяло отшучивался, он поигрывал большим стеклянным шприцем, перекидывая его из руки в руку, как нож. На его запястье виднелась странная татуировка в виде шипастой экзотической рыбки.

Перед мужиком в беспорядке валялись шприцы, иголки, грязные и чистые, чем-то наполненные пузырьки и баночки.

На плите стояла эмалированная мисочка. Из нее и исходил аромат, встретивший Свету. За процессом, происходившим в плошке, наблюдал незнакомый, стриженный налысо парень. Обернувшись на вошедших, он отошел, освобождая место:

— Скоро отжарится.

— Ой, Вася, — обрадовалась девушка. — А ты говорил, нет ничего...

— Чужое. — Вася уже схватил через длинные рукава рваного свитера миску и стал дуть в нее. Повалил густой пар.

— А как насчет скинуться? — не унималась Света.

— Можно... — пробормотал парень. — Не щелочи пока. Еще одну банку запарим, — сказал он, обращаясь в задымленное пространство.

После кратких торгов пузырек лекарства, из которого готовился наркотик, был куплен. Процесс продолжался.

Ждать оставалось полтора часа. Все это время Света-Заяц бесцельно шаталась по квартире. Каждые пять — десять минут она тихо заглядывала на кухню, справляясь о степени готовности продукта.

Все ее существо было наполнено томлением, пред-
вкушением действия наркотика. Она представляла
это себе настолько живо, что по телу несколько раз
пробегали сладостные волны. Глаза сами собой за-
крывались, и девушка невольно постанывала.

Наконец вечность ожидания кончилась: Вася тор-
жественно внес в комнату маленький пузырек с жел-
товатой жидкостью. За ним потянулись все, кто находился в квартире. Наблюдать.

— Васенька, мне кубик... — Света протянула ему
новенький шприц в пластиковой упаковке.

— Погоди ты! Дай самому вмазаться! — отмахнулся тот.

— Варщику — первый кнут, — хмуро пошутил
бритый парень.

Не спеша, словно смакуя, Василий набрал в свой
шприц пять миллилитров жидкости. Вылил ее в другой пузырек и кинул туда щепотку белого порошка.
Жидкость запузырилась. Дождавшись, пока сойдут
пузыри, наркоман отмерил шприцем свою порцию,
стравил воздух так, что на конце иглы едва показалась маленькая капелька раствора.

— Перетяжку подержи.

Девушка с готовностью схватила жгут. Вася сел
на обтрепанный диван и закатал рукав свитера. Обнажилась мускулистая рука со множеством следов
от уколов. Некоторые из них воспалились и выступа-
ли над кожей красными вулканчиками с маленькими
зеленоватыми кратерами на вершинах.

— Некуда ширнуться, — бормотал парень, нама-
тывая жгут на руку. — Держи, — повернулся он к
Свете.

Та что есть сил потянула тугую резиновую ленту.
Василий несколько раз с силой сжал кулак, и на руке под цепочками красных точек выступили серые
вены.

Девушка отвернулась. Несмотря на трехмесячный
стаж торчания на игле, Света так и не привыкла к
виду крови.

— Отпускай давай. Только аккуратно!

Стараясь не смотреть на торчавший в руке шприц с расплывающейся в жидкости кровавой дымкой, Света медленно размотала жгут. Руки у нее слегка тряслись, пальцы похолодели, но в груди разливался большой горячий шар.

Вася ввел себе наркотик, выдернул из вены иглу и, не обращая внимания на обильно потекшую из прокола кровь, повалился навзничь, прикрыв ладонью глаза.

— У-у, — выдохнул он. — Классный приход!

Все радостно зашевелились.

— Уйдите! — рявкнул Вася. — Дайте приходнуться по-человечески!

Стараясь не шуметь, толпа вышла из комнаты, но Света осталась. Она взяла пузырек с наркотиком, вскрыла упаковку своего шприца, выбрала себе чуть больше обычной дозы и стала ждать.

Через несколько минут Василий зашевелился. Сел, посмотрел на девушку, протягивавшую ему шприц.

— Ну, давай...

Света отдала шприц, одним движением стянула с себя водолазку с майкой и встала, не стесняясь, голая по пояс, с ехидно торчащими девичьими грудками.

— Ложись, — скомандовал наркоман.

Морщась от жесткого ворса дивана, царапающего спину, она примостилась на краю. Отвела руку в сторону, обнажая бритую подмышку. Вася присел рядом на корточки, примерился и точным движением всадил иглу в подмышечную вену. Быстро вогнав наркотик, он выдернул шприц и прижал пальцем место укола.

В груди у Светы взорвался мелкими осколками цветастый шар блаженства. Перед глазами заплясали разноцветные треугольнички, сразу стало трудно дышать. Девушка выгнулась и застонала:

— Какой кайф...

Такое происходило с ней впервые.

Вася метнулся к выключателю, погасил свет и примостился рядом. Осторожно протянув руку, он дотронулся до груди девушки. На мгновение пальцы замерли, ожидая реакции. И она последовала. Света всем телом подалась вперед, втискивая свою грудь в ладонь наркомана.

— Да, давай, — шепнула она.

Немедленно другая рука потянулась к молнии на джинсах девушки. Пальцы расстегнули тугую пуговицу, преодолели резинку на трусиках, заскользили вглубь, по коротким колким волоскам, стремясь проникнуть в самую сердцевину повлажневшей плоти.

До боли сжав кулачки, извиваясь всем телом, Света была вне себя от двойного наслаждения. Она струилась по пространству, состоящему из переливающихся геометрических форм, она подавалась навстречу ласкающим пальцам, будившим в ней неутоленную жажду мужского тела.

В дверь негромко, но требовательно постучали.

— Кто еще прется! — недовольно отозвался Василий.

— Я, Гена-Аппарат. Где наш раствор? Ребята заждались, а ты тут фигней маешься!

— Забери в холодильнике, в морозилке. Там все ваше.

— Хорошо.

— Да, вот чего... — Вася встал, зажег свет, наполнил новый шприц наркотиком, а то, что осталось в пузырьке, отдал за дверь. — Это тусовке в комнате.

— Ага, передам.

Послышались шаги, потом радостные возгласы, чье-то недовольное бурчание.

За это время Света сбросила оставшуюся одежду и лежала, широко расставив согнутые в коленях ноги. Не ожидавший такого, Вася замер, в недоумении глядя ей ниже талии.

— Ну. — Света-Заяц поманила его пальчиком.

Парень изумленно присвистнул и, заперев дверь на щеколду, начал неторопливо раздеваться.

Сидя у окна на корточках, Светлана смотрела в прояснившееся ночное небо. Ноги затекли, глаза давно слезились, обнаженное тело покрылось мурашками, но она была не в силах прервать это странное занятие.

В голове лениво проплывали мысли. Девушка понимала, что пожадничала, уколовшись большей, нежели привычная, дозой наркотика. Но сожаления об этом не было, как не жалела она и о том, что последовало за передозировкой. Это был ее далеко не первый сексуальный опыт, но наркотическое опьянение придало ему некий мистический, возвышенный оттенок. Словно вся Вселенная, в лице Васи-Торчка, вошла в нее. Но действие наркотика к утру заметно ослабело, парень ушел в другую комнату, и ей осталось только смотреть, как исчезают одна за другой переливающиеся точки звезд.

Потеряв равновесие, девушка упала на спину. Полежала так немного, медленно сгибая и разгибая ноги, разгоняя застоявшуюся кровь. Когда покалывание прекратилось, она встала, нашла шприц, наполнила его своей обычной дозой и, пошатываясь, вышла из комнаты.

В соседнем помещении, таком же обшарпанном, с разрисованными обоями, тусовалось несколько человек. Кто-то пытался трахаться на матрасе в углу, матерясь вполголоса и жалуясь на отсутствие эрекции. Кто-то, направив яркий свет настольной лампы на свой пенис, ковырялся в нем шприцем, полным крови, разыскивая вену для инъекции. Стриженый и Василий, по пояс голые, с горящими глазами, о чем-то оживленно беседовали. Перед ними на столе стояли стаканы с чаем и блюдце с единственным кусочком черного хлеба.

Явление обнаженной девушки со шприцем никого не удивило.

— О, Заяц, — обрадовался Василий. — Кончила зависалово?

Света смогла только кивнуть, в горле у нее пересохло, во рту стоял противный горький привкус наркотика.

— Сушняк давит? — догадался лысый. — На, чайку хлебани. Хавать не хочешь?

Глотнув теплой жидкости, девушка смогла наконец выговорить и так уже всем понятную просьбу:

— Вась, вмажешь?

— Отчего ж не вмазать, если женщина просит? — И он хитро подмигнул.

Перейдя обратно в пустую комнату, он быстро и профессионально уколол ее в другую подмышку. Сразу стало теплее. Дыхание участилось, внизу живота Света опять почувствовала знакомое томительное ощущение. Не такое сильное, как после первого укола, но вполне заметное и приятное.

— Погладь меня...

— Прикол на приходе — святое для Торчка!

Но как только Вася положил руку на лобок девушки, в дверь позвонили.

— Кого это несет? Подожди секундочку, я открою и вернусь.

Света не ответила, она уже погрузилась в мир фантазий, до предела обостренных новой дозой наркотического психостимулятора.

Прошлепав босыми ногами по линолеуму, Вася через мгновение вернулся.

— Менты! — крикнул он. — В окошко весь стрем! Быстро!

В дверь уже колотили. Она трещала и поддавалась ударам тренированных тел.

— Откройте! Милиция! — послышался властный крик.

Наркоманы поспешно выкидывали в распахнутое окно все, что могло их выдать. Химикаты, шприцы, пузырьки из-под наркосодержащих лекарств, ватки с кровью и прочие приспособления полетели в палисадник перед домом.

Девица в одних чулках, не успевшая уколоться, металась по квартире, крепко сжимая в руке пузы-

33

рек с раствором наркотика. Стриженый подскочил к ней, вырвал зелье и под вопль «Меня же кумарить будет!» швырнул в кусты.

— Если хорошо закрыт, потом найдем! — тряс он обезумевшую наркоманку, рвавшуюся вслед за улетающим кайфом.

Дверь высадили, и в квартиру вломилась толпа людей в милицейской форме. Наркоманы не сопротивлялись, и милиционеры согнали их в одну комнату, ту, где лежала Света-Заяц.

Она еще не успела понять, что происходит, и удивленно смотрела расширившимися глазами на невесть откуда появившихся людей. Вдруг она поняла, что лежит голая на виду у множества незнакомых мужиков. Вскочив, Света заметалась в поисках укрытия. Кто-то кинул ей рваный плед. Замотавшись в него, девушка присоединилась к кучке понуро стоявших торчков.

Через ряд плотно стоящих оперативников протиснулся небольшого роста мужичок в аккуратной серой форме. Он ехидно оглядел посетителей притона:

— Что, господа наркоманы, попались? Кого вы тут изнасиловали?

— Виктор Ильич, — откликнулся Василий, — какие ж мы наркоманы? Мы так просто... И не насиловали никого. Тихо все было...

— На то я и участковый, чтобы знать, где просто, а где сложно... Сигнальчик тут поступил. Крики были. Ну а с тобой, Смекалко, мы долго разбираться не будем. Содержание притона, изготовление наркотиков, склонение к употреблению... Разврат опять-таки... Если чего найдем — вылетишь из Москвы лет на десять!

— Да завязал я давно, а если кто-то ко мне под балдой пришел — я за него не ответчик.

— Ничего, тебе бы за себя ответить... — И участковый обернулся к оперативникам: — Понятых привели? Тогда начинайте обыск.

Милиционеры рассредоточились по квартире.

Через пару минут перед Виктором Ильичом появилось несколько шприцев, толстая медицинская игла с намотанной на конце пожелтевшей ваткой, куча грязных аптечных пузырьков, еще несколько приспособлений, каждое из которых выдавало увлечения их хозяина.

— Ну что, Смекалко? Узнаешь? Твое?

Василий обреченно пожал плечами:

— Не, не мое. Оставил, может, кто? Да, был тут вчера у меня один мужик, все сварить предлагал. Но я отказался!

— В отказе, значит... — проговорил участковый. — Ну ничего, мы все вещдоки — на экспертизу, дело заведем, все будет правильно. Не беспокойся.

— Мне-то чего беспокоиться?

— Ладно, ладно. Поговори у меня еще! — Виктор Ильич повернулся к своей команде: — Составляйте протокол обыска и задержания.

3

Через полтора часа после оформления кучи бумаг Свету вместе с другими наркоманами, обысканными и напуганными страшными карами, распихали по милицейским «газикам» и повезли в отделение. Она попала в одну машину с другими девушками. Одна из них уже пришла в себя и кипела от злости.

— Ты врубаешься, что случилось? — шептала она Свете. — Сдали нас. По-подлому сдали! Попадись мне этот стукач!.. Яйца вырву! Насильников нашли!.. Да у наших парней уже через год ничего между ног не шевелится! Девушка вдруг замолчала и оценивающе оглядела дрожащую Свету. — Ты первый раз?

— Так — да...

— Знаешь, как отмазываться?

— Нет...

— Никакой варки ты не видела. На твоих глазах никто не ширялся. А то, что ты под кайфом, — на улице тебя угостил неизвестный, ну, скажем, кавказской внешности. Вмазал в парадняке. А к Васе-Торчку пришла музыку послушать... Все вроде... Въехала?

В отделении милиции задержанных посадили в «аквариум» и стали по двое вызывать на допрос. Свету вызвал сам Виктор Ильич.

Честно ответив на все анкетные вопросы, девушка повторила все, что ей насоветовали по пути в милицию.

— Складно, складно, — качал головой участковый. — Только не верю я ни единому твоему слову. Все вы одно и то же поете. Как стих, заучили одну байку и твердите ее, как попки.

Преисполнившись жалости к себе, Света заплакала:

— Вы теперь меня посадите!..

— У-у-у! Страшно стало? А по притонам шастать не страшно?! — Виктор Ильич вздохнул: — Нет, Дарофеева, посадить я тебя не могу. С точки зрения Уголовного кодекса преступления ты не совершала. Ты сама для себя преступник! Наркотик — это же медленное самоубийство, пойми ты это!

— Так вы меня отпустите?

— И этого я пока не могу. Повезем вас на наркологическую экспертизу, а там врачи решат, что с вами делать.

— А домой можно позвонить?

— Мы сами позвоним.

За решеткой «аквариума» Свету сразу обступили:

— Не раскололась?

— Нет. — Девушка устало опустилась на деревянную скамейку.

— Нас сейчас повезут в «семнашку», — зашептал ей Вася. — Там ссать заставят. Постарайся вместо мочи набрать воду из толчка. Дырок у тебя нет, должны отпустить. Ты прогуляйся под моими окнами, бери все, что найдешь. Заныкай. Нас-то наверняка лечиться оставят...

Но в клинике все произошло как раз наоборот.

Свете не удалось под бдительным взглядом хмурой санитарки подменить содержимое баночки с мочой. Анализ подтвердил наличие наркотика, и девушку повели длинными зелеными коридорами в наркологическое отделение. Проходя мимо одного из забранных мелкой решеткой окон, она увидела Василия и всех, кто приехал вместе с ней. Они спокойно шли по двору, завернули за угол и исчезли в золотистом осеннем утре.

Глава 4

1

Сладко потянувшись, Игорь Сергеевич открыл глаза. От вчерашней хмари не осталось и следа. За окном, над влажными крышами домов, проплывали облачка, прозрачные в ярком свете утреннего солнца.

Утреннего?!

Взглянув на часы, Дарофеев ужаснулся: без четверти восемь. А в девять у него начинается прием в центре! Чуть не проспал!

Он обвел взглядом комнату. За ночь ничего не изменилось. Все свидетельства прихода рэкетиров были на месте. Вечером он сосредоточился на программе самовосстановления, и ему было не до уборки. Теперь, в свете утра, перебитая мебель и разбросанные по полу рваные бумаги создавали ощущение погрома.

Дарофееву на миг показалось, что он попал в какое-то незнакомое помещение, в котором давно никто не живет, откуда в какой-то спешке срочно выехали все обитатели, бросив и разломав все, что могло бы приглянуться будущим хозяевам.

Игорь Сергеевич встал. Тело вновь стало легким и послушным, голова — свежей, словно и не было вчерашнего избиения. Дарофеев с привычной гордостью отметил это. Он настолько привык к тем мелким чудесам, которые были ему по силам, что давно уже не удивлялся им, а воспринимал как должное.

Сознание собственной исключительности глубоко пустило в нем корни. Дарофеев ревностно оберегал от всех свои секреты, как незамысловатые, так и настоящие, серьезные открытия. Он строго придерживался концепции, что эзотерические знания нельзя доверять широкой аудитории. Иначе каждый, обладающий настойчивостью и терпением, сможет приблизиться к нему, господину Дарофееву. Приблизиться или даже стать лучше! А это означало конкуренцию, снижение доходов, конец всей дарофеевской практики...

Хотя где сейчас найдешь терпеливого человека? И, проходя мимо книжных развалов с манускриптами Папюса, Блаватской, Кастанеды, Игорь Сергеевич лишь слегка усмехался, подавляя в себе желание сжечь всю эту литературу. Чтоб никто, кроме избранных, не смел!..

В холодильнике на кухне нашлись кусок сыра, масло и хлеб. Пока жарились гренки и грелся чайник, Дарофеев позвонил домой. Слушая длинные гудки и наблюдая за сковородкой, он пытался прозревидеть свою квартиру, найти там жену или дочь.

Вырисовывалась странная картина. Елизавета Игнатьевна спит где-то за городом, дочь источает нечеловеческую энергию в компании странных людей, а квартира, значит, абсолютно пуста. Хотя Игорь Сергеевич и пытался найти логическое объяснение своим видениям, они вызывали у него сильную тревогу.

Наскоро побрившись и приведя в порядок костюм, Дарофеев быстрым шагом направился к метро.

В поезде он с недоумением вспоминал события рокового вечера. Странно, что анонимный звонок состоялся всего за несколько минут до нападения. Или неизвестный хотел продемонстрировать, что он обладает реальной силой? Какие же кары ожидают Игоря Сергеевича, если он не подчинится? И какого рода деятельность имел в виду звонивший?

Мафиозные друзья Дарофеева приветствовали его связи с органами правопорядка. А милиция, если бы она узнала о связях с бандитами, не стала бы действовать так грубо...

Может быть, кому-то не понравилось, что Игорь Сергеевич работает на два фронта? Или в дело вмешалась еще одна группировка, желающая таким способом привлечь к сотрудничеству известного экстрасенса?

Задумавшись, Дарофеев не заметил, что приехал на «Александровский сад», и чуть не отправился назад на том же поезде. Он выскочил из вагона и помчался на Сокольническую линию.

Всю дорогу до «Преображенской площади» пришлось стоять.

«Если это какая-то бандитская группировка, — размышлял Игорь Сергеевич, — почему же они не договорились с моей? Скорее всего, они не подозревают о моих связях. Если так, то все можно поправить. Да, все поправимо! Я подключу к этому и ментов, и мафию. Этих подонков возьмут в клещи! Им не уйти!»

Несмотря на то что вчера не удалось дозвониться ни до Синельникова, ни до Ивана Алексеевича, в отчаяние Дарофеев не впадал. По установленному им графику сегодня предстояла встреча и с тем и с другим. И сейчас экстрасенс спешил на работу, зная, что первым «пациентом» будет человек Ивана Алексеевича с двумя конвертами.

2

Поздоровавшись с регистраторшами и отпустив им несколько дежурных комплиментов, Игорь Сергеевич взял ключ и направился к своему кабинету.

У стенда «Наши ведущие специалисты» он задержался: экспозицию сменили, но его фотография, как всегда, осталась. Дарофеев стоял, воздев руки перед тщедушным субъектом в клетчатой рубашке с закатанными рукавами. Подпись гласила: «Врач-биоэнерготерапевт международной квалификации Игорь Сергеевич Дарофеев снимает порчу».

На самом деле фотограф неожиданно явился в момент передачи «гонорара» от мафии. Экстрасенс был вынужден представить связного как своего пациента и махать над ним руками. Впрочем, порча на нем действительно была, так что обманывать никого не пришлось.

Среди толпы пациентов у кабинета Дарофеев сразу выделил нужного человека. Молодой, цветущий, он резко выделялся на фоне людей, измученных болезнями.

— Я... — сразу направился он к Игорю Сергеевичу.

— От Ивана Алексеевича, — закончил за него Дарофеев. — Проходите.

— Да, спасибо...

В кабинете парень отдал запечатанные конверты:

— Шеф говорит, что дело срочное.

— Плевать! — разозлился вдруг Игорь Сергеевич и швырнул конверты на стол. — Передай шефу, что на меня наехали! Пусть пришлет охрану и сам приходит! Срочно!

— Но он... — попытался возразить парень.

— Мухой! Понял?!

Шестерка исчез.

Дарофеев переоделся в белый халат, несколько минут молился на висевшие в красном углу бумажные образа, запалил свечи и, умиротворенный, начал прием.

Но надолго благостное состояние сохранить не удалось. Лишь только кабинет покинул первый пациент, к нему ворвалась девушка-секретарь из методического кабинета:

— Игорь Сергеевич, вас срочно к телефону! Милиция!

В старинном здании Центра традиционной народной медицины было всего три телефонные линии.

Один номер, естественно, у директора Павла Георгиевича Дальцева, другой — у регистраторов, а третий делили научный, методический и учебный отделы.

Быстрым шагом, уклоняясь от толпившихся в узеньком коридоре пациентов и лиц, их сопровождавших, Дарофеев преодолел два поворота и вошел в методкабинет. На столе, заваленном письмами, а также пачками газет и брошюр, которые издавал центр, стоял телефонный аппарат. Игорь Сергеевич взял лежавшую рядом трубку:

— Дарофеев.

— Игорь Сергеевич, это капитан Синельников.

Голос милиционера был мрачным.

— Здравствуй! Случилось что? Мы ж сегодня встречаемся...

— Случилось, Игорь, случилось...

— Что?

— Да не знаю, как и сказать...

— Говори как есть.

— Похитили твою жену.

Дарофеев едва не выронил трубку. Он же видел, он же понял, что случилась какая-то неприятность, но чтобы такое!

— Похитители угнали твой «форд». Потом убили одного человека, твою машину бросили и скрылись на чужой.

— Кто... Кто они? Что хотят? — Игорь Сергеевич едва мог говорить.

— Неизвестно. Но взяли твою Лизу профессионально. От погони ушли. Спасибо Марине, вовремя позвонила... Но...

— Так... — Дарофеев несколько раз глубоко вдохнул, успокаивая и сердце, и выплескивающуюся наружу энергию, требовавшую что-то делать, пусть даже бессмысленное, но все равно — делать! Овладев собой, целитель начал лихорадочно размышлять: к Николаю сейчас нельзя — должен приехать связной или сам Иван Алексеевич. Эта встреча может помочь и Лизе. Но найти отговорку, чтобы по такому поводу, как похищение ближайшего родственника, не бежать сломя голову на Петровку, Игорь Сергеевич с ходу не сумел.

— Игорь, бандиты еще никак не проявлялись. Но они могут позвонить. Наверняка им известно, что сегодня ты на работе, так что никуда не уходи. Понял? Я сам к тебе приеду.

У Дарофеева гора свалилась с плеч.

— Послушай, возьми карту области. Они недалеко. Я сегодня утром смотрел.

— Ты знал, что ли?

— Нет, предвидел. Но не думал, что так быстро...

Синельников после нескольких лет успешного сотрудничества относился к Дарофееву с восторгом и обожанием, прощая ему многие недостатки характера. Среди знакомых Николая Николаевича Игорь был единственным экстрасенсом, и возможностей для сравнения у капитана просто не было.

— Ладно, приеду — поговорим. Жди! — И Синельников повесил трубку.

От множества навалившихся на него бед Дарофеев впал в странную прострацию. Он вежливо улыбался, что-то говорил, но это происходило неосознанно, словно без его участия. Голова же была пуста.

Спрятав конверты в принесенный с собой кейс, пропустив еще двух больных, Игорь Сергеевич объявил пациентам, что проведет массовый сеанс. Он загнал их в кабинет и под «Отче наш» и треск свечей отработал за пятнадцать минут всю толпу.

Едва, крестясь и благодаря, вышла последняя богомольная старушка, как в кабинет вошел Николай Николаевич. Он поздоровался, снял фуражку и, не дожидаясь приглашения, сел на банкетку для пациентов.

Не обращая внимания на гостя, Дарофеев сгорбился на стуле, обхватив голову руками. После продолжительной паузы он произнес:

— Как странно... Почему?..

— Ты-то как думаешь? — откликнулся Синельников. — Может, месть?

— Может, — глухо отозвался Игорь Сергеевич. — Мне звонили...

Экстрасенс почти автоматически отвечал на вопросы Николая Николаевича. Мысли Дарофеева занимало совсем другое: он холодно, расчетливо анализировал собственное состояние. Со странной отрешенностью он пришел к тому, что его почти не задело похищение собственной жены.

Где-то в глубинах рассудка гнездилась нелогичная уверенность, что все образуется, что это испытание пройдет и все вернется на круги своя. Но по большому счету Игорь Сергеевич был недоволен своей жизнью.

Неприкрытая конфронтация с дочерью.

Ограниченность жены. Заработки супруга позволяли Елизавете Игнатьевне ни в чем себе не отказывать. Но ее фантазии хватало только на шмотки, заполнение книжного шкафа дамскими романами да на полную видеоколлекцию «Санта-Барбары». Те книги, которые они покупали после рождения дочери, так и остались неоткрытыми. Все занятия, даже элементарная дыхательная гимнастика, были заброшены.

Без жены ходить в театры и на выставки было неприлично и неудобно, а с ней — нестерпимо скучно. Да и дочь не тянуло никуда, кроме как в ночные клубы да на молодежные тусовки.

— Говоришь, в понедельник они придут? А в какое время, не сказали? — Синельников почесал стриженый затылок. — Сложно будет выделить для тебя группу на целый день... А звонок... Зря ты мне сразу не позвонил. След может сохраняться несколько часов.

— Я пытался. Занято было...

— Ладно, с этими сявками пока подождем. Будем жену искать? Я, как ты велел, карту принес.

Игорь Сергеевич вздохнул:

— Не знаю, что получится... Разворачивай.

Ему не пришлось долго настраиваться, освобождая голову от посторонних мыслей: их и так не было. Настроившись на восприятие тонких планов, Дарофеев поставил перед внутренним взором образ Елизаветы Игнатьевны и стал водить ладонью над расстеленной на полу картой.

В районе Бронниц его рука почувствовала легкое сопротивление.

— Здесь! — уверенно сказал Игорь Сергеевич. — Сейчас, как ехать...

Он мысленно полетел над рязанской трассой. Перед Бронницами захотелось свернуть направо. Миновав пост ГАИ, Дарофеев заскользил над разбитой проселочной дорогой. Через пару километров опять свернул и наткнулся на дачный поселок. В дальнем, ближайшем к сосновому леску, доме он увидел спящую неестественным сном жену.

В доме кроме нее находились еще двое. Один поглядывал на дорогу, другой что-то жевал. В гараже стояли «Жигули» пятой модели.

И тут что-то произошло. Игорь Сергеевич вдруг почувствовал, как на него навалилась черная злобная воля и стала душить, закрывая пути отступления. Дарофеев резко вывалился из транса. Мотая головой, жадно хватая ртом воздух, он выпученными глазами уставился на Синельникова и потерял сознание.

3

Когда Игорь пришел в себя, он увидел стоящих перед ним коллег-экстрасенсов — Сергея Черткова и его помощницу Олю.

— Кого это ты воевать пошел? — усмехаясь, спросил молодой биоэнергетик. — Тебя же чуть живьем не съели! Защититься забыл?

— Пробил кто-то...

— Ладно, лишнюю чернуху я с тебя снял. Дальше сам восстанавливайся. И на твоем месте я бы разобрался с этим нападением.

— Спасибо, — слабо проговорил Дарофеев. — Он как-то сразу на меня... со всех сторон...

— Ничего, как-нибудь и ты меня выручишь. Удачи! Сергей с Олей тихо закрыли за собой дверь.

— Зачем? — Игорь Сергеевич повернулся к Синельникову. — Я бы и сам справился.

— Видел бы ты себя со стороны! — покачал головой Николай Николаевич. — При мне-то такого никогда не бывало, я и позвал на помощь...

— А теперь весь центр будет болтать, что популярный Дарофеев не мог справиться с каким-то... не знаю уж с кем!..

Синельников молчал. Силы Игоря Сергеевича быстро восстанавливались, раздражение уходило.

— Извини, Коля. Я, конечно, сам виноват... Теперь к делу. Я таки успел кое-что посмотреть. Записывай.

Продиктовав все увиденное, Дарофеев в задумчивости остановил взгляд на догорающей свече.

— Но кто же это мог быть? Знаешь, это наверняка не случайно. Эти подонки, похоже, под прикрытием мощного экстрасенса.

— Ничего, — бодрым голосом проговорил Синельников, вставая, — с тобой да с моими ребятами мы кого хочешь возьмем! Хоть черта лысого!

Игорь Сергеевич мрачно кивнул. Не разделял он Колиного оптимизма. Теперь, после астрального путешествия, у Дарофеева сложилось четкое предчувствие, что дальше будет еще хуже.

— Поспеши. Кажется, те двое кого-то ждали. Лизу могут в другое место переправить.

— Не волнуйся! Сегодня же съездим в этот поселок! Николай Николаевич взял фуражку и распрощался.

После его ухода Дарофеев рискнул еще раз, уже основательно защитившись и дав себе установку на полную невидимость и отражение любой агрессии, выйти в транс и посетить знакомое место.

Лиза все спала, но к двум бандитам добавился третий. Все трое оживленно беседовали. На столе перед ними стояла сумка, из которой приехавший доставал странного вида огнестрельное оружие.

Подробнее рассмотреть не удалось: в дверь кабинета постучали. Возвращение на этот раз прошло быстро и легко.

— Войдите.

В дверях появилась секретарь директора, Елена Валентиновна:

— Вас Павел Георгиевич просит.

— Спасибо, иду.

Между собой экстрасенсы звали секретаршу Елена Неприступная. От нее зависело распределение кабинетов и рабочего времени. На подарки она не реагировала, хотя и брала. Так что внутренняя иерархия целителей находилась в прямой зависимости от ее пристрастий и антипатий. Дарофеева она уважала.

На лестнице Игорь Сергеевич буквально столкнулся с курившим Виктором Анатольевичем.

— Здравствуй. Как, прояснилось чего?

— Обратно к нам собираешься? — неожиданно для себя вопросом на вопрос ответил Дарофеев.

— Нет, у вас я свое отработал. Тут в Англии симпозиум намечается. Вот я и пришел рассказать, чтоб со своими поехать. Есть у меня очень любопытная работа по взаимодействию социальных полей!.. Хочу доклад сделать. — Разин размахивал руками, возбужденно улыбался и вдруг помрачнел: — У тебя еще неприятности. Что стряслось?

— Похитили Лизу.

Не вдаваясь в детали, Игорь Сергеевич рассказал, что ему было известно.

— Я проследил, где она. Но там действует сильный энергетик. Чуть меня не обесточил...

— Да, не везет тебе, друг. Ладно, вечером звони или приезжай. Поработаем вместе. Вычислим вражину!

— Спасибо.

— Да, в Лондон поедешь?

— Если дела утрясутся...

— А, не беспокойся! Я помогу!

Проводив приятеля долгим взглядом, Дарофеев побрел к начальству. Хотя с Разиным они дружили много лет, тот зашел к Дарофееву лишь единственный раз поздравить с рождением дочери, когда супруга Игоря Сергеевича еще находилась в роддоме. С Лизой он тоже был знаком, хотя и ее Виктор Анатольевич не видел последние лет двадцать. И та настойчивость, с какой Разин предлагал целителю свою помощь, тронула Дарофеева.

Кабинет Павла Георгиевича Дальцева был уставлен разными магическими безделушками со всего света. На стенах висели картины Джуны и Джанибекова, композиция с большим висячим замком, которую подарил Дальцеву Юрий Лонго. Несколько плакатов с изображениями аур человека и схемы китайских меридианов. На самом видном месте обретался самодельный обтрепанный плакат с «Клятвой народного целителя», написанной красивыми готическими буквами.

Дожидаясь, пока директор выпроводит не в меру активного молодого экстрасенса, мечтавшего во что бы то ни стало пробиться на работу в центр, Дарофеев в сотый раз разглядывал убранство комнаты. Отметив, что за последнюю неделю ничего не изменилось, Игорь Сергеевич переключил внимание на парня.

После его ухода Дальцев обратился наконец к Дарофееву:

— Как тебе парнишка? Взять его, может?

— Вроде ничего, способный...

Игорь Сергеевич знал, что решение уже принято. Молодого человека в центр возьмут, но долго он не удержится. Съедят.

Центру выгодно было иметь несколько человек на испытательных сроках. Работать им приходилось задаром, а при очередной аттестации им ставили «несоответствие».

После бестолковой пятиминутной беседы о планах, новых методах лечения, выступлениях работников центра в программе «Третий глаз» Павел Георгиевич незаметно подошел к сути.

— Был тут у меня твой друг, Разин... Предлагал послать тебя в феврале в Лондон. Ты как?

При постановке вопроса в такой форме отказываться было нельзя.

— Согласен.

— Подготовь доклад. Над какой темой работаешь?

— Кармические связи...

— Хорошо... За месяц успеешь написать? Страниц на двадцать — сорок?

— Да.

Сделав несколько закорючек в ежедневнике, Дальцев кивнул Игорь Сергеевичу и схватил трубку телефона, непрерывно трезвонившего уже минут пять. Дарофеев попрощался и поплелся прочь. Настроение у него было паршивое.

Глава 5

1

Вернувшись к своему кабинету, у запертой двери Дарофеев встретил Ивана Алексеевича. Тот был явно раздражен необходимостью незапланированного визита, но держался, как обычно, с легким высокомерием.

— Здравствуйте, Игорь Сергеевич. — Главарь мафии стоял прямо, откинув голову, сведя руки за спиной.

Дарофеев отпер дверь:

— Прошу.

Закрывшись на щеколду, Игорь Сергеевич обернулся к гостю. Тот отошел к окну, повернувшись спиной к экстрасенсу.

— Надеюсь, у вас действительно веский повод... — не оборачиваясь, спросил он.

Голос Ивана Алексеевича был незнакомым — пронизывающе-холодным.

— Извините, что потревожил, но ситуация для меня очень неприятная...

— Что случилось?

— Во-первых, похитили мою жену. Во-вторых, меня избили рэкетиры, мальчишки, сопляки! В-третьих, до этого мне позвонили с угрозами... Я... Я надеюсь на вашу помощь...

— Что же ваши друзья из органов? Отказали? — В голосе Ивана Алексеевича послышалась насмешка.

— Господи!.. Вы же знаете, какие у них возможности. Без санкции они и шагу не ступят. Да, я с ними работаю, но поверьте, какая это мука заполнять все их бесчисленные протоколы, справки, свидетельства...

— Как вы понимаете, встает вопрос об оплате...

Дарофеев оторопел. Он совершенно не подумал об этом. Вернее, считал, что, если он, светило российской экстрасенсорики, обращается к кому-то за помощью, этот кто-то должен в лепешку разбиться, а выполнить просьбу.

Повернувшись, Иван Алексеевич с едва заметной ухмылкой наблюдал за реакцией целителя.

— Но... — глава «крыши» опять немного помолчал, — учитывая ваши заслуги, я готов предоставить вам льготный тариф.

— Сколько?.. — выдохнул Дарофеев.

— Не будем пока о грустном.

Игорь Сергеевич побледнел. По спине прошла холодная волна ярости.

— Вы издеваетесь?! — прошипел экстрасенс.

— Нет, шучу, — парировал Иван Алексеевич. Его холодный взгляд смягчился, бандитская полуулыбка растворилась в бритых щеках. — Вы понимаете, что дело серьезное. Случайными подобные совпадения не бывают, из этого можно сделать вывод, что против вас работает «крыша». Мы, конечно, можем начать с ними разборки, вступить в войну наконец, но такой вариант пока нежелателен. Нежелателен, пока я не узнаю, кто конкретно стоит за вашими обидчиками. И только после этого я смогу принять какое-то решение. Так что полагаюсь на вашу память и способности. В ваших же интересах поскорее — как это называется? — отмедитировать сложившуюся ситуацию.

— Помедитировать на ситуацию, — механически поправил Дарофеев. Он уже успокоился и готов был действовать на базе рассудка, а не эмоций. — Я могу, — решился Игорь Сергеевич.

— Молодец, Пономарь! — расцвел бандит. — На самом деле, нам давно надо расширяться. А ты не проиграешь. При любом раскладе.

— Мне бы хотелось поскорее...

— Что для этого надо?

Пожав плечами, целитель не нашел сразу что ответить:

— Да ничего... Чтоб не мешали какое-то время...

— Значит, нужно помещение и время. Так? Больше ничего? Магический кристалл? Мох с черепа висельника?

— Это прошлый век, — не принял игры Дарофеев. — Можно, конечно, для разнообразия заняться спиритизмом, но сейчас и это не потребуется.

— Тогда поедем в наш научный центр...

— Прямо сейчас?

— А когда же? — удивился бандит. — Это теперь в наших интересах!

Экстрасенсу не понравилось выделенное голосом слово «наших», но он согласился.

Игорь Сергеевич быстро собрался. Вешая на плечики белый халат, он заметил грязь на вороте. Мелькнула мысль, что халат пора отдать в стирку, но брать его с собой Дарофеев постеснялся.

Он сдал ключ и распрощался с регистраторами. Пришлось перекинуться с ними парой общих фраз и изобразить спешку по поводу срочного вызова.

2

На БМВ с тонированными стеклами они выехали на Садовое кольцо. Не доезжая нескольких метров до кинотеатра «Новороссийск», машина остановилась. — Поймите меня правильно, — начал Иван Алексеевич. — Во избежание лишней огласки... — И он достал из бардачка полоску плотной ткани с тесемками. — Прошу пересесть на заднее сиденье и завязать глаза. Не потому что, а на всякий случай.

Удивившись, Дарофеев подчинился. Но, прилаживая повязку, он случайно увидел в зеркальце заднего вида глумливые глаза водителя. Игорь Сергеевич в сердцах отшвырнул материю:

— Вы что, за дурачка меня держите?! Да я и на ощупь, если надо, найду вашу таинственную базу!

Иван Алексеевич гулко расхохотался:

— Я не сомневаюсь, что вы уникальный человек! Ладно, понадеемся на вашу порядочность.

Попетляв по переулкам, машина остановилась. Мафиози помог целителю выбраться из машины. Взял его под локоть:

— Чувствуете? За нами уже наблюдают.

Дарофееву было все равно, но он кивнул.

Поддерживаемый Иваном Алексеевичем, он поднялся по скрипучим деревянным ступенькам. Дверь, поворот, поворот, долгий спуск, лязг металла, и они оказались в ярко освещенном помещении.

Игорь Сергеевич увидел двух человек, вооруженных автоматами. У целителя из руки взяли кейс, и быстрые пальцы одного из охранников пробежали по телу.

— Обычные предосторожности, — раздался голос спутника. — Металл при себе есть?

— Ключи, часы и зубы.

— Это не возбраняется. Предупреди науку, — сказал он одному из охранников.

За второй железной дверью перед Дарофеевым и его провожатым открылся длинный узкий коридор со множеством ниш. Очевидно, бывшее бомбоубежище.

Выкрашенные в зеленый цвет стены странно контрастировали с полом, покрытым желтой ковровой дорожкой. Под потолком пищали длинные люминесцентные лампы. Рядом с ними экстрасенс разглядел направленные на него черные трубки.

— Наша оборона, — похвастался Иван Алексеевич. — Пулеметы с инфракрасными датчиками, управляются компьютером. Не волнуйтесь, стрелять не будут.

И пока они шли до нужной комнаты, их сопровождал постоянный раздражающий писк от едва слышного движения провожавших его многочисленных глазков.

За очередной дверью с кодовым замком их уже ждали.

Экстрасенс с удивлением оглядывал небольшое помещение. Такого скопления компьютерной техники он никогда не видел. На десяток мониторов приходилось всего три работника.

Двое что-то делали за своими машинами, третий — парень в серых брюках и розовой рубашке — встречал визитеров в тесном проходе между столами.

— Этого человека, — Иван Алексеевич показал рукой в сторону парня, — зовут Драйвер, не путать с Драйзером... Драйзер у нас тоже есть. Обращаться к нему только так. А это наш клиент, Пономарь.

Дарофеев медленно кивнул.

— Составь с ним два — или сколько их там было — фоторобота. И постарайся найти, на кого они пашут.

— Если они в базе, то без проблем.

Иван Алексеевич вышел. Экстрасенс остался под опекой Драйвера. Его коллеги не обращали на них никакого внимания.

— С машиной умеете работать? — спросил парень.

— Да, водить умею...

— Я вот про эти машины спрашиваю. С компьютером умеете обращаться?

— Да как-то не доводилось...

— Ничего, — заверил Дарофеева Драйвер, — это просто, если не нажимать незнакомые кнопки.

Они прошли за свободный компьютер. После непонятных Игорю Сергеевичу манипуляций на экране появился овал лица, на котором был прорисован только подбородок.

— Рисовать будете сами! — заявил Драйвер. — Все элементарно: вот кнопки — вверх-вниз, ими выбираем часть лица. Вправо-влево меняем картинки. Вот подбородок. Сейчас он такой. Одно нажатие — видите, сменился. Стал помассивнее. Так все и выбираем. Как первое лицо закончите, зовите меня.

Манипулируя указанными кнопками, целитель за час сделал лицо стриженого бандита. Полюбовавшись на свою работу, он позвал Драйвера. Тот пробежал пальцами по клавишам, бормоча себе под нос непонятные слова:

— Файл... Рожа один. Тиф. Сохраняем... На сервер... Так, — повернулся он к Дарофееву, — пока я ищу этого типа, рисуйте следующего.

Вторым Игорь Сергеевич сваял покалеченного Филю. Филя появился быстрее. Экстрасенс уловил принцип изменения фрагментов лица, и процесс пошел гораздо легче. Хиппарь оказался последним.

Компьютерщик, ни слова не говоря, колдовал за своей машиной, заставляя целителя нетерпеливо ерзать на стуле.

Наверное, Драйвер незаметно для Игоря Сергевича вызвал Ивана Алексеевича, потому что, как только тот внезапно появился, молодой человек встал со своего места:

— Я нашел.

— Хорошо. Посмотрим. — И мафиози знаком пригласил Дарофеева присоединиться.

На экране монитора находился рисунок первого рэкетира и чрезвычайно похожая на компьютерное изображение фотография. Под ними в две колонки располагался текст.

— Это единственный, кто у нас есть. Воскобойников Сергей Петрович, по прозвищу Мустанг. Основное занятие — вымогательство и грабеж. Несколько раз на него заводили дело. За хулиганство и квартиру. Не сидел. В настоящее время примкнул к «крыше» Рыбака. «Доит» палаточников. Место в иерархии — исполнитель. Черты характера...

— Хватит, — прервал Драйвера Иван Алексеевич. — Значит, Рыбак... Знаешь, Пономарь, что такое Рыбак? Рыбак — это кайф! Наркотики. От травки до крэка. Три четверти московских наркоманов торчат только благодаря Рыбаку. Под его «крышей» все колются. Лучшей привязки не бывает!

Дарофеев представил, что может ожидать его Лизу, и от ужаса поежился.

— Напечатай-ка нам портрет Рыбака, — обратился мафиози к компьютерщику.

Тот пощелкал клавишами, и картинка на дисплее сменилась.

Теперь на них смотрел седоволосый, с залысинами мужик, с колючими серыми глазами, мясистым скошенным носом.

— Картинку возьми с собой. Поработаешь дома. Здесь тебя оставить я не могу: появились дела в городе.

В машине Иван Алексеевич дал Дарофееву последние инструкции:

— В понедельник веди прием как обычно. Мои ребята тебя прикроют. С Рыбаком я попробую сам разобраться, но на контакт он выходит туго, и на это потребуется время. Твоей женой занялись менты, пусть и дальше трудятся. Этого наркобарона пора пощипать. Анонимщик наверняка тоже рыбаковский. На твои телефоны я поставлю прослушивание. Запомни кодовые слова: «Это смешно». Как только их скажешь, мои ребята помчатся к твоему обидчику, и я ему не завидую... В понедельник же передай ребятам сегодняшний заказ и все, что узнаешь о Рыбаке. До встречи, Пономарь!

Они остановились у Киевского вокзала. Дарофеев вышел и спустился в метро.

3

В поезде к нему вернулось осознание собственной правоты. Он заново перебрал в памяти события последних двух дней. Нет, все сделано правильно. Можно передавать полученную информацию сразу в два места. Кто-нибудь из них да и прищучит наркомафию. Лучше, конечно, чтобы это сделал Синельников. Но, если уж обратился и к «крыше», им тоже надо дать работу. Хотя... Кому из них выдать расположение самого Рыбака? Менты наверняка помурыжат его немного да и отпустят за недоказанностью. У Дарофеева на памяти было несколько таких случаев. А если Рыбак будет на свободе, он от своего не откажется.

И тут Игорю Сергеевичу пришла странная мысль: от чего такого «своего»? Почему именно он, Дарофеев, стал жертвой столь тщательно сплетенного заговора? Чем он мог помешать наркотическим дельцам? Ответа не было. Игорь Сергеевич решил, что во время первой же медитации постарается найти причины столь внезапной вражды.

«Но все ли я сделал? — крутилось в голове. — Везде ли подстраховался?»

Света?

Экстрасенс тревожно огляделся по сторонам, словно здесь, в вагоне подземки, могло случиться что-то страшное. Но все пассажиры были спокойны, никто не обращал внимания на Дарофеева, да и астральный фон был совершенно ровный. Может, и дочь?..

«Нет, — успокаивал он себя. — Ребенка они не посмеют тронуть! А если посмеют?..»

У Дарофеева опять на душе стало тревожно. Эта девчонка всегда лезет куда ни попадя, ищет приключений на свою тоненькую шейку. Жизни не знает, доверяет всем подряд... Не дай Бог, они с ней что-нибудь сделают! Иначе... Он не знал, что «иначе», но это должно быть нечто ужасное.

В молодости, когда он еще был начинающим целителем, Игорь Сергеевич вдоволь набродился по украинским деревням в поисках неискаженных цивилизацией и современной редакцией рецептов народной медицины.

В одном из сел он встретил старушку, колдунью бабу Веру. Она научила его, как наводить порчу, сухоту и прочим азам вредоносной деревенской магии. Тогда он поклялся себе, что никогда не применит это страшное оружие. Но сейчас Дарофеев был близок к тому, чтобы нарушить клятву.

Мозг напряженно работал, выискивая способы защитить девочку.

«Брат!» — внезапно осенило целителя.

Они редко виделись. Елизавета Игнатьевна недолюбливала деверя, но Константин Сергеевич всегда приходил на помощь. Он был на пять лет моложе Игоря и служил в войсках особого назначения в чине капитана.

Дядя и племянница обожали друг друга. Она звала его «дядя Котя», а он, польщенный детским вниманием, гнул для нее пятаки и ребром ладони разбивал кирпичи. Дарофеев вспомнил, как Лиза ворчала из-за этих кирпичей: «Он все тут порушит! Не из чего дачу будет строить...» Но дачу построили, и не без помощи Константина.

Задумавшись, Игорь Сергеевич чуть не проехал свою остановку. Лавируя между пассажирами, он едва ли не бегом пронесся вверх по лестнице, выскочил на улицу. В нем теплилась надежда, что Света дома и одной головной болью будет меньше.

Однако квартира встретила его гулкой, нежилой пустотой.

Даже в прихожей чувствовался запах беды. По коврам, не снимая ботинок, Дарофеев ринулся к телефону и вызвал из его памяти номер брата. Разговор получился коротким и сумбурным. Экстрасенс не решился сразу рассказать обо всех напастях, изъяснялся намеками, но цель была достигнута: через час Константин обещал приехать.

На такое короткое время не было смысла погружаться в медитацию. К тому же шел уже четвертый час, а Игорь Сергеевич только завтракал.

После обеда, заглянув в комнату дочери, он сразу же уловил незнакомый запах — и горький, и сладкий одновременно.

Надеясь определить источник аромата, целитель двинулся по периметру вдоль стен и остановился у Светиной кровати. Заглянул под нее, выдвинул ящик с бельем.

Там, в дальнем углу, прикрытые старым одеялом, лежали два пакетика. Один большой и бесформенный, второй гораздо меньше, словно в целлофан завернули аптечный пенициллиновый пузырек.

Уже догадываясь, что он увидит, Игорь Сергеевич взял первый и развернул.

Внутри оказалось около десятка одноразовых шприцев в пластмассовых оболочках и множество неиспользованных разнокалиберных игл. В другом действительно находился плотно закупоренный пузырек с небольшим количеством прозрачной жидкости. Его стенки и дно покрывал тонкий слой желтоватого налета.

Жидкость, очевидно, была такая едкая, что запах пробивался даже из-под тугой пробки. Осторожно открыв, Дарофеев принюхался. Да, именно этим провоняла вся комната.

Сначала Игорь Сергеевич хотел немедленно вылить этот — он уже не сомневался — наркотик, но потом решил оставить и показать Синельникову. Может, капитан определит, что это такое и можно ли от этого отвыкнуть.

В дверь позвонили. Дарофеев закупорил жидкость, поставил пузырек на стол и пошел к двери.

Скорее по привычке — ведь должен был появиться Костя — целитель поглядел в глазок. На лестнице стоял незнакомый долговязый парень.

— Вам кого?

— Вы отец Светы?

— А вы кто?

— Я Василий. Света попала в больницу...

В сердце кольнуло. Путаясь в запорах, Игорь Сергеевич открыл бронированную дверь.

— Заходите. Как это случилось?

Вместо того чтобы последовать приглашению, Василий отступил.

— Она в наркологической больнице...

— Ты что, был с ней? — Экстрасенс подался вперед.

Парень попятился:

— Был, и что? Ее взяли, меня отпустили...

Дарофеев бросился к Василию в бесполезной попытке схватить его. Но парень стоял далеко. Он тут же развернулся и, прыгая через несколько ступенек, скатился по лестнице.

— Семнадцатая больница. Она там! — убегая, прокричал наркоман.

Преследовать его Игорь Сергеевич не стал. В сердце укололо еще раз.

4

Через пару минут в дверь опять позвонили.

— Да. Пронесся мимо меня такой длинный и рыжий. — Вошедший Константин столкнулся с Василием на лестнице. — Я его запомнил. Найти его? Он далеко не мог убежать: в испарине весь...

— Да нет, не стоит... Ты поешь, а я в больницу дозваниваться буду.

Младший Дарофеев голоден не был, поэтому, пока телефон трещал, набирая один и тот же номер, он слушал рассказ брата. Но рассказ был явно не полным: экстрасенс внезапно решил, что не стоит посвящать Костю в свои дела с мафией.

В середине повествования прозвонилась больница. Из беседы с дежурной сестрой Игорь Сергеевич узнал, что Светлана Дарофеева поступила сегодня в состоянии сильного наркотического опьянения. Она была практически невменяема, поэтому ее не отпустили, как остальных. Врачей ни сегодня, ни завтра не будет, поэтому забрать ее можно только в понедельник. Больница же наркоманов лечит только по их желанию, а у медсестры куча дел и ей некогда утешать родителей, которые не следят за своими детьми, отчего те попадают в дурные компании.

— Что ж, — резюмировал Костя, — похоже, Света хотя и в неприятном месте, но в безопасности. Теперь давай думать, как быть с тобой и Лизой.

После недолгих дебатов брат согласился взять дочку Дарофеева на время к себе и сопровождать его самого весь понедельник.

— У Стругачей «Понедельник начинается в субботу», — заявил Константин. — А у нас — в воскресенье. Мало ли что придет в голову этим недоумкам. Короче, я у тебя завтра вечером. К Свете и на твою работу пойдем вместе.

Пока братья чаевничали, Игорь Сергеевич немного успокоился.

После ухода Кости он почувствовал, что уже способен на медитацию. Переодевшись в шелковый халат с магической символикой, Дарофеев даже лег на тюфячок и начал путешествие вне тела, разыскивая Рыбака и его окружение.

Глава 6

1

— Тринадцать часов московское время, — громыхало радио.

Поморщившись от этих звуков, Елизавета Игнатьевна попыталась встать, чтобы убавить громкость, но руки и шею что-то держало. Повернув голову, она с ужасом обнаружила, что лежит привязанная толстыми ремнями к железной раме кровати. Болела левая сторона шеи.

Женщина вдруг вспомнила. Воры! Они укололи ее, и потом она ничего не помнила. Где она? Почему привязана?

От страшной догадки по телу Елизаветы Игнатьевны пробежала дрожь. Похищена! Конечно, она читала о таком в газетах, слышала рассказы Дарофеева. Но чтобы это случилось с ней? Немыслимо! Почему она стала жертвой неизвестных злоумышленников?

Оглядевшись, насколько позволяли путы, она увидела, что лежит в небольшой комнатушке, в которой, кроме ее кровати, помещались два обшарпанных стула и стол. На столе вместе с увядшими цветами в простенькой вазочке стояла красная коробка радиоприемника.

Чтобы посмотреть в окно, Дарофеевой пришлось выгнуться всем телом и чуть ли не встать на голову: оно находилось в головах койки. За давно немытыми стеклами виднелись верхушки деревьев и возвышавшаяся над ними водонапорная башня с огромным ржавым резервуаром.

Значит, она за городом. Но где?

Женщина попробовала высвободить руку. Но сильно затянутая ременная петля лишь резанула кожу.

А может, она тут одна? И ее оставили умирать от голода? Елизавета Игнатьевна набрала в грудь воздуха и что было сил закричала:

— Помогите! На помощь! — Вдруг вспомнив, что́ по телевизору советовали делать в подобных случаях, она добавила: — Пожар!!! Горю!!!

Это возымело эффект. Послышался грузный топот, и в дверь вломился толстый мужик средних лет. Его пухлые щеки были покрыты щетиной, тонкий нос раздувался, узкие карие глаза смотрели на Дарофееву.

60

— Шутишь? — на удивление доброжелательно поинтересовался мужик. — Кричи дальше. Тут в округе на два километра никого, кроме сторожа. Да и тот глухой и слепой. А уж коли ты проснулась, жди гостей...

— Кто вы? Что вы со мной хотите сделать? — Женщина в ярости забилась на кровати.

Та заскрипела и стала угрожающе раскачиваться.

— Мы? Мы ничего. А вот тот дяденька, к которому тебя скоро повезут... Он-то с тобой круто позабавится!

— Отпустите! — заплакала Елизавета Игнатьевна. — Ну пожалуйста! Муж вам выкуп заплатит!

— Выкуп — это хорошо! Не бойся, вы все нам заплатите.

Бандит подмигнул и затопал обратно. Но вскоре он вернулся, и не один.

Второй был сухопар, в очках, и даже стекла не могли скрыть фанатичного блеска его глаз. В руке у второго похитителя был шприц с прозрачной жидкостью.

Дарофеева замотала головой:

— Не надо!..

Насколько позволяли путы, она попыталась отодвинуться от вошедших.

— Не бойся, — ласково проговорил толстый. — Он тебя уколет, и ты больше не будешь волноваться.

— Вы меня убьете... — У Дарофеевой внезапно перехватило дыхание, и эти слова она скорее шепнула, чем сказала.

— Нет! — рассмеялся бандит в очках. — Ты думаешь, мы раньше это сделать не могли? Жить ты будешь. Но как?

— Не надо... — еще раз попросила женщина. Но ее мольба была обращена в пустоту.

— Кишка, — приказал очкастый, — подержи ее.

Толстый подошел к женщине и до плеча закатал рукав ее блузки. Обнажилась рука с несколькими родинками на коже, покрытой ровным загаром.

Бандит со шприцем критически осмотрел локтевой сгиб:

— Ни хрена веняков не видно. Пережми-ка.

Присев рядом с Елизаветой Игнатьевной, Кишка с силой обхватил обеими лапами предплечье несчастной. Попытка укусить мучителя была тут же пресечена мощной и безжалостной пощечиной. На какие-то мгновения женщина потеряла сознание. В это время игла нашла вену, и шприц отправил в кровь свое зловещее содержимое.

Придя в себя, Дарофеева успела увидеть, как к месту укола прилепляют пластырем ватку со спиртом, и внезапно раствор подействовал. Ее словно ударили подушкой по голове. Перед глазами все поплыло, и женщину стошнило.

Кишка быстро выбежал, вернулся с тряпкой и стал собирать выплеснувшееся содержимое желудка Дарофеевой.

— Говорил же я тебе, много ей будет, — жаловался он. — Смотри, как мы ее теперь сдадим? Всю в блевотине!..

— Помоем. А одежду простирнуть, и все, — сказал Слепой.

— А можно отвязывать?

— Ты ей в глаза посмотри, она уже наглухо глюкая. Смесюга — хай класс! Эффект моментальный и потрясающий!

Елизавета Игнатьевна теперь совершенно отстраненно воспринимала окружающее. Наркотик действовал, и ей было все равно, кто она и что с ней делают. Где-то далеко в глубине мозга лениво шевелилась мысль, что надо попытаться убежать, спастись, но и эта искра разума вскоре потухла.

Бандиты отвязали Елизавету Игнатьевну, посадили на кровати. Почти не реагируя на их манипуляции, Дарофеева тут же повалилась навзничь.

— Вставай! — рявкнул бандит.

Женщина безропотно подчинилась.

— Раздевайся, — вставил свое слово Кишка.

Елизавета Игнатьевна стянула с себя испачканную блузку, расстегнула бюстгальтер.

Толстый похититель удивленно созерцал результат своего приказа. Когда женщина стала расстегивать молнию на джинсах, он бросился к ней, чтобы остановить, но был остановлен злобным шепотом Слепого:

— Не лезь!.. Пусть до конца.

Через минуту бандиты любовались нагим телом Елизаветы Игнатьевны.

Она старалась держать себя в хорошей физической форме. Ходила на шейпинг, изредка играла в теннис и, подсознательно не доверяя способностям мужа, принимала «сжигатели жира».

Но запах, исходивший от женщины, дисгармонировал с эмоциями и желаниями, которые вызывала ее фигура.

— Помыть бы ее... — предложил обалдевший от увиденного Кишка.

— Так чего встал? Тащи воду, полотенца.

Пока толстый похититель бегал, готовя в комнатушке импровизированную баню, Слепой наслаждался властью над безответным существом. Он приказывал ей вставать, садиться, раздвигать ноги, наклоняться.

Примчался Кишка с двумя тазами и кучей полотенец. Слепой не доверил ему ответственного процесса и, несмотря на брезгливость, сам отмыл загрязненные части тела. Волосы он хотел отрезать, но толстый грудью встал на их защиту.

Очкастый бандит не хотел с ним ссориться, и прическа женщины почти не пострадала: волосы были прополосканы в тазу.

— На. — Слепой кинул в таз с грязной водой блузку Дарофеевой. — Постирай.

— А ты?

— А я тут останусь...

Кишка криво ухмыльнулся. Намерения Слепого были более чем ясны.

— А я?..

— А ты — в третью очередь.

— Почему в третью?

— Сначала постираешь — это раз, потом высушишь — это два. А там и я местечко освобожу.

Не удостоив взглядом убегающего напарника, Слепой положил руки на грудь женщины. Та никак не реагировала. Стояла, как ее оставили после мытья, не испытывая никаких эмоций. Все заглушило действие варварской смеси наркотиков.

Похититель оторвался от плотной груди Елизаветы Игнатьевны, на которой почти не отразилось рождение дочери, и припер дверь стулом. Он выключил радио, и это радостью отозвалось в усыпленном рассудке женщины.

Слепой пинком откинул в угол валяющуюся на полу одежду, снял брюки и властно потребовал:

— Встань на колени... Действуй!..

Шелк легко отстирался и высох. Но толстый похититель не торопился наверх. Не стоило прерывать Слепого. Комнатушка, в которой тот веселился, находилась прямо над кухней, в которой сейчас и сидел Кишка. Сверху сквозь тонкие перекрытия проникали почти все звуки. Бандит слышал редкие окрики-команды напарника, его стоны, скрип кровати. Среди этих звуков послышался вопль: «Постанывай, мать твою!» Похититель хохотнул. Внезапно все стихло. Через мгновение на кухне появился Слепой:

— Где «машина»? Она в себя приходит!!

Он заметался, цепляясь за стулья.

— Ее ж каждые два часа надо ширять! Все ты виноват! «Раздевайся!»

Бандит рылся в стоящей на столе сумке.

— Зачем же ты на нее полез? — спросил Кишка.

Слепой не ответил, он уже нашел пузырек с раствором наркотика и теперь, проткнув иглой резиновую пробочку, наполнял шприц жидкостью.

Отобрав необходимое количество, Слепой ринулся наверх, и тут же послышался его истошный крик:

— Сюда! Она убегает!

Но побегом это назвать было нельзя. Дарофеева, пытаясь разогнать клубящуюся в глазах пелену, пошатываясь, шла, как ей казалось, к стеклянной двери. Но это был обман ее пораженного наркотиком зрения. Коридор второго этажа заканчивался не дверью, а окном, под которым запасливые хозяева дачи сложили небольшую поленницу.

Толстый схватил женщину за руку и, придерживая за талию, повел в комнату. Дарофеева пыталась что-то сказать, вырваться, но ни язык, ни тело ее не слушались. Она была брошена на кровать, уколота и забылась в полудреме.

Слепой, без штанов, но в очках, вытер пот со лба:

— Чуть не удрала!..

— Да куда уж ей! Свалилась бы где-нибудь...

— А если в окно? И расшиблась? Мы должны целую бабу отдать, а не по частям!

— Срам прикрой, — сказал Кишка. — И пойдем стрелялку устанавливать.

Днем к похитителям приезжал человек от Рыбака. Он оставил два пулемета с радиоуправлением и наркотики для похитителей и Елизаветы Игнатьевны. С разным, естественно, составом. Еще он передал, чтобы к шести вечера все были готовы к путешествию.

Шел уже пятый час, а сделано ничего не было.

Установка оружия заняла около часа. Один пулемет поставили у входной двери, другой — на втором этаже, рядом с комнатой Дарофеевой. В комплект входила радиомина. Ее поместили в кладовке около бочки с бензином.

После работы похитители укололись и, приведя себя в бодрое расположение духа, стали ждать визитеров.

2

Ровно в восемнадцать часов у дома остановилась желтая «Волга», бывшее такси, из нее вышел человек. После условного стука его впустили в дом. Он пробрался мимо распорок, крепивших оружие к стенам и полу, и добрался до кухни:

— Готово?

— О, кто пришел! — заерничал Слепой. — Сам Ни-Яма-Ни-Канава!

— Зачем же так длинно? Для тебя — я господин Нияма.

Визитер действительно отличался восточным разрезом глаз, но японцем, конечно, не был.

— Готово? — повторил он.

— Давным-давно. Ждем только вашего высочайшего прибытия и верховных рекомендаций.

— Прекрати. — Нияма прожег Слепого взглядом. — Через полчаса тут будут мусора.

— Откуда такая точность? От Гнуса?

— Молчал бы. Гнус все знает, не тебе чета! И не трогай его, если неприятностей не хочешь!..

— Да кто его трогает? Ты чо?

— Ладно. Где она?

— Наверху. Кишка, проводи.

Оглядев наспех одетую Елизавету Игнатьевну, Нияма хмыкнул:

— Попользовались?..

— Да нет. — Толстый похититель решил прикрыть напарника. — Облевалась она. С первого дозняка. Мы ее и помыли.

Дарофеева лежала, уставившись на вошедших невидящими глазами. Вдруг она замахала руками, словно отбиваясь от невидимых нападавших. Из горла вырвался хрип, из уголка расслабленного рта вытекла струйка слюны.

— Ничего, даже если и попользовались. Это не возбранялось... Бери ее и вниз. Быстро!

— Вставай! Пошли! — громко сказал Кишка.

Повернув голову в его сторону, женщина поднялась с кровати и послушно, словно робот, направилась за Ниямой.

— Я ее увожу, а вы, братцы, остаетесь.

— Нет, ты чего? Мы же должны с тобой ехать, прикрывать!.. — Слепой показал рукой на Кишку, как бы призывая его подтвердить эти слова.

— Обстановка изменилась. Вы полезете на водонапорную башню управлять техникой. Оттуда весь дом как на ладони. Потом, когда менты войдут, взорвете мину. И все. В Москву — своим ходом. И всех дел. Они даже стрелять в вас не будут. Кнопками побалуетесь — вот и вся работа. Ясно? Да, вот вам на вмазку. — Он отдал бандитам четыре угловатые ампулы, на каждой из которых виднелась надпись «Морфин гидрохлорид 2%».

— О! Чистяк! — обрадовался Кишка. — Давненько таким не баловался.

Бандиты, подозрительно косясь друг на друга, забрали каждый по две ампулы. Через минуту-другую, уколов покорную Дарофееву снотворным, они ее обрядили в плащ с капюшоном и погрузили в машину. Нияма, резко рванув с места, укатил.

Вяло переругиваясь, бандиты полезли по ржавым ступенькам на узкую, огороженную низенькими перильцами площадку, которая шла вокруг цилиндрического резервуара водонапорной башни. Там, обдуваемые холодеющим вечерним ветерком, они притаились, ожидая приезда милиции.

3

Желтая «Волга» шла по почти пустынному шоссе в сторону Москвы. На переднем сиденье мирно спала Дарофеева, откинувшись на удобный подголовник. Снотворное, которое ей вкололи, обладало сильным, но коротким действием. Поэтому Нияма вел машину быстро и аккуратно, стараясь не нарушать правил движения.

По встречной полосе проехала колонна из двух милицейских машин с включенными сиренами и два автобуса, в которых сидели парни в пятнистой камуфляжной форме. Проследив за ними, насколько позволяло зеркало заднего вида, Нияма недовольно скривил губы.

Жалко, что не удастся увидеть такой спектакль. Будет, конечно, видеозапись: на одном из деревьев, в нескольких десятках метров от дома, замаскирована камера, которая включится ровно в восемнадцать тридцать.

Но пленка не передаст всей полноты картины. Она годится только для изучения тактики спецназа, хотя каждый раз это одно и то же, да для выяснения главных действующих лиц. Но лица эти также были одними и теми же — сотрудниками МВД или ФСБ из отделов по борьбе с организованной преступностью.

Машина въехала в город, направляясь в Измайлово, на 8-ю Парковую, где их ждали. Солнце скрылось за угрюмыми вечерними облаками. Фонари не горели, и столица была погружена в полумрак.

Узкоглазый бандит завернул в безлюдный двор одного из старых, построенных пленными немцами домов, притормозил около подъезда, возле которого на скамейке курили двое молодых людей.

Увидев машину, они побросали сигареты, быстро и молча вытащили Елизавету Игнатьевну из «Волги» и, накинув на нее капюшон плаща, повели в дом. Нияма же отправился обратно забрать видеокамеру с записью сражения.

4

В трехкомнатной, по-современному обставленной квартире кроме четырех боевиков охраны находились еще двое.

Один — коренастый пожилой мужчина со свернутым в драке носом, другой — помоложе, наполовину седой, с короткой стрижкой.

Они осмотрели женщину. Елизавета Игнатьевна, свернувшись калачиком, посапывала на огромной итальянской кровати.

— Разбудите и накормите, — приказал старший, ни к кому персонально не обращаясь.

Тут же бочком к Дарофеевой скользнул шестерка с пневматическим инъектором. Приставив его к плечу похищенной, парень нажал курок. Спустя минуту Елизавета Игнатьевна открыла глаза. Однако действие ранее сделанных инъекций продолжалось, и она практически не воспринимала происходившее вокруг.

Подошел еще один боевик. Он принес тарелку дымящегося бульона. Зачерпнул ложкой и поднес к губам женщины. Она открыла рот и проглотила жидкость.

Старик и его спутник, убедившись, что Дарофеева может принимать пищу, прошли в гостиную и сели напротив друг друга в прозрачные водяные кресла.

— Ну, Гнус, доволен? — спросил пожилой. Голос у него был хриплый, монотонный. Чувствовалось, что вопросительный тон для него непривычен. Да и сломанный нос не способствовал внятности его речи.

Его собеседник ответил не сразу, словно размышляя.

— Что ты для нее приготовил? — Гнус соединил пальцы и стал разглядывать получившуюся фигуру.

— Сначала — морфин. С бромом. Потом — LSD.

— Хорошо... Не забудь, Рыбак, против нас — энергетик. Хилый, но энергетик. Его ясновидения хватит для определения твоих ребят и хаз, поэтому жену его перевозить минимум раз в день. Ты пока под моей защитой. Нас он не найдет. Но повторяю, осторожность не повредит. Мочить пока не надо. Пусть живет. Но здоровья поубавить можно. Шухер он уже поднял. Пока жена у нас — осложнений быть не должно. Игорь — человек импульсивный, поэтому возможны сюрпризы. Впрочем, предсказать его ходы легко. Я буду сообщать, если что узнаю.

Рыбак, соглашаясь, слегка нагнул голову.

Его собеседник порывисто встал:

— Пусть в понедельник вечером мне позвонят.

Главарь наркомафии снова ответил кивком. Провожая глазами визитера, он еще раз подумал о том, с какой поразительной быстротой Гнус приобрел почти неограниченную власть.

Он появился внезапно. Беспрепятственно прошел через несколько кордонов рыбаковских охранников. За несколько минут вывалил на Рыбака огромное количество фактов о деятельности наркомафии. Многого не знал даже ее хозяин. Тут же назвал ошибки в способах распространения и транспортировки и наметил ходы их исправления, указал двойников и внедренных оперативников.

Проверка показала, что Гнус ни разу не ошибся. За одну ночь исчезло больше десятка разного рода шишек рыбаковской группировки, трупы которых потом находили в разных районах Подмосковья. Работники ФСБ, прибывая на место обнаружения тел, всякий раз опознавали своих коллег. Последовало несколько репрессивных операций против наркомафии, но все они прошли впустую. Задержали несколько сотен рядовых наркоманов, которых вскоре пришлось отпустить.

Не понимая, зачем и почему он так рискует, Рыбак прислушался к советам внезапно появившегося «друга». После этих нововведений система доставки и распространения наркотиков стала работать с небывалой эффективностью. Резко сократилось число провалов, захватов товара как милицией, так и малочисленными конкурентами.

С помощью Гнуса разрабатывался новый наркотик. Дешевый и эффективный. Основой его изготовления служил всем известный отечественный препарат. Кроме всего прочего, Гнус разработал систему промывания мозгов. Ее физическим воплощением стала немногочисленная пока группка наркоманов-убийц, владеющих самыми эффективными методами умерщвления и готовых умереть ради хозяина.

И теперь, добившись за два года положения правой руки самого Рыбака, он спланировал нелогичную акцию против Дарофеева, человека известного и вроде бы безобидного.

Рыбак не любил странностей. Но прекратить бессмысленную операцию своего помощника уже не мог. Требовать объяснений мафиози не хотел, он ждал, когда ситуация прояснится сама.

Глава 7

1

Пообещав Дарофееву в тот же день выехать в район Бронниц вызволять Елизавету Игнатьевну из рук похитителей, Синельников приложил все силы, чтобы сдержать слово. Получить разрешение непосредственного начальника, полковника Федина, было проще всего. Лев Петрович Федин знал Дарофеева и доверял ему. Наибольшие сложности возникли с привлечением группы спецназа. Они поразъехались по заданиям. Но к пяти часам Николаю Николаевичу удалось собрать всех.

Пятнадцать минут на инструктаж, и вереница машин двинулась.

Включив сирены и мигалки, колонна шла по рязанской трассе, обгоняя частников, спешивших по домам и на дачи. Первую машину, обычный милицейский «жигуль», вел сам Николай Николаевич. Вместе с ним ехали двое: капитан Дроздов Петр Никитович и старший лейтенант Иващенко.

— Не нравится мне это дело, Коля, — говорил Дроздов. — Предчувствие у меня нехорошее.

— Ну да, — ответил Синельников. — Мне тоже кажется, что брать их придется с боем.

— Нет, это-то само собой. Просто так они не сдадутся. Смущает меня то, что они до сих пор никак не давали о себе знать. Дарофееву не звонили? Не звонили. Выкуп просили? Тоже нет. Зачем же тогда они человека похитили?

— Может, они выжидают, чтобы цену набить? — предположил Иващенко.

— Какую цену? Игорь их в два счета вычислил. Не могли же они не знать, на чью жену посягают?! — пожал плечами Николай Николаевич.

— А если шантаж? — выдал очередное предположение старлей. — Мол, прекращай работать на органы, а то...

— Вот это возможно, — задумчиво почесал подбородок Петр Никитович. — Бросай легавых, работай на нас... Очень возможно! Игорь — человек известный, сколько раз по телевизору его видел. Талантливый. Вот и захотели прибрать его к рукам. Своего ума не хватает...

— Что же, у них своих колдунов нет?

— Не колдунов, а биоэнергетиков, — заступился за Дарофеева Николай Николаевич. — Пора бы вам, старший лейтенант, переходить на современную терминологию. Но экстрасенсов-преступников я живьем не видел, только в кино... Игорь говорил, что можно из-за этого дара лишиться.

Свернув на указанную Дарофеевым дорогу и миновав заброшенный сарайчик гаишников, Синельников притормозил, пропуская вперед автобусы со спецназом. Капитан успел сверить сведения, полученные с помощью ясновидения, со спутниковой картой Московской области. Совпадение абсолютное. Ребятам указали дом для штурма, и теперь автобусы рванули вперед.

У последнего, облупленного, двухэтажного домика машины остановились, и через открывшиеся дверцы быстро, цепочкой, выскакивали бойцы, мгновенно рассредоточиваясь по территории. На окружение дома ушла пара минут. Из-за кустов, деревьев, кочек и соседских заборов на него были направлены три десятка стволов.

2

Двое бандитов на водонапорной башне откровенно веселились, наблюдая за окружением пустого дома. Они видели все стадии разворачивания отряда спецназа и теперь знали положение почти всех боевиков, за исключением тех, что залегли у черного хода.

Нервничая, Кишка крутил в руках джойстик для управления пулеметом.

— Смотри не стрельни раньше времени! — шикнул Слепой.

— Не бойся, — пообещал толстый похититель.

Последними появились милицейские «Жигули» и остановились, не доехав десяток метров до дома. Вой сирены прервался, и на несколько секунд наступила тишина.

— Дом окружен! — прогрохотал мегафон. — Выходите по одному с поднятыми руками! Сопротивление бесполезно!

— Давай по машине! — приказал Слепой.

Кишка повел рукоятку джойстика влево. В доме, за пуленепробиваемым щитком, бесшумно заработал моторчик, поворачивая оружие в сторону машины с громкоговорителем. Глубоко вздохнув, толстый нажал красную кнопку и тут же отпустил.

Короткая очередь прошила входную дверь и ударила у самых колес «Жигулей».

Автомобиль резко дал задний ход и остановился вне пределов досягаемости пуль.

— Промазал... — удивился Кишка.

— Да не отвлекайся, бычара! По солдатам давай! Быстро!

Спецназовцы в ответ на выстрел сами открыли беспорядочную стрельбу. Посыпались стекла, от деревянной обшивки дома отлетали щепки.

Автомат Слепого стоял на втором этаже, и угол обстрела у него был гораздо шире. Пока Кишка с помощью радиоуправления наводил ствол на спрятавшегося спецназовца, тот успевал сменить укрытие, и пули не достигали цели.

— С поворотом стреляй! — злился Слепой, посылая пули длинными очередями. Он уже ранил или убил нескольких солдат, и это распаляло в нем охотничий азарт. Азарт безнаказанного убийцы. — Ну давай ползи!.. — рычал он, наблюдая с тыла за перемещениями бойцов. — А я тебя!..

И раздавалась очередь, превращая тренированного молодого парня в истекающий кровью труп.

Второй бандит относился к бою как к игре. Он тщательно выбирал цель и стрелял короткими хлесткими очередями.

У входной двери уже лежали двое в камуфляжной форме, и Кишке было видно, как один из них, еще живой, но агонизирующий, пытался отцепить от пояса гранату. Ему это удалось. Раздался несильный взрыв, и крыльцо с частью стены превратилось в щепки, похоронив под собой и убитых спецназовцев.

Отряд пошел в атаку.

Пощелкав кнопкой, толстый обнаружил, что его автомат не действует.

— Где взрыватель?

Слепой, не прекращая стрельбы, протянул ему коробку с маленькой красной кнопкой:

— Не сразу. Подожди, пока все в дом войдут.

Второй пулемет тоже замолчал. Очевидно, бойцы добрались до него и разрушили механизм.

— Жми! Они же врубились, что пусто там!!!

Спецназовцы спешно выбегали из полуразрушенного строения.

Кишка нажал кнопку.

Первые мгновения ничего не происходило. Затем послышался грохот, из дачи вырвалось облако огня. Вихрь подхватывал доски, людей, кирпичи и нес их прочь, обжигая и корежа. Огненный дождь посыпался на пустые автобусы, милицейские машины, дымящиеся обломки падали на крыши соседних зданий.

— Пора, — шепнул Слепой.

Но бандиты не заметили еще одного взрыва. Водонапорную башню вдруг слегка тряхнуло, она скрипнула и медленно начала заваливаться набок, неся на себе двух обреченных боевиков. Несколько микроскопических кумулятивных зарядов, оставленных узкоглазым Ниямой, отрубили одну из трех ног, подпиравших резервуар.

— Прыгай! — крикнул Слепой. — Прыгай! Нас подставили!!

Он оттолкнулся от накренившейся площадки и, ломая ветки, приземлился в заросли орешника.

Густая поросль смягчила удар, но в плече от удара о землю что-то хрустнуло, и бандит чуть не задохнулся от резкой боли. Повернув голову, он увидел последние секунды жизни своего толстого напарника.

Кишка не прыгнул. Он вцепился обеими руками в края площадки и безмолвно смотрел на приближающуюся землю. Цистерна рухнула прямо на него. Раз перевернулась, неся на себе кровавый силуэт, и лопнула, на несколько минут затопив округу валом ржавой воды.

Превозмогая боль, Слепой побежал прочь. Очки соскользнули, затерялись в желтеющей траве. Бандиту было не до них, главное — уйти от возможного преследования. К счастью, наклон местности оказался в другую сторону, так что вся вода потекла в сторону пылающих остатков дачи и милиции.

Его бегство скрыла упавшая цистерна, позади не раздалось ни криков, ни выстрелов, и он незамеченным добрался до узенькой лесополосы. Преодолев в густых сумерках около километра, Слепой свалился на землю. Здоровой рукой он обшарил карманы. Нашел ампулы. Морфин. То, что надо, чтобы заглушить боль. Зубами вскрыв одну ампулу, он проплевался слюной с кровью: осколки стекла поранили губы и язык, но ни капли ценной жидкости не пролилось. Не обращая внимания на плавающие на дне ампулы осколки, Слепой досуха высосал шприцем раствор морфия.

Стараясь не тревожить место перелома, он закатал рукав, на ощупь нашел вену. Всадив иглу, он не стал проверять точность попадания, сразу надавил на поршень и замер, ожидая действия наркотика.

3

Так, со шприцем в руке, застывшим навсегда, его и нашли оставшиеся в живых бойцы спецназа, прочесывавшие с фонарями окрестности дома. Из трех десятков бойцов уцелели только восемнадцать ребят. Шестеро из них получили ранения разной тяжести.

С первым найденным бандитом уже ничего нельзя было сделать: месиво из костей и плоти, лишь сохранившее очертания человека. И, не подоспей Синельников, от второго бандита осталось бы и того меньше.

Ярость спецназовцев утихомирили только несколько выстрелов в воздух. Лишь после этого Николаю Николаевичу удалось осмотреть и обыскать труп бандита.

Никаких документов при нем не оказалось. Лишь в нагрудном кармане нашелся очечник, в котором лежала чудом не разбившаяся при падении вторая ампула. Аккуратно взяв ее пинцетом, Синельников опустил стеклянный баллончик в подставленный Петром Никитовичем целлофановый пакетик, где уже лежала такая же пустая, найденная рядом с трупом. Шприц, несколько тысяч рублей, пачка долларов, шариковая ручка, связка ключей, пистолет «ТТ» — все заняло свои места в качестве вещдоков.

На руках Слепого были обнаружены дорожки от уколов. На правом плече — татуировка танка и аббревиатура ГСВГ, а на левом запястье красовалась небольшая шипастая рыбка.

— Рыбак, — сказал Дроздов.

— Да, — отозвался Николай Николаевич. — Давненько нам не попадались его ребята. Подозрительно давно. Видать, чего-то он замышляет. Крупное.

— Жаль, не допросишь его теперь.

— Они смертниками были. С гарантией.

— Эх, раньше бы сообразить, что они на башне засели!..

— Вот тебя бы на наше место, — буркнул какой-то спецназовец. — По тебе палят с одной стороны, а ты жопу под огонь подставь и... — Он злобно сплюнул. — Соображай!

Волоча по земле труп, завернутый в плащ-палатку, группа вернулась к пепелищу. Бронницкие пожарные уже уехали. Из-за взрыва загорелись три соседних дома. Спасти их не удалось, но пожару не дали распространиться на весь поселок.

Раненых увезли в ближайший госпиталь. За погибшими вот-вот должны были приехать из Москвы.

Бойцы уложили их в длинный ряд, и они лежали серыми неподвижными мешками, едва различимыми в наступившей темноте.

Трупы бандитов погрузили в «газик» и в сопровождении Игнатенко отправили на Петровку. Синельников и Дроздов, вооружившись мощными фонарями, обыскали взорванный дом, заново обошли вокруг упавшего бака водонапорной вышки.

— Вот, — указал Дроздов на кусок опоры. — Видишь, перерублено взрывом. «Тюльпанчик». Здесь заложили небольшой, но мощный заряд. Они подорвали дом и одновременно себя.

— А для надежности им еще выдали ампулы с ядом. Или они не знали, что там отрава?

— Вряд ли... На ампулах надпись «Морфин». А наркоманы жизнь любят...

Они нашли джойстик, приобщили его к собранным уликам.

— А Дарофеевой в доме не было, — сказал Николай Николаевич.

— И не могло быть. Эти подонки хорошо подготовились к нашему визиту. Словно наперед все знали. Один вопрос: откуда?

— Когда Игорь нашел этот дом, на него напали.

— Как?

— Не знаю, но он потерял сознание, его даже скрутило... Короче, страшно было смотреть...

— Ну и?..

— Он сказал, что тут замешан еще один экстрасенс. Мощный и злой.

— Но ты же говорил, что экстрасенсы злыми быть не должны...

— Не должны-то не должны... Но черная магия вроде как существует... Лучше подумай, — сменил тему Синельников, — зачем им надо было нас задерживать? Особого смысла-то в этом нет. Приехали мы — дом пустой. Ну и укатили бы восвояси. А тут стрельба и двое бандитов, как визитные карточки...

— Может, это благородный жест: «Я, Рыбак, начал действовать!»

— Не похоже это на него. Надо бы у спецов по наркомафии спросить, жив ли он вообще, Рыбак. Может, его место уже другой занял?

— Может быть... Этот «крестный отец» довольно стар, но хитер, сука. Сталинской закалки преступник. Его трудно подсидеть. Но даже если руководство сменилось, это нам неважно. Главное, какие у них планы относительно Дарофеева и его жены? И что с ней будет?

— Если ее отсюда увезли, значит, она нужна. И нужна живой. Остается надеяться только на это. А если она жива, Игорь ее и под землей отыщет. А мы отобьем!

Пришли автобусы. Спецназовцы погрузили в них убитых товарищей, расселись сами и уехали. Дроздов и Синельников укатили вслед за ними.

На месте боя остался только что проснувшийся старик сторож, потрясенный картиной разрушения.

4

Желтая «Волга» с потушенными огнями стояла на обочине Рязанки. Сидевший в ней Нияма терпеливо наблюдал.

Сначала мимо него проехали возвращающиеся в Бронницу пожарные.

Потом вырулил газик «раковая шейка» и бодро покатил в сторону Москвы. Почти сразу подъехали ЛиАЗовские автобусы, которые быстро вернулись. В окнах виднелись понурые бойцы спецназа. Вскоре после автобусов появились «Жигули» с двумя ментами в форме.

Подождав немного, Нияма завел двигатель и поехал к месту боя.

Остановившись в сотне метров от пожарища, бандит вышел. Прокравшись мимо зевающего милиционера из оцепления, Нияма нашел дерево, на котором спрятал видеокамеру. Взобравшись по густо растущим веткам, он наткнулся на скворечник. Вскрыв его боковую стенку, извлек портативную «восьмерку».

В машине он проверил кассету. Запись была почти черная. Автоматика подвела, и режим съемки при плохом освещении не включился.

Поиграв кнопками, Ниям установил максимальную яркость. После этого в видоискателе зашевелились фигуры, но разобраться, кто, что и как делает, было трудно. Впрочем, бандит знал, что в лаборатории запись «вытянут», так что получится еще один учебный фильм об успешно проведенной операции.

Развернувшись, он погнал автомобиль в Москву: докладывать и отдавать пленку.

Довольный, он не заметил спрятавшегося за забором милиционера, который видел все его манипуляции.

5

Приехав в Москву, Синельников первым делом позвонил Дарофееву. У Игоря Сергеевича был включен автоответчик, и Николай Николаевич надиктовал на него краткий отчет о провале операции и просьбу о немедленной встрече.

В соседнем кабинете кто-то не выключил радиоприемник, и оттуда донеслись удары курантов: наступило воскресенье. Капитан достал из ящика стола кучу бланков и начал писать рапорт об атаке пустого дома.

В это время Дарофеев был занят не менее важным делом.

Для раскачки экстрасенс выполнил сначала платное задание: вычислил компромат на депутата Городской думы. Депутат немало накуролесил на своем веку, и медитация на него прошла легко. Дарофееву осталось только отобрать наиболее значительные и пикантные детали.

К работе с Рыбаком Игорь Сергеевич приготовился с максимальной тщательностью. Предельно расширив сферу восприятия, расставив вокруг себя множество астральных ловушек и слоев защиты, биоэнергетик стал вглядываться в компьютерную распечатку портрета старого мафиози.

Сначала ничего не получалось. Потом Пономарь понял, что на Рыбаке блок защиты.

Как и у любого жесткого блока, у него должны были быть уязвимые места. Ухватившись за тепловое излучение тела преступника, Дарофеев осторожно проник под энергетическую оболочку. Поскольку сам Рыбак не мог соорудить такую структуру, значит, кто-то это сделал за него. И вполне вероятно, этот неизвестный мог оставить несколько неприятных сюрпризов. Интуиция не подвела. Игорь Сергеевич нашел и нейтрализовал несколько сторожевых астральных структур.

После мер безопасности работа пошла сама. Визуализировав Рыбака как голубую точку в пространстве социальных отношений, биоэнергетик без труда отследил все или большинство наиболее интенсивных лучиков, исходящих из голубого центра.

Это оказывались ближайшие помощники мафиози, его личные шестерки, шмары. Дарофеев запоминал их, чтобы потом изучить поподробнее.

Но одна из самых ярких и насыщенных связей странным образом обрывалась. На месте человека был непроницаемый черный шар. Даже подготовленный и экипированный Игорь Сергеевич не рискнул проникать сквозь его стенку.

Там таилось нечто ужасное, к чему Пономарь не был готов. Проследив связи, Дарофеев попытался залезть в прошлое Рыбака, но почувствовал, что устал, и прекратил это занятие. Выйдя из медитации, экстрасенс глотнул загодя приготовленного яблочного сока и наскоро набросал на бумаге все сегодняшние открытия.

Проверив автоответчик, Игорь Сергеевич прослушал сообщение Синельникова. Потрясенный гибелью спецназовцев, целитель не стал просматривать корни ситуации: он слишком устал.

Решив отложить все дела на завтра, он помолился на сон грядущий, разделся и лег спать.

Глава 8

1

Утро Игорь Сергеевич начал с телефонного звонка Синельникову. Капитан, невыспавшийся и раздраженный — домой пришлось добираться в пятом часу утра на патрульной машине, — пересказал Дарофееву подробности вчерашних событий.

При упоминании о Рыбаке целитель разыграл удивление.

— Твой анонимщик наверняка из наркомафии, — делился догадками Николай Николаевич. — Из ближайшего окружения босса.

Дарофеев сразу вспомнил «темную лошадку», на которую наткнулся во время ночных поисков.

— Чем ты мог им насолить? — недоумевал капитан.

— Не знаю... Мы с тобой против них работали? — Игорь Сергеевич помнил несколько эпизодов: обнаружение крупных партий наркотиков, захват обезумевшим наркоманом детского сада, разоблачение фабрики по производству амфетаминов в подвале театра, еще несколько случаев, детали которых забылись за давностью лет.

— Работали... — вздохнул Синельников. — Но об этом знали только трое. Ты, я да Дроздов. Он кристальный человек.

— Говорил же я тебе, против меня сильный энергетик. Я вчера... — Дарофеев чуть не проговорился о своей работе по Рыбаку, но сориентировался и продолжил: — Чуть не сдох в его ловушке! Помнишь ведь!..

Николай помнил.

— Ладно, — сказал он. — Я свяжусь с ребятами из отдела по борьбе с наркомафией, а ты поработай для себя. Узнай что сможешь про Рыбака.

Пообещав, целитель рассказал о том, что нашел в комнате дочери. Синельников сразу предложил забрать пузырек на экспертизу.

— Я скоро подъеду. Да и зачем тебе эта возня? Я нюхну и сразу скажу тебе, что это за гадость. У нас спецкурс прошел по определению разных наркотиков.

Потом Дарофеев еще минут пять вяло отбивался от советов быть осторожнее и закончил беседу.

2

После легкого вегетарианского завтрака целитель попытался вновь разыскать жену. Елизавета Игнатьевна нашлась быстро. Подвал полуразрушенного дома на Сиреневом бульваре. Маленькая грязная комнатушка с неприличными граффити на стенах. Драный тюфяк, на котором...

Увиденная сцена вызвала такое омерзение у экстрасенса, что он невольно вывалился из медитации и несколько минут в ярости метался по квартире.

На всякий случай он записал адрес, но, анализируя ощущения, Дарофеев понял, что Лизу там долго не задержат. Они знают, что он следит за ней, и будут перевозить ее как можно чаще. Оставалось два выхода: или попытаться самому проследить пути ее будущего, или подключить к этому Виктора Анатольевича.

Несколько коротких упражнений для саморегуляции, и, восстановив внутреннее спокойствие, экстрасенс продолжил работу по наркомафии.

Он настроился на автоматическое письмо и, войдя в транс, несколько часов записывал адреса, имена, занятия членов рыбаковской «крыши».

Во время этого занятия его посетило странное чувство, что такую работу до него уже кто-то проводил. Сконцентрировавшись на новых сведениях, Дарофеев принялся искать следы просматривания связей. И действительно наткнулся на множество следов, коррекций, проведенных чужой волей. Но с них тщательно была стерта личностная информация. Несомненно, производивший эти операции имел возможность выходить в гораздо более тонкие сферы, нежели Игорь Сергеевич.

Неизвестный мог работать, полностью абстрагировавшись от собственного «я».

Осознав полученную информацию, Дарофеев запаниковал. С профессионалом такого уровня лучше никогда не враждовать. Раздавит и не заметит. А этот маг сознательно пошел на конфронтацию.

Правда, сам он, если не считать звонка, ничего не сделал. Руки у него чисты... Но надолго ли?

Игорь Сергеевич проглядел листы с записями, сделанными во время медитации. Просматривалась хорошо разработанная иерархия.

Непосредственные указания Рыбака получали пятеро приближенных, спускавших их главарям разнонаправленных групп, связанных с различными районами России и зарубежья, которым в свою очередь подчинялись самые нижние «чины» мафии, боевики, курьеры, сбытчики.

На особом положении находились подпольные лаборатории. В них не только изготавливались центнеры известных наркотиков, но разрабатывались и новые.

В отдельную структуру была выделена личная охрана Рыбака. В нее набирали когда-либо провинившихся перед боссом. Психотропными средствами им «промывали мозги», и они становились покорными хозяину рабами, готовыми на все ради защиты главаря «крыши».

3

Дарофеев заправил свежие листы бумаги в плоскую «Оптиму». Пишущей машинкой целитель пользовался часто. Бесконечные отчеты, статьи. Да и рукопись книги не стояла на месте.

Печатал Игорь Сергеевич достаточно быстро, хотя и двумя пальцами.

Разложив перед собой исписанные мелким почерком листы, экстрасенс начал составлять список для

Синельникова. Имя, прозвище, адрес, краткое описание примет руководителей среднего звена рыбаковской мафии.

Дарофеев спешил перепечатать свои рукописные записи. В состоянии транса его почерк неузнаваемо менялся, и расшифровывать его удавалось лишь непосредственно после медитации.

Всего набралось около сорока человек. Остальные были или крупнее, или не представляли интереса, обычные исполнители.

Второй список оказался короче, но гораздо информативнее. Возглавлял его сам Рыбак. Подробностей в нем было больше, вплоть до особых привычек в еде. Предназначался он для Ивана Алексеевича.

Только Дарофеев успел перекусить, как пришел Синельников. Он с удивлением прочитал машинописные страницы:

— Так быстро! Не ожидал!..

— Для себя таки... Хотя и сложно было...

— Погоди. — Николай Николаевич еще раз проглядел текст. — А где верхушка? Тут же одни середнячки! Лаборатории. Эмиссары. Распределители. Зарубежный отдел... Главный-то где?

— Главный заблокирован. Крутая защита стоит...

Дарофеев не врал. Но и отдать милиции Рыбака он тоже не мог. Пономарь надеялся, что его объяснение удовлетворит Синельникова.

— Ладно, попробуй как-нибудь пробиться. А не получится — мы его и так вычислим. Лизу не искал?

Целитель рассказал о своих подозрениях.

— Что ж... — Капитан задумчиво потер лоб. — Придется, наверное, на следующую операцию брать тебя с собой... Рискованно, конечно, но нельзя нам больше попадаться в ловушки.

Экстрасенс согласился.

— Да, что за пузырек ты хотел мне дать? — вспомнил Николай Николаевич.

— Ах да... Сейчас...

Дарофеев чуть не забыл о жидкости со странным запахом, которую он нашел в комнате Светы. Он

84

спрятал склянку под мусорное ведро и теперь, под насмешливым взглядом милиционера, извлек ее из тайника.

Не вскрывая пробочку, Синельников сначала поглядел жидкость на просвет, встряхнул зачем-то. Наконец поддел пробку ногтем и, отставив руку с пузырьком в сторону, принюхался.

— Ну что? — не удержался от вопроса Дарофеев.

— Винт.

— Чего? Какой еще винт?

— Сленговое название самодельного наркотика. Сокращенное от «первитин». Гадкая штука. Проста в изготовлении, приятна по ощущениям, но необратимо разрушает личность.

— От него не лечат? — всполошился целитель.

— Не знаю, — честно ответил капитан. — Это не ко мне. С наркологами проконсультируйся... Да чего это я? Ты и сам можешь все это определить...

— Могу, конечно...

Позвонил телефон. Игорь Сергеевич взял трубку и минут двадцать был вынужден выслушивать жалобы высокопоставленного пациента. За это время распрощался и ушел Синельников, а сам целитель успел напечатать страничку на машинке.

Вечерело. Дарофеев запечатал конверт с компроматом на депутата и списком верхушки мафии, положил его в кейс, включил телевизор и стал ждать брата.

4

Дарофеевы встали рано. Игорь Сергеевич старался не думать о начавшемся дне. Ему предстояло множество дел, и первое — вызволение дочери из клиники.

Среди пациентов нашелся директор Реабилитационного центра общества анонимных наркоманов, и целитель уже договорился с ним устроить Свету в клинику центра.

Константин, у которого этот день был выходным, возбужденно говорил что-то, лучился оптимизмом и изо всех сил старался не выдать своей озабоченности. Когда в жизнь вторгаются криминальные структуры, можно ожидать неприятностей.

Братья оделись. Но когда Игорь потянул ручку двери, Константин мягко его отстранил:

— Подожди. Я вперед!

— Почему?

— Может быть засада!

— Да брось ты! В такую рань!.. — не согласился целитель, но подчинился и позволил брату выйти первым.

Не успела входная дверь открыться, как послышался слабый хлопок и в прихожую повалил густой красный дым.

— Не дыши! — приказал Константин. — Балкон открой!

Дарофеев развернулся и опрометью кинулся в квартиру. Стоя у распахнутой балконной двери, он смотрел, как брат несется к нему, зажав в руке небольшой предмет, испускавший клубы кровавого дыма.

Шашка полетела вниз. Следя глазами за ее траекторией, Игорь Сергеевич обнаружил, что до сих пор задерживает дыхание. Он стал медленно набирать в легкие воздух, опасаясь вдохнуть ядовитый газ. Но воздух ничем не пах, и целитель задышал полной грудью.

В скверике под домом все еще стелился дым. Сквозь него казалось, что красными стали все кусты и трава. Дарофеев обернулся и увидел незнакомого человека. Казалось, с его лица заживо содрали кожу и сочащаяся кровь окрасила его до пояса.

Человек ухмыльнулся.

— А ты не верил!.. — сказал он голосом Кости.

— Что это такое? Посмотри, в каком ты виде!

— Ничего вредного, просто краситель. А насчет вида взгляни-ка в зеркало.

Краска мгновенно въелась в кожу и одежду. Несколько минут работы мочалкой ничего не дали, наоборот, распаренная кожа раскраснелась еще сильнее.

После нескольких безуспешных попыток принять естественный вид (мыло, стиральный порошок, бензин, ацетон оказались в этой ситуации бесполезными) пришлось позаимствовать тональный крем из косметических запасов Елизаветы Игнатьевны. И все равно братья выглядели так, словно неделю провели в пустыне и спалили себе всю кожу на лице и руках.

— Вот сволочи, — бормотал Игорь Сергеевич, рассматривая прихожую, все в которой было разукрашено разными по интенсивности красными пятнами и полосами. Не пострадали лишь полированные поверхности и зеркало. — Ремонт придется делать...

— Не придется, — обнадежил его Костя. — Это родамин или рудерин — не помню, как правильно. К вечеру он наполовину обесцветится. Мы применяли такие шашки. Бандитов метить.

— Так что, мы теперь как убежавшие бандиты?

— Ну да! — рассмеялся младший Дарофеев.

Старшему же было не до смеха.

— Ладно, план прежний. Я вперед, ты — за мной. Короткими перебежками. Марш!

5

Сменив испачканную одежду, старший и младший Дарофеевы вышли из подъезда. Редкие прохожие спешили на работу, никто из них не обращал на братьев внимания.

Найденный милицией «форд» Дарофееву пока не вернули, пришлось ловить такси. Останавливал машины Константин.

Первая, «Волга», с шашечками, но без привычного фонарика, и ее хозяин восточного типа с узкими миндалевидными глазами чем-то ему не приглянулись. Вторым остановился новый «Москвич». Водитель заломил бешеную цену, но младший Дарофеев скомандовал:

— Залезай!

Уже на Аминьевском шоссе Костя похлопал по плечу водителя:

— Шеф, видишь — сзади идет желтый мотор?

— Ну. — Мужчина глянул в зеркало заднего вида.

— Оторваться сможешь?

— Что я тебе, гонщик?

— Сотня.

— Две.

— Полторы.

— Две, — повторил водитель. — Плюс за поездку.

— Две за все.

Мужик немного подумал:

— Годится.

— Костя, что ты делаешь? — опомнился Игорь, который до этого силился понять, в чем состоит смысл этого торга.

— У тебя денег нет?

— Деньги, Костя, у меня есть. Зачем эта игра в казаки-разбойники?

— Ты не понял? Эта тачка, которая была первой, за тобой. Если б не я, увезли бы тебя в неизвестном направлении... Понял?

Пока младший брат полушепотом разъяснял старшему смысл происходившего, водитель слегка сбавил скорость, пропуская вперед указанную машину, перестроился в левый ряд и на очередном светофоре резко свернул влево, в Матвеевское.

Обернувшись, Дарофеев увидел, как «Волга» с узкоглазым водителем пыталась развернуться, но плотный поток машин не давал совершить маневр.

— Сейчас маленький круг сделаем. Пусть думает, что мы по Очаковскому пойдем...

«Москвич» повернул направо, налево, объехал по периметру круглый дом и через пару минут выехал на улицу Лобачевского. Преследователь нагло пристроился сзади.

На перекрестке с проспектом Вернадского горел красный свет. «Москвич» остановился.

— Ничего, сейчас дворами от него уйдем, — заверил братьев водитель.

Но делать этого не пришлось: откуда-то появился гаишник и направился прямо к «Волге». После короткого разговора с представителем власти узкоглазый внезапно дал по газам, выскочил за светофор и погнал по встречной полосе.

Зажегся зеленый, на него, подрезая стоявших на пересечении, ринулась патрульная машина ГАИ.

— Ну, говорил я тебе!.. — ухмыльнулся Костя. — Нечисто тут было... А ты, дружище, — обратился он к шоферу, — получишь только за маршрут...

Оставшаяся часть поездки до клиники № 17 прошла без приключений. В половине одиннадцатого братья уже входили в кабинет главврача.

— Дарофеева? — удивился тот. — Светлана Игоревна? Да, была такая. Утром за ней приехал отец, и ее выписали. Я вообще хочу разобраться, на каком основании она сюда попала. Мы наркоманов без их согласия не лечим. У нас только экспертиза...

Но Игорь Сергеевич не дослушал:

— Я ее отец! Я!!! — Он чуть не бросился на врача, но Константин вовремя схватил экстрасенса за руку. — Куда вы ее дели?!! Или вы тоже на них работаете?!

— Подождите! — рявкнул врач. — Работаю я на здравоохранение! И больше ни на кого! А что касается Дарофеевой, можно сходить в отделение, там ее карточка и расписка отца.

— Я отец, — беспомощно повторил Игорь Сергеевич. — Вот паспорт, вот она у меня вписана...

6

«Я, Дарофеев Игорь Сергеевич, прошу выписать мою дочь, Дарофееву Светлану Игоревну, под мою полную ответственность...» — читал целитель незнакомый ровный почерк.

— Но это не я писал!..

— Ну конечно не ты. Они и тут нас опередили.

— Да заткнись ты!.. — вспылил целитель, но сразу сник, виновато взглянул на брата. — Прости, Костя. Прости...

— Ничего... Я понимаю...

— Чего уж делать, давай домой...

На квартире Дарофеева они пообедали. Точнее, ел только Дарофеев-младший, Игорь Сергеевич лишь вяло ковырял вилкой спагетти.

Перед выездом в Фили экстрасенс позвонил Синельникову. Трубку не поднимали. Прослушав около двадцати гудков, он положил трубку и отодвинул от себя телефон:

— Поехали. Там еще прибраться надо.

Путешествие до снимаемой квартиры прошло без сюрпризов. Прием начинался в три часа, и братья, насколько это было возможно, привели в порядок разгромленный рэкетирами кабинет. Физическая работа не спасала от тягостных мыслей, и, когда в дверь позвонил первый пациент, целитель вздрогнул от неожиданности.

Больные приходили, Игорь Сергеевич делал вид, что внимательно их выслушивает. Он автоматом махал над ними руками, нараспев читая молитвы. Кивал в ответ на сочувственные возгласы по поводу усталого вида и обожженного в солярии лица.

Каждому приходилось врать, что грядет ремонт, поэтому, как только помещение будет заново отделано, он сам пригласит уважаемого... или уважаемую... Приходил человек от Ивана Алексеевича. Целитель отдал ему конверт и, опасаясь, что брат услышит, вполголоса спросил, высунувшись за дверь:

— Охрана на месте?

— Какая?

— Ну как?.. Которую обещал мне Иван Алексеевич...

— Ничего про это не знаю, — сказал парень и быстро сбежал по лестнице.

«Обманул, — подумал Дарофеев. — Вот сволочь!»

Но появился очередной клиент, и на дурные мысли не осталось времени.

Проводив последнего визитера, Игорь Сергеевич заглянул на кухню. Константин, сидя за столиком, читал толстый фолиант «Парапсихология» из дарофеевской библиотеки.

— Ну что, не пришли?

— Сам видишь. — Целитель стер со лба пот вместе с гримом. — Может, и не будет их?

— Я провожу тебя до дома. Мало ли...

Экстрасенс не возражал.

Не успели они запереть за собой дверь, как внизу раздались резкие хлопки. Треск, чей-то вопль боли. И все резко стихло.

— Стой тут. — И Костя ринулся вниз по лестнице. — Давай сюда, — послышалось вскоре.

Игорь Сергеевич спустился и обнаружил брата, склонившегося над распростертым человеком в кожаной куртке. В спине незнакомца было два отверстия, из которых текла темная жидкость. Дарофеев-младший перевернул труп:

— Твой?

Да, это был один из рэкетиров, покалеченный Филя.

— Там, пониже, еще двое. Будешь смотреть?

Отрицательно мотнув головой, целитель взял убитого за левую руку.

Глава 9

1

— На чем сидишь?

Обескураженная внезапными переменами в своей безоблачной жизни, Света сначала не поняла, о чем ее спрашивают.

Переодетая в застиранный больничный халат, девушка сидела на жесткой койке в палате с зарешеченным окном. Кроме нее в помещении находились еще три человека. Женщина и две девушки, все с одним общим диагнозом — наркомания.

Отличие заключалось в том, что все обитательницы палаты, да и всего 29-го отделения, пришли в клинику добровольно. Или почти добровольно, под напором каких-то обстоятельств. Многие ложились сюда лишь для того, чтобы снять ломки — абстинентный синдром, — когда кончались деньги на наркотики. Другие пережидали в больнице преследования как со стороны эмвэдэшников, так и друзей-наркоманов. По-настоящему хотели вылечиться лишь редкие единицы.

Света не попадала ни в одну из этих категорий. Наркоманкой она себя не считала, лечиться поэтому было не от чего. Ее никто не преследовал, она ни от кого не скрывалась. Да и поместили девушку в палату не по ее воле.

— На чем торчишь-то? — повторили вопрос.

Подняв глаза, она увидела одну из соседок по палате.

Неопределенного возраста, скорее потасканная, чем умудренная опытом, перед Светой стояла крашеная блондинка.

— Винт, — отвернулась Дарофеева.

— Ну-ка в глаза посмотри!..

— Отстань...

— Э, деваха, да ты прешься, как шпала! Давно мазалась?

— Утром... Отстань...

Блондинка отошла, а Света повалилась на кровать и закрыла глаза, пытаясь до конца насладиться ускользающей эйфорией. Вечером, немного успокоившаяся, не до конца протрезвевшая — на ее молодой организм одна доза наркотика действовала около суток, — девушка познакомилась с соседками. Такими же, как и она, юными наркоманками.

Самая младшая, Катя, была Светиной ровесницей, но не в пример более опытной.

Поджав под себя ноги, Дарофеева сидела на своей койке. Катя примостилась рядом и слушала ее историю. Рассказ получался короткий: дворовая тусовка, пиво, сигареты, папиросы, простые и с анашой, винт... И апофеоз — визит милиции.

— Не врубаюсь, — говорила Катя. — Чего тебя сюда кинули? Сколько раз меня менты по торчковому делу вязали... В дурку ни разу не попадала...

— А сейчас ты тут зачем? — рискнула задать вопрос Света.

— Переторчала. Крышняк поехал. Помер какой-то астматик, а у него — вагон салюта[1]. Родичи-то все пузырьки на помойку снесли, а мимо как раз я проходила... Вот и дорвалась на халяву. Пузырей двадцать было. Старые, спиртяга сам отлетел, но джефа[2] в них было по полной программе. Раньше в салют больше джефа пихали.

Наркоманка широко улыбнулась. Во рту у нее не было по крайней мере половины зубов.

— Что с тобой? — ужаснулась Света.

— Знаешь, как после марафона[3] зубья летят? На винте надо йогурт хавать. В нем кальция много.

До попадания в больницу молодая Дарофеева никогда не интересовалась тем, как готовится наркотик. Сейчас же, за один вечер, она узнала больше подробностей, чем за весь свой наркоманский стаж.

Множество слов, употребляемых Катей, Светлана уже слышала от своих друзей, но когда она приставала к ним с расспросами о том, что они значат, те от нее просто отмахивались. «Не твоего ума это де-

---

[1] С а л ю т — сленговое название препарата солутан, из которого наркоманы извлекают алкалоид эфедрин для дальнейшей переработки в более сильные наркотики типа первитина («винт»).

[2] Д ж е ф — сленговое название алкалоида эфедрина.

[3] М а р а ф о н — длительное безостановочное употребление наркотиков на протяжении недель или месяцев.

ло, — говорили они. Или: — Меньше знаешь, лучше спишь».

Теперь же, подробно разузнав о технологиях и вариантах варки винта, девушка поняла, что ее просто обманывали, обделяли, пользуясь ее элементарным невежеством.

— Я тебе все расскажу, — негодовала Катя. — Тебя в понедельник, сто процентов, выгонят. Так что запоминай, выйдешь — сама варить начнешь. Независимость прежде всего.

Уже чувствовался приближающийся отходняк, но голова Светы оставалась пока ясной. Она жадно слушала и пыталась впитать всю информацию. Нет, она не собиралась всю жизнь посвящать наркотикам, но сведения, которые выплескивала на нее новая подруга, были настолько интересны, что непременно хотелось все попробовать самой.

Света за свой недолгий наркоманский стаж успела насмотреться на последствия употребления винта. На полностью опустившихся наркоманов, которые, наскребая на дозу, шли на откровенный грабеж. Однажды один такой принес на продажу золотые сережки, заляпанные кровью, которые он только что с мясом выдрал из ушей какой-то несчастной прямо на соседней улице. Она видела и наркоманок, одна из которых при ней обслужила человек десять ради единственной вмазки...

Но девушка не собиралась сама становиться такой. И здесь, в больнице, наслушавшись Катиных рассказов, она в который раз убедила себя, что вполне можно соблюдать меру, не торчать подолгу и использовать «восстанавливающую терапию». Она моментально поверила в миф, что при соблюдении нескольких элементарных правил нельзя сторчаться и потерять от наркотиков человеческий облик.

Света не задумывалась над тем, что правила эти знают все наркоманы. Их знание не мешает, плюнув на всех и даже на себя, кидаться в гибельные марафоны — безостановочное употребление постоянно растущих доз кайфа. Это знание не мешает уделять своей страсти больше и больше времени, пока ни на что другое его просто не остается...

Ее завораживала простота логической цепочки: купить, сварить, вмазаться. И тогда жизнь превратится в череду приключений.

— Хорошая штука — винт... — мечтая, произнесла Катя. — Ширнешься — башка ясная, энергия бурлит. По дому всю работу сделаешь, тусоваться пойдешь. А какой секс под винтом!.. А? Пробовала?

Света кивнула.

— Ну, скажи, — продолжала наркоманка, — чувства совсем другие! Как будто в тебя вся Вселенная входит!.. Это тебе не водка. От водки человек тупеет, а винт, наоборот, просветляет...

— Да брось ты свою пропаганду! — набросилась вдруг на Катю крашеная блондинка, которая интересовалась Светиными пристрастиями. — Ты опий пробовала? Хэш курила? Коку нюхала? Кислоту хавала? Грибы жевала? Серым дышала? Коллапсировала хоть раз? А феном никогда не шмыгалась? Сибишность мазала? Продолжить?

— Скажи, а что ты перечислила? Наркотики? Их так много?

— А ты думала? — рассмеялась блондинка. — Конопля, кокаин, опий да винт? Побольше, милая, раз в сто побольше. Когда все попробуешь, тогда и узнаешь, что лучше.

— Да ты знаешь, что винт всегда разный?! — возмущенно встряла Катя.

— Знаю, знаю. Я уже мульку[1] бодяжила[2], когда тебя еще в проекте не было. А когда ты родилась — с винта слезла. Вот морфий — это настоящий кайф!

Света с восторгом следила за беззлобной перепалкой. Она уже поняла, что каждая из них хвалит

---

[1] М у л ь к а — самодельный слабый наркотик на основе эфедрина, которым увлекалась молодежь в конце 70-х — начале 80-х гг. Не винт.

[2] Б о д я ж и т ь — здесь: разводить в воде.

тот наркотик, к которому привыкла. И она уже мечтала о том, как вырвется отсюда и перепробует их как можно больше.

Приобщение к наркотической «культуре» продолжалось и весь следующий день. Голова у младшей Дарофеевой разбухла от невероятного количества способов изготовления наркотика, от множества самых странных суеверий и мифов, связанных с ними.

2

Но на следующий день все кончилось.

После утреннего обхода Свету вызвали к врачу, которого интересовал лишь один вопрос: желает ли она лечиться?

Получив отрицательный ответ, врач, пожилая усталая женщина, казалось, облегченно вздохнула.

Свете тут же сообщили, что за ней пришел отец и ее выписывают под его ответственность.

В палате с ней тепло попрощались, надавали кучу поручений, записок «на волю». Письма, маленькие катышки бумаги, запаянные в полиэтилен, Свете посоветовали спрятать во влагалище, чтоб не отняли при выписке.

Получив какие-то бумаги, девушка вышла в холл приемного отделения. Но в пустом зале взад-вперед прогуливался незнакомый ей человек, который, увидев Свету, обрадованно двинулся ей навстречу.

— Ну наконец-то! Пойдем скорее. — Незнакомец подхватил Свету под руку и потащил к входной двери.

— А где?.. — только и успела произнести Света, как была буквально выпихнута на улицу. За дверью она остановилась и вырвалась из рук мужчины. — Я хочу знать, кто вы и что происходит?

— У твоего отца большие неприятности.

— Что с ним? — всполошилась девушка. — Где он?

— Давай все по порядку. Во-первых, я — старый друг Игоря, можешь звать меня «дядя Володя».

Во-вторых, твой отец вынужден скрываться. Он работал с милицией против мафии, бандиты об этом как-то узнали. Для них нет ничего святого, поэтому и ты в опасности.

— Что же делать?!

— В-третьих, — продолжил «дядя Володя», — Игорь попросил меня забрать тебя к себе. А чтобы запутать всех, велел, чтоб я назвался его именем.

«Дядя Володя» взял Свету за руку и повел за угол, к поджидавшей их машине, красной «вольво».

Когда машина выехала на Симферопольский бульвар, навстречу ей, за трамвайными путями, проехал «Москвич» с Дарофеевым и его братом. Но Света смотрела в другую сторону, и обман «дяди Володи» по чистой случайности не открылся.

«Странно, — тем временем думал тот, — неужели Нияма не смог его дольше задержать? Похоже, у него неприятности... Надо будет медитнуть...»

Машина вышла на Кольцевую, затем повернула на Боровское шоссе и, миновав Солнцево, въехала в Переделкино. Там они остановились у высоких железных ворот, за которыми виднелась мансарда дачного домика.

«Дядя Володя» открыл тяжелый навесной замок, распахнул обе створки. Во дворе, среди множества яблонь и еще каких-то деревьев, стоял приземистый гараж, а поодаль — уютная резная беседка.

— Вот твой дом. На некоторое время.

Света разглядывала удручающий пейзаж. Под деревьями лежал ковер из гнилых фруктов, вокруг здания тянулись заросли полыни и крапивы.

Чувствовалось, что домом пользуются редко. Но это впечатление исчезло, когда девушка вошла внутрь.

Везде чистота, пол покрывают мягкие паласы, стены оклеены рельефными белыми обоями, финская стенка забита хрусталем. На журнальном столике огромный японский телевизор и видеомагнитофон. Под столиком — кассеты в несколько рядов.

Самое удивительное, что в доме не было ни единой книги, журнала или даже газеты. Но обнаружилось это несколько позже.

— Вот, пользуйся. Продукты на кухне в холодильнике. С газовой колонкой обращаться умеешь?

— Умею.

— Это пульт от ящика и видака. Скучать не будешь. Короче, в твоем распоряжении весь дом. Единственное условие: никуда не выходить, вечером окна закрывать ставнями. Чтоб света видно не было.

Младшая Дарофеева хмуро кивала. Оставаться одной на даче... даже такой роскошной... когда дома неприятности...

— Я сейчас уеду. Попытаюсь привезти весточку от Игоря, а ты исследуй тут все. Не стесняйся... Да, — вдруг вспомнил «дядя Володя», — а без наркотиков ты как? Не тяжело будет?

— Я ж не наркоманка!

— Ну-ну. — Мужчина недоверчиво покачал головой и вышел.

Света слышала, как он запирает входную дверь, выезжает за ворота. Лязг замка и засова, гул двигателя, и все стихло. Только листья шелестели под ветром да раздавался редкий стук падающих яблок.

3

Она обошла свои владения. Методично заглянула в каждую дверь. Спальня, кухня, закуток с огородным инвентарем, еще одна спальня, узкая комнатушка с единственной кроватью, зал. Дверь на веранду была заколочена снаружи.

Угнездившись на диванчике, девушка включила телевизор. По всем каналам передавали бесконечные новости.

Она просмотрела кассеты: мелодрамы, комедии, концерты... Но бо́льшую их часть составляла порнуха. Света выбрала «Полную историю Битлз». Проглядев половину фильма, она заскучала, направилась на кухню. Заглянула в старенький урчащий холодильник. Мужик не соврал: продуктов было много, и самых разных. Судя по вакуумным упаковкам, все они были из дорогих супермаркетов.

Есть почти не хотелось, и Света отрезала себе лишь небольшой ломоть ветчины.

Наслаждаясь прохладным солоноватым мясом, она разгребла цветастые иностранные пакетики и увидела у задней стенки холодильника странную коробку. Открыла ее. От увиденного у девушки зарябило в глазах: упаковки ампул. Взяв верхнюю, Света прочитала латинскую надпись: «Морфин».

К горлу подступил сладкий комок. Она поставила коробку на пол, села рядом и стала аккуратно выкладывать упаковки, читая надписи. Бо́льшую часть названий она слышала лишь вчера, в клинике. От разнообразия разбегались глаза. Хотелось и того и этого, но Света взяла себя в руки, понимая, что, если потерять осторожность, можно запросто умереть от передозировки.

В каждой упаковке не хватало по нескольку ампул, и Света подумала, что не произойдет ничего страшного, если она попробует что-нибудь из такого привлекательного набора.

Она выбрала морфин. Взяла бочонок ампулы и принялась лихорадочно шарить по ящичкам в поисках шприца. Шприцы нашлись тут же, в тумбочке у холодильника.

Вскрыв запаянную стекляшку, девушка заполнила жидкостью шприц, выбрала самую тонкую иголку с красно-коричневой прозрачной насадкой.

Оставалась единственная проблема: уколоться. Но Света видела, как колют себя сами наркоманы, и думала, что сложностей с этим быть не должно.

Стянув свитер, она нашла тонкий ремень, затянула петлю у плеча, выгнула, насколько возможно, руку. На локтевом сгибе проявились выпуклые синие жилки вен. Вздохнув, девушка вошла иголкой в один такой бугорок. В шприц сразу брызнула кровь, почти не смешиваясь с находящимся в нем раствором.

99

4*

Палец надавил на поршень, и жидкость стала медленно смешиваться с кровью. Но, очевидно, игла пробила вену насквозь, и на сгибе руки стала расти синеватая шишка.

Но боли, такой, когда винт попадает под кожу, не было. Девушка полностью ввела наркотик, зажала место укола большим пальцем и по привычке закрыла глаза.

Она не почувствовала начала действия морфина. Привыкнув к мощному удару «винтового» прихода, Света пропустила приближение мягкого обволакивающего тумана. Внезапно она осознала, что ей хорошо. По телу разлилось приятное спокойствие, почти полное безразличие. Света вдруг поняла, что уже какое-то время не дышит. Она набрала воздух в легкие, выпустила его. Удовольствие доставил даже сам процесс дыхания. Вдох — ее тело слегка приподнимается над диванчиком. Выдох — его плавно опускает вниз...

— А ты говорила, что тебе не надо...

Света испуганно вскочила, пытаясь прикрыть обнаженную грудь.

— Я не... Я только...

Девушка поразилась тому, насколько же она была погружена в свои чувства, чтобы не заметить, как в комнату зашел «дядя Володя».

— Ладно, твоему отцу я ничего говорить не буду. Сам тебя вылечу. Сколько раз в день ты кололась? Раз? Два? — Он наступал на нее, не давая Свете вставить ни слова. — По кубу? По два? Знаешь, что такое «лесенка»?

Только вчера девушке рассказали о таком способе слезть с наркотиков.

— Это когда дозняк снижают?

— Правильно. Вот я и буду сам делать тебе «лесенку». А то ты себе все вены порвешь. Не умеешь ведь колоться?

Девушка не знала, радоваться или огорчаться такому повороту событий. Обидно, конечно, когда тебя принимают за законченную наркоманку, но как не использовать эту потрясающую возможность полечиться от наркомании с помощью наркотиков!

— Я согласна, — потупившись, пробормотала Света.

— Фу. — «Дядя Володя» провел ладонью по лбу. — Значит, не зря я вчера весь день бегал по друзьям, разыскивая все это. — Он указал на так и не убранную гору упаковок с наркотиками.

«Дядя Володя», более известный в криминальных кругах под кличкой Гнус, врал.

Все эти препараты были заготовлены задолго до трагического помещения Светы в клинику. Он сам повытаскивал из планшеток по нескольку ампул. Это создало иллюзию, что можно незаметно взять ампулу-другую для себя.

Весь план был рассчитан на то, что девушка, побывав в милиции, клинике, не могла не мечтать о том, как вырваться из рамок, ограничивавших ее свободу. И Гнус воспользовался этим.

Освободив девушку из одной тюрьмы, он поместил ее в другую, предоставив в распоряжение все, что нужно наркоману для счастья. И Света клюнула.

Гнус даже перестраховался. Все видеопленки, которые он ей оставил, были смонтированы по принципу «25-го кадра». И этот лишний кадр нес информацию о местонахождении наркотиков и внушал желание снова и снова испытать наркотическое опьянение.

Пленка, которую он принес сейчас, тоже была смонтированной. Но она не несла пропаганды наркомании. В нее, старую черно-белую комедию с Фернанделем, вклеили кадры из какого-то порнографического фильма. По замыслу Гнуса эффект должен был быть весьма впечатляющим и однозначным.

4

Весь остаток дня, когда «дядя Володя» заперся в спальне, запретив ему мешать, Света смотрела видак. Хохоча над забавными приключениями главного героя, она вдруг начала ощущать странное томление.

Ей захотелось, чтоб ее приласкали, погладили. Расстегнув молнию на джинсах, она залезла себе в трусики. Там было мокро, и от одного прикосновения по телу девушки прошел спазм удовольствия.

Она никогда не занималась мастурбацией, считала это чем-то недостойным, но тут она с силой вдавила набухший клитор в лобковую кость.

Средний палец стал совершать круговые движения. И она, не заботясь о том, что ее услышит хозяин дачи, испустила крик, полный торжества и экстаза.

Едва успев застегнуть ширинку, она увидела в дверях встревоженного мужчину.

— Тебе плохо? Укол нужен?

Гнус знал, в чем дело, и торжествовал, глядя, как развивается спланированная им интрига. Но выдавать себя было нельзя.

Вводя девушке омнопон, он намекнул, что его действие несколько отличается от действия морфина. Он уколол Свету в привычное для нее место — подмышечную вену. Подождав, пока наркотик начнет действовать в полную мощь, Гнус словно невзначай провел ладонью по Светиному животику.

— О-о-о... — Она закатила глаза. — Как хорошо!.. Как хорошо!.. Возьми меня... Войди в меня... Ну пожалуйста...

И девушка, схватив руку Гнуса, вжала его ладонь себе в промежность.

Ответные действия не заставили себя ждать.

Глава 10

1

— Фамилия, имя, отчество?
— Ниязов Михаил Рашидович.
— Год рождения?
— Шестьдесят шестой.

Нияма гордо восседал на стуле в кабинете Николая Николаевича. Синельников заполнял протокол допроса и пытался сообразить, чем можно расколоть боевика мафии, занимающего невысокое, но видное место в ее иерархии.

По записям Дарофеева, господин Ниязов был командиром одной из групп. В его обязанности входило боевое прикрытие некоторых операций.

Капитан закончил задавать обычные вопросы. Он откинулся на спинку жесткого кресла и отложил ручку.

— Теперь давай поговорим.

— Что ж, начальник, чего не побазарить? — Задержанный демонстративно цыкнул зубом и вызывающе нагло откинулся на спинку стула, закинув ногу на ногу.

— Чего я не могу понять, Нияма, так зачем ты взялся за это дело?

— Какое такое дэло?

— Похищения — это ведь не твоя специализация... — продолжал Синельников, стараясь не реагировать на браваду и ерничанье задержанного. — Ты ведь у нас стрельбу не любишь. На разборки и то братву посылаешь. Зачем же ты Дарофееву умыкнул?

— Дарофееву? Лизку? Так она сама от Прямого ушла... Затрахал он ее своей прямотой...

— Подумай, Ниязов, почему мы тебя взяли? Как нам это удалось?

— Я-то почем знаю, зачем я вам? Может, вы решили дать мне отдохнуть? Денька три. Но на большее я не согласен!

— Тебя видели. Знаешь где? У того самого дома, где содержалась похищенная Дарофеева. В четырех местах нашли твои пальчики. На пулемете и на джойстике дистанционного управления этим пулеметом. А тамошний сторож рассказал нам о твоих визитах.

— Не был я там. Даже не знаю, о каком доме вы говорите. А сторож... Он обознался.

— Странно, странно... Ты же сам его снимал. Только ты, хитрец, подсунул хозяевам зачем-то фальшивые документы. Но они тебя опознали.

— Пусть даже и снимал. Я там месяц не был...

— Значит, так. Там убили двенадцать наших ребят! Понял?! Двенадцать! Еще двое умерли в больнице! Исполнители тоже убиты. Это твои наемники! Это ты вместо морфина подсунул им ампулы с ядом! За что они все погибли? За что?

Ниzма уже давно не улыбался. Он серьезно разглядывал бушующего Синельникова.

— Они *все* на твоей совести, Ниязов, — продолжал капитан. — Для тебя же лучше все мне рассказать.

— Ага. Добровольное признание уменьшает вину и увеличивает срок...

— Бездушный ты человек, Ниzма...

— А ты, начальник, что бы ты делал на моем месте? Я тебе кое-что расскажу. Но запомни, это все догадки... Представь, работаешь ты на «крышу». Ты правильно сказал, не люблю я шмалять без толку. Работа тихая. С моими клиентами просто: «пушку» под рыло — и у них полные штаны. А на курок жать... Лишнее тут это... И вдруг появляется пыженый фрайер и начинает крутить твоим хозяином, как шестеркой.

— Это ты про кого?

— Начальник, это же гипотеза... Знаешь такое слово? Не слишком для тебя умное? Продолжим. Фрайер тот кружается, как пидор, которому всадили по самые гланды. Для хозяина хоть луну с неба. Чем этот фрайер так отличился? Неизвестно. Но хозяин лопухи развесил: что Гнус вякнет, то и делает. И вот зовет Рыбак Ниzму и говорит: сделай то и то. Ниzма балдеет. Зачем? Так надо. А не то... И вот Ниzма заряжает двух пацанов из тех, кто уже сторчался наглухую, и говорит, что надо взять одну тетку, а потом кнопки понажимать. А чтобы не могли они расколоться, минирует то местечко, где ребятки засядут.

Да и дает им какую-то хрень, которую как вмажешь — кони двинешь.

— Так... И зачем ты это рассказал?

— Начальник, знаешь, что Гнус делает с завалившим дело? И не знай. Нервы сбережешь. А ты мне вышку прочишь! Туфта твоя вышка против гнусовских шуток.

— Кто такой Гнус?

— Сдать тебе его?

Николай Николаевич промолчал.

— По глазам вижу, хочешь ты его получить. А что я с этого иметь буду? Обещание, что суд учтет? Я тебе не сопливый первоходка. Думай, что дашь за Гнуса и тетку?

— Что же ты хочешь?

— А ты не втыкаешься? Мне только воля нужна. Там я как-нибудь сам разберусь. Постараюсь, чтоб мы с тобой больше не встретились...

— Можно ли тебе верить, Нияма? Прикинь-ка сам. Ты пургу гонишь, я тебя на подписку, и мы больше не свидимся?

— А тебе, начальник, можно верить? Я тебе сдаю, ты говоришь «спасибо», и дело в суд? Короче, так. Если берете тетку — пишешь отпускную. Когда она у меня в кармане, Гнус твой.

— А Рыбак?

— Рыбак сам скоро отъедет. Гнус уж из него всю кровь выпил. Рыбака я тебе не дам. Я от него только добро видел.

Капитан пристально посмотрел на Нияму. Тот выдержал взгляд.

— Хорошо... Говори.

— Есть шесть хат. Два раза в день ее перевозят на следующую. Те, кто ее охраняют, бросают кость. Какая выпадет — туда и везут. Я знаю только одну. Но ведь она когда-нибудь там точно окажется!

— Адрес?

— Металлургов...

Нияма назвал дом и номер квартиры. Синельников пощелкал зажимом на колпачке своей гелиевой ручки.

— Здорово получается. Даже если сейчас она, скажем, на первой, мало вероятности, что скоро она окажется в этой квартире...

— Мало? — удивился преступник. — Целая шестая часть! Как бывший Советский Союз...

— Помолись, Ниязов! Если к концу третьих суток Дарофеевой там не окажется... Подписывай протокол.

Бандит дотошно прочитал все написанное Синельниковым. Что-то вычеркнул, но в конце концов поставил свою подпись под каждым пунктом. Капитан просмотрел пометки, ухмыльнулся и вызвал охрану:

— Уведите.

— Удачи, капитан, — попрощался Нияма.

— Пожелай ее себе.

Почти сразу после того, как конвойный закрыл за собой дверь, раздался телефонный звонок. Заикаясь, Дарофеев сообщил, что в подъезде дома, где он ведет прием, кто-то убил рэкетиров.

— Не уходи никуда. Сейчас приедем.

Синельников тут же перезвонил Петру Никитовичу, и, собрав опергруппу, они выехали на место убийства.

2

Вернувшись домой, Игорь Сергеевич отметил, что краска из дымовой шашки, пропитавшая вещи в прихожей, стала заметно тусклее.

В ожидании, пока согреется чайник, Дарофеев заново окунулся в вечернее происшествие.

С тех пор, пока не прибыли Николай Николаевич с Дроздовым, ему пришлось выдерживать атаку какого-то молодого милиционера. Тот пытался самолично допросить целителя, но после приезда эмвэдэшников ему пришлось отказаться от своих намерений.

Трупов действительно оказалось три. Но стриженого бандита, Мустанга, среди них не было. Все убитые имели на запястьях по рыбке. Все перед смертью находились в состоянии наркотического опьянения. При обыске у них нашли несколько шприцев, ампул, пистолет Макарова, два выкидных ножа, но никаких удостоверяющих личность документов.

На лестнице нашли десяток гильз от «калаша» и четыре пистолетных. Но, кроме этих свидетельств перестрелки, никаких других следов. Молодой милиционер тут же получил важное задание: опросить жильцов. Козырнув, он отправился исполнять.

Пока Дроздов возился с убитыми, Николай Николаевич записал показания обоих Дарофеевых. Заодно Игорь Сергеевич поведал о своих утренних приключениях и похищении дочери.

Синельников в недоумении развел руками:

— Чтобы на одного человека так со всех сторон наезжали! Крепко же за тебя взялись. Придется быстрее разбираться с рыбаковской бандой. Но сейчас тебе повезло, Игорь. Видать, нарвались эти ребята на кого-то крутого.

— Но главного среди них нет. Значит, он может появиться! — задумался Константин. — Вот тебе еще работенка: вычислить их очередной приход. Можешь?

— Могу, — вздохнул целитель.

За суматохой дел Синельников забыл рассказать Игорю Сергеевичу о своей беседе с Ниямой. Лишь когда экстрасенс и его брат ушли, капитан вспомнил об этом.

«Ну ничего, — подумал Николай Николаевич, — установим наблюдение и, если бандит не соврал, освободим Лизу...»

Трупы погрузили в машины «скорой помощи», а Синельников с Дроздовым отправились пробивать разрешение на наблюдение за квартирой, которую указал Нияма.

Чайник настойчиво свистел, и Игорь Сергеевич очнулся от воспоминаний: наскоро выпив чаю, он приготовился к очередному вояжу в информационное пространство. Проведя привычный ритуал, Дарофеев отделил сознание от тела.

Он уже был готов столкнуться с неизвестным противником. Не злость кипела в Игоре Сергеевиче, а праведный гнев. Активизированы были все запасы энергии, которые на протяжении многих лет копил целитель.

Но поиски черного шара, в котором замаскировался враг, успехом не увенчались. Несмотря на весь опыт астральных путешествий, не удалось обнаружить даже следов недруга. Разочарованный Дарофеев переключил свое внимание на жену. Полностью блокировав эмоциональную сферу (в памяти была свежа ужасная сцена, представшая перед Дарофеевым в прошлый раз), он начал поиск Елизаветы Игнатьевны.

На этот раз экстрасенс увидел, как какой-то молодой человек готовится уколоть распростертую перед ним Лизу. Взор переместился на квартиру. Изменился масштаб восприятия.

В поле зрения возник двенадцатиэтажный дом. Ясенево.

Вернувшись обратно, он сконцентрировался на шприце.

Целитель попытался проникнуть в структуру вводимого вещества. Перед мысленным взором поплыла, поворачиваясь вокруг оси, большая химическая формула, составленная из разноцветных шариков.

«Физиологическое действие», — заказал информацию Игорь Сергеевич.

Появилась линия, преобразовавшаяся в пергаментный свиток. Он развернулся, и Дарофеев смог прочитать: «3N-бромэтилморфин. Наркотический препарат. Сильный галлюциноген. Ослабляет ментальные связи, что ведет к потере личности. Привыкание после второго раза».

«Ах, сволочи!»

Экстрасенс снова вызвал образ жены. Теперь он должен был просмотреть перемещения супруги в пространстве.

Целитель спроецировал в сознании карту Москвы. Обозначил Елизавету Игнатьевну зеленой яркой точкой. Выделил в одном из углов мысленного экрана часы и запустил ход времени с настоящего момента в будущее.

Немного постояв, точка рванулась с места и, хаотично пометавшись по городу, застыла в районе Тушино. Часы показывали четыре часа утра следующего дня.

Решив понаблюдать еще, Дарофеев немного ускорил ход воображаемого времени.

Около трех пополудни — вновь перемещение. Теперь Лиза находилась в Перово. Эту точку целитель решил исследовать подробнее. Старый пятиэтажный дом на улице Металлургов. Определив его номер и номер квартиры и выяснив, что Лизу там продержат до среды, Дарофеев решил заняться дочерью.

Света по информационному пространству не просматривалась. Экстрасенс нашел ее в прошлом. В ускоренном изображении проследил приключения дочери до того момента, как она вышла из палаты.

Дальше все сведения оказались заблокированы.

Если есть запрет на информацию, значит, есть тот, кто его установил. Игорь Сергеевич проверил запасы энергии и принялся просматривать путь дочери чуть ли не по секундам. В какой-то момент он нащупал энергетический луч. После его воздействия возникал сильный блок на все, что касалось Светланы.

Связи Дарофеев просматривать умел достаточно профессионально. Он пошел по обнаруженному лучу.

Тот сначала шел резко вверх, достигая каузальной[1] сферы. Затем опускался в плотные нижние миры астрала, кишевшие всякой вредоносной не-

_____
[1] К а у з а л ь н ы й — причинно-следственный.

чистью, в которые Игорь Сергеевич никогда по своей воле не спускался. Там экстрасенс прошел по нескольким петлям — видимо, противник путал след — и наконец наткнулся на знакомый черный шар.

Он уже потерял идеальную сферическую форму и превратился в подобие гантели.

«В нем двое, — понял Игорь Сергеевич. — И вторая — Света».

Экстрасенс мгновенно подготовился к нападению. Отделив от себя фантом с большим количеством энергии, сам Дарофеев спрятался под «блоком невидимости».

Битва заняла около секунды реального времени.

По команде целителя его двойник начал нащупывать резонансную частоту защиты врага. Реакция последовала тут же: кокон вспучился. Из него выросло щупальце, которое обхватило неповоротливый фантом и поглотило его.

Игорь Сергеевич сразу потерял с ним контакт.

Вырост еще только собирался втянуться в блок, а экстрасенс уже атаковал место его соединения с коконом. Нападение было стремительным и безрезультатным. Вся патогенная энергия, направленная Дарофеевым, бесследно исчезла, достигнув поверхности шара.

Невидимость уже не имела значения, целитель выдал свое расположение, и последовал ответ. Знакомая черная пелена стала стремительно сгущаться вокруг Игоря Сергеевича.

Он был вынужден резко вернуться в тело.

Несмотря на огромную усталость — борьба сильно истощила энергетический потенциал Дарофеева, — целитель попытался разобраться, что же это за защита.

«Черная дыра», — пришел ответ. — Обладает свойством абсолютного поглощения энергии. Взаимодействие с находящимся под защитой возможно лишь, когда оба партнера имеют по такому энергококону».

Насколько знал Игорь Сергеевич, никто из его знакомых не обладал подобной методикой. Спросить, посоветоваться было не с кем. Разве что с Разиным...

Целитель позвонил ему, но трубку никто не поднимал. Тогда Дарофеев набрал номер контактного телефона Ивана Алексеевича.

Надиктовав на автоответчик адрес завтрашнего местопребывания Елизаветы Игнатьевны, экстрасенс отправился спать.

3

Взглянув на спящую Свету, Гнус вполголоса рассмеялся. «Хитрый мужичонка Дарофеев, но не хитрее меня!» За несколько минут до астрального визита Игоря Сергеевича Гнус уже прочувствовал намерения целителя и приготовился. Потом, наблюдая за незамысловатыми хитростями экстрасенса, он с легкостью парировал их. Уничтожил двойника, а когда Дарофеев сломя голову сам кинулся в атаку, откачал у него почти все энергетические запасы и отпустил.

Игра только начиналась. Не имело смысла сильно вредить главному герою. Он пригодится для дальнейших ходов. Войдя в состояние глубокой медитации, Гнус решил просмотреть события прошлых дней.

Наблюдая за похищением дарофеевской жены, он обнаружил свидетеля. Марину. Именно по ее вине чуть не сорвалась тщательно продуманная операция. Кроме того, она видела Кишку и Слепого.

«Случайности делают жизнь интереснее!.. — пробормотал Гнус. — Вот и еще один повод пугнуть Пономаря!»

Приняв решение, преступник продолжил свою работу.

Он настроился на самого Дарофеева и проследил его действия. Выяснив, что тот нашел супругу и сообщил об этом Сивому, бандит не удивился. Это входило в его планы. К моменту освобождения Елизаветы Игнатьевны из нее должны были сделать что-то типа ходячего трупа. Пяти дней интенсивной терапии сильнейшими наркотиками для этого было достаточно. Оставался исчезнувший Ниима.

Узкоглазый обнаружился в изоляторе МВД.

Отмедитировав его действия, Гнус опять рассмеялся. Это хорошо, когда тебя боятся. Но такой страх, как у Ниямы, заставляющий предавать, должен быть наказан. Бандит-экстрасенс настроился на витальный уровень информационного пространства. Незримый, он переместил себя в камеру задержанного боевика.

На этом уровне восприятия четко были видны все энергетические меридианы в теле человека, все биологически активные точки. Гнус протянул руку и надавил на некоторые из них. Это были так называемые «точки смерти».

Ниима вздрогнул и обмяк.

Проследив результат «операции», Гнус выяснил, что к утру предатель покинет плотную оболочку навсегда.

После этих дел остались пустяки: укрощение строптивых бурятов, не желающих снижать цены на опий-сырец; легкая болезнь для нескольких банкиров, забиравших себе больший процент за отмывание наркодолларов, чем было договорено; запуск пары программ, на тонком плане пропагандирующих уход от реальности в наркотики... Короче, рутинная, уже бессмысленная работа, которой Гнус занимался скорее по инерции, нежели для реальной пользы дела наркомафии.

В полчаса покончив с делами, Гнус включил привезенный с собой магнитофон. На пленке был записан сеанс кодирования для Светы. Прославление наркотиков, ненависть к отцу, панегирик разврату — все это должно было пропитать сознание девушки и сделать ее беспощадным оружием против Дарофеева.

Лишь эта цель двигала Гнусом последние несколько лет.

Ради нее он попрал все принципы народного целителя и стал правой рукой Рыбака. Ради нее он проделал огромную работу, которая отняла у него время и известность...

Все лишь для одной-единственной попытки поставить Дарофеева в такие условия, чтобы экстрасенс, намертво запутавшись в них, задохнулся. Попытки уничтожить, по частям лишая его всего, что ценил Пономарь в этой жизни. И, налюбовавшись его страданиями, милосердно дать ему шанс самому окончить свои дни.

Впрочем, Гнус допускал, что многое из его программы действий может не сработать, что Дарофеев сможет вырваться из одной-двух умело спланированных ловушек. Но для того чтобы он сумел невредимым пройти их все, Пономарю, погрязшему в самодовольстве, заботящемуся лишь о собственной мошне, требовалось нечто большее, чем простое везение.

Глава 11

1

День для капитана Синельникова начался с неожиданности.

Ему позвонили из изолятора и сообщили, что задержанный Ниязов найден мертвым.

Николай Николаевич не стал торопиться в камеру. Пролистав вчерашний протокол допроса Ниямы, капитан нашел адрес конспиративной квартиры. Связавшись с оперативниками, он заказал группу для наблюдения за хазой и лишь потом пошел посмотреть на покойного.

У распахнутой двери камеры Синельникова встретил дежурный по СИЗО.

— Когда нашли? — спросил капитан.

— На утренней поверке. Сосед стал его будить, а он уж посинел.

— А кто сосед?

— Маньяк-педофил. Одиночка. Он бы на мокрое не пошел... Привести? Он сейчас в «отстойнике» сидит.

— Не надо пока... А он ничего не заметил?

— Говорит, спал. Но всю ночь кошмары снились. Черная рука его душила.

— Черная рука, — повторил Синельников, словно пробуя эти слова на вкус.

В камере у тела обнаженного Ниязова суетился медэксперт. Николай Николаевич давно работал с этим человеком. Толстый, лысеющий, с покатыми, постоянно обсыпанными перхотью плечами, Сергей Юрьевич был профессионалом в области судебной медицины.

— Привет, Пробкин, — поздоровался Синельников.

— А, Коля. Доброе утречко. Твой подопечный?

— Мой...

Капитан подошел ближе к трупу. Внимательно оглядел смуглое тело.

— От чего это он?

— Никаких видимых повреждений нет. На отравление не похоже. Такое впечатление, что он умер от остановки сердца.

— Так просто? Без причины?

Пробкин пожал плечами:

— А тебе этого не достаточно? Вскроем, тогда, может, еще что и узнаем...

— А не мог он от ломок кинуться? — предположил Николай Николаевич.

— Нет. Не похоже. Он бы потел, мышцы были бы как каменные. А тут... Медэксперт взял труп за кисть руки, приподнял ее и отпустил. С мягким стуком рука упала обратно. — Но наркоманом он определенно был. Смотри.

Сергей Юрьевич перевернул тело и показал Синельникову левую подмышку Ниямы. Там, в листке телесного цвета пластыря, виднелась аккуратная прорезь, сквозь которую проглядывало что-то черное.

— Это наркотик? — поразился капитан.

— Нет. Это внутривенный катетер. Не надо каждый раз кожу дырявить для очередной дозы.

Сорвав клейкую полоску, Пробкин обнажил пластмассовый цилиндрик, оканчивавшийся уходящей под кожу прозрачной тонкой трубкой.

— Так они это и делают... — сообщил Сергей Юрьевич.

Пришли два санитара с носилками и унесли труп на вскрытие. Пробкин поспешил за ними.

Оставшись один, Николай Николаевич тщательно осмотрел всю камеру. Но ничего, кроме пары бритвенных лезвий да какой-то розоватой таблетки, не обнаружил.

Через пару часов поступили результаты из прозектуры. В акте экспертизы Пробкин дотошно перечислял состояние всех внутренних органов Ниязова, отмечал в них изменения, вызванные длительным употреблением наркотиков, и в конце подтверждал первоначальный диагноз: «Смерть от спонтанной остановки сердечной мышцы».

Николай Николаевич показал акт Дроздову:

— Что ты об этом думаешь?

Прочитав машинописный текст, Петр Никитович нахмурился:

— Странно...

— Что странного? Вот ясно написано: «Гипертрофия правого желудочка, склеротические изменения мышечной ткани».

— С таким мотором он мог еще лет сорок прожить... Неестественно все это...

— Ты думаешь, это рыбаковский колдун?

— Может быть... Из моих знакомых только один человек может это точно определить.

— Игорь? Давай к нему!

Сегодня Дарофеев ехал на работу в центр на автопилоте. Его ждали больные, деньги, которые ни в какой ситуации, пока ты жив, не бывают лишними... Но желания работать не было. Игорь Сергеевич не мог избавиться от ощущения, что когда-то, давным-давно, он совершил какую-то ошибку, расплата за которую настигла его только сейчас. Да и то по большому счету не его, а близких. Целитель знал, что именно таков безжалостный закон кармы, но до сих пор он был уверен, что его чаша сия может миновать.

Проводив взглядом статную блондинку, вышедшую из вагона на очередной станции (Игорю Сергеевичу на мгновение показалось, что это Лиза), целитель вспомнил вдруг о своей машине. Ему вроде должны ее вернуть. «Нужно напомнить об этом Синельникову», — решил он.

За окном поезда начался несильный дождь. Капли оставляли на пыльных стеклах узкие дорожки, попадали в вагон водяной пылью, пролетая сквозь вентиляцию на крыше.

Стало ощутимо прохладнее. Дарофеев вновь погрузился в свои мысли, пытаясь настроиться на рабочий лад.

К пациенту следует подходить только спокойным, доброжелательным и уверенным в себе. Фальши быть не должно. Она всегда чувствуется. И тогда исчезает доверие к целителю и, как следствие, снижается эффективность лечения. Но сейчас Игоря Сергеевича беспокоила не эффективность его манипуляций с больными, а качество полученной с помощью ясновидения информации.

Дарофеев никак не мог избавиться от ощущения, что он чего-то не заметил, на что-то важное не обратил внимания. Так и не выяснив, откуда появилось это чувство, целитель подошел к своему кабинету, где, как обычно, его уже дожидались самые нетерпеливые пациенты. Переодевшись, Игорь Сергеевич начал прием.

Сеансы шли на удивление легко. Первичных больных, которых нужно диагностировать, выслушивать, давать рекомендации, не было, и, погрузившись в работу, экстрасенс забыл обо всех потрясениях. Из этого состояния его вывели шум и ругань в коридоре и настойчивый стук в дверь.

«Опять кто-то без очереди рвется...» — вздохнул Дарофеев. Он закончил работать над очередным больным и, выпуская его, выглянул за дверь.

Там стоял знакомый целителю курьер от Сивого.

— Успокойтесь, он не лечиться, — заверил Игорь Сергеевич очередников и пропустил связного.

На этот раз конвертов было два. Один пухлый, с деньгами, другой тонкий.

— Шеф сказал, чтоб прочитали при мне, — сказал парень.

Дарофеев удивился и отогнул клапан.

В письме Иван Алексеевич предлагал целителю присутствовать при освобождении его жены и назначал встречу ровно в пять у станции метро «Шоссе Энтузиастов». Опаздывать не рекомендовалось.

— Я буду, — пообещал Игорь Сергеевич, и курьер исчез за дверью. Настроение экстрасенса сразу улучшилось.

Но около часа дня, когда Дарофеев решил устроить себе маленький обеденный перерыв и жевал бутерброд, запивая теплым кофе из термоса, появились Синельников и Дроздов.

— Умер один очень важный свидетель, — с ходу сообщил Петр Никитович. — Я подозреваю, что это дело рук твоего экстрасенса-анонима.

— Возможно... — откликнулся Дарофеев.

— Ты можешь проехать с нами, взглянуть на него? — спросил Николай Николаевич.

— Это надолго?

— Нет. Час-полтора... — прикинул Синельников.

— Через пятнадцать минут. Ладно? Мне доработать надо.

Милиционеры ждали в машине, а целитель опять проводил массовый сеанс.

3

— Где-то я его видел...

Игорь Сергеевич вглядывался в лицо покойника.

— Точно! — вспомнил Дарофеев. — Он хотел нас с братом подвезти, когда мы за Светой ехали!

— Да, тогда его и взяли.

Синельников стоял по другую сторону операционного стола и рассматривал крупные стежки шва, шедшего от горла до лобка трупа.

— Этот же тип и организовал похищение Лизы, — неожиданно для себя произнес Игорь Сергеевич.

— Да, — удивился капитан. — А ты откуда знаешь? Вычислил?..

— Нет, как-то само пришло. У меня такое бывает. Спонтанное ясновидение.

— А-а-а... А от чего он умер, определить сможешь?

— Попробую. Но для этого не надо было привозить меня сюда.

Целитель в силу специфики своей работы редко сталкивался с трупами. Одно дело — работа с нематериальной душой, и совсем по-другому чувствуешь себя, когда перед тобою во плоти мертвое тело.

Дарофеев чувствовал запах формалина, крови, да и дух покойного витал где-то рядом. Все это подавляюще действовало на экстрасенса, который предпочел бы работать в более спокойной обстановке.

— Я думал, тут тебе будет легче... — оправдывался Синельников. — Но если это место не подходит, найдем тебе другой кабинет.

— Да, пожалуй, лучше уйти. Тут слишком много мертвой энергетики. Сбивает.

Предоставленное Николаем Николаевичем помещение было до потолка забито мешками, издававшими странный прелый запах.

— Мак, — пояснил капитан. — Вчера коллеги изъяли. Не успели пока уничтожить. Мешать не будут?

— Да нет...

Расслабившись, Дарофеев перешел на экстрасенсорный уровень восприятия. Опыт непосредственного общения с духами у Игоря Сергеевича был, и, настроившись на вибрации нижнего астрального уровня, он вызвал Нияму.

Тот вышел на контакт почти сразу.

— Кто ты? Назовись, пожалуйста!

— Я — Ниязов Михаил Рашидович, по прозвищу Нияма.

— Скажи, пожалуйста, Нияма, расскажешь ли ты о том, что меня интересует?

— Да.

— Скажи, ты умер своей смертью?

— Нет. Меня убили.

— Можешь сказать мне кто?

Образ бандита заколыхался перед внутренним взором Дарофеева.

— Его зовут Гнус.

— Можешь ли ты назвать мне его настоящее имя и кто он?

— Я хочу сказать, но ОН мне это запретил.

— Можешь ли ты преодолеть этот запрет?

— Нет.

— В моих ли силах оградить тебя от кары, следующей за нарушением запрета?

— Нет. И не пытайся. Этот человек пока что гораздо сильнее тебя.

— Он живет в Москве?

— Открыть тебе это я не могу.

— А может ли кто-нибудь из духов предоставить мне эту информацию?

— Да. Но не сейчас.

— Когда? Кто?

— К тому времени ты сам все узнаешь.

— Хорошо. Можешь ли ты сказать, как тебя убили?

— Гнус эфирно воздействовал на пять точек смерти.

— Спасибо, Нияма. Не хочешь ли ты сам сказать мне что-нибудь?

— Готовься к потрясениям. Твои испытания не закончены.

— Спасибо.

— И еще. Твой враг вскоре наберет столько отрицательной кармы, что она перекроет его прошлые заслуги, и он станет доступен для твоего видения.

— Значит, это он прикрывается «черной дырой»?

Дух Ниямы больше не отвечал.

— Спасибо, — повторил Дарофеев в пустоту.

Пересказав Синельникову разговор с духом, Игорь Сергеевич засобирался домой.

— Тебя не выпустят. Зайдем ко мне в кабинет, я тебе пропуск отмечу...

Но в кабинете их поджидал сияющий Дроздов.

— Ну, Игорь Сергеевич, — улыбнулся милиционер, — с женой не хотите повидаться?

— Ее освободили?! — Дарофеев подался вперед.

— Пока нет. Но мы знаем, где она. Сейчас выезжает группа захвата. Можно к ней присоединиться.

— Что случилось? — спросил Николай Николаевич.

— Наблюдатель на Металлургов сообщил, что в эту квартиру внесли большой чемодан. Потом в окне он мельком видел женщину, похожую по описанию на Дарофееву, и двоих охранников.

Целитель поглядел на часы. Половина третьего. «Это даже лучше, — подумал Игорь Сергеевич, — что Лизу освободит милиция. Меньше буду должен мафии».

4

На балконе четвертого этажа сидел мужчина и читал книгу. Он внимательно провожал глазами каждого, кто приближался к подъезду, и время от времени поглядывал за балконную дверь.

— Охранник, — указал на сидевшего Синельников.

— А он не заметит? — забеспокоился Дарофеев.

— Ребята — профессионалы. Они по крыше пройдут.

Николай Николаевич и Игорь Сергеевич сидели в «жигуленке» около дома, где находилась похищенная, и ждали окончания операции.

До начала захвата экстрасенс по просьбе Дроздова обследовал квартиру. Сконцентрироваться было трудно, мешали проезжающие машины, какой-то любитель «хэви металл» выставил на окно колонку.

Но медитация прошла гладко, и теперь оперативники точно знали, что захватить им надо только двоих бандитов. Боевики были вооружены — Игорь Сергеевич разглядел у обоих по автомату, — в комнатах хранилось еще несколько гранат и парабеллум.

На балконе пятого этажа появился человек. Дарофеев узнал одного из ехавших с ними спецназовцев. Боец привязал к перилам балкона веревку, осторожно глянул вниз, уточняя расположение бандита.

Через минуту-две, очевидно, наступил момент атаки. Парень вскочил на перила, повернулся лицом к дому и, держась за веревку, прыгнул вниз.

Несмотря на внезапность нападения, охранник все же успел среагировать. Он вскочил, правая рука его потянулась за пазуху, но ноги спецназовца ударили его в грудь. Проломив своим телом балконную дверь, бандит ввалился в комнату.

Оперативник кинулся вслед.

Еще через минуту ожила рация.

— Луна, я — Марс. Операция закончена.

— Марс, я — Луна. Поднимаюсь, — ответил Николай Николаевич. — Он отключил связь, повернулся к замершему Дарофееву: — Идешь?

— Не верится как-то... Так быстро...

— Пойдем, пойдем!.. Сейчас Лизу увидишь!

— Этого-то я и боюсь... Они с ней такое сделали!..

Друзья вышли из машины, поднялись по лестнице на четвертый этаж.

У настежь распахнутой двери их встретил Петр Никитович:

— Молодец, Игорь, все точно. Только двое.

— Не сопротивлялись? — спросил Синельников.

— Не успели... Ты наших знаешь!

Войдя в квартиру, Дарофеев заглянул в правую комнату. Там на полу лицом вниз лежали двое в наручниках.

Один, тот, что сидел на балконе, еще не пришел в себя. Он постанывал, из разбитого рта текла кровь, образовавшая уже небольшую лужицу на грязном линолеуме. Второй был в сознании. Грузный, с волосатой спиной, в одних трусах, он матерился, призывая на головы оперативников всевозможные кары.

На его вопли не обращали внимания. Рассевшись по столам и стульям, оперативники курили, но оружие оставалось направленным на задержанных боевиков.

Целитель обнаружил Елизавету Игнатьевну во второй комнате.

Женщина сидела на разобранной постели. Одежды на ней не было. Кто-то набросил ей на плечи плед, но плотная ткань не скрывала ее занятия: не обращая внимания на обыскивавшего комнату парня, Дарофеева ребром ладони яростно чесала промежность.

— Лиза, — позвал Игорь Сергеевич.

Она подняла глаза, радостно осклабилась и, широко раздвинув ноги, призывно замахала руками. По ее подбородку потекла струйка слюны.

— Лиза! Ты узнаешь меня?

Лицо женщины отразило на мгновение какую-то работу мысли, но уже в следующий момент оно обрело прежнее выражение.

— Ы-ы-ы-гы!.. — произнесла женщина и вернулась к прерванному занятию.

Дарофеев почувствовал, что ноги его больше не держат. Медленно скользя спиной по дверному косяку, он сполз на пол. Спрятав лицо в коленях, Игорь Сергеевич впервые за последние годы заплакал.

— Сволочи!.. Подонки!.. Что же они натворили!.. — бормотал Пономарь сквозь слезы.

Силы покинули его. Он не ожидал, что из здоровой жизнерадостной Лизы можно за несколько дней сотворить такую карикатуру на человека.

— Ну, Гнус, держись! — шептал целитель. — Я доберусь до тебя! Я отомщу! Я отомщу!..

В Дарофееве внезапно проснулось полузабытое чувство — холодная ярость. Появилась новая жизненная цель. Месть! Священное первобытное средство восстановления попранного достоинства.

«Черт с ней, с кармой! — подумал Игорь Сергеевич. — Я хочу увидеть, как этот Гнус будет просить пощады! Но я его не помилую!»

Он встал, закутал невменяемую Лизу в плед и повел, не встречая никакого сопротивления с ее стороны, в ванную комнату, умываться. По дороге они встретили Синельникова, который тактично отвел глаза.

— Скоро врач приедет, — сообщил капитан. — Дроздов за ним поехал...

— Я сам врач! — неожиданно для себя огрызнулся Дарофеев. — С этим делом я сам разберусь!

И он хлопнул за собой дверью.

Открыв кран с холодной водой, целитель набрал ее в горсть, но умыть жену не успел. Послышался топот. Потом оглушительно громкие хлопки и треск.

Дарофеев в первый момент не сообразил, что это выстрелы. Когда шальная пуля прошила на излете фанеру двери и ударила в зеркало, целитель на миг остолбенел. Но уже через несколько секунд, сориентировавшись, он спрятал Лизу в ванну и лег на нее сверху. Женщина, приняв его действия за очередную любовную игру, довольно повизгивала. Вскоре стрельба кончилась.

Игорь Сергеевич повернул голову и увидел, как от сильного удара оторвалась щеколда и в проеме возник некто с направленным на экстрасенса автоматом.

— Эй, тут еще один! В ванне спрятался! Мочить? — крикнул налетчик кому-то сзади.

— Живым бери, — послышалось в ответ. — Сивому покажем!

Целитель облегченно вздохнул:

— Я свой! Я на Сивого работаю!

— Побазарь у меня тут! — рявкнул налетчик и, шагнув к Игорю Сергеевичу, ударил его прикладом по шее.

Экстрасенс отключился.

Глава 12

1

— Что же ты, хорек, творишь?! — БМВ, за рулем которой сидел сам Иван Алексеевич, не торопясь двигалась по шоссе Энтузиастов в сторону центра.

На заднем сиденье Дарофеев прижимал к себе кое-как одетую Елизавету Игнатьевну. Она бездумно глазела по сторонам и, довольная, пускала слюни.

— Мы вон как засветились по твоей дурости! Да и тебя до кучи чуть не оприходовали!

Игорь Сергеевич понуро молчал. Перед его глазами все еще стояла страшная и невероятная картина: Синельников, распластанный на полу, сжимающий в правой руке пистолет. Синельников, у которого вместо горла — одна кровавая рана. Синельников, который глядит на Дарофеева мертвыми глазами, в которых нет боли, только злость.

И Игорь Сергеевич понимает, что гнев убитого друга адресован ему.

— Господи, за что мне все это!.. — прошептал Игорь Сергеевич.

— А, молишься, Пономарь! Чем ты раньше думал? Или все в облаках прохлаждался? Постой, а может, ты специально хотел нас с ментами столкнуть? И ты нас больше не любишь? Отвечай, гнида! — вдруг взорвался Сивый.

— Не ори, — спокойно сказал Дарофеев.

Иван Алексеевич настолько оторопел от тона и смысла этой реплики, что непроизвольно нажал на тормоз. Машину ощутимо тряхнуло. К счастью, сзади никого не было, и Сивый продолжил движение.

— Первое, — хладнокровно продолжал Дарофеев, — менты сами вычислили эту квартиру. Второе. Ты сказал мне, что ваши там будут около пяти. Если бы я знал, что вы можете пересечься с ментами, я бы смог их задержать. Возможность у меня была. А твои ублюдки-головорезы убили моего друга!

Сивый удивленно покосился. Он еще не видал такого Дарофеева. Жадный рохля Пономарь внезапно показал зубы.

— Почему вы появились так рано?!

— Мой человек сообщил, что в квартире наблюдается подозрительная активность... Я решил ускорить события. Ну откуда я мог знать, что там ты с ментами?!

— А мне что делать? Уверен, сейчас там полно эмвэдэшников. Все убиты. Меня и Лизы нет.

— Выкрутишься.

По дороге домой Дарофеев составил приемлемую версию событий.

Покормив Елизавету Игнатьевну и дав ей снотворное, Игорь Сергеевич набрал номер Синельникова.

Как и полагал целитель, трубку снял Дроздов.

— Что с тобой? Где ты? — закричал Петр Никитович.

— Я забрал Лизу, взял такси и теперь у себя... А что случилось?

Послышалось шумное дыхание, потом Дроздов выдавил из себя:

— Коля убит...

— Как?..

— Очевидно, после твоего ухода был налет. И... всех...

— Господи... — проговорил целитель.

— Вот так. Такая служба...

— Что же теперь?..

— Будем с тобой на пару работать.

— Хорошо... Я сегодня вечером узнаю, кто это сделал, и завтра позвоню... Какое горе...

— Да, Коля был отличный мужик!..

Затем последовал звонок Разину. На этот раз Виктор Анатольевич был дома. Рассказав другу обо всех своих напастях и о состоянии Лизы, Дарофеев попросил его помочь.

— Завтра утром буду, — твердо пообещал Разин.

2

Пройдя в спальню, Игорь Сергеевич убедился, что супруга спит. Укрыв ее одеялом, экстрасенс стал готовиться к ежевечерней медитации.

Завершив упражнения по энергетической самоочистке и по предварительному повышению уровня восприятия, Дарофеев вдруг почувствовал, что в комнате находится чья-то сущность. Оглядевшись, целитель явственно увидел человеческий силуэт на фоне темной панели гардероба.

«Кто?» — подумал Игорь Сергеевич.

— Синельников, — пришел телепатический ответ.

Дарофеев испугался. Зная, какой может быть месть человека, чья смерть на твоей совести, экстрасенс невольно подался назад.

— Не бойся, — проговорил дух Николая Николаевича. — Меня должны были убить. Ты тут ни при чем.

Пономарь уже пришел в себя:

— Все равно прости меня. За все хорошее и дурное, что я для тебя сделал.

— Прощаю. Я и так зла на тебя не держал. И пришел я сказать тебе только одну вещь... Синельников немного помолчал.

— Ты расплачиваешься за свои старые грехи... Грехи *этой* жизни. Понял?

— Да.

— А сейчас прощай. Больше я помочь тебе ничем не смогу. Да и не хочу...

И человеческий контур исчез, оставив после себя только игру теней.

После этой встречи Дарофеев заново придирчиво просмотрел все свои энергетические оболочки. Ничего не обнаружив, он облегченно выдохнул. Тень мертвеца на него не легла. Ни Синельников, ни убитый Гнусом бандит не оставили в биополе целителя никаких следов мертвой энергетики.

Удовлетворенный таким исходом, Игорь Сергеевич расслабился и проник сознанием в тонкие миры.

В ментальном плане была одна область, которую Дарофеев условно называл «Информаториум». Туда он и запланировал отправиться.

Выйдя за пределы земной атмосферы, экстрасенс вызвал образ синего шара с хаотично змеящимися по его поверхности желтыми прожилками. Видение возникло из точки на периферии зрения, приблизилось, заполняя собой все пространство.

Через мгновение Дарофеев уже был внутри шара Информаториума. Посещая это тонкое образование не первый раз, целитель выработал для себя оптимальный способ получения данных. Структурировав окружающее псевдопространство в виде комнаты, Игорь Сергеевич установил в нем кресло и панорамный экран во всю стену. Мысленным усилием присоединив последний к памяти «библиотеки», он начал работу.

— Защита «черная дыра».

На экране возникло изображение: абрис человека в круге. К целителю тут же стала поступать информация: «Данный блок возможен для энергетиков не ниже восьмого-девятого уровней. Может быть многомерным и протяженным во времени. Возможна постановка на недопущение энергоинформационного проникновения одной или нескольких конкретных сущностей. Требует постоянного сознательного или подсознательного контроля.

Варианты:

Примитивный. Устанавливается в виде сферы, окружающей субъекта. Свойство поверхности сферы — абсолютное поглощение. Поступающая энергия утилизируется непосредственно энергосистемой блокирующегося.

Недостатки. Возможно перенасыщение организма. В широком спектре действия — опасно для окружающих.

Усложненный. Поступающая энергия постоянно выбрасывается через стационарную или блуждающую точку на поверхности. Через нее же можно вести наблюдение за окружающим, чего лишены другие модификации блока.

Недостатки. Через точку выброса возможно проникновение энергетика более высокого уровня. Луч выброса обладает свойствами лазерного излучения и опасен для окружающих.

Сложный. Внутри оболочки создается вторая «черная дыра», которая утилизирует поступающую энергию.

Недостатки. При ослаблении контроля возможно истощение защищающегося внутренней «черной дырой».

Примечание 1. Возможны комбинации вариантов.

Примечание 2. Возможна установка блока на другой сущности или взятие под блок нескольких сущностей совокупно с защищающимся.

Конец информации».

Поблагодарив систему, Дарофеев все же попытался узнать что-нибудь о Гнусе. Но информация была закрыта той самой «черной дырой».

Следующими экстрасенс вызвал сведения о жене.

Ему показали изменения во всех телах Елизаветы Игнатьевны, вызванные наркотиками. Картины, представшие его взору, вызывали ужас.

Порванное во множестве мест и ушедшее под кожу эфирное тело. Разорванные пополам астральное и ментальное тела. Каузальное тело перекручено и искусственно гипертрофировано в районе свадхистаны. До предела ослаблена связь с высшими планами.

Просмотрев нарушения, Игорь Сергеевич затребовал схему их коррекции.

Пришедшая к нему схема лечения почти не отличалась от привычных методик. Воздействие на различные биологически активные точки, заращивание энергетических разрывов, наладка связи с индивидуальным архетипом — все это было хорошо знакомо Дарофееву.

Реальную проблему составляло лишение памяти о прожитых унижениях, но без этого психика женщины оставалась бы надломленной, что могло привести к различного рода неврозам и психическим отклонениям.

Напоследок целитель опять попробовал отыскать дочь, но вновь столкнулся со знакомым блоком.

Полученная в «библиотеке» информация требовала осмысления, и экстрасенс стал выходить из медитативного состояния.

3

Вечером Гнус ненадолго заехал к Рыбаку.

Глава мафии расслабленно возлежал на кушетке. Стройная блондинка в кимоно делала ему массаж. Двое охранников следили за ее манипуляциями.

— Из-за тебя мы потеряли двоих, — хрипло проговорил Рыбак. — Ты опять скажешь, что это запланировано?

Черный маг рассмеялся:

— Правильно. Я поставил туда ребят, заваливших поставку партии коки. Ты сам хотел их наказать.

— Мой наблюдатель сообщил, что их взяли легавые...

— Но ребята Сивого их освободили. И от жизни тоже.

— Рискуешь ты, Гнус. Смотри, как бы косяка не было...

— Никакого риска, Рыбак. Все было просчитано по секундам.

— Смотри, дело твое. Промахнешься — сам отмазываться будешь.

Гнус, разыгрывая удивление, нагнулся, заглядывая в глаза старика:

— Ты, наверное, забыл кое-что?

— Взять, — приказал Рыбак.

Громилы тут же схватили Гнуса за руки, выкрутили их так, что нос мага уперся в его колени.

— Никто со мной так не разговаривает! Запомни!

Вдруг охранники ослабили хватку и кулями повалились на пол. Гнус выпрямился:

— Никто не смеет так со мной поступать!

И он угрожающе шагнул к Рыбаку. Тот не шелохнулся. Девушка, не обращая внимания на происходящее, продолжала массаж.

— Запомни, я с тобой, пока это выгодно мне. А не тебе. Вся твоя шайка против меня — ничто! — Одернув пиджак и поправив галстук, Гнус продолжил: — Есть два дела, которые надо срочно провернуть. Приказ должен отдать ты. Я — в стороне. Первое: убрать дежурного врача, который принял дарофеевскую дочь в больницу. Менты скоро его найдут. Сбыт пойдет через другого человека. Он уже подготовлен. Второе: у жены моего «друга» есть подружка. Она лишняя на этом свете. На это дело пошли профессионалов и грузовик. Пусть половину антика, что поценнее, увезут, остальное перебьют.

Не попрощавшись, Гнус ушел.

Лишь после этого усыпленные охранники начали подавать признаки жизни.

После демонстрации силы настроение у черного мага было скверное.

«Уж не заменить ли старика кем-нибудь из своих?» — мелькнула мысль, но Гнус тотчас от нее отказался. Он не планировал всю оставшуюся жизнь иметь дело с «крышей».

«Неделя, максимум две — и Пономарь получит по полной программе, — думал маг. — И дальше якшаться с Рыбаком не имеет смысла. Я и так взял от него все, на что он был способен».

По пути на дачу он заглянул в лабораторию.

Проконтролировав расфасовку наркотиков, Гнус по традиции наложил на них энергетический код с усилением действия и привыкания и взял из запасов пять упаковок морфина, а также баночку с несколькими граммами галлюциногена, получаемого из красного мухомора.

Поставив печать в форме рыбки вместо подписи за изъятые препараты, он перекинулся парой фраз с кладовщиком и отбыл.

4

Отомкнув дверь дачи, Гнус услышал доносящиеся из комнаты с телевизором стоны и звуки немецкой речи.

На диванчике лежала полностью обнаженная Света, смотрела порнуху и баловалась с полуметровым фаллоимитатором.

— Ой, «дядя Володя»! — Девушка вскочила, босиком добежала до Гнуса и, повиснув всей тяжестью на шее, взасос поцеловала его в губы. — Я так соскучилась!

Он немного отстранил Свету:

— Не кумарит?

— Немножко...

— Сегодня будем уменьшать дозу.

— Хорошо, — потупилась девушка, пытаясь скрыть улыбку.

Они прошли на кухню. Гнус вскрыл новый шприц, насадил на него иглу.

— Смотри, сегодня утром я делал тебе два миллилитра. Сейчас — один и девять десятых.

Вскрыв одну из принесенных ампул, «дядя Володя» точно отмерил указанное количество наркотика.
Внешне все было правильно. Порция наркотика
уменьшилась. Но эти ампулы были изготовлены по
заказу Гнуса. В них концентрация морфина постоянно повышалась.

— Пойдем. И вынь наконец из себя эту гадость.

Отбросив резиновый шланг, Света поспешила в
комнату.

Выключив видак, Гнус сделал укол. Наркотик тут
же подействовал: девушка тяжело задышала, прикрыла глаза, наслаждаясь первой волной эйфории.
На ощупь она нашла руку мага.

— Почему ты еще одет? Хочешь, я сама тебя раз-
дену?

— Давай.

Посвятив весь день просмотру порнографических
фильмов, Света мечтала испробовать увиденное.
Лишь через пару часов непрерывных игр Гнусу удалось отвязаться от ненасытной девчонки.

— Домой не хочется?

— Не. С тобой лучше. — Она обняла его за шею и
чмокнула в ухо.

— Игорь о тебе спрашивал...

— Отец?! — вскочила девушка. — Не говори мне
о нем! Он... Он... Гадкий! Противный! Самодоволь-
ный! Он меня ненавидит!

— Что ты, он любит тебя...

— Любит! Ха! Да он с десяти лет меня домогает-
ся! Я ненавижу его!

— Но вчера ты говорила, что любишь... — продолжал Гнус провоцировать Свету.

— Вчера!.. Я много поняла за этот день. Он гряз-
ное животное! Сексуальный маньяк!

— Но я же с ним одного возраста. И занимаюсь с
тобой сексом...

— Нет, ты другой. Ты добрый, хороший... Ты меня
лечишь... Я никуда от тебя не уйду!

132

И она прижалась к груди чернушника.

Гнус был доволен. Двадцать пятый кадр сработал на славу. Теперь лишь длительным контргипнозом можно избавить девушку от навязанной ей ненависти к отцу. А этого маг никогда не допустит.

— Хорошо... Игорь, понимаешь, уже хотел, чтобы ты вернулась... Но если дело обстоит так...

— Я не хочу его видеть!.. — заплакала Света.

— Ладно, ладно. Успокойся, пожалуйста. Завтра мы с тобой ему позвоним и скажем, что ты у меня останешься еще ненадолго... Договорились?

— Надолго!

— Ну нельзя же его сразу так расстраивать!.. Надо сперва подготовить.

Оставив притихшую Дарофееву-младшую досматривать кассету, «дядя Володя» заперся в своем кабинете.

За несколько секунд погрузившись в глубокую медитацию, он первым делом решил найти Пономаря. И впервые ему это не удалось.

На порядок увеличив чувствительность восприятия, маг нашел его след в информационном хранилище. Следующим открытием стала «черная дыра».

— Вот зачем ты туда лазил... — пробормотал Гнус. — Ничего, сейчас я тебя проверю...

Он смоделировал на поверхности своей защиты блуждающую белую точку. Атаки не последовало.

— Хорошо, сторожа он не выставил... Зато я его не забуду повесить...

И рядом с дарофеевской защитой возник сторож — энергетическое образование, которое должно было непрерывно сообщать своему хозяину о состоянии блока. Сферу же самого Гнуса окружила вращающаяся сеть, которая должна была уничтожать лазутчиков, посылаемых Дарофеевым.

«Растет мальчишка...» Противостояние усложнялось, и уничтожение Пономаря становилось делом гораздо более интересным, чем в самом начале.

Но Гнус не любил неожиданностей. Он знал пару способов проникновения в «черную дыру». Один, связанный со скачками во времени, неточный из-за флуктуаций вероятности событий. Другой предполагал проникновение в четвертое пространственное измерение. Он был очень энергоемким, но показывал не вероятностные, а реальные события.

Прежде чем проделать это, Гнус вывел за пределы блока внутреннюю «дыру» и минут десять вбирал силы окружающего пространства.

Наконец он почувствовал, что готов.

И после нескольких секунд работы Гнус уже знал, что все пока развивается по намеченному плану.

Глава 13

1

В дверь позвонили.

Марина взглянула на часы. Половина двенадцатого.

«Кто же это так поздно?» — подумала она.

Поглядев в глазок, девушка увидела стоящего на лестничной площадке мужичка, кутавшегося в халат. Переминаясь с ноги на ногу, он нетерпеливо поглядывал на Маринину дверь.

— Кто там?

— Я сосед снизу. Вы нас заливаете.

— Секундочку, я посмотрю...

Заглянув в туалет и ванную и обнаружив, что там все в порядке, она вернулась к двери:

— Нет, это не у меня.

— Ну как же! — заволновался мужичок. — У нас прямо по стенам течет!

— Вот сами заходите и убедитесь!

Как только Марина отперла дверь, в прихожую ворвались двое парней. Один из них тут же направил на девушку пистолет с глушителем:

— Вякнешь — пожалеешь!

Вслед за налетчиками вошел «сосед». Он уже снял халат и оказался в сером двубортном костюме.

«От Версаче», — тут же определила Марина.

Под дулом пистолета ее провели в комнату. Один из бандитов достал капроновую веревку, привязал девушку к креслу-качалке и встал сзади.

Второй, поигрывая оружием, встал напротив.

— Кто вы такие? Что вам надо?

Марина запоздало рванулась, но путы лишь слегка натянулись.

— Мы — друзья... — глумливо сказал бандит с пистолетом.

— Нет у меня таких друзей!

— А мы не твои друзья... Мы друзья тех парней, которых ты, крошка, заложила...

Если раньше девушка могла предположить, что ее визитеры — обычные грабители, то теперь, когда ей напомнили о похищении Елизаветы Игнатьевны, все встало на свои места.

Ее тело мгновенно покрылось холодным потом. Она набрала воздух в легкие, но крикнуть не успела. Стоящий сзади налетчик закрыл ей рот. Вместо призыва о помощи послышалось лишь невнятное мычание.

— Заткни ей пасть.

Взяв первый попавшийся под руку предмет — это оказался Маринин любимый китайский шелковый платок, — бандит запихал его в рот девушке и, завязав веревочную петлю, зафиксировал кляп.

— Серый, Леха. — В комнату вошел третий участник налета.

— Чего?

— Работать будете?

— Будем, будем, — сказал парень с пистолетом. — Попозже...

— Машина же ждет... — не унимался «сосед».

— Не гони! До утра времени — вагон.

— Ты отметь давай, что выносить, а мы тут позабавимся, — подмигнул второй бандит.

— Твое дело — в старье разбираться. А у нас — дела молодые.

— Ну как знаете...

И Марина осталась с молодежью. Все происходящее казалось девушке страшным, нереальным сном. Незнакомцы, пистолеты, кляп — все как в детективе. Но это происходило с ней. И она была жертвой.

Ее отвязали. Но лишь для того, чтобы сорвать с нее пеньюар и, несмотря на отчаянное сопротивление, обнаженную, привязать вновь, уже к кровати.

Сильно затянутые веревочные петли резали запястья и лодыжки.

С ужасом смотрела Марина, как раздеваются насильники. Она видела, как один из налетчиков положил пистолет на трюмо около кровати, но дотянуться до своего спасения было невозможно.

— Что, страшно? — Ее похлопали по щеке. — Не бойся. Расслабься и получай удовольствие. Пока можешь.

Сменяя друг друга, бандиты больше часа мучили несчастную девушку.

Плача от омерзения и жалости к себе, Марина молила Бога, чтобы эта пытка поскорее закончилась.

Наконец насильникам надоело такое примитивное развлечение. Один из них принес из соседней комнаты грузинский кинжал. Попробовав его остроту, бандит остался доволен. Он, слегка нажимая, провел острием вдоль груди девушки.

На коже остался тонкий кровавый след. От нестерпимой боли Марина громко застонала.

На этот звук прибежал антиквар.

— Что творите-то?! — возмутился он, увидев следы истязаний.

— Не лезь, старик!

— Изверги! Зачем издеваться-то?! Мочканули бы, и все!

После этих слов девушка обезумела. Она исступленно замотала головой, забилась всем телом в бесполезных попытках вырваться.

— Сгинь, старый! Видишь, что натворил!

И бандит приставил лезвие к горлу Марины.

— Тихо!.. — зловеще шепнул он. — Дольше рыпаешься, дольше страдаешь. А будешь лапочкой, глядишь, мы тебя пожалеем...

Но девушка, не помня себя от смертельного ужаса, рванулась. Кинжал скользнул по скуле, оставив глубокий разрез. Марина взвыла.

— Черт! Она так весь дом перебудит...

— Давай ее марфушей[1].

— Жалко на такую тратить...

— А когда нас повяжут — жалко не будет?

Налетчик наполнил шприц наркотиком и ввел иглу прямо в разрезанную скулу. Боль заставила Марину дернуться, но раствор подействовал быстро. Она теперь ощущала только легкое жжение в ране. Наркотик притупил не только физические ощущения. Девушка вдруг почувствовала неестественную апатию. Ей стало все равно, что с ней делают.

— Глянь-ка, затащилась...

— Ладно, кончай ее.

— Нет, погоди!..

Возбужденный видом и запахом крови, второй налетчик не хотел лишиться зверской забавы. Сев верхом на девушку, он медленно начал вырезать на ее животе контур шипастой рыбки. Такой же, что красовалась у него на запястье.

— Ну ты козел... — угрюмо покачал головой второй насильник. — За гнилой базар отвечаешь? Кто ж такую визитку ментам оставляет?

— С собой ее взять?

— Сожжем. Эй, старый, — позвал бандит.

Пришел антиквар:

— Закончили?

Он присмотрелся к закрывшей глаза Марине:

— Она же дышит! Почему?

— Мы решили ее поджарить...

---

[1] М а р ф у ш а — одно из сленговых названий морфия.

Покачав головой, мужичок прошел к трюмо, на котором лежал пистолет, взял его и почти не целясь выстрелил девушке в голову. Марина вздрогнула и затихла.

— А теперь — за работу.

— Вмазаться-то можно, начальник?

Мужик покрутил пистолет на пальце и направил его на сказавшего:

— Я тебе не начальник, а старший товарищ. Но вмазаться разрешаю.

Положив оружие, он вышел.

Налетчики не мешкая разделили оставшийся морфий.

Поднимаясь к Марине, они залепили пластилином все глазки и замочные скважины и теперь, стараясь не шуметь, начали выносить отмеченные вещи. Когда погрузка закончилась, они облили труп девушки бензином и подожгли. Вскоре пламя бушевало по всей квартире, уничтожая оставшиеся вещи. Зеркало в прихожей, пока до него не добрался огонь, отражало неистовство стихии. Но, охваченное пламенем, оно вскоре лопнуло, усеяв почерневший пол сверкающими осколками.

Пожарные машины примчались через несколько минут. Но этого времени огню хватило, чтобы полностью уничтожить Маринину квартиру и, пробравшись по деревянным переборкам, проникнуть на следующий этаж.

Натолкнувшись на обугленный труп, пожарные вызвали милицию. Оперативники обнаружили на теле огнестрельное ранение, и было заведено очередное дело об умышленном убийстве и поджоге.

2

Несмотря на проделанную напряженную работу, Дарофеев все еще чувствовал возбуждение. Усталости не было. Ложиться спать еще не хотелось.

Походив по квартире, привыкая к новой защите, он вышел на балкон. Наслаждаясь холодным воздухом и вглядываясь в мутное от непрерывных облаков небо, он вдруг осознал свою победу.

«Я все-таки вернул Лизу! — торжествуя, подумал Игорь Сергеевич. — Остались пустяки!..»

Но, припомнив эти «пустяки»: лечение жены, поиски дочери, борьбу с неведомым Гнусом, целитель помрачнел.

Прикрыв балкон, он направился в спальню. Во сне лицо Лизы было таким же, как и до похищения. Разве что немного осунувшимся.

Засучив ногами, женщина перевернулась на другой бок. Губы вдруг скривились в гримасе страха. Застонав, она снова переменила позу.

Дарофеев решил не терять времени. Он вошел в режим целительской работы.

— Вся исходящая от меня энергия отныне и до конца сеанса обладает гармонизирующим эффектом, — произнес Игорь Сергеевич придуманный им код.

Экстрасенс приблизил ладони к спине женщины и, словно скребком, с напряжением провел ладонями по коже. В руках появилось отвратительное ощущение липкой глины.

Абстрагировавшись от омерзения, которое всегда вызывала у Дарофеева грязная энергетика, он обработал таким образом все тело Лизы. Когда была снята самая грубая грязь, он вздохнул.

Самый тяжелый этап работы позади. Остается самое сложное, но оно не требует таких явных физических усилий.

Перестроив восприятие на более тонкий уровень, Игорь Сергеевич отрастил себе несколько пар энергетических рук. Эти конечности должны были соединить обрывки эфирного тела между собой. Без такой операции все остальные действия не имели бы смысла. Эфирное тело, самое грубое из тонких тел, служило панцирем от внешних воздействий. Поэтому оставлять его в том состоянии, которое целитель наблюдал у Лизы, было равносильно убийству.

«Как же вовремя ее освободили! — качал головой Дарофеев, контролируя работу сразу десяти рук. — Еще несколько дней или даже часов, и я бы ее не вытянул».

Сейчас же, как представлялось Игорю Сергеевичу, надежда была. Но были и сложности. И немало. К примеру, Дарофеев не умел лечить наркотическую зависимость. Теоретически он знал, что надо перестроить метаболизм организма. Но как это делается биоэнергетическими методами, он не знал. А когда он пытался получить эту информацию, всегда что-то мешало.

Однако Игорь Сергеевич в своей практике немалое количество раз снимал с пациентов состояние похмелья. Наркотическая абстиненция — примерно то же самое. Поэтому целитель хотя и волновался, но рук не опускал. Когда эфирное тело жены приобрело божеский вид, экстрасенс накачал его подпитывающей энергетикой. На очереди было астральное тело.

Как это часто происходило во время целительской работы, сознание Дарофеева как бы раздвоилось. Одна его часть контролировала манипуляции энергиями, а другая наблюдала за всем этим и размышляла.

И эта часть с удивлением осознала, что он, Дарофеев, больше не испытывает безоговорочной уверенности в себе. Пытаясь проанализировать эту мысль, он понял, что ошибся. Уверенность была. Исчезло чувство непогрешимости и того, что он не может и не должен допускать никаких промашек. Словно кто-то перевернул его сознание и дал ему право ошибаться. И исправлять ошибки.

Впервые за последние несколько дней Игорь Сергеевич почувствовал настоящую радость. Интуитивно он осознал, что это изменение делает его сильнее. Значит, у него появляется еще дополнительный шанс в битве с неизвестным врагом.

За своей работой и размышлениями целитель не заметил, как минула полночь. Удовлетворенный ре-

140

зультатами — лицо Лизы просветлело и разгладилось, — Дарофеев пошел перекусить.

Но по дороге на кухню он вдруг ощутил мрачное предчувствие. Присев на табуретку, Игорь Сергеевич прислушался к себе.

Смерть.

Кто-то из его знакомых умер.

Усталость уже волнами накатывалась на его тело, но что-то подсказывало, что с этим сигналом надо разобраться немедленно.

Он закрыл глаза, и перед мысленным взором предстала страшная картина: Мариночка, девушка-модельер, лежит привязанная к кровати. Тело ее покрывают кровоточащие раны, а рядом с ней стоит мужчина, лет пятидесяти, и в руке у него пистолет.

Прокрутив ситуацию назад во времени, Дарофеев увидел, как издевались над Мариной перед тем, как убить, и сам момент гибели девушки.

Вскипев от негодования, не осознавая своих действий, Игорь Сергеевич зарядил раствор наркотика, которым кололись бандиты, кодом смерти. Самому убийце он мысленным усилием оторвал голову.

Такая трата сил полностью истощила Дарофеева. Он свалился на пол. Падая, он уже спал.

3

Небольшой грузовичок миновал Таганку.

В кабине ехали двое молодых людей. Они лениво перебрасывались фразами и курили.

В кузове, крытом зеленым брезентом, находился еще один человек, уже в годах. Он прижимал к груди небольшую резную шкатулку из слоновой кости.

Когда машину трясло на ухабах Яузской набережной, содержимое шкатулки тихо позвякивало. В ней находились золотые и серебряные украшения из только что ограбленной квартиры. Но самые ценные вещи — изумрудная брошь с мелкими бриллиантами и серебряная диадема с крупным звездчатым сапфиром — уже перекочевали в карманы преступника.

Антиквар рисковал, утаивая эти бесценные изделия от Рыбака. Но страсть наживы была сильнее страха расправы. В мечтах он уже продавал драгоценности, менял документы, внешность. И жил, отколовшись от мафии, в собственном домике у Балтийского моря.

Знаток старины сопровождал еще десяток предметов антикварной мебели, дореволюционный фарфоровый сервиз на двадцать четыре персоны, коробку со столовым серебром и два настоящих персидских ковра, массивных и пыльных.

Проскочив Преображенку, грузовик свернул на тихую дворовую улочку, которая шла параллельно Щелковскому шоссе.

После одной из Парковых улиц водитель резко затормозил. Он откинулся на спинку сиденья и тяжело задышал.

— Ты чего? — спросил второй налетчик.

— Кумарит вроде...

— Странно, не должно вроде.

— Осталась марфушка?

— Нет. Мы ж еще на хате все проширяли.

— Хреново...

Даже в свете тусклой лампочки было видно, как неестественно бледен водитель.

— Дальше вести сможешь?

— Нет... Давай меняться.

С трудом перебравшись на пассажирское место, бандит прошептал:

— Жми скорее... Ломает!..

Грузовик плавно взял с места и покатил, набирая скорость. До Фрязино, где их ждали, предстояло ехать не меньше часа.

За Кольцевой бандиту стало совсем плохо. Он покрылся потом, судорожно хватал ртом воздух.

— Нет, это не ломки... — бормотал он. — Тряхануло меня... Ты мне баян нулевый дал?

142

— Нулевый, нулевый, — успокаивал его напарник. — Мы ж из одной скляхи¹ трескались²!

— Ой, хреново...

Второй бандит жал уже около сотни километров в час.

Внезапно он тоже почувствовал прилив дурноты. Перед глазами все поплыло.

Пока трасса шла прямо, он, несмотря на внезапную боль во всем теле, крепко держал баранку. Но на первом же повороте не справился с управлением.

Машину развернуло, опрокинуло.

В кузове все полетело вверх дном. Антиквар пытался за что-нибудь уцепиться, но, с размаху врезавшись головой о какой-то угол, потерял сознание.

Десяток метров грузовик проскользил по инерции на боку.

Свалившись в кювет, машина несколько раз перевернулась и остановилась, ударившись о дерево. Удар пришелся точно в то место, где из-под брезента выступала голова антиквара, припертая тяжелым столиком черного дерева.

Бандиты в кабине были еще живы. Они ощущали сладковатый бензиновый запах, доносившийся, казалось, со всех сторон. Водитель оказался сверху своего едва дышащего приятеля. Он попытался выползти через разбитое ветровое стекло.

Перебирая руками, цепляясь за траву, бандит вытаскивал свое непослушное тело из кабины. Но когда оставалось высвободить вторую ногу, вспыхнул бензин.

Взрывная волна подхватила тело и как спичку переломила об одно из деревьев. Второй так и не успел понять, что случилось.

В огне этого пожара погибли все украденные из квартиры убитой девушки вещи.

---

¹ С к л я х а — сленговое название ампулы наркотика.
² Т р е с к а т ь с я — внутривенно употреблять наркотики.

Глава 14

1

Напоив Виктора Анатольевича крепким кофе, Дарофеев повел его в комнату, где находилась Лиза.

Женщина лежала на спине, закатив глаза. Время от времени по ее телу пробегала мелкая дрожь. Обильно выступающий пот пропитал простыню, которой была накрыта Дарофеева, и ткань прилипла к телу, рельефно облегая все выпуклости.

— Да... — закусил верхнюю губу Разин. — Работка предстоит серьезная.

— Ты бы видел ее вчера!.. — похвастался Игорь Сергеевич. — Сейчас-то я все подлатал...

С утра и до прихода друга Дарофеев снова работал с женой. За ночь накопилась целая корка энергетической грязи.

Сняв патогенную энергетику, целитель вынужден был заново «латать» эфирное тело, которое, несмотря на вчерашние усилия, опять приобрело вид разрозненных клочков.

С более высокими телами картина была получше. Старые дыры еще не закрылись, но их размеры явно сократились. Это был обнадеживающий признак.

— Дай-ка я на нее посмотрю...

Сев в ногах у женщины, Виктор Анатольевич простер над ней руки. Дарофеев внимательно следил за работой мастера.

В бытность свою учеником Разина Игорь Сергеевич много раз имел возможность наблюдать за манипуляциями учителя. Что-то было понятно, что-то нет, но Дарофеев пытался перенять как можно больше.

— Да, — вздохнул Разин. — Крепко ее обработали...

— Что еще надо делать?

— Не спеши, подумать надо.

У Виктора Анатольевича, как и у любого уважающего себя профессионала-биоэнергетика, были свои, индивидуальные каналы получения информации. Некоторые из них были доступны Пономарю, и он ими пользовался, как, например, Информаториумом, другие мог использовать только Разин.

И сейчас Игорь Сергеевич видел, что его друг вышел на какой-то незнакомый спектр энергий. Это поле было плотным, если следовать общепринятой терминологии, грубым, но чувствовалась его весьма сложная организация.

— Ты где был? — спросил Дарофеев после того, как Виктор Анатольевич открыл наконец глаза.

— А-а-а! Не бывал? — Разин поднял брови. — Это витальный план архетипического эфирного тела человека.

— Ага, — сообразил Игорь Сергеевич. — Что же тебе там сказали?

— Дела неважнецкие...

— Я готов.

— Начну с тела. Первое. У нее начинается гепатит. Снадобья, которые ей давали, посадили печень. Они же подействовали на почки и головной мозг. В крови сейчас чрезвычайно высокое содержание дофамина. Потому-то тахикардия и сумеречное сознание. Матка находится в гипертонусе. Второе. Кора головного мозга заторможена гигантской стрессовой областью. Лишний дофамин поддерживает это положение. Если с этим не справиться — слабоумие на всю жизнь. Сейчас высшие нервные функции на уровне трехлетнего ребенка. Третье. Тонкие тела ты подклеил, но они все равно как решето. И четвертое. Что за гадость ты напялил на себя и на нее?

— Что, это вредно? — всполошился Игорь Сергеевич. — Это блок защиты «черная дыра». У этого анонимщика такой же...

— «Черная дыра», говоришь... Круто... — Разин удивленно покачал головой. — Только эта штука создает что-то типа парникового эффекта.

— Не должна... — Дарофеев почесал затылок. — Я же ставил ее на конкретного человека...

— Видать, плохо поставил. Или спектр защиты выбрал очень широкий.

— Правильно. Я ж до сих пор не знаю, кто он такой! Он сам под этой штукой спрятался! А проникать под нее я еще не научился... Ты, кстати, не мог бы чего-нибудь присоветовать?

— Я сам с таким сталкиваюсь только второй раз. Помнишь, я твоего недруга зондировал.

— Но ты же что-то там увидел!

— Ага. Кармические связи общего типа. Такое ты и сам мог бы рассмотреть. Но конкретики я не нашел. В общем, так. Я над этим помедитирую. Ты тоже. Потом сравним.

— Договорились. А теперь что мне с женой делать?

— Идеально было бы сделать гемосорбцию. Кровь почистить.

— Это можно. В Кащенко есть у меня знакомый в наркологическом корпусе.

— Хорошо. Дальше. Ты работал по полям индивидуальных архетипов?

Игорь Сергеевич развел руками:

— Со скрипом.

— Операции на мозге проводил?

— Да.

— Гипнозу я сам тебя учил. Так что давай действовать.

Работа в паре с Виктором Анатольевичем всегда доставляла удовольствие Дарофееву. Разин брал на себя ведущую роль, и Игорю Сергеевичу оставалось лишь следовать его указаниям. Такое положение дел создавало иллюзию, что всю ответственность за происходящее берет на себя ведущий. Пономарь же брать на себя ответственность за пациентов не любил, хотя и признавал, что целитель это обязан делать.

— Начали, — сказал Разин. — Синхронизируем дыхание.

— Готово.

146

— Выходим. Что видишь?

— Зеленый.

— Давай выше. Не отставай.

— Мы в космосе.

— Видишь меня?

— Да.

— Подлетай ближе, и меньше «я».

— Так хватит?

— Можно и посильнее, но сгодится. Теперь ищем Лизу.

— Так, вот она.

— Теперь я делаю развертку по архетипам. Как ощущения?

— Вижу Лизино пространство. Оно ограничено.

— Каждая точка — вариация ее индивидуальности.

— Принял.

— Теперь ищем ее путь.

— Нашел линию использованных личностей.

— Это он. Она сейчас — точка на конце.

— Как ее вбок занесло!

— Вот это сейчас и будем исправлять. Не вываливайся на эмоции! Спокойнее.

— Хорошо.

— Смотри. Выходим на векторное поле архетипических градиентов развития. Не теряйся.

— Я здесь. Вижу пересеченную местность. Лиза в овраге.

— Заметь, она движется под уклон.

— Вижу.

— Наша задача — вывести ее за этот гребень.

— Что он означает?

— Условная граница между здоровым и больным.

— Понял. Что делаем?

— Резко менять нельзя. Небольшой импульс, чтобы ее траектория повернула на несколько градусов к здоровью.

— Вижу. Начала карабкаться на склон.

— Ты понял? Такие импульсы надо давать регулярно. Раз в час.

— А чаще?

— Слишком резкая перестройка. Нехорошо. Теперь вторая часть. Ищем место, куда она должна прийти.

— Характеристики?

— Выбирай сам. Какой она была или какой ты ее хочешь видеть.

— Хотелось бы, чтоб она вернулась к занятиям энергетикой...

— Тогда сюда. Это хребет магов.

— Ну, на вершину ей не надо, а вот сюда...

— Хорошо. Запомнил эту точку. Теперь сканируй.

— Готово.

— У тебя должен получиться отпечаток личности. Наложим его на «Лизу-сейчас».

— Взаимодействие прошло.

— Изменения?

— Повысилась активность.

— Прекрасно. Вываливаемся отсюда.

Они одновременно открыли глаза и посмотрели друг на друга.

— Да, — вздохнул Игорь Сергеевич. — Тяжеловато с непривычки.

Разин только улыбнулся.

Посмотрев на Елизавету Игнатьевну, Дарофеев обнаружил, что ее уже не трясет. Дыхание, хотя и осталось поверхностным, было более спокойным. Только лицо оставалось таким же бледным, как и до сеанса.

— Ты пока передохни, — посоветовал Виктор Анатольевич. — А я ее мозгом займусь.

— А ты не устал?

— Не беспокойся, меня еще надолго хватит!

Оставив друга и учителя заниматься с женой, Пономарь вышел в гостиную. Присев около телефона, он собрался и набрал номер Синельникова.

— Капитан Дроздов, — ответили на том конце.

— Это Дарофеев...

— Здравствуйте, Игорь Сергеевич.

— Здравствуйте.

Испытывая неловкость, целитель несколько секунд молчал.

— У нас уже приказ повесили. Посмертно наградить капитана Синельникова орденом Красной Звезды, — вдруг сказал Петр Никитович.

— Все из-за меня... — понуро проговорил Игорь Сергеевич. — А каким он был другом...

— Не вините вы так себя! Кто ж мог знать, что эти подонки наблюдение выставили?

— Я! Я должен был знать!

И они опять замолчали.

— Вот что я хочу сказать, — вздохнув, начал Дарофеев. — Эти же люди убили Марину Игнатенко. Подругу моей жены.

— Да. Я знаю. — Петр Никитович кашлянул и продолжил: — Я читал ночную сводку, но никак не решался позвонить.

— Записывайте их приметы...

И Пономарь продиктовал капитану описание Марининых убийц. Внимательно выслушав, Дроздов недоуменно хмыкнул.

— Что-то не так? — поинтересовался Игорь Сергеевич.

— Их уже нашли.

— Как? — искренне удивился Дарофеев.

— На двадцать шестом километре щелковской трассы была авария. Погибли трое. Два человека обгорели до неузнаваемости, а третьего выбросило взрывом. По описанию это один из тех, о ком вы рассказали. И на руке у него наколка. Рыбка.

— Есть все-таки Высшая справедливость! — воскликнул целитель.

— Да, но это же только исполнители. Вероятно, их просто убрали, заминировав машину. А заказчик ходит на свободе!

— Но я же давал Коле список...

— Да. Только припозднились мы с ним... Ничего, завтра планируется большая операция. Мы им шею-то намылим!

— Хорошо бы.

— Да, похороны завтра. На Хованском. Будете?

— Не знаю... Так все неожиданно...

Как только Дарофеев положил трубку, раздался звонок. На определителе высветился номер брата, и Игорь Сергеевич взял трубку.

Поведав Косте о новых злоключениях и выслушав советы, Дарофеев приготовился было попрощаться, как брат вдруг задал новый вопрос:

— Рэкетиров-то твоих не нашли?

— Нет.

— Тревожит меня это. Как бы твой Мустанг снова не прискакал.

— Вряд ли...

— Но ты там своими методами можешь определить?

— Могу, конечно.

— Так действуй. С такими парнями не шутят. Тем более после того разгрома. — Константин Сергеевич намекал на гибель дарофеевских визитеров.

— Да, ты прав, — согласился целитель. — Я все за Лизу беспокоился... А это из головы вылетело.

— Как узнаешь чего — звони. Мы с ребятами подскочим. Да, а машину тебе вернули?

— Тоже нет. Некогда было этим заняться. Да сейчас и неудобно...

— Да... — сочувственно протянул Костя. — Не повезло Коле...

— Ладно, вечером созвонимся. Счастливо.

Встревоженный напоминанием о рэкетирах, Игорь Сергеевич вернулся в спальню.

Входя в комнату, он замешкался, словно натолкнувшись на невидимый барьер. Перешагнув порог, Дарофеев оказался в незнакомом помещении.

Все было тем же самым, но в самом воздухе было разлито столько энергии, что пробраться через нее можно было только вплавь.

Оказалось, что Виктор Анатольевич еще не закончил. Настроившись на энергетическое видение, целитель рассмотрел висящий перед Разиным полутораметровый фантом мозга.

Дальнейшая детализация картины обнаружила множество тонких манипуляторов, управляемых Виктором Анатольевичем. Энергетические руки буквально ощупывали каждую клетку мозга. Пальцы скользили по аксонам и дендритам, снимая с этих волокон патогенную энергию.

Подавляющая часть серого вещества была уже обработана. Стараясь не мешать, Дарофеев проверил работу друга.

Ткани, по которым прошлись разинские руки, функционировали нормально. Но, к сожалению, это касалось лишь биологического функционирования. Что творилось в психическом плане, Игорю Сергеевичу трудно было себе представить.

Минут через пять последнее нервное волокно было прочищено, и Виктор Анатольевич вложил фантом обратно в голову Елизаветы Игнатьевны.

— Мощно! — восхитился Игорь Сергеевич.

— Ну, Пономарь, принимай работу!

— На высшем уровне.

— Теперь давай попробуем ее разбудить.

— Стоит ли?

— Она голодная. И кроме того, мне надо посмотреть, не напортачил ли я случайно.

Женщина к тому моменту уже лежала спокойно. Пот высох, щеки слегка порозовели.

— Лиза, — тронул ее за плечо Дарофеев, — просыпайся.

С усилием открыв глаза, Елизавета Игнатьевна посмотрела в потолок.

— Как мне плохо... — простонала она.

И вдруг, спрятав лицо в ладонях, завыла. От этого долгого, страшного звука волосы вставали дыбом.

— Вспомнила, — шепнул Игорю Сергеевичу Разин.

Целитель наклонился над ней:

— Лиза, Лизочка! Все в порядке. Ты дома. Я с тобой...

— О-о-о... Господи... За что?..

— Уже все в порядке. Мы вместе...

Прислушиваясь к своим ощущениям, женщина притихла. Потом она медленно отняла от лица ладони. Обвела взглядом комнату. Увидев Виктора Анатольевича, она в испуге спряталась за сжатыми кулачками:

— Это ты?..

— Я.

— Ты пришел меня забрать у Игоря?!

— Нет. Я помогал ему тебя лечить...

— Ты врешь! — Женщина в истерике заколотила руками и ногами по кровати. — Ты врешь! Ты хочешь, чтоб я к тебе вернулась! А этого не будет! Не будет этого! Игорь хороший! А ты злой! Злой!

Разрыдавшись, она накрыла голову подушкой.

Молча развернувшись, Разин вышел. Игорь Сергеевич выскочил вслед и чуть не сшиб остановившегося в коридоре Виктора Анатольевича.

— Я пойду. Видишь, она пока не в себе... Не стоит ее лишний раз травмировать.

— Да-да, — согласился Дарофеев. — Ты прости ее...

— Я и не обиделся.

Закрыв за другом дверь, Игорь Сергеевич вернулся к Лизе. Она уже сидела на постели. Скрючившись и запустив пальцы в волосы, женщина с силой дергала их.

— Что ты делаешь?

Она продолжала свое занятие.

Дарофеев присел рядом. Обнял.

— Он ушел. Все в порядке. Никто тебя у меня не отнимет.

Не открывая глаз, Лиза обхватила целителя за шею:

— Если б ты знал... Если б ты знал, что они творили... Они... Они...

Не справившись с чувствами, она вновь забилась в рыданиях.

Сбегав на кухню, Игорь Сергеевич разогрел сваренный вчера куриный бульон и вернулся с кружкой дымящейся жидкости.

Жадно выпив суп, Елизавета Игнатьевна повалилась навзничь. Ее прошиб крупный пот. Она глубоко и шумно задышала.

— Не-е-ет! — крикнула женщина во весь голос. — Уйди! Я тебя не знаю!

Лежа на спине, Дарофеева стала исступленно отмахиваться от кого-то невидимого.

— Нет! Не надо! Я не хочу!..

Не зная, что предпринять, Игорь Сергеевич лишь страховал находившуюся во власти кошмарных галлюцинаций женщину.

Он откатывал ее от края кровати, моля Бога, чтобы этот приступ скорее кончился.

Лиза еще некоторое время билась с призраками, в какой-то момент она громко взвизгнула, как от боли, схватилась за живот и затихла.

«Печень», — понял Дарофеев.

Подбежав к Лизе, он скинул ее руки с больного места и наложил свои. Попросив благословения у Господа, целитель зашептал заговор на боль. Повторив текст семь раз, Игорь Сергеевич прочел «Отче наш», «Богородицу» и отнял ладони.

— Не болит?

— Нет... — впервые с момента освобождения Лиза осознанно улыбнулась.

Глава 15

1

Елизавета Игнатьевна смотрела в потолок.

В ее памяти проносились воспоминания недавнего прошлого. Страшные сцены группового секса, в которых она была главным действующим лицом. Вернее, лицом бездействующим. Предметом, лишенным разума и воли, с которым можно было делать все, что угодно.

Женщина с омерзением ощупала свое тело. Болели все мышцы, все суставы. Нестерпимо чесались воспалившиеся следы уколов на руках. И не было спасения от звучавших в ушах гнусных приказов, которые она еще вчера безропотно выполняла.

Не в силах больше бороться с заполонившими ее рассудок унизительными картинами, Дарофеева встала. Каждый шаг отдавался мучительной болью в ногах, спине, но женщина добралась-таки до окна.

Отдернув штору, она посмотрела вниз.

Хрущевки внизу были залиты солнечным светом. Ветер гонял по узким асфальтовым полоскам желтые листья. Влажная чернота дорожек притягивала взгляд и манила решением всех проблем.

С трудом открыв окно, Елизавета Игнатьевна попыталась вскарабкаться на подоконник. С первого раза это не удалось. А второй не дал сделать прибежавший на шум Дарофеев.

Он захлопнул окно, обнял жену и повел ее обратно на кровать:

— Ну что же ты... Все пройдет...

— Ты не представляешь, что я пережила...

Игорю Сергеевичу не надо было это представлять, он видел. Возможно, Лиза и догадывалась об этом, но целитель решил, что лучше будет промолчать.

— Такой позор!.. Я не переживу...

Слез не было. Покрасневшие глаза Дарофеевой смотрели затравленно и умоляюще. Пономарь не выдержал и отвел взгляд.

— Хочешь... забыть обо всем? — предложил Игорь Сергеевич.

Ожидая реакции, он потупившись смотрел в пол, словно предложил что-то недостойное.

— Забыть? — переспросила Лиза.

— Ну да... Или я могу сделать так, будто это было не с тобой. Будто ты проспала все эти дни. И видела сон...

— Этот сон слишком страшный... — Она с остервенением ударила себя по колену: — Я хочу забыть все! Полностью! Этого никогда не было! Этого не должно было быть и не было! Сделай так, Игорек!..

— Сделаю, — улыбнулся Дарофеев. — Главное, ты согласна...

Гипноз не вызывал у целителя затруднений. Он нередко пользовался этим методом для снятия различного рода страхов, для вывода пациентов из депрессии, да и общее оздоровление шло гораздо лучше, если больному удавалось внушить, что он в силах справиться со своими недугами.

Основные приспособления, облегчавшие достижение гипнотического транса, остались в Филях, но и дома Пономарю удалось кое-что найти. Посадив Елизавету Игнатьевну в удобное кресло, Дарофеев поставил перед ней метроном, у которого к концу маятника был прикреплен блестящий шарик елочной игрушки. Установив период колебаний в одну секунду и включив магнитофон со спокойной инструментальной музыкой, целитель задернул плотные шторы.

Попросив Лизу не отрываясь смотреть на шарик, Игорь Сергеевич зажег свечу, поставив ее так, чтобы Лизе был виден только отсвет огня на серебряной поверхности качающегося шара.

— Твое тело расслабляется. С каждой секундой твое тело расслабляется все сильнее. Ноги становятся расслабленными и тяжелыми. Ты смотришь на шар и не можешь отвести от него глаз. И с каждой секундой растет расслабление твоего тела. Ты начинаешь хотеть спать. С каждой секундой тебе все сильнее хочется спать. Ты не сопротивляешься этому желанию...

За несколько минут целитель усыпил Дарофееву. Убедившись, что женщина погрузилась в глубокий сон, он приказал ей отвечать на его вопросы.

— С каждой секундой твой сон становится глубже и глубже. И во сне ты ясно и четко слышишь мой голос. Ты слышишь только мой голос. После того как я скажу «раз», ты будешь спать и отвечать на мои вопросы. Раз. Слышишь ли ты меня?

— Да, — ответила женщина.

— Что ты сейчас делаешь?

— Я сплю.

— Сейчас я буду спрашивать тебя. Готова ли ты отвечать на мои вопросы?

— Да.

— Какой сегодня день недели?

— Среда.

— Помнишь ли ты то, что происходило последние пять дней.

— Да.

— Какие чувства вызывают у тебя эти дни?

Елизавету Игнатьевну передернуло.

— Страх... Мне страшно... Я не хочу...

— После того как я скажу «два», ты перестанешь испытывать любые отрицательные чувства, связанные с воспоминаниями о последних пяти днях. Два! Что ты чувствуешь, вспоминая последние дни?

— Ничего.

— Можешь ли ты описать то, что с тобой в эти дни происходило?

— Да.

— Расскажи, что произошло, когда ты в пятницу вечером вышла от Марины.

— Марина закрывает за мной дверь. Я подхожу к двери лифта. Нажимаю кнопку вызова. Ничего не происходит. Жму кнопку еще раз. Она не загорается. Поворачиваюсь. Иду вниз по лестнице. Останавливаюсь. Достаю из кармана брелок с ключами от машины. Выхожу из подъезда. На моем пути лужа. Обхожу ее. Подхожу к машине. Отключаю сигнализацию. Открываю левую переднюю дверцу. Забрасываю на заднее сиденье два свертка. Вижу, что на лобовое стекло прилип крупный лист дерева. Снимаю его. Кто-то подходит сзади и хватает меня. Я пытаюсь звать на помощь. Меня бьют по лицу. Рука в перчатке зажимает мне рот. Я чувствую укол в левую сторону шеи. Больно. Вижу летящий шприц. В ногах слабость. Вижу потолок. Пытаюсь переменить позу. Не получается.

— Хватит.

Лиза замолчала, а Игорь Сергеевич несколько раз прошелся по комнате, составляя формулу внушения.

— Слышишь ли ты меня?

— Да.

— Ты будешь подчиняться моим приказам? Отвечай.

— Да.

— Сегодня вечер пятницы. Ты выходишь от Марины. Она закрывает за тобой дверь. Ты спускаешься по лестнице. Выходишь на улицу. Садишься в машину. Едешь домой. Дома ты чувствуешь, что отравилась. Ты ложишься спать и проснешься только после окончания сеанса. В состоянии бодрствования и обычного сна ты не помнишь ничего, что было последние дни, после того как ты приехала домой от Марины. В состоянии гипнотического сна ты сможешь вспомнить об этих днях. Но только после моего прямого приказа. Эти воспоминания будут восприниматься тобой как события, случившиеся с другим человеком. Проснувшись, ты будешь знать, что случайно отравилась каким-то наркотиком. Чтобы поправиться, тебе нужно лечь в больницу для очистки крови. Если тебя будут спрашивать о том, как ты отравилась, ты будешь отвечать, что не помнишь. Сейчас я буду считать. При счете «три» ты проснешься и будешь делать то, что я тебе приказал. Раз.

Целитель помолчал, прикидывая, все ли он предусмотрел.

Света! Она же будет о ней беспокоиться!

— Ты не будешь вспоминать о дочери до выписки из больницы. Это приказ. Два.

Осмотревшись, Игорь Сергеевич вдруг понял, что Лиза будет встревожена окружающей обстановкой. Она поймет, что ее загипнотизировали.

Допускать этого было нельзя, и Дарофеев быстро убрал весь антураж, раздернул занавески и лишь после таких приготовлений сказал:

— Три!

Женщина проснулась.

— Ты как? — спросил Дарофеев.

Попытавшись встать, Елизавета Игнатьевна чуть не застонала от боли:

— Ой, плохо!.. Меня прямо выкручивает...

— Да что с тобой? — разыграл непонимание Игорь Сергеевич.

— Отравилась я, наверное...

— Полечить тебя?..

— Нет. Не надо... В больницу позвони... Ой, как мне плохо...

Кинувшись к телефону, Дарофеев нашел в записной книжке номер заведующего наркологическим отделением больницы имени Святителя Алексия.

Тот оказался на месте.

— Слушай, Лев Семенович, у меня беда случилась, — поздоровавшись, начал целитель.

— Я могу тебе помочь?

— Поэтому и звоню. Мне сегодня же надо жену к тебе устроить.

— Ко мне? — удивился заведующий. — Но ты же знаешь нашу специфику. Алкоголики да наркоманы.

— Во-во, последнее!

— Да ты что?! А конкретнее ты можешь?

— При встрече.

— Хорошо. У меня выписались сегодня двое, так что места есть.

— Я твой должник.

Наскоро собрав вещи для больницы, они спустились на улицу.

— Где наша машина? — огляделась Елизавета Игнатьевна.

— Сломалась. Я ее в ремонт отогнал, — неуверенно соврал Дарофеев.

Женщина была настолько поглощена болью, что не заметила фальши, а целитель выругался про себя, что забыл упомянуть во внушении такой важный момент.

Поймав такси, они помчались по солнечным улицам.

2

Преодолев крутой подъем, машина въехала на больничную территорию.

Устроив Лизу на банкетке в приемном покое, Пономарь отправился на розыски Льва Семеновича.

Заведующий уже ждал его в своем кабинете.

— Рассказывай, что стряслось?

Игорь Сергеевич как мог пересказал беды своей супруги.

— Значит, говоришь, она теперь ничего не помнит...

— Абсолютно. Я еще забыл, что у нее на руках следы от инъекций с гематомами и сепсисом. Она не знает, откуда они взялись...

— Да, дела...

Лев Семенович, пожилой еврей, сухощавый, с проницательным взглядом, погладил небольшую лысинку на макушке:

— Ей же гемосорбцию надо делать...

— Так сделай.

— Не так просто...

— Сложности я оплачиваю.

— Ну раз так... Будем оформлять.

Палата, в которую поместили Елизавету Игнатьевну, была двухместной, чистой, с букетиком астр на подоконнике. Соседкой оказалась молодая алкоголичка. Видя состояние Дарофеевой, она не стала приставать к вновь прибывшей с расспросами. Вскоре пришла медсестра и сделала Дарофеевой внутримышечный укол морфия. Наркотик вскоре подействовал, боль отступила, остались лишь неприятные ощущения в мышцах.

Присев на койке, женщина попыталась вспомнить, когда же она отравилась и почему наркотиком.

Но между уходом от модельерши и сегодняшним днем в памяти была странная пустота.

Откуда-то она знала, что сейчас уже вечер среды. Но что же она делала эти несколько дней? Не найдя ответа, она машинально почесала руку. Внезапно предплечье пронизала острая боль.

Закатав рукав больничного халата, Дарофеева с удивлением обнаружила несколько гноившихся нарывов.

«А это откуда?»

У Елизаветы Игнатьевны появились смутные подозрения. Она с трудом поднялась и отправилась искать врача. Перехватив спешившую куда-то медицинскую сестру, женщина потребовала провести ее к лечащему врачу.

Врач, молодая, сварливая, попыталась с ходу избавиться от докучливой пациентки, но Дарофеева вцепилась в нее бульдожьей хваткой, и той ничего не оставалось делать, как вызвать заведующего.

Когда пришел Лев Семенович, Елизавета Игнатьевна набросилась на него:

— Что это у меня такое?

Она обнажила руки с язвочками.

— Следы нестерильных инъекций... — ляпнула врачиха.

Заведующий чуть не испепелил ее взглядом.

— Не надо так на нее глядеть! Я и сама могла догадаться, что это такое. Вы объясните мне, откуда они взялись? Это мой муж виноват?

Лев Семенович пришел в замешательство от такой постановки вопроса. Дарофеева расценила его молчание по-своему:

— И он заплатил вам, чтобы вы тут меня уморили! Думаете, я не знаю, чем у вас тут занимаются! Залечиваете здоровых людей так, что они становятся невменяемыми!

Опешив от таких обвинений, заведующий неожиданно тихо произнес:

— Замолчите, пожалуйста.

— По какому праву?! — начала было Елизавета Игнатьевна, но осеклась.

— Если вы поговорите с нашими пациентами, вы убедитесь, что никого, по вашему выражению, мы тут не «залечиваем». К нам приходят добровольно, чтобы снять абстинентный синдром. Который, как я вижу, имеется и у вас.

— Вот-вот! Откуда он у меня взялся? Откуда эти ужасные следы?!

Потупившись, Лев Семенович обдумывал, что же сказать. Перед уходом Дарофеев попросил его клятвенно пообещать, что Лиза не узнает правду. Хотя бы до выписки. За это время острота ситуации, надеялся Игорь Сергеевич, спадет и будет можно что-нибудь придумать.

С другой стороны, считая, что в ее нынешнем положении повинен муж, Дарофеева может совершить непредсказуемые поступки. А скандала с побегом пациента лучше избежать.

— Почему вы что-то от меня скрываете? Вы же врач, вы обязаны рассказать мне всю правду!

Решившись, заведующий обратился к врачихе:

— Оставьте нас, пожалуйста.

— Но она агрессивна! — возразила женщина.

— Не беспокойтесь. Покиньте нас, пожалуйста.

— Как хотите. Но я как лечащий врач обязана знать!..

— Если это будет необходимо, я вам тоже об этом сообщу.

Недовольная, та удалилась, чуть не хлопнув дверью. Заглядывая в глаза Дарофеевой, Лев Семенович доверительно произнес:

— Если я вам поклянусь, что ваш муж ни в чем перед вами не виноват, вы поверите мне?

— Хорошо, — задумалась Елизавета Игнатьевна. — Что же тогда со мной произошло?

— Поверьте, вам это будет нелегко выслушать...

— Говорите правду, доктор, я вынесу все!

161

Врач припомнил о рассказанной Игорем попытке самоубийства и провел рукой по волосам, пытаясь оттянуть неприятный момент.

Наконец, решив рассказать часть правды, Лев Семенович начал говорить:

— Вы попали в очень неприятную ситуацию... Видите ли, ваш Игорь очень известный человек. Неудивительно, что у него иногда бывают неприятности из-за завистников.

— Он никогда ни о чем таком мне не рассказывал!.. — уверенно возразила Дарофеева.

— Поверьте, он лишь щадил ваши нервы. Но сейчас на Игоря были действительно очень крупные... э-э-э... Как это сейчас называется? Наезды.

— У него все в порядке? — забыв про обвинения, забеспокоилась Лиза.

— Да-да... Теперь — да. Милиция с ними разобралась.

— Милиция?!

— Видите ли, к Игорю пришли вымогатели. Их сейчас модно называть рэкетирами.

— Но он, конечно, не поддался! — гордо сказала женщина.

— Да. Не поддался... В этом-то и была вся беда... Милиция не смогла вовремя обезвредить преступников, и... Короче, они похитили вас.

— Что?! Похитили? Но... Я этого не помню!

— В том-то все и дело. Они держали вас под наркотиками. Вы спали все эти дни, пока с помощью Игоря вас не освободили.

— Значит, я спала... — задумалась Дарофеева. — Это все ставит на свои места! Но постойте, почему мне об этом не рассказал сам Игорь?

— Он очень добрый человек. Он не хотел вас травмировать... И кроме того... нежелательно, чтобы об этом знали остальные пациенты и персонал. Это может отрицательно сказаться на эффективности лечения. А вы могли бы случайно проговориться...

— Постойте, но я тогда не понимаю, откуда я знаю, что у меня отравление именно наркотиками? И почему, если я спала, я знаю, что сегодня среда?

— Видите ли... Это трудно объяснить так, с ходу... Во сне человек все равно как-то воспринимает окружающий мир. И вполне естественно, что бандиты, которые вас окружали, говорили о днях недели, о наркотиках... А ваш спящий мозг воспринял эту информацию. Это, на мой взгляд, единственное разумное объяснение. — Заведующий в упор посмотрел на женщину.

Казалось, она была удовлетворена услышанным.

«Ну, гипнотизер, — думал врач. — Столько накладок в одном внушении! Хорошо еще, что выпутался... Дарофееву это обойдется в лишнюю сотню...»

— Хорошо, а могу я узнать, как вы будете меня лечить?

На эти вопросы Лев Семенович отвечать умел. Он расписал преимущества гемосорбции — очистки крови от продуктов разложения наркотиков в организме, — физиотерапии, механотерапии, гидротерапии. Дойдя до описания достижений современной фармакологии, он обнаружил, что ужин для пациентов уже заканчивается и под этим предлогом выпроводил Елизавету Игнатьевну.

Глава 16

1

Вернувшись домой и перекусив, Дарофеев проверил автоответчик.

Звонили несколько пациентов и Лев Семенович. Заведующий пересказал содержание разговора с Елизаветой Игнатьевной и заверял, что она успокоилась.

Это сообщение встревожило Игоря Сергеевича.

«Но, наверное, так лучше... — подумал он. — Лиза все равно ничего не будет помнить. Спала себе и спала... Хотя это и травмирует ее психику, но гораздо слабее...»

Слегка отдохнув, Пономарь решил, что пора решать свои проблемы. Переодевшись в одежду для медитации, он помолился и начал работать. Первым делом, по совету брата, Дарофеев локализовал Мустанга.

Ясновидение показало, что тот жив, здоров и пьян. Парень отдыхал в развеселой компании со спиртным и размалеванными девицами.

Такой вид отдыха никогда не прельщал Игоря Сергеевича. Закончив наблюдение, он переместился на другой уровень восприятия. Здесь мутной красной линией отражались перемещения рэкетира по городу. Путаный узел покрывал центр Москвы и область Ленинградского проспекта.

Но утром следующего дня линия упиралась в дарофеевский дом. Целитель визуализировал Мустанга в момент, когда он должен был подходить к двери его квартиры. На этот раз бандита сопровождали четыре мощных парня. Но, что удивило Дарофеева, оружия у них почти не было. Один газовый пистолет на всех. Зато у каждого имелась толстая резиновая дубинка.

«Убивать не хотят, — понял Игорь Сергеевич. — Но намерены искалечить... Ну-с, мы еще посмотрим, кто кого».

Вся необходимая информация была уже получена. Заглядывать в собственное будущее, чтобы узнать, чем кончится это противостояние, Дарофеев не хотел.

Однажды он уже попытался это сделать и в результате потерял на месяц способность ясновидеть.

Вернув себя в нормальное состояние, Игорь Сергеевич позвонил брату.

— Ну, Константин, скоро ты у меня хлеб отобьешь...

164

— Да ни в жисть! Чтобы родного брата да без корки оставить!.. В случае чего — поделюсь... А что такое?

— Ты как в воду глядел, на кофейной гуще гадал, птичек отпускал...

— Давно я тебя таким веселым не видел! С Лизой все в порядке?

— Я устроил ее к моему приятелю в больницу. Она подлечится — и будет как новенькая. Но дело сейчас не в этом. Помнишь, ты с утра говорил, что эти гаврики могут снова прийти?

— Было.

— Так вот. Завтра с утра они меня навестят.

— Откуда такая информация?

— Из первых рук — информационного поля.

— А у него разве их несколько?

— Да сколько хочешь!

— Ладно. Я сейчас обзвоню ребят, и в шесть утра жди. Да, а тебе там не сказали, сколько их будет, чем вооружены, во что одеты, будут ли на них парики или какая другая маскировка?

— О! Явится целая куча! Пять богатырей плюс-минус десяток. Несут они дубье. А лица их разрисованы по последней моде индейского племени мачу-плачу. Как представлю их, так дрожу и трепетаю. Нет, трепетаю и дрожжаю.

— Ну, если так, то мои ребята не ошибутся!

— Спасибо.

После разговора с братом, сил у Дарофеева прибавилось.

«Ну, Гнус, бойся меня! Теперь я уже могу с тобой сразиться!»

Как берсеркер[1], настраивая себя перед схваткой, Игорь Сергеевич проделал несколько дыхательных упражнений, заряжающих силой. Он представил себе Гнуса как горбатого старика, отвратительного,

---

[1] Берсеркер — так называли древних скандинавских воинов, которые перед битвой вводили себя в состояние неистовства и сражались с нечеловеческой энергией.

уродливого. Доведя ненависть к этому существу до высшей точки, целитель разом сбросил это чувство.

Теперь, когда злобы не было, остался холодный рассудок. Рассудок, готовый моментально и наилучшим образом отреагировать на опасность. Игорь Сергеевич был готов.

Зазвонил телефон.

После второго сигнала Дарофеев схватил трубку и, не выходя из боевого настроя, резко сказал:

— Да!

И услышал далекий голос дочери.

На определителе светились прочерки.

2

Света изнывала от скуки.

Если в первый день у нее еще были какие-то занятия, то к исходу вторых суток пребывания на даче делать было совершенно нечего. От непрерывного просмотра кассет болела голова, фаллоимитатор только раздражал, есть не хотелось...

Она прислушалась к своим ощущениям. Утренний укол действовал. Тело было легким, зато голова — тяжелой.

Морфий, конечно, хорош, но девушке хотелось разнообразия. Пройдя на кухню, она вытащила из холодильника коробку с наркотиками.

Сев прямо на пол, девушка поставила картонку между ног. Вынимая упаковки ампул, она придирчиво разглядывала каждую. Надписи ничего ей не говорили.

Разложив препараты вокруг себя, она пыталась выбрать.

Наконец Света взяла зеленую коробочку, внутри которой находился флакончик из темного стекла, полный прозрачной жидкости.

Вздохнув, она достала шприц. Проткнула иглой резиновую пробочку и начала оттягивать поршень.

Выбрав четыре миллилитра, она сообразила, что этого будет много, и стравила половину обратно.

Пройдя в комнату, Света нашла какой-то поясок, обмотала им руку выше локтя, потянула концы и зажала их под коленом. Под не рассосавшимся еще синяком просматривалась набухающая на глазах вена.

Поудобнее перехватив шприц, Света нацелилась иглой на серый жгутик и, закусив губу, проткнула кожу. Кровь тут же потекла в пластиковый баллончик шприца. Девушка разжала колено, поясок соскочил с руки, и она немедленно надавила на поршень.

Не зная, что ожидать от этого раствора, она замерла, стараясь поймать начало действия.

И тут она потеряла сознание.

Перед глазами закрутились цветные квадраты. Потом их движение как-то упорядочилось, они превратились в кубы, и Света полетела сквозь них. Она неслась по пространству, заполненному красными, оранжевыми, желтыми ящиками. Ящики разлетались от ее тела. Начальный испуг прошел, и теперь девушка наслаждалась невиданным зрелищем.

Вскоре она вдруг поняла, что эти коробки каким-то образом уменьшают ее тело или то, что проносилось сквозь их бессчетные ряды. Ячейки стали заметно меньше, и Света вдруг оказалась в абсолютно пустом пространстве. Лишь где-то далеко-далеко маячила светлая точка.

«Меня нет... — подумала девушка. — Осталось только мое сознание...»

Через мгновение она поняла, что возвращается. Вернулось ощущение тела, но перед глазами оставался угол, составленный из трех пересекающихся стен ярко-красного цвета. Стены постоянно деформировались. На них появлялись и исчезали составленные из мельчайших кубиков выпуклости. Некоторое время Света созерцала эту фантасмагорию. Затем она заметила, что краски потускнели. Вскоре ей удалось пошевелить ногой. А еще через некоторое время сознание и способность двигаться вернулись полностью.

Открыв глаза, девушка увидела спину прокравшегося мимо нее «дяди Володи». А она даже не заметила, что он пришел!

Шприц до сих пор оставался воткнутым в вену. Света выдернула его и быстро согнула руку в локте. Но из ранки все же выкатилась капля крови и упала на ногу. Растерев ее по коже, девушка отправилась вслед за хозяином дачи.

Он уже убрал наркотики обратно в холодильник и, повернувшись к плите, что-то жарил.

Девушка прислонилась к косяку и стала наблюдать за его манипуляциями.

Гнус уже давно почувствовал присутствие Светы, но не подавал вида, притворяясь, что занят исключительно бифштексом. Наконец он обернулся. Разыгрывая удивление, скользнул взглядом по обнаженному телу Светы:

— Отошла?

Девушка кивнула.

— И как полеты?

На такой вопрос потребовался словесный ответ:

— Хорошо...

— Только не надо мне говорить, что пробовала это первый раз!..

Света пожала плечами. «Пусть думает что хочет! Лишь бы ширнуться давал!..»

— Перекусишь? — спросил Гнус, кивком головы показывая на шипевший на сковородке кусок мяса.

— Не-а.

— Ну как знаешь.

Он вооружился ножом и вилкой, ловко перекинул поджарившийся бифштекс в тарелку и начал его резать. Повернувшись, девушка хотела было уйти, но Гнус остановил ее:

— Оденься.

— Зачем? — удивилась Света.

В доме было жарко натоплено, и одежда казалась лишней.

— Поедем звонить твоему отцу...

— Я не хочу! — взорвалась девушка. — Я не хочу его ни видеть, ни слышать!

— Ты ставишь меня в неловкое положение... Игорь хочет, чтобы ты вернулась. А я, оказывается, тебе препятствую. Что твой отец может обо мне подумать? Что я предатель. Но ты можешь мне помочь!

— Да ка-ак?

— Мы ему позвоним. Ты скажешь, что от меня сбежала и не хочешь возвращаться.

— Ну ладно... — насупившись, пробормотала Света.

Пока Гнус ужинал, она надела джинсы. Вдруг, что-то сообразив, прибежала к нему обратно:

— А ты меня уколешь?

Выигрывая секунды для размышления, Гнус посмотрел на часы. «Если отказать, она может воспринять это как шантаж. Нельзя пока портить с ней отношения. Я должен быть добр, как Дедушка Мороз...»

Такое сравнение развеселило Гнуса, и он усмехнулся.

— Рановато... — «дядя Володя» почмокал губами. — Но когда мы будем возвращаться, тебе может стать плохо... Подожди, пока я доем.

В предвкушении укола Света нетерпеливо ерзала в кресле. Ей казалось (или это было на самом деле?), что ее организм уже требует очередной дозы. Руки слегка тряслись, и она сцепила их в замок на коленях. Но пот, вдруг обильно начавший выступать по всему телу, унять было невозможно.

Услышав, что Гнус уже вышел из кухни, она кинулась к дивану, легла и, откинув руку, прижала подмышечную вену.

— Ого! Вся уже готова... — хмыкнул Гнус, поигрывая наполненным шприцем.

Меньше чем через полминуты наркотик уже был в крови Светы. Блаженствуя, она потянулась к «дяде Володе», но тот властно отвел ее руки:

169

— Сейчас не время... Надо ехать!

— Приходнуться-то можно? — недовольно пробурчала девушка.

— Приходнуться можно, — позволил Гнус.

Минут десять девушка лежала неподвижно, прикрыв глаза. Наконец она встала:

— Я готова.

3

Они пересекли всю Москву и остановились в районе Речного вокзала. Найдя свободный телефон-автомат, Гнус и Света вышли из машины и направились звонить.

Гнус набрал номер, опустил в прорезь жетон и передал трубку девушке. Дарофеев ответил почти сразу.

— Да! — услышала Света ненавистный голос.

— Это я...

— Света?! Где ты? Что с тобой?

— У меня все в порядке.

— Тебя никто не похитил?

— Нет, никто меня не похищал.

Девушку начала бесить тупость отца.

— Я жду тебя!..

— Не жди. Я не приеду.

— Светочка, что случилось?

— Я хочу жить без тебя!

— Как? — опешил Игорь Сергеевич.

— Вы все мне опротивели! Я вас ненавижу! — крикнула Света и с размаху бросила трубку на рычаг. — Какой же он гадкий! — разрыдалась она, прижавшись к плечу Гнуса.

— Да. Да. Успокойся, пожалуйста. — Он гладил ее по голове и прикидывал, как бы побыстрее посадить ее в машину и смыться с этого места. — Ну, пойдем отсюда!..

Света кивнула. Она забралась на заднее сиденье и, свернувшись там, продолжала плакать. Выехав на Кольцевую и пройдя по ней несколько километров,

Гнус свернул на обочину и затормозил. Кто-то пытался пробить его защитную оболочку. Он был готов к астральному нападению Дарофеева, но прогнозировал его несколько позже. «Что ж, Пономарь, попытайся...»

4

Сразу после Светиного звонка Игорь Сергеевич набрал номер Дроздова.

— Петр Никитович, мне только что звонила дочь.

— Хорошо. А я тут при чем? — недоумевал Дроздов.

— Она же похищена!

— Что ж вы раньше молчали?!

— Коле я говорил, кажется...

— Ладно, с этим потом разберемся. Я перезвоню.

С минуту Дарофеев разглядывал свой телефон. Наконец он зазвонил.

— Звонили с Речного вокзала, — сообщил капитан. — Туда уже выехала группа, но вряд ли они там кого-нибудь застанут. Но остается вероятность, что остались отпечатки пальцев. А это уже след.

— Спасибо... — проговорил Игорь Сергеевич.

— В общем, так. Бросайте все свои дела, и завтра к десяти я вас жду. На похоронах договорим.

Лишь потом, очищая сознание от посторонних мыслей, Дарофеев вспомнил, что не рассказал капитану о завтрашнем визите рэкетиров. Решив, что брат и его друзья и так с ними справятся, целитель продолжил погружение.

Выход в тонкие миры прошел на удивление легко. Сказался предварительный настрой. Дарофеев легко нашел непроницаемую черную сферу Гнуса. Сам Игорь Сергеевич был окружен таким же блоком.

Атака началась. С разгона две защиты врезались друг в друга. Пономарь понимал, что так, в лоб, вряд ли можно прошибить такую структуру, но никаких других способов у него в запасе не было, и он решил идти напролом.

Соприкоснувшись, обе «черные дыры» начали силовую борьбу. Победителем должен был стать тот, чья «дыра» сможет брать на себя больший поток энергии. При равенстве сил они могли объединиться. Это тоже устраивало Дарофеева.

Но ситуация развивалась для него совершенно непредсказуемо. Оболочки действительно образовали общую псевдоповерхность, но под ней у Гнуса оказалась вторая такая же! Она тут же поглотила микродыру, от которой зависела стабильность защиты Игоря Сергеевича. Он на мгновение остался беззащитен перед рушившимся водоворотом энергий.

Тонкое тело Дарофеева находилось уже в опасной близости от границы, из-за которой нет возврата, когда он построил новую оболочку. Она получилась пока слабой, но опасное падение почти прекратилось. Усилив защиту, Пономарь смог отдалиться от несущего гибель блока. И в этот раз победа осталась за врагом.

Измочаленный, Дарофеев вернулся в свое тело. После такого сокрушительного поражения надо было восстановить силы. Игорь Сергеевич немедленно вообразил себя деревом. Его корни уходили глубоко в землю. Листва смотрела прямо на ярко светящее солнце. Он почувствовал, как энергия светила проникает сквозь тонкую кожицу листьев и разносится по всему организму. Одновременно из влажной почвы через разветвленную корневую систему поднималась другая энергия.

Несколько минут такого упражнения — и Дарофеев стал ощущать себя если не полным сил, то вполне отдохнувшим.

5

Гнус чуть не рассмеялся, наблюдая примитивные потуги самовосстановления Игоря Сергеевича. Он так спешил, что не надел свою защиту и был виден во всех диапазонах восприятия. Перед тем как отправиться в путь, черный маг переместил астральное видение на телефон-автомат, с которого они только что звонили. Около него стояла милицейская машина, в которой лаяла овчарка. Двое людей в форме возились с телефонной трубкой.

«Если они найдут отпечатки девчонки, — подумал Гнус, — особых проблем не будет. Но если они догадаются вытащить жетон — меня могут определить по запаху. Это уже неприятно...»

Он обернулся. Света тихо спала на заднем сиденье. Тихо тронувшись с места, Гнус не спеша покатил обратно на дачу.

Глава 17

1

Звонок в дверь раздался в половине шестого утра. Требовательный, длинный. Игорь Сергеевич вскочил с кровати, взглянул на будильник.

«Брат, — вспомнил целитель. — Но он обещал к шести... Неужто Мустанг?»

На цыпочках прокравшись к входной двери, Дарофеев заглянул в глазок. Он был прикрыт чьей-то ладонью.

— Игорь, открывай. Это я! — послышался голос Константина. — Ты топал как слон!

Отперев, Пономарь увидел улыбающегося брата. За ним стояли несколько человек.

— А мы решили заявиться немного пораньше. — И, разглядев ошарашенное лицо Игоря, добавил: — Надеюсь, ты нас за бандитов не принял?

— Не проснулся я еще...

Мужики прошли в квартиру. Костя представил Дарофееву всех шестерых:

— Дима, Дима, Дима, Толя, Гена, Вова. А все мы — великолепная семерка.

Пока целитель умывался и завтракал — перекусить больше никто не пожелал, — ребята обсуждали план захвата. Когда Игорь Сергеевич откушал и вышел к Костиным друзьям, ему рассказали схему действий.

2

Бандиты появились в половине восьмого. По их сведениям, клиент должен был выйти ровно в восемь.

Сперва, опасаясь засады, Мустанг послал одного из шестерок пройтись вокруг дома. Вернувшись, тот доложил, что все спокойно. Лишь в нескольких метрах от подъезда двое возятся с аккумулятором у «Москвича». Рэкетир не собирался подниматься к Дарофееву. Он хотел дождаться его в подъезде и, по приказу Рыбака, заставить его до конца дней работать на аптеку. Жаба, непосредственный «начальник» Мустанга, твердо приказал:

— Чтоб остался живой!

Прогулочным шагом добравшись до дома, бандиты разделились. Двоих Мустанг направил в подъезд, остальные остались на улице.

В подъезде пятиэтажки напротив Дарофеев наблюдал за этой процессией. По миниатюрной рации он связался с братом:

— Они вошли. Трое, и сам — снаружи.

— Понял, — отозвался Константин. — Начинаем.

Мужики, чинившие «Москвич», направились к бандитам:

— Мужики, не подтолкнете?

— Пошел ты, мать твою! — ласково отозвался бандит.

Его вежливость не осталась незамеченной. Один из автолюбителей — Игорь Сергеевич запомнил, что это был один из Дмитриев, — резко ударил любителя изящной словесности ногой в пах. Парень, мгновенно отреагировав, успел увернуться. Но нога продолжала движение, и носок ботинка пришел в сопри-

174

косновение с солнечным сплетением бандита. Он отлетел на метр.

В это время Толя напал на Мустанга. Тот легко блокировал прямой удар правой, но, замахиваясь для ответной любезности, получил подсечку и грохнулся об асфальт.

Третий, видимо, считал себя асом рукопашного боя. Он встал в киношную стойку каратэка и спокойно ждал приближения противника. Им занялся Дима. После отвлекающего замаха бандит высоко подпрыгнул и попытался достать голову Димы ногой. Присев, тот пропустил бандита над собой и, пока он разворачивался, придал ему ускорение в куст шиповника.

В этот момент из подъезда выскочили еще двое Костиных друзей.

Мустанг успел выхватить выкидной нож. Теперь он размахивал лезвием, пытаясь достать сразу двоих нападающих. Удар по локтю достиг цели: нож выпал из руки бандита. Он попытался сработать одновременно левой рукой и правой ногой, но опять оказался на земле уже после меткого попадания по колену.

Пострадавший первым пытался было бежать, но поскользнулся и, сэкономив таким образом время и силы ребят, был закован в наручники.

Когда потасовка закончилась, Игорь Сергеевич спустился со своего наблюдательного пункта и присоединился к своим защитникам.

— Быстро вы их! — восхитился он, подходя к ним.

— Это так, семечки... — рассмеялся первый Дима.

Из подъезда выволокли еще двоих вымогателей. У одного из них были разбиты бровь и губа, а второй прижимал к груди неестественно вывернутую руку.

За ними, пошатываясь, вышел последний Дима. Из его покрасневших глаз обильно лились слезы.

— Что случилось? — спросил целитель.

— Да этот ублюдок успел из газовика шмальнуть. Попал в Диму. А Дима не стерпел и руку ему сломал...

Кроме этой, жертв больше никаких не было.

Спешившие на работу люди с удивлением и любопытством разглядывали живописную группу поверженных бандитов.

3

Приехал Дроздов.

— Почему же ты вчера об этом не сказал? Не доводит до добра самодеятельность! А если бы они убили кого-нибудь?

Петр Никитович немного робел перед Дарофеевым. Не имея такого опыта общения с экстрасенсами, как убитый Николай, Дроздов не знал, как разговаривать с колдунами, и занимал агрессивную позицию.

Константин встал на защиту брата. Он отозвал капитана в сторонку и что-то ему сказал. Петр Никитович удивленно разглядывал предъявленные Костей красные корочки. Наконец, пожав плечами, милиционер вернулся к Дарофееву.

— Повезло тебе с братом, — сказал он, косясь на рэкетиров, которых усаживали в милицейские «газики». — Но в следующий раз — предупреждай.

— Хорошо, — пообещал целитель.

Он подошел к брату:

— Я твоим ребятам что должен?

— Да ты чего? — отстранился Костя. — Но от пары арбузов на рыло не откажемся.

— Но у меня таких денег не наберется... — Игорь Сергеевич не заметил шутливого тона.

— Да я не о миллиардах! Я о настоящих арбузах!

— Тогда каждому по три! — улыбнулся целитель.

4

— Врач, который принял твою Свету в больницу, — рассказывал Дроздов по дороге в управление, — найден мертвым у себя на квартире. Вполне

176

возможно, что он был связан с мафией и занимался сбытом наркотиков. В его комнате нашли следы кокаина и ампулы морфия. Он знал убийцу, а тот действовал профессионально. Смерть наступила от передозировки наркотика. Николай успел составить фоторобот похитителя, но в нашей картотеке он не значится. Есть также подозрение, что он изменял свою внешность. Но самое главное, он оставил расписку. По этому образцу почерка его также можно идентифицировать. Поэтому к тебе большая просьба: дать мне как можно больше почерков твоих знакомых.

— Ты думаешь, это кто-то из них? — Дарофеева кинуло в жар.

— Нельзя сбрасывать со счетов такой вариант. Приедем — покажу тебе фоторобот. Может, узнаешь... Дальше. В телефоне, с которого звонила твоя дочь, обнаружены отпечатки пальцев, но только ее. Собака след не взяла. Девочка определенно уехала на машине. Свидетелей найти не удалось.

Кавалькада въехала во двор. Рэкетиров высадили из машин и под усиленным конвоем препроводили в изолятор.

5

В Отделе по борьбе с организованной преступностью шел траурный митинг. Выступал начальник отдела полковник Федин.

Дарофеев, слушая речь Льва Петровича, оглядел собравшихся. Около портрета с траурной каймой Игорь Сергеевич увидел плачущую женщину в черном платке. Рядом с ней понуро стоял долговязый юноша. Целитель несколько раз встречался с женой Николая Галей. Они были знакомы. Пару раз она приходила на его биоэнергетические сеансы. Но сейчас он не хотел подходить к ней.

У Игоря Сергеевича было двойственное отношение к смерти. С одной стороны, как человек, он понимал трагичность ухода из жизни. Но как биоэнергетик, он знал, что гибель телесной оболочки не означает гибели сущности.

Потому он понимал индусов, которые радуются и смеются на похоронах.

По православной же традиции такое поведение казалось кощунственным. Тем более Дарофеев знал, что не сможет не рассказать Гале о том, что после смерти он беседовал с душой Николая. Поэтому, когда выступающие произнесли слова прощания и цепочкой потянулись соболезновать, целитель незаметно вышел из комнаты и пошел прямиком к Дроздову. Кабинет был заперт, и Игорь Сергеевич несколько минут изучал стенд с эмблемами и нашивками французской полиции.

Вскоре появился Петр Никитович и повел Дарофеева смотреть допрос бандитов.

Они спустились в подвал, прошли в комнату, в которой находилось несколько телемониторов, соединенных с видеомагнитофонами. Несколько экранов светились, и на них целитель узнал утренних визитеров.

Дроздов поздоровался с оператором и включил звук у монитора, на котором было изображение Мустанга. Комнату сразу заполнила густая многоэтажная матерная брань. Впрочем, суть его выступления можно было определить одной фразой: «Вы — менты, и поэтому я вам ничего не скажу».

Уменьшив звук, Петр Никитович кивком указал на скалившего зубы бандита:

— Знаешь, кого мы взяли?

— Знаю, — просто ответил Дарофеев.

— Ах да, все забываю, с кем имею дело... Так вот, гражданин Воскобойников, по кличке Мустанг, уже года два в розыске. За ним длинный хвост тянется. Но он калач тертый, с наскока не расколется... Другие-то так, мелочь. Запоют как миленькие. А этот...

— А что вы от него хотите? — полюбопытствовал целитель.

— Признания, конечно.

— А если я... — начал Игорь Сергеевич, но осекся, вдруг сообразив, что сам напрашивается на новую работу.

«Но, собственно говоря, почему нет? — возразил он сам себе. — Теперь мне работать с Дроздовым. А это прекрасный повод подать себя».

И он закончил фразу:

— ...кое-чего ему расскажу?

— А ты можешь? — восхитился капитан. — Ах, ну да...

Дроздов задумался, потом лицо его просветлело.

— Нет, тебе этому подонку показываться нельзя. Хотя это и запрещено, я дам тебе полистать его дело. Ты сам выбери эпизоды и расскажи о них. Так можно?

— Можно, — заверил его Пономарь. — Но не сейчас. Мы еще должны на кладбище успеть.

6

Вернувшись с похорон, Дарофеев и Петр Никитович взяли несколько пухлых папок с делами, в которых фигурировал Сергей Петрович Воскобойников — Мустанг. Вскоре Игорь Сергеевич оказался в уже знакомом кабинете с мешками мака. Зеленая масса активно прела, и опийный запах был слышен уже в коридоре.

— Вот, не успели еще уничтожить. Вещдоки. Шестнадцать мешков маковой соломки... — пожаловался Дроздов.

Целитель вспомнил, что почти то же самое сказал и Синельников, когда первый раз привел его в это помещение. Перед глазами сразу встал гроб с телом убитого.

На кладбище Николая Николаевича провожали всего человек десять: вдова, сын, родственники — старики и старушки, еще какие-то незнакомые люди. В форме были только двое. Федин и Дроздов.

После того как могильщики закопали гроб, Галина стала всех звать на поминки. Она подошла и к Игорю Сергеевичу. Скрепя сердце он отказался.

Выпив стопку водки за упокой души безвременно усопшего (хотя Дарофеев знал, что это не так, причем из первых рук), поникший, Игорь Сергеевич поплелся вслед за милиционерами. Сейчас же, когда перед ним лежали объемистые картонные папки, топорщившиеся разноцветными листами бумаг, целитель пришел в необходимое расположение духа.

Пономарь раскрыл первое дело. Пролистал несколько страниц.

«...из квартиры потерпевшего Михаленко В.И. были похищены деньги и ценности на сумму свыше двухсот пятидесяти тысяч рублей...» — прочел целитель.

Он не стал выходить в глубокую медитацию, в этом случае можно было обойтись и более простыми методами. Такими, как автоматическое письмо.

Взяв ручку, Игорь Сергеевич склонился над листом чистой бумаги. Несколько минут настройки — и из-под ручки поползли неровные строки, написанные размашистым почерком.

За полчаса Дарофеев исписал около десятка страниц.

Позже, пробираясь сквозь дебри незнакомого почерка, Петр Никитович чуть не подпрыгивал от радости:

— Ты понимаешь, что ты написал?! Да тут же каждый шаг этого ублюдка!

Они прошли в знакомую комнату с мониторами.

— Включи звук на пятую, — попросил Дроздов оператора.

Некоторое время на экране был виден только стол и спинка стула. Появился недовольный Мустанг.

— Что, начальник, делать тебе нечего? Спящего человека тягаешь.

— Ничего, Воскобойников, у тебя еще будет время отоспаться, — услышал Дарофеев голос стоявшего спиной к видеокамере следователя.

— За трое суток разве отоспишься?

— Не трое, а тридцать. Ты подозреваешься как участник организованной преступной группы.

— Ну-ну... Валяй. Спрашивай. Будешь послан...

— Так... — Следователь пошелестел бумагами. — Вчера, около одиннадцати часов утра, тебе позвонил Жаба, в миру именуемый Валерием Геннадьевичем Птушко. Он назначил тебе срочное свидание через час. Встретившись у него на квартире, по адресу... (Прозвучал адрес.) Вы распили бутылку водки «Жириновский», и Жаба дал тебе задание от Рыбака. В задании говорилось: встретить гражданина Дарофеева завтра утром, около восьми, и избить до полусмерти... Так?

Мустанг осоловевшими глазами смотрел в пространство.

— Так? — повторил вопрос следователь.

— Откуда ты?.. — Бандит в бешенстве посмотрел на милиционера. — Жабу взяли? И он раскололся? Ха! Не верю!..

— Продолжаю, — спокойно сказал следователь. — Затем ты в присутствии Птушко позвонил следующим лицам... (Следовало подробное перечисление семи сообщников.) Трое из них отказались. Дальше рассказывать?

— Ну, Жаба! Архангелам продался! Утопить меня хочешь?! Так я сам тебя утоплю! Ну, мент, валяй, записывай!

— Они всегда так, — гордо пояснил Дроздов. — Стоит расколоть кого-нибудь повыше, его подчиненные сразу начинают стучать на бывшего шефа.

— А этого Жабу уже поймали? — поинтересовался Игорь Сергеевич.

Они уже поднимались наверх, в дроздовский кабинет.

Петр Никитович нахмурился:

— Пока нет. Но на сегодняшний вечер намечена крупная операция. Наконец нам выделили силы, чтобы одновременно накрыть все рыбаковские шалманы. Ты дал их адреса, помнишь? Наши ребята эти дни за ними наблюдали. Столько снимков сделали! И почти на каждом — те, за кем мы очень давно охотимся.

— Наконец-то...

— Да. Вот только вряд ли удастся взять самого Рыбака... Где он скрывается, никто не знает.

— Я пытался. — Дарофеев вдруг испытал укол вины, но подтвердил прежнюю ложь. — Но он под защитой этого анонимщика Гнуса.

— Да, этот Гнус — странный тип. Никто его не видел, но все о нем слышали. Бандиты говорят, что он имеет сильнейшее влияние на Рыбака. Такого отродясь не бывало, чтобы кто-то мог подчинить этого человека. Еще мы узнали, что с появлением Гнуса «крыша» Рыбака резко активизировалась. Они наладили связи с наркокартелями «Золотого треугольника» и Бразилии. Но доказательств у нас никаких до тебя не было. Все наши внедренные агенты убиты. Представляешь? И до сих пор никого не удается туда послать. На контакт с нашими подсадками они просто не идут.

— Это Гнус, — пояснил целитель. — Он такой сильный маг и энергетик, какие мне до сих пор не встречались. Он-то и закрыл для экстрасенсорного восприятия и Рыбака, и его ближайшее окружение. Каждый день у меня с ним битвы, — разоткровенничался вдруг Игорь Сергеевич.

Опасаясь за свою работу и репутацию, он никому не мог рассказать о происходящих с ним несчастьях. А в лице Дроздова целитель нашел благодарного слушателя:

— И что странно, сам он не нападает. Он действует. Похитил жену, дочь, машину...

— Ну, положим, свой «форд» ты можешь забрать хоть завтра, — вмешался Петр Никитович.

— Спасибо, — кивнул Игорь Сергеевич и в запале продолжил: — На тонких планах он только защищается, хотя, я уверен, прямого противостояния я бы не выдержал. Зачем ему это все?

— Может, месть?

— Я уже перебирал всех, кто мог бы быть моим врагом. Нет, тут что-то другое...

Выйдя на улицу, Игорь Сергеевич решил, что должен немедленно навестить Лизу. У него появилось чувство, что у нее не все в порядке. Купив фрукты, Дарофеев направился в Кащенко.

Глава 18

1

Света заснула так крепко, что Гнус вынужден был внести ее в дом на руках. Она лишь тихо посапывала, когда с нее снимали одежду и укладывали в кровать.

Запершись в своей комнате, маг начал медитацию. Для начала он проверил, как пройдет визит боевиков к Дарофееву. Тот был под защитой, но пока не догадался поставить ее на всю информацию о себе.

Просмотрев сцены пленения Мустанга и его команды, Гнус решил не вмешиваться в ход событий. Такой поворот, хотя и не был запланирован, устраивал мага.

Он собирался избавиться от Рыбака и его команды в начале зимы. Они уже сыграли свою роль и должны были отправиться в небытие. Однако Дарофеев привлек на свою сторону брата. Это слегка изменило расположение сил. Теперь Рыбак должен потерпеть поражение несколько раньше. Это не волновало Гнуса, старый преступник был ему отвратителен.

Проникнув под защиту Дарофеева (методика была разработана и опробована, поэтому отнимала меньше сил, нежели в самом начале применения), Гнус с удовлетворением отметил, что Пономарь радуется своей первой победе.

«Рано торжествуешь... Ты еще не знаешь, что я тебе приготовил...» — злорадствовал чернушник.

Однако следующий открывшийся ему пласт информации заставил Гнуса встревожиться.

Он увидел, что к вечеру следующего дня Рыбак останется без низовых звеньев. Пройдет ментовская операция по ликвидации большинства подпольных лабораторий, складов оружия и наркотиков.

Гнус похвалил себя за предусмотрительность. Допуская возможность просмотра Дарофеевым мест локализации наркомафии, маг астрально закрыл информацию о нескольких наиболее важных, с его точки зрения, объектах. Среди них были несколько рыбаковских квартир, пара фирм, работавших под прикрытием Рыбака, лаборатория в одном из НИИ, где разрабатывали новые виды наркотиков, и святая святых самого Гнуса — тренировочная база, где он готовил боевиков — наркоманов-биоэнергетиков. Тщательно просмотрев схему операции, маг понял, что захвачены будут практически все склады. Это было невозможно без...

Да, Гнус увидел вмешательство Пономаря.

Быстро собравшись, чернушник помчался в город. Того количества наркотиков, что хранилось у него, могло не хватить для его планов. Поэтому надо было срочно до начала милицейской операции наведаться на один из обреченных складов.

Следовало, конечно, предупредить Рыбака о планируемом разгроме, но Гнус решил это сделать попозже, когда старик уже ничего не сможет изменить.

2

Утром Гнус уколол Свету морфием. Подождав, пока она придет в себя от увеличившейся дозы, он накормил ее завтраком. Потягивая крепкий утренний кофе, он пристально поглядел на девушку:

— Тебе тут скучно.

Непонятно было, вопрос это или утверждение.

— Ага, — согласилась Света.

Гнус вздохнул:

— Знаешь, по-моему, пора сменить тебе обстановку...

— К отцу?! Ни за что!

— Нет. Ты меня неправильно поняла. Хотя зайти к нему надо обязательно. Сегодня мы переедем обратно в Москву.

— Ура! — Девушка радостно вскочила из-за стола. — Я смогу увидеть своих друзей!

— Васю-Торчка?

— Да... А откуда ты его знаешь?

— А вот знаю... Ты будешь жить в одной квартире... Маг немного помялся, как бы решая какой-то вопрос. — У тебя будет все. Ну, почти как здесь. Но покидать эту квартиру ты будешь только со мной. Или по моему разрешению.

— Это еще почему? — Света возмущенно насупилась. — Я — свободный человек!

— Да-да, конечно!.. Но Игорь — ты знаешь, он работает с органами — поднял на уши всю московскую милицию. Тебя ищут.

— Зачем?

— Чтобы насильно вернуть Игорю.

— Но я не хочу!

— Вот поэтому тебе надо выходить как можно меньше.

— Ну раз так...

Гнус привез ее на Можайское шоссе. Свету встретила безлюдная трехкомнатная квартира. Чувствовалось, что в ней очень давно не жили. Вся мебель оказалась накрыта чехлами, на них и на полу лежал толстый слой пыли.

— Вот. — Гнус приглашающе махнул рукой. — Владей!

— Но тут так грязно... — поморщилась Света. — Сколько мусора...

— Веник на кухне. Продукты я привез. Обустраивайся. — Он включил холодильник, загрузил в него свертки и пакеты, на видное место поставил знакомую коробку с ампулами. — Я скоро приеду.

Хлопнула входная дверь. Девушка тут же открыла ее и выглянула на лестницу.

Ей надоело сидеть взаперти, но ключей у нее не было, а сидеть на лестнице, когда за тобой охотится вся милиция, по меньшей мере нелогично. Она закрыла дверь и, вздохнув, принялась за уборку.

«Дядя Володя» действительно вернулся очень быстро.

— Света! — послышался из прихожей его голос. — Я с сюрпризом.

Девушка вышла к нему и увидела смущенного Васю.

— Привет, Заяц...

— Вася! — Девушка бросилась к нему, обняла. — Я так по тебе скучала...

— Вы тут воркуйте, — вмешался Гнус. — Мне пора. Я Васе объяснил обстановку, он у тебя толковый.

— Я ж понимаю... — Торчок выпятил грудь. — Зайца ментам не отдадим!..

— Вот и славно. Если что потребуется — найдете в холодильнике. А у меня дела.

Гнус ушел, а Света прямо в прихожей долго целовала Васю.

— Может, в комнату пойдем?.. — предложил он наконец.

— Да что это я? Пойдем!.. Как дела-то у тебя?..

— Кумарит слегка. Вчера ничего не вырубили.

— Кумарит! Кумарит! — Девушка запрыгала на одной ноге и захлопала в ладоши.

— Ты чего? — Торчок смотрел на нее, не понимая причин такого восторга.

— Тут есть все!

— Как все?

— Все, что хочешь! — Она повела парня к холодильнику, извлекла коробку. — Смотри!

Вася открыл крышку и остолбенел, глядя на немыслимое богатство.

3

Пока молодые люди занимались изготовлением наркотика на запасной квартире Рыбака, Гнус поехал в больницу Кащенко. На кухне, где распределяли обед по отделениям, никто не обратил внимания на врача средних лет. Врач же вел себя несколько странно. Найдя бачок с надписью «Наркол. отд. Жен.», он помешал варившийся в нем суп и тихо ушел. Никто не заметил, что этот «врач» высыпал в горячую жидкость баночку какого-то порошка.

4

Всю ночь Елизавете Игнатьевне снились кошмары. Утром, проснувшись, она не могла ничего вспомнить. Тело ныло.

— Мне плохо... — пожаловалась она сестре, ставившей градусники.

— Фамилия? — спросила сестра.

— Дарофеева.

— Сейчас приду, сделаю укол. И утром ничего не есть. Будут брать анализы на гемосорбцию.

После этого слова Елизавета Игнатьевна окончательно проснулась. Да! Она же в больнице!

Ее соседка громко храпела, даже не проснувшись от визита медсестры.

Все утро Елизавета Игнатьевна лежала, глядя в потолок. К ней регулярно заходили, просили пройти в разные кабинеты. В одном у Дарофеевой взяли кровь из пальца, в другом — сделали кардиограмму, в третьем — долго ковырялись в руке, пытаясь найти вену. Все эти пытки женщина перенесла стоически.

Потом соседка пошла на завтрак.

Памятуя о просьбе сестры, Елизавета Игнатьевна осталась на месте. Вернулись пациенты с завтрака, но ничего не происходило.

— Почитать не хочешь?

Дарофеева повернула голову. Ее соседка, привстав с кровати, протягивала ей газету:

— Свежая.

— Нет, спасибо.

И Елизавета Игнатьевна вновь стала разглядывать трещины в побелке.

— Тебя как зовут-то? — Девушке, очевидно, надоело молчание, и она всеми силами пыталась завязать разговор. — Я — Катя.

— Елизавета Игнатьевна...

— Так официально? — Катя недоуменно покачала головой.

— Лиза.

— Вот это другое дело... Как сюда-то попала?

— Попала, и все...

— Наркотики?

Дарофеева снова повернулась. На этот раз с удивлением:

— С чего вы взяли?

— Ну, я тут всякого насмотрелась! Видела, как вашего брата наркомана корежит...

— Я не наркоманка, — твердо возразила Елизавета Игнатьевна.

— Ну-у-у... — рассмеялась девушка. — Меня не обманешь. Все признаки налицо и на лице. И ломки, и дороги на венах...

С трудом подавив гнев, Дарофеева резко сказала:

— Это было сделано насильно. И предупредите всех ваших подруг, чтобы ко мне с таким вопросом больше не подходили!

— Хорошо-хорошо... — Катя ошеломленно замахала руками. — Я ж не знала... Вы уж простите меня...

— Да. — Елизавете Игнатьевне показалось, что девушка после этого должна замолчать, но не тут-то было.

— А я вот по собственной дури. — Кате отчаянно хотелось рассказать свою историю новому человеку,

188

и она уже не могла сдерживать этот порыв. — Я, понимаете, замуж вышла рано. Парень мой, Петя, и тогда был весь из себя видный. Только вся эта перестройка началась, границы открыли, ему и посоветовали съездить в Польшу.

Сначала Дарофеева без особого внимания слушала о поездках польских челночников, но потом, когда Петр стал директором фирмы, импортирующей продовольственные товары, втянулась, даже стала задавать какие-то уточняющие вопросы.

— Банкеты каждый день, — жаловалась Катя. — То с банкирами, то с фирмачами... Жуть. Каждый вечер напивалась как свинья. Друзья Пете говорили: «Не спаивай жену. Любовницу заведи». Но он не такой. Он меня любит. Он мне никогда не изменял. Так и пошло. Вечером напиваюсь. Утром похмеляюсь. Мрак.

— А если не пить?

— Не получается. Иногда такой стол закажут — одни водки да коньяки. А обычной воды — нет. А подруги этих деловых водяру ведрами хлестать могут. Да и какие это подруги, так, проститутки на вечер. А Петю уважали за то, что он со мной ходил. Если с женой — значит, на него можно положиться.

— Да, если человек нравственный, он не обманет, — вставила Дарофеева. — Вот мой муж — врач-экстрасенс.

— Неужели? А как фамилия?

— Дарофеев.

— Как же! — Катя села на койке и развела руками. — Высокий такой, импозантный, волосы с проседью. Уши у него еще такие... мясистые... Я его много раз по телевизору видела. Вот мужчина так мужчина!

— Да, Игорь такой. Но что самое главное — честнее человека я не встречала.

Разговор прервался. В палату вошел Лев Семенович с несколькими женщинами в белых халатах. Он внимательно осмотрел Дарофееву:

— Не кушали?

— Нет.

— Готовьтесь. Скоро приедет аппарат.

На этом обход закончился. Елизавета Игнатьевна окликнула соседку:

— Катя, о каком аппарате он говорил?

— Для очистки крови. Здоровая такая штука. В нее твоя кровь поступает и чистится как-то. Там две трубочки. Одна из вены кровь забирает, по другой она возвращается.

— Кошмар...

— Это не больно. Мне тоже такую первые несколько дней ставили.

После этих слов дверь палаты широко раскрылась, и женщина в халате вкатила в нее тот самый прибор.

Как и говорила Катя, Дарофеевой ввели в вену иглу. По прозрачной трубочке в машину стала поступать кровь. От ее вида Елизавету Игнатьевну замутило.

Сестра заметила, что пациентка побледнела:

— Не надо смотреть!..

Последовал еще один укол.

— Через час я приду. Ничего не трогать и, по возможности, не шевелиться.

Дарофеева почувствовала, как на места уколов прилепляют полоски пластыря. Послышались удаляющиеся шаги. Все стихло.

Елизавета Игнатьевна приоткрыла один глаз. Искоса посмотрела на трубки. Бордовая жидкость в них казалась неподвижной.

Прислушавшись к своим ощущениям, женщина не нашла ничего необычного. Разве что из второй иголки по телу расходился небольшой холодок.

— Как ты, Лиза? Ничего?

— Странно как-то.

— Ничего. Минут десять — и ты перестанешь обращать на это внимание. Давай поговорим...

Дарофеева почувствовала, что ей действительно необходимо отвлечься.

— Давай.

За неторопливой беседой время прошло незаметно. Из Елизаветы Игнатьевны вытащили иголки, увезли агрегат, а она все обсуждала мировые женские проблемы.

Когда объявили обед, Дарофеева вдруг почувствовала, насколько она голодна. Она схватила свою фаянсовую кружку, ложку и следом за Катей быстро пошла в столовую. В небольшом зальчике на восемь столиков уже толпились пациентки. К раздаче шла короткая очередь, и Елизавета Игнатьевна пристроилась в конец.

Толстая санитарка протянула ей тарелку супа. Дарофеева взяла ее и стала искать место, где бы присесть. У окна, забранного мелкой металлической сеткой, нашелся свободный стол, и женщина устроилась за ним.

Не успела она проглотить первую ложку, как у нее появились соседи: три изможденного вида молодые девушки. Они понуро примостились рядом со своими тарелками и молча начали есть.

Елизавета Игнатьевна тоже попробовала больничной пищи. Суп обладал странным горьковатым привкусом. Не обращая на него внимания, женщина быстро проглотила всю порцию. Она пошла за вторым блюдом, как вдруг ей показалось, что в окно кто-то заглядывает. Посмотрев в ту сторону, она убедилась, что там никого нет, но теперь непонятная опасность притаилась за спиной. Резко обернувшись, Дарофеева увидела страшилище, тянущее к ней когтистые лапы.

Воздух столовой пронзил истошный визг Елизаветы Игнатьевны. Повсюду ей мерещились чудовища, которые хотели ее схватить. Сначала она просто кричала от страха, потом, когда уродливые морды подступили ближе, стала изо всех сил отталкивать их.

Другие пациентки отделения тоже попали под власть пугающих галлюцинаций. Вне себя от страха, они разбежались кто куда.

5

У кинотеатра «Алмаз» стояла машина. В ней сидел человек. Глаза его были закрыты. Он настолько глубоко погрузился в свои размышления, что даже адский грохот трамваев, преодолевавших рельсовые стыки, не мог вывести его из этого состояния.

На самом деле человек не думал. Он работал.

Отделив свое сознание от физического тела, он переместился в наркологическое отделение находившейся неподалеку психиатрической клиники имени Святителя Алексия, в просторечии — Кащенко.

Странное совпадение, но именно в эти минуты там творилось нечто непонятное. С диким воем женщины-пациентки носились по замкнутому помещению и крушили все на своем пути. Врачи и медсестры, оставив попытки справиться с буйствовавшими самостоятельно, заперлись в сестринской и пытались по телефону вызвать санитаров.

Человек в машине перешел от наблюдения к решительным действиям. Он одновременно проник в сознание всех пациенток, кроме одной.

Во все умы Гнус попытался вложить одну мысль: «Эта женщина (следовал образ Дарофеевой) виновна во всех страхах. Они прекратятся, если она умрет».

6

Женщины, сначала одна, потом другая, третья, прекращали кричать и начинали оглядываться по сторонам. Они искали врага.

Первой его нашла Катя. Обнаружив забившуюся под кровать Дарофееву, девушка испустила истошный, полный ненависти крик. Она вытащила упиравшуюся, вопившую Елизавету Игнатьевну и ударила ее кулачком. Та закричала еще пронзительнее.

На звуки борьбы подоспели и другие. Они не осознавали, что делают. Они видели врага, они стремились его уничтожить, чтобы разом избавиться от непереносимого страха.

Озверевшие женщины, отталкивая друг друга, били Дарофееву руками, ногами, царапали ее, вырывали волосы.

Когда прибежали санитары с резиновыми дубинками, все было кончено. Истерзанное тело Елизаветы Игнатьевны комом лежало в коридоре. Из множества царапин и ран сочилась кровь.

Враг был уничтожен, но чувство страха не исчезло, а, наоборот, усилилось. Забившись кто куда, пациентки закрывали головы руками, прятались под подушки, кутались в халаты и громко в унисон выли.

Эту картину и застал приехавший Дарофеев.

Глава 19

1

Игорю Сергеевичу пришлось использовать весь свой дар убеждения, чтобы пробиться сквозь кордон санитаров.

— Я врач! — кричал он. — Еще не поздно!..

Когда он добрался до тела жены, около нее уже суетилось несколько больничных медиков. Они делали инъекции, но Дарофеев с первого взгляда понял, что все бесполезно. Слишком поздно. Елизавета Игнатьевна была мертва.

Оставалась единственная возможность.

Прислонившись к стене, Игорь Сергеевич настроился на вибрации жены. Он моментально обнаружил ее дух, дух человека, который еще не понял, что случилось. Обуреваемая жаждой мести, Дарофеева бесплотным сгустком энергии носилась по отделению и пыталась наносить удары своим убийцам.

Сконцентрировав силы, целитель заключил дух жены в кокон и начал медленно подводить его к неподвижному телу. Через мгновение они соединились.

Тело вновь обрело душу.

Дарофеева тихонько застонала.

— В реанимацию! Быстро! — крикнул один из врачей.

Появились носилки. Елизавету Игнатьевну осторожно положили на них и понесли. Игорь Сергеевич тут же просмотрел повреждения Лизы.

Их количество привело его в ужас. Сломаны ребра, причем одно из них проткнуло легкое. Порваны кишечник, селезенка. Сильнейшие кровоизлияния в печени и почках. Ни один внутренний орган не избежал повреждений.

Лишь вмешательство Игоря Сергеевича смогло оживить женщину. Дарофеев знал, что такие травмы официально считаются несовместимыми с жизнью. Дух Лизы рвался наружу, прочь из искореженного тела.

Как мог, напрягая все силы, целитель удерживал жизнь жены. От нечеловеческого напряжения Пономарь моментально взмок. Холодный пот заструился по лицу и между лопаток. Но последовал особенно сильный рывок, и Елизавета Игнатьевна умерла вновь.

«Не держи меня!» — услышал он вдруг голос жены.

Едва Дарофеев ослабил контроль, как увидел удалявшуюся светлую точку.

«Все, — понял Пономарь. — Ей уже никто не поможет».

На границе его тонкого видения вдруг появилось ярко-голубое пятно. От него исходил свет нестерпимой яркости. Точка, которая когда-то была Елизаветой Игнатьевной, приблизилась к сияющему кругу и слилась с ним.

«Надо же... — неожиданно для себя отметил Дарофеев. — Она ушла в бардо... И я смог это увидеть. Невероятно...»

194

Много лет назад он и Лиза вместе читали «Тибетскую книгу мертвых» — «Бардо Тходол». Дословно ее название переводилось как «Книга для чтения мертвым для помощи им в достижении бардо». Последнее слово означало тибетский вариант христианского Спасения. Но тибетцы воспринимали жизнь как непрерывную череду воплощений, и Спасение для них означало рождение в более высоких, нежели земной, мирах.

Супруги узнали, как душе после смерти являются разные призраки, как перед ней возникают два пятна света. От одного исходит нестерпимое сияние, другое, напротив, тусклое, но притягивающее. Но умершему надо было идти именно в яркий свет. Ибо именно там находятся врата для высоких воплощений.

Сейчас, наблюдая за уходом жены, Дарофеев вспомнил все это и был несказанно удивлен тем, что Высшие Силы позволили ему присутствовать при этом таинстве.

Душа жены уже давно исчезла в сиянии, но оно все еще продолжало быть видимым Игорю Сергеевичу.

Вдруг, повинуясь странному порыву, он отделился от тела и ринулся туда, за Лизой, — в круг нестерпимого света...

И был остановлен.

«Тебе рано... — загромыхал в его голове страшный, нечеловеческий голос. — Твоя миссия не закончена. Ступай обратно!»

2

В ноздри ударил запах аммиака, и Игорь Сергеевич открыл глаза.

Над ним склонилась медсестра и водила под носом Дарофеева ваткой с нашатырным спиртом.

— Очнулся, — сказала она кому-то повернувшись.

В поле зрения Дарофеева возник Лев Семенович.

— Что такое? — огляделся целитель.

195

Он лежал на банкетке в окружении шкафов с лекарствами на стеклянных полочках, лентами одноразовых шприцев и игл. Еще в помещении находился стол и огромный, распахнутый настежь несгораемый шкаф, в котором рядами стояли какие-то папки с бумагами.

— Что такое? Почему я здесь?

— Вы упали в обморок. Но сейчас пришли в себя. — Сестра выбросила ватку в ведро.

— Все хорошо... Успокойтесь... Все нормально... — Заведующий отделением пытался успокоить Игоря Сергеевича.

— Как вы могли допустить такое?! — Целитель сел и гневно посмотрел на Льва Семеновича.

— Судя по симптомам, произошло массовое отравление. Все больные до сих пор находятся в невменяемом состоянии. Странно, но они практически все стали проявлять немотивированную агрессивность к вашей супруге. Даже самые тихие... Чем их отравили, я пока не знаю, но это вещество подмешали в первое блюдо.

Дарофеев сжал губы и подавил желание выругаться.

— Это Гнус!.. Как же я...

Он удрученно покачал головой.

— Кто такой Гнус? — Лев Семенович подсел к целителю.

— Мой враг. Он организовал похищение да и все остальное.

— Непонятно. Насколько я вас знаю, вы человек совершенно безобидный...

— Да вот, видно, насолил кому-то. А кому? Если б я знал...

Приехав домой, Игорь Сергеевич набрал номер брата:

— Лиза умерла.

— Как? — изумился Константин. — Она же была... Ей же стало гораздо лучше...

— Отравили обед. И пациентки ее буквально растерзали...

196

— Как же так?

Новость была настолько невероятной, что рассудок отказывался в нее верить.

— Ты же ее из ада вытащил!..

— И в рай упустил... Она в раю, Костя, я сам это видел. Но мне от этого не легче... Можешь прийти?

— Да! Конечно!

Дарофеев медленно опустил трубку. У него теперь почти никого не осталось. Брат да дочь. И та бродит неизвестно где...

«Господи! — взмолился Игорь Сергеевич. — За что посылаешь мне такие испытания?!»

2

Но не было ответа с Небес.

Звякнул зуммер телефона. Дарофеев поднял трубку:

— Алло.

— Примите мои соболезнования, Игорь Сергеевич.

— Кто говорит? — Целитель был настолько выбит из колеи, что не смог определить обладателя голоса.

— Иван Алексеевич вас беспокоит. Я услышал о вашем горе и решил позвонить. Не нужна ли какая помощь.

— Как вы узнали?

— Но вы же сами разрешили слушать ваши разговоры. После разговора с вашим братом мне тут же все передали.

— Нет, спасибо. Ничего не надо...

— Вы не стесняйтесь. Мы же свои люди. Я подумал, что вам нужна какая-то поддержка...

— Нет. Я сам справлюсь...

— Воля ваша. Но если передумаете — я к вашим услугам.

— Постойте.

В мозгу Дарофеева проскочила какая-то мысль. Что-то важное он просто обязан сказать Сивому.

— Я должен вас предупредить. — Мысль оформилась, и Игорь Сергеевич понял, что должен сказать. — Сегодня вечером мои друзья — вы понимаете, о ком я говорю, — устраивают большую рыбалку. Постарайтесь, чтобы ваши люди в этот момент находились на другом берегу.

— Все понятно. Не беспокойтесь, мы за ними подберем. Что уплывет от ваших друзей — попадет к нам.

— Я хотел раньше позвонить, но...

— Не волнуйтесь, я понимаю. Главное — информация получена вовремя.

Минут через двадцать приехал Константин. Пройдя на кухню, он поставил на стол литровую бутыль «Кремлевской» водки.

— Это зачем? — Игорь Сергеевич практически не пил. Малейшая порция алкоголя притупляла его экстрасенсорные способности. А Дарофеев не мог себе этого позволить.

— Тебе нужно отвлечься, — настаивал брат. Откупорив бутылку, разлил резко пахнущую жидкость по стаканам. — Давай!

— Я не могу... Мне нельзя...

— Возражения не принимаются.

— Но я же... опьянею... — пытался отказаться целитель.

— Это и требуется. И кроме того, Лизу надо помянуть! — употребил Константин самый сильный аргумент.

— Ну разве что так, — сломался Дарофеев.

3

— Меня интересует, почему до сих пор у тебя не продан весь кокаин!

Рыбак изображал гнев. В подвале, переоборудованном в солярий, он распекал нерадивого помощника. На самом деле дела шли успешно. Была продана бо́льшая часть из тысячекилограммовой партии бразильского наркотика. Но, по мнению Рыбака, можно было реализовать и больше. Ультрафиолет резал незащищенные глаза торговца. Он щурился, но не сдавался.

— Рыбак, товар-то дорогой. Сам знаешь, кто его может взять. Мы полностью насытили их потребности...

— По Москве и Питеру. А другие города?

— Но там свои группы...

— Насрать на них! Не мне тебя учить, что делать с этой мелкотой! Я — Рыбак! Рынок должен быть моим! Ясно?

— Ясно.

— Вали.

Уходя, торговец столкнулся в дверях с телохранителем наркобарона, который нес своему хозяину трубку сотового телефона.

— Ну кто еще там? — проворчал Рыбак.

— Гнус.

Громила отдал трубку и попятился к дверям.

— Говори.

— Рыбак, у тебя неприятности, — начал Гнус.

— Что?!

— Сегодня вечером легавые начнут рейд против твоих ребят.

— Когда?

— В девять вечера.

— Эй, там! — крикнул старик. — Сколько времени?

—Это и я могу тебе сказать, — продолжил маг. — Без четверти девять.

— Что?! — Рыбак вскочил.

— Ты понимаешь, что это значит, козел?!

— Понимаю. Тебе крышка, — спокойно ответил Гнус.

От ярости Рыбак зашипел:

— Я с тобой разберусь!

— Посмотрим...

Но мафиози этого уже не слышал. С размаху швырнув трубку об стену, он позвал телохранителей:

— Предупредить всех! Свернуть всю работу по варианту «А».

Быстро, но не суетясь, он оделся и вбежал в гараж. «Понтиак» стоял уже наготове. Телохранитель распахнул дверцу, дождался, пока сядет шеф, и сам залез в машину.

— На Можайское! — приказал Рыбак водителю.

Отъехала стена, маскирующая подземный гараж, машина плавно тронулась и запетляла по дворам, выезжая на дорогу. Внезапно мафиози вспомнил: в квартире на Можайском шоссе нет гаража и запаса наркотиков для охраны.

— Нет. Давай в Зеленоград!

Автомобиль развернулся и направился в сторону ленинградской трассы.

4

Гнус не обманул Рыбака. Штурм действительно был назначен на девять часов вечера. Но оперативники еще час назад заняли исходные позиции.

Им предстояло взять одновременно более тридцати разных объектов. Рыбаковские склады, квартиры, лаборатории находились практически в каждом районе города.

Несколько дней за ними велось скрытое наблюдение, и сейчас настала пора прикрыть их все разом. Сарайчики, квартиры, подвалы, чердаки, гаражи, любые доступные помещения служили целям наркомафии.

После сигнала, данного хозяином, повсюду началась суматоха. Уничтожались компрометирующие документы, сотни килограммов наркотиков спускались в канализацию, форматировались жесткие диски компьютеров, на которых хранилась информация о зарубежных связях, торговцах наркотиками, списки хронических наркоманов.

Нескольких минут, конечно, было недостаточно, но какую-то часть компромата все же удалось уничтожить.

5

Капитан Дроздов участвовал в захвате лаборатории, укрывшейся в подвале распределительной станции теплоцентрали.

Это приземистое здание стояло на некотором удалении от домов, и незаметно к нему пробраться было достаточно сложно. К тому же преступники могли ускользнуть, воспользовавшись системой канализации. Поэтому, определив по карте коммуникаций места возможного прорыва, туда направили группы из двух спецназовцев.

Ровно в двадцать один час группа солдат спецназа с автоматами наготове ворвалась в будку.

Тут же раздались хлопки одиночных выстрелов. Несколько преступников, укрывшись за трубами, открыли огонь по нападающим.

— Сдавайтесь! Вы окружены! — усиленный мегафоном голос прокатился по пустырю.

Ответом на это резонное предложение была громкая брань и очередные выстрелы. Атака потеряла фактор неожиданности и перешла в битву характеров. Преступникам терять было нечего. Они без разбора палили по любой движущейся мишени.

Петр Никитович находился в арьергарде спецназовцев. Он уже понял, что в лоб бандитов не взять. Намечая пути для новой атаки, капитан посмотрел наверх. Под самой крышей он заметил узкие окошечки, сделанные, очевидно, для вентиляции. Лежа в грязи, солдаты лениво постреливали, не желая рисковать, несмотря на бронежилеты.

Дроздов подполз к лейтенанту спецназовцев и предложил послать нескольких человек на крышу:

— С той стороны есть две щели. Если один будет держать, второй сможет снять этих бандитов.

Командир отряда согласился, и через пару минут прозвучали три выстрела. Путь в подвал был свободен.

Ступеньки вниз, железная дверь...

— Стоять! — крикнул лейтенант. — Сапер! Ко мне!

Прибежал молодой парень, с ног до головы заляпанный грязью, как и все. Он осмотрел дверь.

К ручке была привязана тонкая леска, уходящая за металлическую панель. Сапер отвязал леску и, стараясь не сдвигать ее с места, другой рукой приоткрыл дверь. Мина представляла собой несколько связанных между собой гранат «Ф-1».

Секунды — и опасность устранена.

Бойцы ринулись в коридор. Он заканчивался еще одной дверью. Без труда преодолев последнее препятствие (дверная ручка оказалась заблокирована стулом), спецназовцы ворвались в просторное помещение.

Воздух в нем был пропитан странными химическими запахами.

На длинном столе, проходящем по периметру помещения, царил полный разгром. Кругом битое стекло и дымящиеся лужи. Все штативы перевернуты. Их лапки еще держали осколки, еще недавно бывшие дорогой химической посудой. Пол покрывали разбитые банки с химикатами. Непонятного назначения оборудование являло свои искореженные электронные внутренности. В одном из углов искрили и дымились останки пары компьютеров.

В помещении никого не было.

— Ушли! — сплюнул лейтенант.

Словно в ответ на его слова распахнулись дверцы одного из столов. Оттуда вылез перемазанный тиной и какими-то отходами человек. Исходивший от него запах перешибал даже витавшее в комнате химическое зловоние.

Увидев направленные на него стволы, он поднял руки. За ним вылез второй, такой же грязный и дрожащий.

Третьим появился спецназовец.

— Вот, пытались уйти, — отрапортовал он. — Еще двое застрелены при попытке сопротивления.

Дроздов по рации доложил полковнику Федину, координирующему действия оперативников, о завершении захвата объекта 31.

— Операция закончилась в двадцать один ноль восемь. Захвачены двое. Убиты пятеро. С нашей стороны потерь нет. Ранены двое. Оба легко. Такое впечатление, что их предупредили о нашем появлении.

— Рапорт принял, — раздался голос полковника. — Возвращайтесь.

6

После операции, когда вернулись все группы, провели оперативное совещание.

— Подводя итоги, — докладывал собравшимся полковник Федин, — можно сказать, что наша операция потерпела почти что полный провал.

В операции участвовало восемьсот четыре человека. На захват объектов уходило в три, а то и в десять раз больше времени, чем было запланировано. Задержано около трехсот человек, из них более половины ранено. Убитых более шестисот! Это недопустимо высокая цифра.

Среди наших людей: потери — тридцать два человека, ранения разной степени тяжести получили двести девяносто семь человек! Я не понимаю, как такое могло случиться?

Изъято четыре тысячи триста восемьдесят два ствола огнестрельного оружия, более двух тысяч единиц холодного оружия. Эти показатели меня радуют.

Далее. Веществ, похожих на наркотики, конфисковано несколько сотен килограммов. По самым скромным подсчетам, их должно было быть раза в три, а то и в четыре больше. Общее количество денег и ценностей пока не подсчитано, но сумма конфискованного приближается к полутора миллиардам рублей.

Наконец, самое неприятное. Вор в законе — Рыбак — не задержан.

Анализируя ход операции, можно с высокой степенью вероятности предположить, что произошла утечка информации. Причем в последний момент ее подготовки.

Подробнее мы обсудим все завтра. Сейчас все свободны. Капитан Дроздов, задержитесь.

Петр Никитович подошел к начальнику.

— Вот что, Дроздов... — начал Лев Петрович, — передай своему Дарофееву от меня огромное спасибо.

— Слушаюсь! — вытянулся Петр Никитович.

— Вольно! Расслабься ты... Вот о чем я хочу тебя спросить... Посоветоваться даже... Может ли Игорь Сергеевич найти нам Рыбака? А?

Дроздов вздохнул:

— Я и сам его об этом просил.

— И что?

— На Рыбака работает какой-то черный маг. Он держит его под защитой.

— Это что за мистика такая? Вот уж не думал, что, сидя в этом кресле, буду выслушивать про черных магов!..

— Однако это так.

— Ну ладно, экстрасенсы, ясновидение — это еще можно понять и принять. Но магия?.. — недоумевал полковник. — Короче, так. Даю тебе неделю. Делай что хочешь, но Рыбак должен быть здесь! С Дарофеевым, без него — как хочешь...

Лев Петрович провел ладонью по вспотевшей вдруг лысине и отпустил капитана.

Впервые за много месяцев Игорь Сергеевич пропустил вечернюю медитацию. В пьяном виде заниматься этим было для него недопустимо.

Он знал, что некоторые его коллеги употребляют спиртное для лучшей работы ясновидения. Дарофеев же всегда стремился сохранять трезвость мысли. Поэтому, даже когда ему приходилось по какой-либо причине выпивать, он пытался нейтрализовать действие алкоголя. С такими навыками аутотренинга, как у Игоря Сергеевича, это было весьма просто.

Целитель множество раз наблюдал пьяные компании. Его удручало, что всегда на алкогольную энергетику слеталось множество тонких сущностей. Они витали между пьющих и подпитывались фонтанирующей из них энергией. А если к тому же человек был чем-то ослаблен, могли проникнуть и внутрь тела. С последствиями такого проникновения Дарофееву приходилось встречаться очень часто.

Сейчас же Пономарь сознательно отпустил тормоза самоконтроля.

После вторых ста граммов его развезло. Язык стал непослушным, голова — мутной. Он жаловался Константину, не заботясь о производимом впечатлении:

— Это я испортил Лизу... Она... Она талантливая... была. А я ей поломал всю жизнь!..

— Да что ты наговариваешь! — Константин искренне возмущался, слыша такую самокритику.

— Не перечь! Я — колдун! А колдуна гневить нельзя!.. Я, там, не посмотрю, что ты брат и я тебя люблю. Заколдую! Ух!..

Игорь Сергеевич внезапно замолчал и уставился в одну точку.

— Что случилось?

— Погоди, Костя, у меня включилось ясно... Нет, просто видение. Но очень ясное. Я вижу, как слетаются на пир вампиры! Кыш, проклятые! Погодь. Сейчас защиту на квартиру поставлю. От этих тварей.

И Дарофеев картинно стал делать пасы.

На мгновение Косте показалось, что у брата началась белая горячка. Но потом он сообразил, что Игорь не так уж много выпил для этого, и уже с любопытством взирал на дарофеевское махание руками.

— Все! Помещение очищено! — Игорь Сергеевич встал, поклонился неведомо кому и рухнул обратно на стул. — Нет, Костя, во всем виноват только я! Я Лизу захомутал! Я сделал из нее домашнюю хозяйку. Я не уделял ей внимания! Представляешь? Такой женщине — и не уделял!

— Нет! Ты ее любил!

— Да, любил... — Дарофеев громко шмыгнул носом. — Я был как поп. А она была моей собакой. Я не давал ей мяса!.. И я убил ее! — Он пьяно уронил голову на стол и продолжил уже из этого положения: — Я думал, что смогу ее научить. Я думал, она станет моей помощницей. Мы будем работать на пару...

Он всхлипнул. Костя не перебивал, давая целителю выговориться.

— Она же училась этому! А я... А я заставил ее это бросить!.. Думал, сам... А вот не вышло... Работа, больные, бабки, бабки, бабки... Я променял ее жизнь на паршивые бабки!

Приподнявшись, Игорь Сергеевич залез в карман, достал бумажник, вытащил из него пачку купюр и остервенело бросил. Разноцветные бумажные прямоугольники закружились по кухне.

— Налей! — Дарофеев протянул брату стакан.

Константин плеснул немного водки. Целитель выпил.

— Ну все, Игорь, пора спать.

— Ты думаешь?

— Уверен.

Брат довел целителя до постели. Помог раздеться.

— Спокойной ночи.

— Спокойной ночи, Костя...

Натянув на себя одеяло, Игорь Сергеевич горестно вздохнул и захрапел.

2

Ночью за уничтожение рыбаковской группировки принялись люди Сивого.

Список, который дал Ивану Алексеевичу Дарофеев, содержал все схроны наркомафии. В отличие от урезанного варианта для милиции.

Список Сивого был полнее на двадцать позиций. В основном это были тайные квартиры приближенных Рыбака. Но кроме них в документ входили и два самых крупных склада наркотиков, личный арсенал Рыбака, небольшая клиника, в которой новые препараты испытывались на людях, и небольшая комнатка в подвале, в которой стоял один-единственный компьютер, где хранилась полная информация о делах наркомафии.

После поступления приказа от Рыбака о варианте «А» большинство этих помещений было заминировано. Но после того как операция закончилась, туда, на эти тайные базы, стали стягиваться бандиты, которым удалось избежать задержания.

Там их ждали.

Сивый полагал, и не без оснований, что после визита спецназа начнется некоторая неразбериха. Этим он и решил воспользоваться.

Рыбак был не первым в истории криминального мира, кто решил пометить своих людей. Каждый член его наркокартеля имел на запястье татуировку, изображающую небольшую рыбку, ощетинившуюся множеством острых игл. В зависимости от положения в иерархии татуировка дополнялась. В ней появлялись новые мелкие детали, она обретала разные цвета, увеличивалось количество шипов.

Начало этой традиции было положено в одной из тюрем, в которой Рыбак отбывал очередной срок заключения. Ему — вору в законе — была положена собственная «женщина» — пассивный гомосексуалист из числа осужденных. И чтобы никто, кроме самого Рыбака, не вздумал им попользоваться, «подруге» на ягодице накололи контур рыбки.

Этим отличительным знаком как паролем решил воспользоваться Сивый. Краской, которую можно смыть лишь особой комбинацией растворителей, всем его боевикам нанесли по такому рисунку.

Схема захвата была крайне проста.

Квартира. В ней находятся несколько вооруженных мужчин.

Они настороженно вслушиваются в любой шум на лестничной клетке. Один из них постоянно выглядывает за окно. Время штурма давно прошло, но улицы пустынны, лишь изредка пробегают одинокие прохожие.

Наблюдатель у окна подает сигнал, и к нему подходит еще один. Они наблюдают, как, поминутно оглядываясь, к подъезду крадутся двое подозрительных личностей. Их плащи явно скрывают какие-то продолговатые предметы.

Грохот шагов по лестнице. Звонок в дверь.

— Кто?

— Да свои же!

Войдя, эти двое демонстрируют наколки, характеризующие их как командира группы и его подчиненного. Отдышавшись, они рассказывают душераздирающую историю: менты перестреляли всех. Лишь им чудом удалось скрыться.

Прибывшим наливают водки. Они выпивают, достают из-под плащей автоматы и в упор расстреливают хозяев квартиры. Еще через минуту квартира набита битком. Все заняты делом. Один рыщет по ящикам столов, другой — по шкафам, третий простукивает пол и стены в поисках тайников. В центре комнаты вырастает несколько кучек. Пакеты с белым порошком, ампулы, шприц-тюбики — первая кучка. Деньги — другая. Серебро и золото — еще одна.

Не проходит и четверти часа, а все, что могло представлять какую-либо ценность, из квартиры исчезает. Остаются лишь трупы. А мертвые тела — ценность весьма сомнительная.

Примерно по такому же сценарию происходил захват и других помещений. Разница была лишь в степени доверия. Но рыбка действовала безотказно.

Несколько раз на конспиративные квартиры приходили настоящие рыбаковцы. Их радушно встречали и радостно ставили к стенке.

К трем часам ночи Сивый оказался обладателем пяти центнеров кокаина, тонны героина и морфия, двухсот килограммов экстэзи, девятисот граммов LSD, множества других наркотиков, которым он даже не знал названия. Захваченным оружием можно было снабдить небольшую армию. Была обнаружена также дискета с номерами счетов в разных банках мира.

Однако основной банк информации захватить не удалось. Комнату с компьютером охраняли личные телохранители Рыбака, которые подчинялись только ему лично. Первого посетителя они просто застрелили, не вняв никаким доводам с его стороны. Боевикам Сивого пришлось вступить с ними в бой. Охрана была уничтожена. Но когда штурмовики проникли в помещение, они увидели, что опоздали. Очевидно, один из охранников дал сигнал, и взглядам вошедших предстали обломки разнесенного взрывом компьютера. Мина находилась непосредственно на жестком диске, хранившем все сведения.

За несколько часов работы группировка Ивана Алексеевича заняла положение одной из богатейших «крыш» столицы.

Не обошлось и без локальных конфликтов. Конкуренты, узнав о разгроме Рыбака, как стервятники слетались попировать на костях бывшего коллеги.

Произошло несколько незапланированных перестрелок между парнями Сивого и боевиками других картелей, которые тоже хотели захватить ставшие как бы ничейными наркотики. Кое-что пришлось уступить превосходившим по огневой мощи солнцевским и сухумским ребятам. Но основная часть добычи осталась у Ивана Алексеевича. Расчувствовавшись, он приказал из захваченных средств выделить Дарофееву миллион рублей.

Однако победа была неполной.

Гнус добросовестно работал на Рыбака. Во всяком случае, поначалу. Но когда пришла пора исполнить план по уничтожению Дарофеева, Гнус предпринял несколько рискованных шагов.

Если бы о его своеволии узнал Рыбак, разрыв произошел бы гораздо раньше.

Маг зарезервировал за собой группу боевиков. Эти ребята прошли Афган, думать умели они только об одном: как быстро и точно исполнить приказ.

Кроме того, понимая, что в борьбе против него и Рыбака Пономарь тоже будет использовать ясновидение и биоэнергетику, Гнус закрыл информацию о нескольких квартирах и домах в Подмосковье. Сделать это было достаточно непросто. Однако, зная основные характеристики Дарофеева, Гнус смог расположить информационные пути, которые вели к тайным объектам, в областях, недоступных восприятию мага уровня Пономаря. Да и у всех остальных членов «крыши» одно упоминание об этих местах вызывало подсознательное отвращение.

Это надежно гарантировало их неприкосновенность.

В одной из информационно закрытых квартир и находилась Светлана Дарофеева. Поэтому Рыбак не воспользовался этим прибежищем.

Потворствуя разгрому наркомафии, Гнус не тешил себя иллюзиями, что с Рыбаком будет покончено. Операция проводилась только по Москве и области. А у Рыбака оставалось множество людей и в других регионах. Не все тайники с наркотиками были обнаружены милицией и Сивым. Московский рынок был потерян, но он был не единственным.

Медитируя на развитие событий (старик мафиози вносил, правда, некоторую неопределенность в варианты грядущего), маг видел, как собранные и нанятые Рыбаком люди пытаются уничтожить группу Сивого. Рассчитывать на то, что его забудут, Гнус не мог. Но способность заглядывать ненадолго в будущее должна была помочь избежать многих неприятностей.

3

Эту ночь Рыбак не спал. Он послал в город надежных людей и ждал их возвращения. Другой связи с Москвой не было.

Мрачно восседая в кресле и дожидаясь, пока телохранитель свяжется с очередным городом, где работали наркоэмиссары, старик пытался проанализировать ситуацию и найти пути выхода.

По зрелом размышлении ситуация перестала казаться критической. Да, московский рынок сбыта наркотиков оказался потерян. Но Рыбак был уверен, что ему удастся все восстановить. Жалко было потерянного времени и колоссальных денег, но деньги — дело наживное, а время еще есть.

Вставала проблема Гнуса. Рыбак не мог простить ему предательства. Маг должен быть уничтожен. Только как?

Старый преступник не раз наблюдал сверхъестественные способности бывшего помощника. Убить такого необыкновенного человека было почти невозможно. Весь вопрос был в том, как реализовать это эфемерное «почти». Кроме того, Рыбак был удивлен, почему сам он остался жив и к тому же на свободе.

«Может, Гнус собирается и дальше использовать меня?» — закралась странная мысль.

В том, что хитрый маг до сих пор лишь пользовался рыбаковским прикрытием, у мафиози давно не осталось никаких сомнений. Но Гнус давал прибыль, исчислявшуюся миллионами долларов, и пока он был полезен, Рыбак не хотел с ним расставаться. Из-за этого, пойдя на поводу у собственной жадности, наркобарон и прозевал момент, когда его самое доверенное лицо вдруг повернулось другой стороной.

«Он хотел помучить этого экстрасенса, Дарофеева. Но почему? — размышлял Рыбак. — Собственно говоря, это неважно. Важно то, что он не хотел его убивать! А если я уничтожу Дарофеева, что будет тогда? Такой шаг определенно не входит в планы Гнуса. Вопрос в том, сможет ли он помешать этому и не будет ли мне за это мстить?»

Старик встал и в возбуждении подошел к окну. За стеклом в черное небо уходили девятнадцатиэтажные башни с редкими светящимися окнами. Кусты и деревья с остатками листьев шевелились на ветру, бросая на асфальт резко очерченные в свете мертвенно-синих фонарей тени. Двухэтажный сарайчик, который делили РЭУ и офис принадлежащей Рыбаку фирмы, казалось, вымер. Рыбак любил тишину и одиночество. И то и другое в его жизни встречалось достаточно редко.

«Да! — решил старик. — На такой ход Гнус обязан отреагировать. Он будет мстить. Или пытаться остановить меня... Людям доверять нельзя. Я видел, как он может подавлять волю. Нельзя рассчитывать даже на себя... Что ж, я сумею подготовиться к его визиту! Остановка за малым: убить Дарофеева. Я поручу это своим взрывникам...»

Решив так, Рыбак позвал телохранителя. Тот немедленно явился.

— Почему до сих пор не связались с Нижним?

— Нижний давно на связи, шеф.

— Так какого черта мне не несут...

Громила достал из-за спины радиотелефон, казавшийся игрушечным в его широкой лапе. Старик раздраженно вырвал трубку у него из пальцев, отщелкнул пластину микрофона:

— Богач, слушай внимательно!..

212

— Да, босс...

— Сколько у тебя людей в городе?

— Около трех сотен боевиков и столько же торговцев.

— Оставь за себя надежного человека. Бери половину самых крепких ребят, и чтобы сегодня ты был здесь!

— Но...

— Ша! Ты понял?

— Понял, босс.

— Размещайтесь сами.

— А?..

— Тебе надо приказывать два раза?

— Нет, босс!

— Действуй. Как приедешь — немедленно ко мне!

Он отдал телефон неподвижно застывшему телохранителю.

— Киев, — приказал Рыбак.

Громила немедленно удалился.

Пока что все развивалось не так уж плохо. За полчаса было собрано около тысячи человек. И это только начало. Оставалось обзвонить еще пару десятков городов. По прикидкам Рыбака, должна собраться внушительная армия.

Но он знал, что у Сивого народа не меньше. Демонстрация мускулов — вещь хорошая. Однако у такой политики имеется недостаток: мускулы могут сильно похудеть.

Вряд ли Сивый будет почивать на лаврах. Он наверняка будет ждать мести и тоже стянет в Москву свои силы. А если это так, соотношение сил будет уже в минус...

Что, если?..

Старый преступник замер от неожиданной мысли.

«Нет!.. Это подорвет мой авторитет... Но должен же быть выход!.. Сивый стал слишком силен! Слишком!.. Война его ослабит, но и я останусь на бобах... Кроме того, этот сучий Дарофеев на него работает!.. Нет, решение только одно. Объединиться. Да! Со брать силы, а потом послать к Сивому парламентеров. Ему тоже невыгодна стрельба. Он согласится.

А что потом?

Мочкануть Дарофеева? Это будет уже неразумно. Он сможет помочь мне отомстить Гнусу! Но надо сделать на него несколько покушений. Это привлечет предателя, и тогда...»

Рыбак, сам того не замечая, уже долго ходил по комнате взад-вперед, не обращая внимания на телохранителя, протягивавшего ему телефон.

«Но сразу к Сивому нельзя. Он примет это за слабость. Обождать денек-другой, и за переговоры... Он к тому времени остынет, и с ним можно будет разговаривать. А когда мы договоримся, я снова возьму всю власть. Сивый — сопляк. Он сдохнет под каким-нибудь забором, а у меня снова будет власть! Моя власть!»

Решив так, Рыбак переговорил с Киевом. Там пообещали еще две сотни человек.

Старик довольно потирал руки.

Глава 21

1

Впервые за последние дни Света не спала всю ночь. Девушка упросила Васю позволить ей самой сварить винт. Торчок нехотя согласился.

Пока Гнус занимался в городе своими делами, Заяц изготовляла наркотик. Парень пристально следил за ее манипуляциями. Когда она делала что-то не так, он вмешивался в процесс, давал советы.

И вот наконец самый ответственный момент. Дележка.

— Был ровно граммушник порошка, — поучительно вещал Вася. — Значит, бодяжить надо на десять кубов. Или на девять. Чтоб покрепче был.

Девушка набрала в шприц кипяченой воды.

— Сразу лить нельзя. Фуфырь треснет. Осторожно, через струну[1], по стеночке.

Действуя по совету профессионала, Света разбавила концентрированный наркотик. Закрыла баночку пробкой. Встряхнула несколько раз.

Раствор получился белый, прозрачный. Но в нем плавали какие-то красно-бурые нерастворимые хлопья.

— Что это?

— Отработка красного[2]. Света ждала пояснений, но их не последовало.

— Теперь мотай петуха.

Девушка насадила на десятимиллилитровый шприц толстую иголку, оторвала небольшой кусочек ваты и стала наматывать ее на иглу. Ватка скользила по гладкому металлу, но Свете удалось накрутить, на ее взгляд, приличный фильтр.

— Проверим, — сказал Торчок и опустил приспособление в раствор наркотика. Потянул на себя поршень шприца. Баллон стал наполняться жидкостью, в которой плясали красные крупинки. — Не фильтрует твой петух. Вот гляди, как надо делать.

Наркоман вынул иглу с ватой из пузырька. Отвел до упора поршень. Жидкость в шприце запузырилась от поступающего воздуха.

— Так сушат петухи.

Стравив обратно в баночку грязный раствор, он снял ватку и промыл шприц водой.

— Теперь смотри внимательно.

Вася отщипнул ваты раза в два меньше, чем Света. Вытянул из нее небольшой хвостик, лизнул его.

— Мокрое меньше скользит, — пояснил он свои действия. — А теперь медленно вращаем баян. Петух получается плотный и непробиваемый. Действуй!

---

[1] С т р у н а — сленговое название медицинской иглы.

[2] О т р а б о т к а к р а с н о г о — название непрореагировавшего в ходе реакции изготовления наркотика красного форфора.

Повторив попытку набрать раствор, Заяц убедилась, что теперь ни малейшей частицы осадка не проникает в жидкость.

— Мне — два, — заказал Торчок.

— И я — два.

— Ты что? — удивился Василий. — Много же будет...

— А может, я хочу передознуться?

— Смотри, как знаешь. На сердце это плохо влияет...

— Я хочу так!

— Ладно. Я не против.

Перелив наркотик в отдельный пузырек, они взяли шприцы и прошли в комнату. Света задернула шторы и тут же полностью разделась.

Торчок отмерил два миллилитра раствора, добавил в шприц немного воды и стравил воздух.

Заяц легла на кровать, откинула руку и зажала пальцами подмышечную вену.

— Ну, с Богом. — Торчок приблизил иглу к коже девушки и резким движением всадил шприц.

— Есть контроль, — констатировал он. — Отпускай!

Девушка убрала руку, и Вася ввел наркотик.

Первые несколько секунд ничего не происходило. Потом какая-то волна подхватила девушку и понесла все выше и выше. Стало трудно дышать, неистово заколотилось сердце, перед глазами запрыгали уже знакомые цветные треугольнички.

— Ух... — выдохнула Света. — Мощно!

— Проверим, — отозвался Торчок.

Он тоже разделся до пояса и укололся. Отбросив в сторону шприц, он повалился рядом со Светой.

— Круто... — только и смог произнести он.

Некоторое время они так и лежали, наслаждаясь каждый своим. Затем Света повернулась к Василию и положила ладонь на пах парня. Несколько минут она перебирала пальцами, пока не убедилась окончательно: занятий сексом не будет.

— Может, попозже... — Вася приоткрыл один глаз. — От крутого раствора такое часто бывает. Но через некоторое время все восстанавливается.

Кивнув, Заяц поцеловала Торчка.

Больше часа они кувыркались на широкой кровати. Менялись позы, ласки, но основного не происходило. Наконец Свете это надоело. Она встала, выключила свет и подошла к окну, зашла за занавеску.

Внизу, несмотря на довольно поздний час, ходили люди.

Девушка долго смотрела на какого-то парня, нервно вышагивающего около автобусной остановки.

«Эх, — подумала Заяц. — Если бы с ним...»

Она представила себе, как, обнаженная, она выбегает из подъезда, хватает этого парня за руку и ведет за собой. На лестнице она раздевает его, он ложится, она вскакивает сверху... Наркотик провоцировал игру воображения, и девушка словно наяву испытала все сексуальные ощущения. Она наслаждалась этим достаточно долго и вдруг заметила, что объект ее внимания прекратил хождение. Парень встал, прислонившись к стеклу остановки, и глубоко засунул руки в карманы.

Через минуту он опрометью кинулся к дому, забежал за угол, и Света вдруг громко застонала. Мысленное возбуждение стало реальным, и она изо всех сил сжала ногами свои ладони.

— Что ты там делаешь?

— Ой, Васенька, иди сюда.

Парень подошел, обнял девушку. Та объяснила смысл своего занятия.

— А может, и мне попробовать? — вслух подумал Торчок.

— Да-да, давай. Смотри — вон парочка идет. Она — твоя, он — мой.

Присоединившись к странному занятию, парень вскоре тоже убедился, что это не игра воображения. Выбранная Светой пара сначала остановилась. Наркоманы наблюдали, как поцелуи сменяются боле откровенными ласками, и парочка направляется в соседний подъезд.

— Не теряй контакт! — предупредила Света.

Вася молча кивнул.

Через некоторое время наркоманы достигли апофеоза.

— А я могу! — вскричал Торчок и потащил девушку прочь от окна.

2

Возвращаясь на квартиру, Гнус обнаружил странное повышение мощности энергетического фона. Прислушавшись к ощущениям, он вычленил личностные вибрации Светы и Василия.

«Балуются... — подумал Гнус. — Что ж, поможем...»

Он вошел, нарочно громко хлопнув дверью.

В прихожую сразу выскочила разгоряченная Света:

— Ой, «дядя Володя» вернулся!

Окинув взглядом ее дрожащее тельце, маг обратил внимание на расширенные зрачки, по-сумасшедшему блестящие глаза.

Зайдя в комнату, Гнус обнаружил там Васю-Торчка, стыдливо кутавшегося в бархатное покрывало.

— Все нормально? — поинтересовался «дядя Володя».

— Да. — Вася пытался сохранять достоинство, и ответ прозвучал слишком резко.

Заяц присела к нему, поцеловала.

— Ты чего такой насупленный?

— Ничего...

— Ладно, — широко улыбнулся маг. — Не буду вам мешать.

Повернувшись, он вышел, походя выключив свет. Оставшаяся в темноте молодежь тут же продолжила свои игры.

Войдя в свою комнату, Гнус первым делом просмотрел ситуацию по Москве. Боевики Сивого завершали разгром рыбаковской мафии. Сам Рыбак сидел в Зеленограде и вызывал подмогу. Гнус злорадно ухмыльнулся. Чем больше они воюют, тем меньше головной боли.

Дарофеев опять нацепил на себя «черную дыру». Маг не стал тратить силы, проникая сквозь защиту, — еще успеется.

Теперь оставалась Света. Гнус подключился к ее полю. Просканировал ситуацию. Нормальное наркотическое опьянение.

Настроившись на свадхистану девушки, он добавил туда возбуждения.

Эффект последовал через несколько минут: в дверь Гнуса тихонько постучали.

— «Дядя Володя»...

— Что? — выглянул маг.

— Ты к нам не присоединишься?

Изобразив минутное замешательство, он согласился.

3

Утром Дарофеева разбудил телефон. Аппарат настойчиво издавал уже бессчетную трель, когда Игорь Сергеевич наконец взял трубку.

— Вас беспокоят от Ивана Алексеевича, — раздался голос.

— Да-да...

— Мне поручено вам кое-что передать. Могу я узнать, где вы сегодня тусу... будете?

— Я дома, — сказал целитель после паузы, за время которой он оценил свое состояние и выяснил, что на работу он идти не может.

— Скоро я подойду. — И неизвестный курьер положил трубку.

Голова у целителя побаливала.

«И поделом мне! — подумал Игорь Сергеевич. — Забыл поставить себя на самоочистку — вот результат...»

Он набрал номер центра и предупредил, что берет отгулы на два дня. Там поинтересовались о причинах.

— У меня умерла жена!.. — крикнул целитель и бросил трубку на рычаг.

Он тут же пожалел об этом взрыве чувств, но перезванивать и извиняться не стал.

«Простите меня», — мысленно обратился он к регистраторам.

Решив, что на этом долг вежливости исчерпан, целитель занялся устройством похорон Лизы. Он дозвонился до похоронного бюро, обговорил с ними все вопросы, передал секретарше Даниловского кладбища телефонограмму с просьбой расчистить место на семейном участке Дарофеевых для нового захоронения. Лев Семенович заверил целителя, что бальзамировщик загримирует Лизу по высшему разряду.

Погребение назначили на утро субботы.

После того как выяснились все эти траурные подробности, Игорь Сергеевич взял записную книжку и прямо по алфавиту начал обзванивать друзей и немногочисленных родственников.

Через некоторое время раздался звонок в дверь. Дарофеев посмотрел в глазок. Там стояли трое качков. Один из них держал объемистый конверт.

— Кто?

— От Ивана Алексеевича.

— Заходите. — Целитель распахнул дверь.

— Нет, нам некогда, — сказал парень с пакетом и протянул его Дарофееву. — Там записка...

— Спасибо.

— До свидания.

Боевики развернулись и зашли в стоявший на этаже лифт. Кабина сразу поехала вниз.

Заперев дверь и пройдя в гостиную, Игорь Сергеевич вскрыл тяжелый конверт. Там оказались деньги. Двадцать новеньких пачек пятисотрублевых купюр. К сумме прилагался лист бумаги с текстом.

Пономарь быстро прочитал отпечатанные на цветном лазерном принтере строки. Сивый приносил соболезнования по поводу безвременной кончины Елизаветы Игнатьевны. Затем он благодарил целителя за неоценимую помощь в разгроме конкурирующей «крыши», выражал надежду, что эта сумма на некоторое время облегчит горестное существование Игоря Сергеевича.

В конце была просьба: еще раз как следует просмотреть грядущую деятельность Рыбака.

Вникнув в смысл записки, Дарофеев рассвирепел. Сивый уничтожил тело, но оставил, сознательно или случайно, саму голову. Человека хитрого и опасного, которого никто и никогда еще так не унижал. Проанализировав ситуацию, целитель перепугался. Рыбак работает с Гнусом, а тот знает, что провал наркомафии спровоцировал он, Дарофеев.

Отсюда простой вывод: старый преступник обязательно будет пытаться отомстить. И целитель постоянно будет в опасности, пока мафиози жив.

Пока он жив!

Значит, Игорь Сергеевич должен...

Целителя передернуло от такой кощунственной мысли.

«Взять на себя карму сознательного убийства!.. Нет! Но они убили Лизу!.. Марину... Из-за них погиб Синельников!»

Ярость наполнила существо Дарофеева.

«Я убью его! Проклятого Рыбака!»

Только как? Проклятие? Но оно заденет и потомков... Сглаз? Порча? Они действуют не так быстро, как хотелось бы.

Размышления Игоря Сергеевича прервал телефонный звонок.

— Да.

— Господин Дарофеев?

Целитель стал лихорадочно соображать, когда же он слышал этот голос.

— Да.

— Итак, господин Дарофеев, вы не вняли моему совету?

«Аноним!» — вспомнил Пономарь.

— Какому совету? — Игорь Сергеевич решил потянуть время.

— О прекращении вашей деятельности.

— Нет, Гнус, и не подумал.

На том конце провода возникла секундная заминка.

— Тогда вы об этом сильно пожалеете.

— Я жалею только об одном: что сразу не свернул тебе башку!

Звонивший захихикал. Целитель несколько секунд послушал переливы сумасшедшего смеха и опустил трубку.

«Почему Гнус позвонил во второй раз? — Дарофеев озадаченно потер нос. — Неужели он настолько уверен в себе, что не боится моей «крыши»? Но у Рыбака сейчас нет людей. Кто же его защищает? А может, ему и не нужна защита? Я же не смог пробиться сквозь его блок... А он через мой? Вот еще один вопрос без ответа. Или он настолько выше меня по развитию, по продвинутости, что я принципиально не могу постигнуть причины его действий? Но не Бог же он, в самом деле! А коли он человек, управа на него найтись должна!»

Запищал телефонный зуммер. Игорь Сергеевич обрадовался, он специально не отходил от аппарата, надеясь на этот звонок.

— Слушаю. Дарофеев.

— Иван Алексеевич просил передать, что жук в морилке.

Голос не был знаком целителю, но он живо себе представил, как этот человек сидит в наушниках, вокруг него толстые жгуты разноцветных проводов...

— Понял.

— Препарируют его не сразу. Вначале понаблюдают за конвульсиями.

222

— План одобряю.

— Подробности — при личной встрече... Через час вы должны быть... — Человек назвал место встречи.

— Спасибо. Буду.

Наскоро собравшись, Игорь Сергеевич помчался в условленное место.

Там его уже ждала знакомая БМВ. Забравшись на переднее сиденье, Дарофеев поздоровался с мафиози.

Сивый выглядел усталым. У него были круги под глазами, на щеках проступала темная щетина.

Целитель никогда не видел его в таком помятом виде.

— У вас все в порядке со здоровьем? — задал вопрос Дарофеев. — Если нужна какая-нибудь помощь?..

— Спасибо. Времени нет. Я тут не спал, поэтому прошу простить за мой вид... Но к делу: мы засекли номер вашего недруга. Но, наверное, это вы могли и сами сделать. Телефон этот домашний, и уже есть адрес.

— Замечательно.

— Квартира поставлена на наблюдение. Когда мы выясним его распорядок, он больше не будет никого тревожить.

— Да...

— Жаль, конечно, что в этом вы не сможете нам помочь.

— Да вот...

— Надеюсь, вы не обиделись на меня за мой скромный подарок?

— Нет, спасибо, он очень кстати.

— Вот и хорошо. И последнее: вы хотите поговорить с ним перед смертью? Его смертью, конечно...

— Да. Хотелось бы... Но предупреждаю: он очень опасен!..

— Мы попробуем справиться. И не забудьте о моей просьбе. Выполнить ее, по-моему, и в ваших интересах.

«Наконец-то исчезнет источник всех моих злоключений», — думал Дарофеев по дороге домой.

Он не знал, какой сюрприз подстерегает его там.

Глава 22

1

Оставив Торчка и Свету вдвоем, Гнус заперся в своей комнате. Работать. Тонкое пространство над Москвой было в эту ночь неспокойным. Духи убитых боевиков, не осознавшие пока, что их тела мертвы, носились там, одержимые жаждой мести. Магу пришлось отбить нападение самых наглых или безумных из них. Бывшие боевики стремились просто задушить замеченного ими Гнуса. Тот, не желая ввязываться в длительную схватку, волевым усилием перемещал их в горы Тибета, чтоб поостыли.

Астральный план кипел неизрасходованной злобой, но сущностей там уже не было. Постепенно переместившись на еще более тонкий уровень вибраций, черный маг достиг наконец информационного мира.

Нереализованные желания умерщвленных и там загадили все пространство, но Гнусу это не мешало. Он нашел Рыбака и начал просматривать его поле намерений.

План мести старого преступника доставил магу истинное удовольствие.

«Ну это надо же додуматься — для вида произвести покушение, чтобы я отреагировал и пошел его останавливать!»

Рыбак даже успел продумать систему смертельной ловушки для Гнуса. Зная, что маг обязательно придет сам, наркобарон задумал заманить его в помещение, в котором он должен был бы пересечь луч инфракрасного датчика, дававшего команду огня на два пулемета. Такая попытка могла бы показаться смешной, если бы Рыбак не знал, что Гнус имеет очень слабую власть над неодушевленной материей.

«Но ты, Рыбачок, забыл, что я могу заставить тебя самого выползти на этот лучик. Или подвести туда взвод твоих охранников, чтобы твои стрелялки палили, пока патроны не кончатся...»

Еще больше порадовали мага планы объединения.

«Но как это скажется на моем «друге» Дарофееве? Он не должен об этом узнать! Или тогда, когда будет слишком поздно...»

Прикинув, можно ли закрыть эту информацию, не возбуждая подозрений Пономаря, Гнус начал действовать. Он поместил эти планы под блок, защищавший сведения о нем самом — о Гнусе. Полюбовавшись на свое творение, маг попытался взглянуть на эту картину глазами Игоря: Рыбак хочет убить Дарофеева (то, что это обманный ход, — под блоком), Рыбак набирает армию и будет воевать с Сивым (то, что это игра, — опять под блоком), Рыбак жаждет отомстить Гнусу, а кто такой Гнус — неизвестно.

Теперь — Сивый.

Маг проследил его контакты с Пономарем. Тот опять прозондирует рыбацкую мафию, но в этот раз отдаст своей «крыше» корешки, а ментам — головку...

Выходит, старика надо спасать. Но это успеется.

А вот Дарофееву надо немного подпортить нервишки...

2

Света проснулась одна.

Непонятно было, как ей вообще это удалось, ведь, казалось, всю ночь до рассвета они с Васей...

А где Вася?

Спустив с кровати ноги и нащупав мягкие тапочки, Заяц пошла умываться. Из кухни слышались непонятные звуки. Заглянув туда, девушка увидела Торчка, делающего себе инъекцию. Очевидно, он пытался это сделать уже не первый раз: шприц был полон венозной крови. Парень держал его четырьмя пальцами, не вынимая иглу из-под кожи, и большим пальцем пытался нащупать исчезнувшую вену.

— Тебе помочь?

Наркоман оторвал взгляд от руки и несколько секунд исподлобья рассматривал девушку.

— Не надо, — чуть ли не по буквам произнес он.

Удивившись, Света пошла в ванную. Когда она закончила утренний туалет и вернулась на кухню, картина не изменилась. Присев рядом с Васей на корточки, Заяц стала наблюдать за самоэкзекуцией.

Последовал резкий рывок иглы из руки и очередной долгий взгляд.

— Уйди. Сбиваешь.

— Васенька, что-то случилось?..

Света попыталась обнять парня. Тот грубо отстранился.

— Ничего.

— Ты... Ты что, ревнуешь?..

— Нет, — соврал парень.

— А что тогда?

— Да! Ревную! — Сдерживаемые эмоции хлынули бурным потоком. — Продалась за торч этому старому козлу! Ну и трахайся с ним! А ко мне тогда не приставай, прошмандовка!

Ошеломленная девушка сначала хлопала глазами, потом она прочувствовала всю оскорбительность сказанного и в голос разревелась.

Обидчик некоторое время хладнокровно наблюдал за сгорбившейся Светой. Он попытался еще раз уколоть себя, но Светины рыдания не давали ему сосредоточиться.

— Прекрати... Ну прекрати же!.. Мазаться будешь?

— Буду...

В гостиной Заяц легла, и Торчок ввел ей дозу.

Девушка почувствовала эйфорию, но она почему-то была гораздо слабее, чем раньше.

— Добей[1] мне еще кубик... — попросила она. — А то по нулям.

И, демонстрируя правдивость своего заявления, Света прошлась по комнате. Сходив на кухню, Вася вернулся с наполненным шприцем. Он подозрительно посмотрел девушке в глаза:

— Ты еще чем-нибудь ширялась?

— Морфием... — потупившись, призналась она.

— Так тебе его надо, а не винта! Мне твой Володя говорил об этом, а я забыл...

— Так в чем проблема? Он в холодильнике, в коробке... Ты же видел...

— А что, можно?

— Ну конечно...

Конфликт был забыт.

Морфин вдохнул жизнь в Свету. Только теперь она поняла, чего именно ей не хватало. Голова прояснилась, краски вокруг стали яркими и радостными.

Вася от морфия отказался. Он некоторое время крутил ампулу в пальцах, но вставил ее обратно:

— Если я на него подсяду...

Взяв новый, уже десятимиллилитровый шприц (предыдущий вмещал пять миллилитров, и в нем не оставалось пустого пространства, все было занято кровью пополам с наркотиком), Торчок перелил в него кровавый раствор, добавил свежего и продолжил попытки уколоться. На этот раз все прошло гладко.

Плюхнувшись на кровать и прикрыв глаза, Вася погрузился в волны кайфа.

Вскоре он почувствовал легкие Светины прикосновения. Несколько минут — и сексуальные игры возобновились.

---

[1] Д о б и т ь — здесь: дополнительно ввести некую порцию наркотика.

— Света...

Любовники не заметили, что они уже не одни. Вася засуетился, пытаясь выползти из-под Зайца.

— Не надо, не надо, — замахал руками Гнус. — Я всего на пару слов. Света, ты бы сходила домой, забрала вещи... А Вася тебя тут подождет...

— Хорошо.

«Дядя Володя» испарился, а девушка с запозданием поняла, на что она согласилась.

В этой квартире, в отличие от дачи, телефон был. Но звонить домой, чтобы проверить, дома ли отец, было опасно. Телефон мог прослушиваться милицией, да и по номеру на определителе можно было узнать адрес звонившего.

После столь бестактного вмешательства в интимные отношения Торчок на удивление быстро восстановил утраченные позиции. И Света смогла отправиться домой лишь через полтора часа.

Выйдя на улицу, она с упоением дышала свежим влажным воздухом. Дожидаясь автобуса, девушка посмотрела на фасад дома. В одном из окон виднелся мужской силуэт. Заяц помахала ему. Торчок ответил.

Добравшись до кинотеатра «Минск», Света нашла телефон-автомат и набрала номер дарофеевской квартиры. Прождав для надежности двадцать пять гудков, она с облегчением повесила громоздкую трубку.

Успокоившись, девушка проверила наличие ключей и отправилась на остановку автобуса, который довез бы ее на «Молодежную».

«Почему я поехала? — задавала она себе вопрос. — Зачем я поехала? Как это я так сразу ему подчинилась? Если «дядя Володя» настолько богат, что может покупать для меня морфий, то почему он не может купить мне одежду и все остальное? Или он боится, что за ним следят? Но также могут следить и за отцовской квартирой... Нет, он не такой.

Он не стал бы посылать меня в засаду... А вдруг он просто об этом не знает?..»

Но Света уже подходила к дому.

Озираясь в надежде увидеть что-нибудь подозрительное, девушка обошла его по периметру. Подозрительного ничего не было. Тогда она вошла в подъезд, поднялась на нужный этаж и отперла дверь. В квартире действительно никого не было.

Пройдя по комнатам, девушка нашла рассыпанные по столу в гостиной пачки денег. Она никогда не видела такой суммы. Миллион рублей!

Подержав деньги в руках, Света засунула в карман сразу три пачки: «Не обеднеет...»

В ее комнате ничего не изменилось. Проверив тайник, Света убедилась, что он пуст.

«Подлец».

Наскоро попихав нужные вещи в объемистую дорожную сумку, девушка направилась к выходу. В это время за дверью загремели ключами. Скрип открываемого замка, и перед застывшей девушкой возник ее отец.

4

В этот раз у Дарофеева не было никаких предчувствий. Он не спеша шел домой, обдумывая план завтрашних похорон. Открыв входную дверь, Игорь Сергеевич не сразу понял, что произошло. Перед ним стояла Света.

— Ты вернулась?

Целитель радостно направился к дочери. Та, пятясь, стала отступать.

— Нет. Я не вернулась...

— Как так?..

Только после этих слов Дарофеев заметил, что Светлана стоит с большой сумкой. Он посмотрел на ее лицо. Там переплетались страх, отвращение и что-то еще, чему Игорь Сергеевич не находил названия.

— С тобой все в порядке?

— Да. Пропусти меня.

Голос дочери был абсолютно чужим. Никаких интонаций, только неподдельная холодность. Девушка пошла прямо на отца, но тот загородил ей дорогу.

— Подожди. Расскажи, как ты, где ты?

— Все у меня в порядке, — упрямо повторила Света.

— Где ты живешь?

— Нигде. Пропусти. Я ухожу.

— Но как же так? У нас с тобой...

— Ты предатель! Я ненавижу тебя! Вы с матерью только и хотели, чтобы я была вашей игрушкой! Ненавижу!..

Слова эти несли такой заряд отрицательных эмоций, что Игорь Сергеевич невольно отшатнулся.

— Мать убили... — тихо сказал он.

— Ты врешь.

— У меня пока нет свидетельства, но похороны завтра.

Сраженная такой новостью, девушка замолчала. Она отвела взгляд и рассматривала узор на обоях.

— Я бы хотел, чтобы ты там была... — продолжил Дарофеев.

— Я подумаю... — Света заколебалась, но ненависть, внушенная Гнусом, взяла верх. — Нет! И не жди!

— Но что такого мы тебе сделали?

— Ты еще спрашиваешь!..

Где-то в глубинах сознания у девушки проскользнула мысль, что у нее по большому счету нет оснований так говорить. Но ненависть ослепляла ее, глушила, погребала, как под снежной лавиной, любые разумные доводы.

— Пропусти!

Света пошла на таран. Оттолкнув отца, она выскользнула в незапертую дверь и стремглав кинулась вниз по лестнице. Игорь Сергеевич ринулся следом. Он перепрыгивал через две ступеньки, но молодые ноги были быстрее.

230

Вылетев из подъезда, запыхавшийся Дарофеев огляделся. Нигде никакого движения. Решив, что Света могла направиться к метро, он, тяжело дыша, быстрой трусцой направился в ту сторону.

Девушка в это время пряталась за углом собственного дома. Подождав, пока отец скроется из глаз, она заспешила в противоположном направлении.

Игорь Сергеевич бегал еще больше получаса. Под конец обессиленный, не найдя дочери, он вернулся. Обнаружив пропажу денег, он даже не смог возмутиться. Слегка отдышавшись, целитель набрал номер Дроздова. Тот оказался на месте.

Поведав о странном визите, Дарофеев попросил помощи.

— Эх, если б ты не бегал, а сразу позвонил, — пенял Петр Никитович, — был бы шанс ее разыскать. Сейчас... Кто знает, где она?.. Давай приметы. Что на ней было надето?

Игорь Сергеевич перечислил, что помнил.

— Я сейчас же разошлю ориентировку, но предупреждаю: вероятность уже мала.

— Но если она должна ехать на другой конец города? Это же больше часа! — не сдавался целитель.

— А если она в соседнем доме? И кроме того, она же у тебя деньги взяла. Могла и машину поймать... Да, насчет машины. Я тебе ее попозже подгоню. Будешь дома?

— Да не знаю... Мне же к поминкам закупить всего надо.

— Ты извини, прямо сейчас я не могу. По магазинам, конечно, лучше на моторе... Но не беспокойся. Буду около девяти. И еще есть новости, но это при встрече...

Они распрощались. После этого Дарофеев сделал еще несколько звонков, выслушивая соболезнования. Немного придя в себя, Игорь Сергеевич взял сумку на колесиках и побрел за продуктами.

На кухне хлопотали три женщины из Лизиной родни и Константин. А в гостиной убитый горем вдовец вынужденно выслушивал новую порцию соболезнований.

Капитан пришел вовремя, как и обещал. Дарофеев спустился с ним, осмотрел «форд».

Машина внешне не имела никаких повреждений. Но целитель чувствовал, что в ней что-то не так. Попытавшись воспользоваться ясновидением, Игорь Сергеевич обнаружил, что в салоне автомобиля произошла смерть.

— Кого в нем убили? — напрямую спросил он у Дроздова.

— Когда похитили Лизу... Елизавету Игнатьевну... Мы же их засекли. Бандиты свернули во дворы, и наши преследователи их потеряли. Пока машина патруля колесила по дворам, преступники оглушили хозяина стоящих во дворе «Жигулей», затащили его в твою машину и закрыли ее вместе с хозяином в «ракушке». Потом они скрылись, а мотор «форда» не заглушили... Вот бедолага и задохнулся.

— Да-а-а... И дух его до сих пор тут витает...

Петр Никитович со страхом посмотрел на целителя и промолчал.

А теперь они сидели визави, и капитан задавал крайне неприятные вопросы.

— Понимаешь, — говорил Дроздов, — мы провели операцию, руководствуясь твоими сведениями. Да, ошибок не было. Везде, где ты написал, были парни Рыбака. Но вот что произошло потом. Утром во всех районах стали находить трупы. Много трупов. И лежали они на видных местах. И у каждого был знак. Наколка рыбы с колючками.

— Значит, мафиози, — сделал вывод Игорь Сергеевич.

— Да, конечно. Но вопрос не в этом. Следом за нашей операцией кто-то провернул свою, такую же, по уничтожению остатков мафии. И сделали это их конкуренты. Но среди убитых конкурентами и захваченных нами нет самого Рыбака.

— Так ты хочешь, чтобы я его нашел?

— Да, разумеется, и это тоже. Но меня сейчас интересует, кто же так тщательно за нами «подчистил»? Откуда у них такая информация была? Кто их навел? Вот это можно определить?

Насупившись, Дарофеев шумно выдохнул.

— Я понимаю, сейчас тебе не до этого, — продолжал капитан. — Но на будущее... Попробуй найти, кто это сделал.

— В принципе это возможно...

— И вот еще: такое количество убитых может означать только то, что произошли захваты каких-то помещений. И немалого их количества. А в твоем списке были только те, которые брали мы. Откуда еще взялись рыбаковские притоны? Почему они достались бандитам?

— Я не понимаю, — возмутился Игорь Сергеевич. — Это что, упрек?

— Это не упрек. Мне хотелось бы понять... Чтоб не повторялось...

Целитель вздохнул, собираясь с мыслями.

— Ясновидение — такая штука, которая иногда, по каким-то непонятным причинам, показывает не все, что хотелось бы. Кроме того, Гнус. Он сильный энергетик и может запросто закрыть какую-либо информацию от меня.

— Только от тебя? — обрадовался капитан.

— Или от любого другого ясновидящего, — закончил Дарофеев свою мысль.

Петр Никитович помрачнел:

— Значит, их конкуренты просто провели разведку. А мы, сами того не зная, сыграли им на руку... Но пока Рыбак на свободе, он им этого не простит. Понимаешь, чем это пахнет? Настоящая война!.. А Гнус знает, что виноват ты. Так что в твоих интересах дать мне информацию по Рыбаку как можно раньше...

Целитель вдруг вспомнил, что эти же слова говорил ему Иван Алексеевич.

Глава 23

1

На соседней кровати тихо посапывал во сне Константин.

Дарофеев лежал с закрытыми глазами, он работал.

Перед сном ему позвонил Дроздов.

Петр Никитович сообщил, что девушка с приметами Светы не обнаружена.

— Я же говорил, что дело почти безнадежное... И вот что я хотел тебя спросить: наш изолятор забит, и они все буянят. Драки в каждой камере. Представляешь, они вырывают друг у друга носки и сосут их!

— Что ж ты хотел? Они все наркоманы. У них началась абстиненция. Вот и пытаются получить хоть что-нибудь. Наркотики-то с потом тоже выделяются...

— Так что, их наркотой баловать?

— Если не хочешь, чтоб все перемерли, то да...

— Вот в ситуацию попали... Придется начальство будить... — И Дроздов отключился.

Гостиную, где Игорь Сергеевич обычно проводил медитации, сегодня заняли Лизины родственницы. Поэтому ритуал пришлось проводить лежа в постели.

Проникнув сознанием в бурлящий астрал, целитель едва не потерял ориентацию — так высок был в этот раз накал страстей. Внезапно Дарофеев заметил, что его окружают. Со всех сторон к экстрасенсу слетались души умерших. Они витали вокруг его тонкого тела и источали злобу.

«Это те, кого убили по моей вине... — понял Игорь Сергеевич. — Эдак они все время будут меня преследовать...»

Вынужденный вернуться в плотное тело, целитель несколько минут просто лежал, дрожа от выплесну-

234

той на него ненависти. Затем, слегка успокоившись, Дарофеев вознес молитву за упокой безвременно почивших. Попросил простить его за греховные деяния, приведшие к гибели преступников. В конце, используя тайные тибетские знания, отождествился с Буддой Сострадания, Авалокитешварой, и от его лица попросил Яму, бога смерти, дать человеческие воплощения всем убитым.

После таких процедур дальнейшая медитация проходила достаточно гладко.

Игорь Сергеевич без проблем вышел в ментальное пространство. Первым в очереди на просмотр стоял Рыбак. Преступник нашелся легко. Дарофееву даже не пришлось прилагать к этому особых усилий.

Старик спал в каком-то роскошном подвале, охраняемый вооруженными до зубов головорезами. Его ментальное тело ходило волнами: даже во сне Рыбак строил какие-то планы. Настроившись на поле намерений наркобарона, Игорь Сергеевич сразу наткнулся на планы относительно собственной персоны. В мечтах преступника целитель увидел себя разорванным на куски от мощного взрыва.

Это должно было случиться в воскресенье.

Проследив логическую цепочку до конца, Игорь Сергеевич подивился изобретательности Рыбака.

«Значит, зуб на Гнуса теперь точу не один я. Ничего, моя «крыша» его скоро прихлопнет. А если Рыбак узнает о том, что Гнус мертв, изменит ли он планы относительно меня?»

Такая вероятностная линия развития событий тоже наличествовала. Поскольку старый наркоделец не знал о том, что именно Дарофеев навел на него органы, то с гибелью основного врага исчезала значимость самого Игоря Сергеевича. Это сильно обнадеживало.

Просматривая другие планы преступника, целитель наткнулся вдруг на знакомую черную стену.

«И здесь побывал Гнус... Что же под ней прячется?»

Решив не рисковать и не пытаться проникнуть под эту защиту, Дарофеев осмотрел все вокруг. Вот сбор сил, вот перестрелки боевиков Рыбака и Сивого, вот мечты о победе и возвращении былой власти... Но о Гнусе ничего, кроме сильнейшего желания Рыбака отомстить бывшему помощнику.

«Значит, это мой враг заблокировал все, что касается лично его. Но он также мог закрыть информацию и обо мне... Почему он этого не сделал? Или он не хочет, чтобы я пал от рук мафии? Следовательно, я его любимый враг. И мучить меня он собрался достаточно долго. Хорошо, что я закрыл информацию о том, что этого Гнуса уже нашли люди Сивого...»

С Гнусом все было ясно. Сегодня, после похорон, за Дарофеевым должны были заехать...

Нерешенной оставалась проблема дочери. Игорь Сергеевич потратил несколько минут на ее поиски (обычно на это требовалось около десяти секунд), но никаких следов не обнаружил.

Было непонятно, каким образом она сбежала от Гнуса. А если она скитается по Москве, то почему тот до сих пор держит ее под блоком?

И у кого она может быть?

Внезапно вспомнился рыжий парень, который сообщил о том, что Света в больнице.

«Это ведь он неспроста сделал! Видно же было, что его и Свету что-то связывает... Пусть даже одни только наркотики... Как же он выглядел?..»

Напрягая память, целитель восстановил образ этого парня. Но астральный поиск также не дал результата. След был. Был до позавчерашнего дня! А потом — как отрезало.

«Гнус... И парень тоже в его шайке... Но, помнится, он говорил, что Свету задержали вместе с ним... Значит, можно его разыскать. Но расскажет ли он про Свету? Ведь я же видел ее, разговаривал, а следов она не оставила никаких. Я даже не чувствовал

236

ее поля... Что, если и тут ждет неудача? Ничего, Дроздов его разговорит...»

Оставался невыясненным только один вопрос: будет ли действовать «черная дыра», под которой преступник держит своих людей и Свету, после его смерти?

Обычно, лишенные постоянного ментального контроля, блоки защиты постепенно саморазрушаются. Но Дарофеев не знал, будет ли разрушаться такое экзотическое образование, а если будет, то за какой срок...

«В крайнем случае придется опять просить помощи у Разина», — решил Игорь Сергеевич.

Он объединил тонкие и плотное тела и погрузился в дрему.

2

Разъяренная Света-Заяц, отпихнув открывшего ей дверь Васю, пробежала в комнату и, как была в куртке и грязных кроссовках, рухнула на диван лицом вниз.

— Что произошло? — Торчок тихо подсел к рыдающей девушке.

— Этот козел обшмонал мою комнату... У меня заначка была... два куба...

— Да брось ты!.. Чего их жалеть?

— Да не кайфа мне жалко, а то, что он шмон устроил...

— Ну и что? Вон мои, пока живы были, постоянно что-то находили и отметали. И ничего...

— Нет, все равно он — сука! Дрянь, хоть и корчит из себя добрячка!

Василий встречался со Светиным отцом всего один раз и поэтому высказаться ни за, ни против не мог.

Девушка приподнялась, вытерла слезы.

— Я такое могу про него рассказать! Для него главное — деньги. Деньги, деньги, больше денег!.. И кроме них, ему ничего не надо. Только чтобы я была «как все»! А сам... Вообразил себя колдуном, вот и морочит всем голову. Был бы он хоть чуть-чуть экстрасенсом, он давно бы сюда прибежал. До дома ехать пятнадцать минут... А то по телевизору выступает, такой важный, добренький. Учит всех, как надо жить... А думаешь, сам он свои советы выполняет? Кричит: «Мясо вредно!» А вырезку только на рынке покупает. Или запустит в кабинет кучу народа, сам сядет в центре и сидит, бельма выпятив. Десять минут — все, следующие... Давай вмажемся? — Света вдруг резко переменила тему.

Пока девушка бичевала отца, она успела раздеться, разобрать сумку.

— Чем? — полюбопытствовал Торчок.

— Винтом, пожалуй... А то встретила его... весь кайф испарился.

— Двушка только осталась.

— Ты хотел себе?..

— Вообще-то да... Но можно и сварить... Погоди, так ты отца встретила?

— Ну да!

— Как же ты от него ушла?

— Убежала, и все. Давай втрескай меня.

Но укол не улучшил состояния Светы. Пока Вася готовил следующую порцию, она болталась у него за спиной, не зная, чем себя занять.

— Скоро? — поминутно спрашивала девушка.

Наркоман злился:

— Отстань, Заяц, а то пережарю — тебе же хуже будет!

3

Едва дождавшись окончания процесса, Света подставила вену. Василий по ее просьбе смешал в одном шприце два наркотика и ввел эту смесь.

Эффект оказался странным: психостимулятор поглотил тонкое действие опийного алкалоида. Но только на первое время. Девушка чувствовала возбуждение, но оно было непривычно уравновешенным. Если под воздействием чистого винта она могла бездумно часами заниматься одним делом или смотреть в одну точку на стене, то сейчас в ее голове зашевелились мысли. Безмерно оскорбленная недопустимым проступком Дарофеева, Света стала вынашивать планы мести.

Она заставляла Игоря Сергеевича идти по самому краю крыши. Там лежала банановая шкурка. Отец поскальзывался и с громким воплем падал вниз.

Она угощала его пирожком. В пирожке было бритвенное лезвие. Дарофеев разрезал себе язык и истекал кровью.

Она стояла на узкой лесной тропинке. К ней бежал Дарофеев. Не добежав до нее нескольких метров, он падал в прикрытую листьями яму и напарывался на острые колья.

Она плыла в океане, а его съедала акула.

Она... Он... Она... Он...

Девушка напридумывала сотни смертей для Дарофеева.

Неважно, что многое из них она видела в каких-то фильмах, о каких-то читала, она удовлетворяла свою ненависть. Пусть и мысленно.

Игорь Сергеевич постоянно пытался внушить дочери, что мысль материальна и что поэтому нельзя плохо думать о людях и тем более желать им смерти. Этот урок был усвоен. И теперь девушка надеялась, что хотя бы какая-нибудь из представленных ею сцен воплотится в действительность.

4

За этим занятием и застал ее вернувшийся вечером «дядя Володя».

Девушка накричала на него, уверенная, что он ее подставил.

— Тихо! — рявкнул Гнус. — Ты когда пошла домой?

— Где-то через час... А что?

— А то, что идти, когда я говорю, надо сразу. Так что сама виновата.

— Я хочу ему отомстить! — Света сознательно избегала называть Дарофеева «отец», или по имени.

— Отомстить? — Гнус улыбнулся и оценивающе оглядел девушку. — С наскока это не сделаешь. Тут подумать надо.

— Я хочу, чтоб он сдох! — яростно выкрикнула Света.

Торчок, испуганный таким взрывом страстей, попятился. Маг же, напротив, не смутился и радовался успешному развитию своего плана. Рано или поздно у девушки должна была возникнуть такая мысль.

Осталось направить ее в нужное русло.

— Ну, предположим, найму я человека. Убьет он твоего отца. И что?

— И поделом ему!

— Погоди. Не лучше ли убивать медленно? Ты же хочешь увидеть его страдания?

— Да! Чтобы он помучился, как я!

— Вот, — констатировал «дядя Володя». — А чтобы это сделать, надо хорошенько подумать. Если хочешь, я этим займусь.

— Да! Хочу! — вскрикнула девушка.

— Но вы же говорили, что Игорь Сергеевич ваш друг... — недоумевая, сказал Вася.

— Друг? Да таких друзей надо как бешеных собак!..

Гнус сообразил, что ляпнул лишнее. Сказано это было в расчете на Свету. Эта мысль соответствовала ее теперешнему состоянию. Девушка не увидит противоречия. Ее переполняет ненависть. А наркоман такого внушения не получал...

Надо срочно исправлять положение.

— Пойдем. Маг взял Василия за руку. — Ты кое-что не понимаешь. Я должен тебе рассказать...

Торчку очень не хотелось уединяться с непонятным мужиком, пусть даже снабжающим его и Свету наркотиками. Он понимал, что бесплатных благодеяний не бывает. Значит, у «дяди Володи» есть какая-то цель. И теперь Торчок догадался, что это за цель: уничтожить Дарофеева. Медленно, наслаждаясь каждой минутой, оттягивая до самого последнего момента физическую смерть недруга.

Усадив наркомана напротив себя, Гнус вздохнул и начал:

— Я хочу рассказать тебе, как этот человек стал моим смертельным врагом.

Василий облегченно выдохнул: его догадка была правильной.

— Вот, смотри... — Маг достал из кармана полированный медальон. Раскрыл его. Внутри Вася разглядел небольшую фотографию красивой девушки. — С нее все и началось.

Медальон раскачивался на тонкой цепочке. Тихо звучал голос, но Торчок уже ничего не видел и не слышал. Маг, сосредоточив внимание наркомана на сверкающем предмете, загипнотизировал его.

Вася вышел из комнаты уверенный, что у «дяди Володи» есть весьма действенные основания отомстить Дарофееву.

Но если бы его спросили, какие именно, Торчок не смог бы ответить вразумительно.

5

Сивый размышлял.

Ситуация после разгрома Рыбака складывалась неоднозначно. Конечно, он захватил наркотики, деньги, перебил сотни людей наркокартеля. Но остался сам главарь.

Его предупредили, и он ускользнул от людей Сивого буквально в последние минуты. Кто его предупредил, не так уж и важно, хотя с этим хотелось бы разобраться. Важно было то, что Рыбак никогда не сдавался.

Ивану Алексеевичу докладывали, что в Москву со всех сторон съезжаются люди. Осведомители сообщали, что несколько раз видели у приезжих отличительный знак. Это означало, что Рыбак стягивает силы и большой бойни не избежать.

Открытого противостояния Сивый не боялся. Одно дело, когда на тебя нападают внезапно, и совсем другое, когда ты ожидаешь неприятностей.

Об охране Иван Алексеевич позаботился основательно. Его дом в пригороде, где он сейчас находился, был защищен по последнему слову техники. Инфракрасные датчики сканировали территорию на двести метров вокруг дома. В подвале сидели, готовые моментально вступить в бой, два десятка головорезов. Еще с полсотни человек могли прибыть в считанные минуты и ударить в тыл врагу.

Но основная опасность была невидима. Гнус — вот единственный настоящий враг. Враг, умеющий незримо проникать в самые сокровенные тайны. Хорошо, что завтра он будет уничтожен.

Допросив немногочисленных оставшихся в живых рыбаковских ребят, Сивый с удивлением узнал, как много может сделать экстрасенс. Гнус, оказывается, не только собирал компрометирующую информацию, он планировал операции, предсказывал конъюнктуру рынка, выявлял предателей и делал еще многое другое.

«Да, — решил Сивый. — Пономаря надо использовать лучше. Полнее».

Но с другой стороны, как говорили пленники, Гнус чуть ли не крутил Рыбаком как хотел. С Дарофеевым надо работать осторожнее. Не подпускать его близко к власти. Тогда он неоценим...

Но странно, что Гнус так подставился... Впрочем, он мужик рисковый. Хотя, если верить наблюдателям, внешне он ничем не отличается от обычного человека. По описаниям, ему лет пятьдесят. Одевается просто, даже бедновато. Никогда не скажешь, что он под «крышей». Хорошая маскировка. Соседи утверждают, что по вечерам он всегда дома. Что ж, завтра будет его последний вечер...

Если, конечно, его звонок не ловушка. Но и мы не лыком шиты. Мы тоже подготовились...

Днем Сивому доложили, что активизировались торговцы наркотиками. Рыбак не продавал большие объемы наркотика сразу. В связи с инфляцией цена постоянно росла, причем несколько быстрее, чем шла девальвация рубля.

Мелкооптовые торговцы не находились в непосредственном подчинении Рыбака. Они лишь пользовались услугами рыбаковских посредников. И теперь, когда исчезли привычные источники кайфа, барыги запаниковали. Их находили люди Сивого и предлагали товар, но несколько дороже, чем обычно. Торговцы вяло сопротивлялись, но платили. По расчетам, захваченных наркотиков должно было хватить на полтора месяца. И теперь стояла задача налаживать собственные линии поставки.

На первый взгляд это не составляло особого труда. Была захвачена информация о некоторых путях доставки наркотиков как из бывшего Союза, так и из зарубежных стран. Но наркодельцы — люди крайне осторожные, и завоевать их благосклонность весьма непросто. Рыбак был им давно известен. Сивый же на наркорынке был фигурой достаточно новой.

Короче, вопросов было предостаточно, они требовали решения, и Иван Алексеевич готов был ими заниматься.

Глава 24

1

Субботним утром возле морга больницы Святителя Алексия собралось больше сотни человек. Хоронили Лизу.

Дарофеева лежала в полированном американском гробу. Тело было одето в белое платье, всегда пышные и непокорные волосы прибраны. Гример действительно поработал очень хорошо. На щеках женщины не было видно никаких царапин, оставленных обезумевшими пациентками. Платье доходило до горла Дарофеевой, скрывая длинный, вдоль всего тела, шов, оставшийся после вскрытия. Второй разрез, вокруг головы, не был зашит — его маскировала белая косынка. Несведущему человеку было невдомек, что в черепе вместо мозга уже больше суток находятся кровавые тряпки и пеленки.

Но Елизавете Игнатьевне до этого не было дела. Как не было дела и всем собравшимся проводить ее в последний путь. Какая разница, хоронят целого человека или выпотрошенного?

Главное, чтобы снаружи все выглядело благообразно.

Лишь вдовец Дарофеев, с первого взгляда определивший, что в теле не хватает внутренностей, попытался поскандалить. Но работники морга убедили его, что это было сделано для правильной и точной постановки диагноза, и Игорь Сергеевич вынужден был смириться.

Целитель понуро стоял у тела. Около него на стульчике сидела плачущая мать Лизы Лидия Макаровна. К ним подходили родственники, знакомые, знакомые знакомых. Все считали своим долгом принести соболезнования.

Дарофееву приходилось выслушивать десятки совершенно одинаковых фраз, словно в русском языке не осталось никаких других слов. После тридцатого «Примите мои искренние соболезнования! Какое горе!», Игорь Сергеевич с облегчением вздыхал, услышав хоть какую-нибудь вариацию этой фразы.

Наконец пытка кончилась.

Собравшиеся буквально завалили гроб с телом цветами, и, для того чтобы его поднять, носильщикам пришлось с минуту разгребать бесчисленные букеты. Шестеро мужчин взяли гроб за ручки и, безжалостно давя ботинками розы и лилии, вынесли из помещения. Дарофеев и Костя, поддерживая под руки сухонькую Лидию Макаровну, шли следом во главе траурной процессии. Даниловское кладбище находилось недалеко от больницы, и поэтому Игорь Сергеевич не стал заказывать перевозку. Выйдя на улицу, носильщики взвалили гроб на плечи и под звуки духового оркестра медленно двинулись прямо по проезжей части. За ними вереницей потянулись собравшиеся, кто пешком, кто на машинах.

После того как Елизавету Игнатьевну отпели в кладбищенской церквушке, процессия направилась к месту захоронения. Там, впритык к ограде участка, где уже покоились дед и родители Игоря и Кости, была вырыта могила.

Небольшой участок не вместил всех желающих, и большая часть толпы вынуждена была растянуться по неширокому проходу между могилами.

Под траурные завывания оркестра прозвучало несколько речей. Затем желающие попрощались с Дарофеевой, и хмельной могильщик закрыл крышку.

Гроб опустили в яму, вдовец кинул туда горсть мокрой глины. С десяток ближе всего стоящих человек последовали его примеру.

— Все, что ль? — спросил кладбищенский работник. Он плюнул на ладони и вонзил лопату в кучу земли.

Спустя несколько минут на месте ямы возвышался аккуратный холмик. В него воткнули аляповатую табличку, удостоверяющую, что здесь покоится Дарофеева Елизавета Игнатьевна.

Объявились цветы, и свежая могила покрылась живым ковром. Целитель налил стопку водки, положил на нее ломоть черного хлеба. На этом кладбищенские ритуалы были закончены.

К вдовцу подошел какой-то незнакомый молодой человек:

— Вы позволите пару вопросов для прессы?

Игорь Сергеевич вспомнил, что этот парень и его обвешанный фотоаппаратами напарник крутились рядом на протяжении всей церемонии.

— Нет, не позволю, — твердо ответил Дарофеев.

Репортер смущенно извинился и попросил о встрече:

— О вас в последнее время ходят странные слухи... Вы могли бы их опровергнуть...

— Убирайтесь. Я не даю интервью о личной жизни, — прошипел целитель. — Убирайтесь. Или вы испытаете на себе мой гнев.

Побледнев, парень испарился. Игорь Сергеевич пожалел о том, что угрожал навязчивому газетчику, и решил вскоре сам связаться с каким-нибудь изданием. «Эзотерическая газета» давно желала заполучить интервью и материалы Дарофеева на свои страницы.

Знакомые и случайные зеваки разошлись. Оставшиеся родственники и ближайшие друзья целителя расселись по машинам и направились в дарофеевскую квартиру помянуть усопшую.

2

В «форде» ехали Дроздов, Разин, Лидия Макаровна, которая моментально уснула на заднем сиденье, и оба Дарофеева. Вел Константин.

— Может, я не вовремя, — начал вдруг Петр Никитович, — но я должен тебе сказать очень важную вещь...

— Что? — обернулся Игорь Сергеевич.

— Это было убийство...

— Ты уверен?

— Да. В супе нашли лошадиную дозу природного алкалоида, вызывающего галлюцинации. А повара видели в тот день незнакомого человека в белом халате. Он прошелся по кухне и остановился именно у бачка наркологического отделения.

— Вот как...

— А они смогли его описать? — спросил Виктор Анатольевич.

— В том-то и дело, что мы составили по их словам два фоторобота. Совершенно разных. Один говорит, что тот человек был высок, курчав, с вытянутым лицом и при ходьбе прихрамывал. Второй — наоборот,

246

что он был невысок, в медицинской шапочке и двигался как бы пританцовывая.

— Странно... — удивленно произнес Разин. — Это может означать две вещи. Или ваши свидетели ненаблюдательны, или преступник каким-то образом воздействовал на их восприятие.

— Эх, Виктор, — отозвался Дарофеев-старший. — Этот Гнус и не на такое способен... Хорошо, что... — Целитель чуть не проговорился. Он вдруг сообразил, что Петру Никитовичу не следует знать о том, что мафия нашла уже Гнуса, и, поймав на себе удивленный взгляд Дроздова, продолжил: — Я был при ее смерти и теперь точно знаю, что душа Лизы в раю...

— Ты видел коридор? — удивился Виктор Анатольевич.

— Нет, по Бардо. Она ушла в голубой свет.

— А-а-а... Это миры богов... — вспомнил Разин. Дроздов непонимающе слушал беседу энергетиков.

— То, что Лиза в раю, это хорошо, но преступник пока на свободе... — Игорь Сергеевич хотел было рассказать об обещании Синельникова очень скоро поймать Гнуса, но промолчал. Такая реплика вызвала бы очередной поток вопросов Петра Никитовича, а целителю хотелось помолчать.

Видя, что его разговор никто не поддерживает, Дроздов умолк.

3

В квартиру набилось более тридцати человек.

В основном это были Лизины родственники. Родня самого Дарофеева была не столь многочисленна. Присутствовали лишь брат да троюродная сестра Ольга Святославовна, прилетевшая из Питера.

Было также несколько народных целителей, коллеги Игоря Сергеевича по работе в центре, да пара институтских друзей с женами.

Все расселись за столом, уставленным разносолами. Вчера Дарофееву пришлось буквально опустошить ближайший супермаркет.

Громоздились судки с традиционными салатами. Между ними высились бессчетные бутылки с винами, водками, коньяками, газированной водой. Из кухни доносился запах жарившихся кур. Каждый гость считал своим долгом произнести тост, помянуть Лизу, сказать о ней несколько теплых слов.

Дарофеев сидел рядом с Лидией Макаровной и пил только воду. Он позволил себе пару наперстков «Наполеона» и на этом остановился. Целитель насквозь видел всех гостей.

Лишь четверо или пятеро из приглашенных на самом деле искренне скорбели о Лизе. Все остальные или не были с ней достаточно близко знакомы, или ставили ее гораздо ниже себя. В какой-то момент особенно циничной речи мужа одной из Лизиных подруг Игорю Сергеевичу захотелось разогнать всю эту нажравшуюся братию.

Но поминки были ритуалом. И как у любого ритуала, у поминовения была внешняя и внутренняя сторона.

Внешне скорбящие люди напивались за упокой души.

Но внутренний смысл этого действа был в совместном посыле энергии для души ушедшего в мир иной. И чем чаще поминали умершего, искренне или пусть даже откровенно лицемеря, тем больший запас сил передавался усопшему.

Это Игорь Сергеевич понимал четко и поэтому сдерживался, стараясь не обращать внимания на одного из гостей, который набрался за несколько минут до такой степени, что забыл, зачем он здесь, и уже несколько раз порывался заорать: «Горько!»

Дроздов ушел, сославшись на оперативные дела. Целитель завидовал ему. Самому Игорю Сергеевичу предстояло сидеть здесь до конца.

В дверь позвонили. Вскоре к Дарофееву подошла одна из Лизиных родственниц и шепотом попросила его выйти к визитеру.

На лестничной площадке стоял знакомый целителю парень. Боевик Сивого.

— Иван Алексеевич просит вас.

— Но позвольте, я думал, вы придете позже... У меня поминки...

— Все начнется... — Парень посмотрел на часы. — ... через пять минут.

— Ладно. Еду, — сломался целитель. — Подождите, я скоро...

Вернувшись к столу, Игорь Сергеевич пробрался к брату:

— Костя, меня вызывают.

— Ты что? Отказаться не можешь?

— Один из моих пациентов при смерти.

— Ну раз так...

Дарофеев быстро собрался. В прихожей никого не было, и его уход остался незамеченным. На лестнице его ждали.

4

Боевик привез Игоря Сергеевича на Ленинский проспект. Они остановились у одного из домов сталинской постройки. Поднявшись на второй этаж, парень позвонил в квартиру. Ему открыл такой же качок.

— Проходите...

Второй мафиози провел Дарофеева в комнату. Там, привязанный к стулу, сидел человек. Рот его был залеплен широкой клейкой лентой. Его лицо казалось смутно знакомым. Увидев целителя, мужчина замычал и начал дергаться. Стоявший позади него громила легонько стукнул пленника ладонью по шее. Тот замер, но продолжал вытаращенными глазами смотреть на Дарофеева.

Вошел Сивый:

— Это он.

Игорь Сергеевич резко обернулся на голос:

— Я... Я не понимаю...

— Что?

— Этот человек... Он прозрачен. На нем нет никакой защиты...

— Извините, но именно он вам звонил!.. — Иван Алексеевич начинал терять терпение. — Вы хотели с ним поговорить? Пожалуйста. Откройте ему рот! — приказал Сивый.

Это тотчас было исполнено.

— Игорь Сергеевич, — залепетал мужичок, — вы меня помните? Это же я, Сергей Иванович! Сергей Иванович Копылов... Я лечился у вас...

— Да. — Целитель вспомнил, где и при каких обстоятельствах он видел этого человека.

— Я прошел у вас три сеанса. Помните?..

— Да.

— Ну, слава Богу. Скажите этим людям, чтоб меня развязали.

— Постойте, это вы мне звонили, угрожали?..

— Да, я! — радостно закивал бывший пациент.

— Но почему, Сергей Иванович?

— Как почему? Вы ж мне не помогли! Как был у меня радикулит, так и остался... После сеансов перестало болеть, а потом как взяло!..

— Три раза, говорите, были?..

— Три.

— Но этого же однозначно мало. На радикулит надо пять, шесть раз... Но вы не объяснили: почему же вы мне угрожали?

— Но все же понятно. Вы меня не вылечили — значит, вы шарлатан. Поэтому надо, чтобы вы прекратили свою преступную деятельность. Перестали людям голову морочить.

— Так вы хотели, чтоб я прекратил лечить людей, потому что я не смог вылечить вас за три сеанса?! Господи! — целитель громко расхохотался. — Ну надо же! А я-то хорош...

Обратившись к Ивану Алексеевичу, Дарофеев попросил:

— Отпустите его.

— Увы, Игорь Сергеевич, это невозможно, — пожал плечами Сивый.

— Отчего?

— Это очевидно. Он видел меня, видел вас, знает, что мы с вами связаны... Эта информация не должна никуда просочиться.

Пленный, поняв, что его судьба решена, громко закричал. Боевик ударил его по голове резиновой дубинкой. Неисцеленный анонимщик моментально потерял сознание и обмяк в своих путах.

— Но позвольте... — Дарофеев лихорадочно искал возможность спасти незадачливого Копылова. — Я могу его загипнотизировать. Он ничего не будет помнить...

— А вы можете дать стопроцентную гарантию, что он рано или поздно не вспомнит? Или что не попадет, пусть совершенно случайно, к другому гипнотизеру? Кроме того, он виноват. Он заставил волноваться вас, да и мы тоже изрядно поиздержались...

Доводы эти были притянуты за уши. Сивый понимал это, но ему было необходимо покрепче втянуть Дарофеева в свои дела.

— Так что, — продолжал Иван Алексеевич, — он виновен и приговор уже вынесен. Обжалованию не подлежит.

Он подал знак. Один из боевиков навел на Копылова пистолет и выстрелил ему в голову.

Послышался негромкий хлопок, и тело несчастного конвульсивно дернулось. Целитель кинулся было к Сергею Ивановичу, но было поздно.

— Зачем? — похолодев, прошептал Игорь Сергеевич. — Вы же видели, он идиот. Он не мог быть Гнусом...

— Как раз идиоты — наиболее опасные люди, — равнодушно сказал Сивый и отвернулся. — Вложите ему в руку оружие и сымитируйте самоубийство.

Подручные развязали тело и усадили за письменный стол. Дарофеев, оторопев, наблюдал, как боевики прибираются в комнате, уничтожая немногочисленные следы борьбы, как они вкладывают в мертвую руку пистолет, приставляют его ко лбу и отпускают.

— Вот и все. Поехали! — приказал Иван Алексеевич.

Уходили двумя группами. Сивый сам вел под руку биоэнергетика.

— Скоро я с вами свяжусь. Постарайтесь за это время разузнать про Рыбака. Он начал собирать новую банду, а мне бы хотелось нанести по ним упреждающий удар.

Дарофеев смотрел перед собой и автоматически кивал.

5

Когда целитель открыл свою дверь, его оглушили звуки пьяного застолья. Часы на стене показывали, что он отсутствовал около сорока минут.

Сняв плащ и ботинки, Игорь Сергеевич присоединился к гостям. К нему тут же подошел брат.

— Как пациент? — вполголоса спросил Костя.

— Умер. Я слишком поздно приехал...

Поминки продолжались. Дарофеев жевал подостывшую куриную ногу, не обращая внимания на текущий по рукам жир. Перед глазами целителя все еще стояла страшная сцена безжалостного убийства. Лоб Копылова с небольшой кровоточащей дырочкой. Его глаза, когда анонимщик понял, что это не просто недоразумение и что его сейчас убьют. Игоря Сергеевича чуть не стошнило. Он впервые видел так близко настоящую насильственную смерть.

Вдруг Дарофеев осознал смысл происшедшего: «Сивый повязал меня кровью!.. Я был свидетелем преступления, и теперь он может этим меня шантажировать... Как это погано... Что ж, Иван Алексеевич оставил мне только один выход — я должен уничтожить его банду... Но с этим надо подождать. Пока Сивый не поможет мне расправиться с Гнусом. А уж потом...»

Вечерело. Гости постепенно начали расходиться. Костя отвез Лидию Макаровну и вернулся. К полуночи в квартире остались лишь сам Дарофеев, Константин и Ольга Святославовна.

Сестра улетала дневным рейсом и оставалась ночевать. Пока она укладывалась спать, братья сидели на кухне.

В мойке громоздились горы грязной посуды, пол покрывали батареи пустых бутылок. Кухонный стол был заставлен тарелками и салатницами с недоеденным содержимым.

Целитель нашел недопитый «Белый аист», плеснул немного себе и Константину:

— Помянем?

— Помянем.

Они выпили.

— Слушай, брат... — начал Игорь Сергеевич. — Не знаю, как это и сказать...

— Давай прямо.

— Короче, так. Я хотел бы к тебе переехать. Это возможно?

— Конечно! О чем разговор... А как же Света?

— Она была тут... А, не хочу вспоминать!.. Понимаешь, я хотел бы пожить у тебя. Здесь мне все о Лизе напоминает...

— Да не оправдывайся ты!.. Места, знаешь, у меня немного, но поместимся.

— Спасибо, Костя.

Глава 25

1

Утром пошел первый снег. Мелкая ледяная крупа сыпалась с неба и тут же таяла на асфальте, газонах, крышах домов. Машины и деревья покрывались застывшей шершавой коркой.

Проснувшись от постукивания в окно, Света отстранила посапывающего Васю и выглянула на улицу. Замерзший дождь шел сплошной стеной. Автомобили медленно пробирались сквозь мглистое утро. Включенные фары позволяли рассмотреть лишь ближайшие десять — пятнадцать метров дороги. Все остальное скрывала серая пелена.

Торчок потянулся и открыл глаза.

— Заяц, ты чего там делаешь?

— Снег идет...

Настроение у девушки было скверным. То ли от пасмурной погоды, то ли от странного ощущения в мышцах, словно кто-то невидимый постоянно скручивал их, выжимая, как мокрое полотенце.

— Хавать хочешь? — Наркоман приподнялся на локте, разглядывая обнаженную спину Светы.

— Сначала — вмазаться... Мне так хреново... — Она обхватила себя за плечи.

— Чем?

— Сначала морфием, потом завтрак, потом винт.

— Программа ясна.

С трудом встав с постели — у него тоже болело все тело, — Вася поплелся на кухню за наркотиками.

Несколько раз он пытался уколоть себя. Вены от бесчисленных инъекций сжались и ускользали от иглы.

— Где ты там? Плохо мне! — слабея, крикнула Света и закашлялась.

— Сейчас, сам вмажусь... — отозвался наркоман.

Отчаявшись уколоться в привычные места, Вася решил произвести инъекцию в кисть руки. Заложив ногу на ногу, он просунул руку под колено. Посжимал кулак.

Пара минут такого занятия дала эффект. Сквозь кожу проступили тонкие стебельки вен. Нацелившись на одну из них, Торчок ввел иглу. На этот раз он попал.

Наркотик смешался с током крови, и Торчок ощутил знакомое распирающее чувство в груди. Пара-тройка минут — и он готов к действиям.

Когда Вася вошел со шприцем в комнату, его поразила синюшная бледность раскинувшейся на кровати Светланы.

— Наконец-то... — прошептала она. — Давай скорей.

Морфин моментально преобразил ее внешность. Порозовели щеки, тело расслабилось и перестало дрожать.

— Догони[1] еще... Что ты мало так сделал?

Не удивляясь, Вася вскрыл вторую ампулу и вколол девушке еще полдозы.

— Вот теперь хорошо... — простонала Света.

— Снижала бы ты дозняк.

— Ой, отвали... Не ломай кайф...

Пожав плечами, Торчок пошел готовить завтрак. Перекусив бутербродами, он вернулся к Зайцу. Та все еще лежала. На ее лице застыло выражение неземного блаженства. Присмотревшись, Вася вдруг понял, что девушка не дышит. Он подскочил к ней, потряс за руку.

Судорожно вдохнув, Света приоткрыла глаза:

— Ну я же просила, не мешай!..

— Ты дышать забыла...

— Да? Какие пустяки... Что? — Встрепенувшись, она резко села. — Как «забыла дышать»?

— Как ежик... Это морфа иногда так действует.

— Да? А я и не знала...

— Есть будешь?

— Теперь — да.

— Все на кухне.

Пока девушка умывалась и пила чай, Торчок лежал на кровати и размышлял.

Среди наркоманов ходило множество странных легенд и слухов. Одна из историй была о вампирах. Существовали якобы такие люди, которые по каким-либо причинам не могли употреблять наркотики. Но им очень этого хотелось. Поэтому эти деятели покупали наркоту, приглашали наркоманов и следили за

---

[1] Догонять — делать повторную инъекцию наркотика.

тем, как они колются. Но не просто следили. В этом бы беды не было. Они энергетически воровали у наркоманов кайф.

В своей среде Василий знал одного такого человека. В последнее время, после того как открылось, что он вампир, никто не хотел ширяться с ним вместе.

Вот и здесь Вася-Торчок замечал, что кайфует не так, как дома. Не было той остроты ощущений, к которой он привык. Не так долго, как обычно, длилась наркотическая эйфория.

За Светой-Зайцем воровства кайфа никогда не замечалось, следовательно, повинен в этом «дядя Володя».

Наркоман и не подозревал, насколько он близок к истине. Но воровство кайфа было лишь побочным эффектом от используемой Гнусом защиты. «Черная дыра» поглощала широкий спектр излучений. Настроенная исключительно на личные вибрации Дарофеевой, она тем не менее втягивала энергию и из окружающего пространства. Это и почувствовал наркоман.

Вася старался избегать такого сорта людей. Ему захотелось избавить от его влияния и Зайца. Но решение поведать о вампиреже почему-то натолкнулось на непрошибаемую стену. Торчок вдруг понял, что не в силах сказать Свете что-то плохое про «дядю Володю». И он собрался действовать другим методом.

Дождавшись, когда девушка придет с кухни, Вася призывно замахал руками:

— Иди ко мне.

— Сейчас, сейчас...

Света, пританцовывая, стала спускать с худеньких плеч махровый халат. Торчок, наблюдая за плавными движениями девушки, мгновенно разделся. Вскоре они прижались друг к другу и продолжили занятия любовной физкультурой.

Потом, когда они, счастливые от секса и наркотиков, лежали обнявшись, Вася решил начать атаку:

— Знаешь, что мне тут не нравится?

— Да брось, тут же все кайфово... — потянулась Света.

— Может, для тебя — да, а для меня — нет.

— И чего тебе не нравится?

— Групповухи...

— Так ты ревнуешь?..

— Если тебе нравится это слово, то да.

— Ой, Васенька, какой ты смешной!.. «Дядя Володя» просто хочет, чтобы мне было хорошо... А ты спал сразу с двумя?

— Ну, спал...

— И как?

— Да все то же самое, только устаешь в два раза сильнее.

— Но у нас-то, женщин, не так...

— Женщин... — буркнул Торчок. — Кто тебя женщиной сделал?

— Ты, милый, ты...

— В общем, так. — Вася спустил ноги с кровати. — Мне эти групповухи надоели. Я ухожу.

Ожидая реакции Светы, парень стал облачаться. Девушка лежала неподвижно. Желание быть с Торчком боролось с жаждой отомстить отцу. Победила месть.

— Ну и вали! — закричала Заяц. — Вернешься — не пущу! И без тебя проживу как-нибудь!..

— Во-во... Как-нибудь...

— Да заткнись ты! Наркоман недоделанный! Единоличник! Собственник!

Не обращая внимания на оскорбления, Василий собрал свои приспособления для готовки наркотиков. Подумал и конфисковал несколько новых шприцев. Ампулы брать не стал.

В дверях он остановился:

— Передумаешь — знаешь, где меня искать.

— Катись, катись!

Хлопнула дверь, а Света повалилась на постель и горько зарыдала.

257

2

До полудня Игорь Сергеевич собирал свои вещи. Константин отвез троюродную сестру в аэропорт, посадил в самолет и вернулся за Дарофеевым.

Целитель спешил. Его ясновидение говорило, что сегодня должно произойти покушение на его жизнь. Оно планировалось на вторую половину дня, но Пономарь был уверен, что останется жив.

Пара костюмов, сорочки, кимоно, коврик для медитации, несколько комплектов нижнего белья занимали уже свое место в чемодане. Игорь Сергеевич взял также свой телефон с АОНом и пишущую машинку с пачкой бумаги.

Все вещи были погружены в багажник «форда», и братья выехали на Рублевку.

Целитель мог бы, конечно, переехать на квартиру в Филях, но и там царило одиночество. А Игорю Сергеевичу как воздух было необходимо сейчас общение с близким человеком. Константин жил один в двухкомнатной квартире на проспекте Вернадского. Одна комната служила одновременно спальней и кабинетом, а вторая полностью была отдана под гимнастический зал.

С потолка свисали два каната. По центру комнаты вместо люстры покачивалась потрепанная боксерская груша. Шведская стенка, турник, непонятное переплетение металлических конструкций занимали добрую половину свободного пространства.

В помещении стоял невыветриваемый запах пота.

Увидев, с каким удивлением Игорь рассматривает тренировочную комнату, Константин рассмеялся:

— Не бойся, спать ты будешь не здесь.

— Ага. А то свалится на меня вон та дура. — Целитель кивком указал на грушу.

— Пока я сшибал ее всего два раза... — потупился Дарофеев-младший. — Но в последний раз я приделал ее намертво.

По тому, как Игорь Сергеевич сверкнул глазами, Костя понял, что сказанул лишнее.

— Извини. Сорвалось...

— Ладно.

Старший Дарофеев разобрал свои вещи, повесил в шкаф одежду, на стол водрузил «Оптиму». Распределив все по местам, целитель обернулся к брату, прикидывая, как облечь в приличную форму столь бестактную просьбу.

Решив, что брат не обидится, Пономарь выпалил:

— Костя... Тут такое дело... Мне надо поработать.

— Мне уйти или можно потренироваться?

— Твои тренировки шумные?

— Все можно делать тихо.

— Тогда...

— Сколько часов тебе надо?

— Часов? Полтора — за глаза хватит.

— Ладно.

Переодевшись в спортивные штаны, Константин закрылся в тренировочной. Спустя минуту оттуда донеслось истошное:

— Йя-я-я!

Через мгновение появился виновник шума:

— Ты не начал? Извини, сорвалось, но больше не повторится.

И действительно, последующие часа два из зала не донеслось ни звука.

За это время Игорь Сергеевич успел очень много. Как и в один из прошлых сеансов медитации, целитель настроился на автоматическое письмо. Целью был Рыбак. Теперь предстояло проработать не только Москву и область, но и по возможности максимум территории России. Но эту программу выполнить не удалось. Как и говорил Сивый, в город со всех концов страны устремились подручные Рыбака. Их стало чуть ли не больше, чем раньше. Дарофеев пыхтел, записывая десятки адресов, которые служили прибежищами головорезов наркомафии.

Если раньше можно было фиксировать номер дома, квартиры, то теперь приходилось записывать чуть ли не схемы передвижения: «Москва. Улица имени Такого-Сякого, дом 3, подъезд 2, по ступенькам вниз. В подвале третья дверь направо. Бизон, Вонючий и Ворона. Прибыли из Вязьмы. Вооружены».

Так Игорю Сергеевичу удалось установить более сотни различных адресов. Самое сложное было определить местоположение бандитов в Подмосковье. Целитель не знал наизусть названия всех городов, поселков и деревушек. Он лишь мог узнать направление и количество километров от Кольцевой автодороги: «Область. Юго-восток-восток. Три градуса к юго-востоку. 32 км 500 м. Дачный поселок. Второй от дороги дом по левой стороне. Четыре боевика».

Закончив с подручными Рыбака в городе и области, целитель понял, что на большее его не хватит. Сил оставалось уже немного, и он решил заняться непосредственно Рыбаком.

Преступник находился все там же, в Зеленограде, и, похоже, за свою безопасность не беспокоился. Подключившись к уже знакомым вибрациям планов наркобарона, Дарофеев увидел, что они в основном не изменились. Намеченный на сегодня взрыв его квартиры готовился к реализации.

Но были и новости. На сегодняшний вечер оказалось запланировано покушение на Сивого. Даже не покушение, а разведка боем. Около тридцати громил должны были вечером штурмовать дачный домик Ивана Алексеевича.

Просмотрев ситуацию, Игорь Сергеевич с прискорбием выяснил: ситуация сложится так, что он предупредит мафиози о нападении. Пусть так. Все равно рано или поздно Сивому придет конец. Передвигаясь по тонким пространствам, Дарофеев вдруг заметил странную вещь. Если раньше, работая с наркомафией, он постоянно замечал какие-то следы работы Гнуса, то теперь их не было.

Поискав их специально, целитель выяснил, что ничего не изменилось. То есть абсолютно ничего. Закрытая Гнусом информация оставалась закрытой, но никаких новых свидетельств своей работы маг больше не оставлял.

Это было необычно.

Рыбак расстался с Гнусом, считая того предателем. Чернушник теперь сам по себе. Но не может же он ничего не делать? Или это обычное выжидание удобного момента?

Поморщившись, Пономарь вышел из медитации.

Он редко так уставал. Весь в поту, Игорь Сергеевич столкнулся около ванной с братом. Тот был не менее вспотевшим, чем сам старший Дарофеев.

— Ого, — озадаченно оглядел целителя Константин. — А я-то думал, что работа у тебя легкая.

— Внешность обманчива... — тяжело дыша, проговорил экстрасенс.

— Давай помойся. Я еще потренируюсь.

Наполнив ванну, Игорь Сергеевич погрузился в горячую воду. Из-за стены время от времени доносились боевые выкрики. Костя, решив, что теперь это мешать не будет, орал во всю мощь легких.

Сполоснувшись под контрастным душем, целитель освободил ванную.

Пока Костя плескался — а делал он это еще более шумно, чем тренировался, — Дарофеев позвонил Ивану Алексеевичу и исполнил предначертанное: предупредил о визите недругов. После этого, закутавшись в кимоно, начал перепечатывать адреса и явки бандитов.

Списков было два. Первый содержал всех боевиков, которых удалось выявить целителю. Второй же состоял всего из одного пункта: нынешнего адреса Рыбака.

Пока брат мылся и затем возился на кухне, Дарофеев успел закончить всю работу и позвонить Дроздову. Петр Никитович обещал приехать немедленно.

Опасаясь вызвать подозрения у Кости, экстрасенс решил поступить, как в прошлый раз. Он спрятал бо́льшую часть списка для Сивого, а к координатам главаря наркомафии присовокупил три листа с головорезами.

Спрятав черновики, Пономарь пошел проведать Константина. Брат жарил рыбу.

Убедившись, что процесс приготовления пищи продвигается успешно — а в Костиной кухне вдвоем не разойтись, — Игорь вернулся в спальню-кабинет.

Вскоре появился капитан.

— Вот за это тебе огромное спасибо! — Петр Никитович обрадованно тряс машинописными листами. — Наш начальник, полковник Федин, — помнишь его? — дал задание в неделю этого Рыбака найти. А тут ты. Прямо на блюдечке... —Дроздов пробежал глазами по строкам. — Ишь куда забрался! Зеленоград!

— Да. А охраняют его, как Папу Римского... Десять наркоманов-зомби...

— Папу? Зомби? Вряд ли... — криво усмехнулся капитан. — Ну да ничего. Возьмем! И не таких брали!

Радостный, Петр Никитович пританцовывал на месте. Вышел Константин Сергеевич, в передничке, с руками, испачканными в муке:

— Капитан, не отобедаешь с нами?

— Нет. Твой брат сейчас дал мне такую информацию, что я расцеловать его готов!

— И что же тебе мешает? — пробурчал Игорь Сергеевич.

Несколько секунд Дроздов обдумывал услышанное, потом порывисто обнял экстрасенса за плечи и смачно чмокнул того в небритую щеку.

— Ага! Получил? — хохотнул Костя.

— Ладно, — засуетился Петр Никитович. — Я поеду. А ты... — Он хлопнул Дарофеева-старшего по спине. — Завтра жди новостей...

После ухода капитана братья поели.

— Знаешь, мне надо бы еще кое-что забрать...

— Тебе помочь?

— Да. Давай вместе съездим.

Игорь Сергеевич подозревал, что на квартире их уже ждут. Он не ошибался.

Глава 26

1

У подъезда дарофеевского дома стояли милицейский «жигуленок» с мигалкой и «мерседес» «Криминальных новостей». Телевизионщики уже сворачивали аппаратуру, но, увидев подъехавшего Игоря Сергеевича, направили на него объектив камеры.

К целителю подошла девушка с микрофоном:

— Господин Дарофеев, взорвали дверь вашей квартиры. Могли бы вы как-нибудь прокомментировать этот теракт?

Щурясь от мертвенного света яркой лампы, энергетик изобразил недоумение:

— Это для меня совершенно неожиданно... Извините, я должен посмотреть...

Возле лифта к Игорю Сергеевичу присоединился брат. Они поднялись в квартиру Дарофеева.

На лестничной клетке толпились милиционеры и любопытствующие соседи. В бронированной двери квартиры зияло рваное отверстие размером с приличный арбуз. Пахло гарью.

— Как хорошо, что вы приехали! — К Дарофеевым подкатился небольшого роста мужичок. — Я — участковый, Огин Виктор Ильич.

— Очень приятно.

— Взрыв произошел полчаса назад. У вас есть какие-нибудь мысли по поводу того, кто это мог сделать?

— Мысли-то есть, — сказал Игорь Сергеевич, — только...

— Я же представитель правоохранительных органов! — возмущенно сверкнул глазами Огин и, достав из кармана красную книжечку, замахал удостоверением перед носом Дарофеева. — Вы должны рассказать мне все, что вам об этом известно!

— Извините, давайте пройдем в квартиру, — предложил целитель.

Участковый нехотя согласился. Как ни странно, взрывное устройство практически не повредило замок. Игорь Сергеевич без труда открыл своим ключом дверь.

В прихожей стоял сильный запах чего-то паленого. Дарофеев щелкнул выключателем, но освещение не работало. Проникавший из кухни свет позволил различить на полу и стенах горелые пятна. Некоторые из них еще дымились.

Там, где прошла взрывная волна, все было свернуто со своих мест. Двери в комнаты стояли распахнутыми, и из них дул холодный уличный ветер.

Игорь Сергеевич прошел в гостиную. Под ногами похрустывали какие-то осколки. Комната встретила его выбитыми окнами. В основном почти ничего не пострадало. Побилась какая-то посуда, сдвинуло с места стол, на котором громоздились остатки вчерашнего пиршества.

На кухне разрушений было больше. Стопы невымытых тарелок, стоявшие в мойке, рухнули на пол. Часть посуды даже уцелела. И здесь в окнах не осталось ни одного целого стекла.

Участковый хвостом ходил за целителем:

— Игорь Сергеевич, мне хотелось бы выслушать вашу версию.

— Отдел по борьбе с организованной преступностью оповестили? — пошел в атаку Дарофеев.

— Да, то есть нет. Не знаю. А при чем тут они? — забеспокоился Виктор Ильич.

— Свяжитесь с ними и попросите, чтобы капитан Дроздов приехал сюда.

— Да, — подошел к ним Костя, — здорово, видать, грохнуло. Грамм триста положили... Теперь я понимаю, почему ты утром торопился.

— Вы хотите сказать, что он сам подложил себе взрывчатку? — насторожился участковый.

— Нет, что вы! Игорь же у нас ясновидящий.

— Да, я предчувствовал, что сегодня у меня что-то произойдет, — веско продекламировал целитель.

— Это очень интересно... — Огин пристально посмотрел на Дарофеева. — А кроме предчувствий вы не располагали никакой информацией?

— Нет. Никакой. Свяжитесь с Дроздовым.

— Хорошо, если вы настаиваете... — Участковый вернулся через несколько минут. — Он выехал.

— Спасибо. — У Дарофеева возникла одна мысль, и теперь он пронзил Виктора Ильича взглядом. — Скажите, вам известны наркотические притоны в нашем районе?

Огин недоверчиво покосился на Игоря Сергеевича:

— Знаю кое-какие...

— Может, вы помните, в позапрошлую пятницу из одного из таких притонов забрали мою дочь...

— Да-да. — Виктор Ильич обрадованно закивал. — Я давно собирался позвонить вам, но текучка заела.

— Вы не помните, среди них был такой высокий, рыжий?

— Смекалко Василий Глебович. Как же. Он и есть содержатель этого притона. Живет один. Родители у него в автокатастрофе погибли. Достойные были люди. А вот сынок вступил, как это говорят, на скользкую дорожку...

— Мне необходимо с ним поговорить. Вы не могли бы дать адрес?

— Да он на вашей же улице живет. Дом одиннадцать, квартира двадцать восемь.

— Спасибо...

2

Вскоре прибыл Петр Никитович. С ним несколько экспертов и фотограф.

Пока щелкала вспышка и специалисты осматривали дыру в двери, капитан и Дарофеев перекинулись парой фраз.

— Что ж ты мне об этом раньше не сказал? — негодовал Дроздов. — Мы же сегодня с тобой виделись. Глядишь, и прижучили бы взрывников на месте преступления.

— Ага. А потом — новое покушение. Уже удачное.

— Да брось ты. Ты ж на сто лет вперед все знаешь.

— Да уж никак не на сто... И кроме того, я и так могу тебе сказать, кто это сделал.

— Кто? Гнус?

— Рыбак. Точнее, один из списка.

— Опять он. Не успокоился еще.

— Вы же поедете его успокаивать. А пока, я подумал, не стоит его нервировать. Квартира у меня застрахована. Так что я не в накладе.

— Хитер ты, конечно... Но я тебя уже один раз предупреждал: не играй с огнем. Мы — профессионалы. Не твое это дело — в мафиозные разборки вступать.

— Так я что, по своей воле? Не беспокойся. В ближайшем будущем я опасности вижу загодя.

Петр Никитович недовольно покачал головой. Целитель продолжил:

— Знаешь первую заповедь каратистов, которую можно отнести и к нам, магам? «Никогда не появляйся в тех местах, где могут побить». И я ее придерживаюсь очень строго.

— Все равно не убедил, — рассмеялся Дроздов.

Игорь и Костя как могли прибрались в комнатах. К дыре приспособили лист фанеры. Участковый обклеил его полосками бумаги с печатями и посоветовал не тянуть с заменой.

Целитель получил на руки протокол о террористическом акте для страховой компании. Но жить в квартире, пока не вставят стекла и дверь, было невозможно.

Когда все ушли, Дарофеев-старший попросил Костю нанести вместе с ним визит к наркоману Васе.

3

Дом нашелся легко. Долго не отпирали, хотя за дверью и слышались какие-то звуки.

Наконец из квартиры спросили:

— Кто?

— Я — отец Светы.

Там ненадолго задумались.

— Что надо?

— Поговорить.

Теперь задумались надолго.

— Я не хочу.

— Постой! — Игорь Сергеевич забарабанил в дверь. — Я знаю, что ты ее недавно видел!

— И что?

— Значит, видел? Где она? Что с ней?

— Я... Я не могу это сказать... Но с ней все в порядке.

— Передай ей, что я ее жду.

— Ну, если увижу... — ответили из-за двери.

— Может, я вышибу? — предложил Костя.

— Не стоит... Это ничего не даст. Он под защитой Гнуса, а я не могу пока через нее проникать...

— А гипноз?

— Я не умею без согласия. А он его не даст.

— Тогда — последний вариант: проследить за ним.

На это Игорь Сергеевич дал свое высокое соизволение.

4

Этим вечером Иван Алексеевич ждал гостей. Охрана докладывала, что всю вторую половину дня мимо дачи сновали странные люди. Накачанные мужики с грибными корзинами, полными поганок, бегуны по лесу, один деятель залез на сосну и стал приколачивать подобие скворечника, двое даже изображали влюбленных гомосексуалистов.

Прямой опасности от них не ожидалось, поэтому Сивый отключил на время звуковую сигнализацию. Но птичий домик он приказал уничтожить.

Впрочем, скворечник оказался совершенно пустым.

Под вечер наблюдатель доложил, что в лесу началось активное перемещение неизвестных. Спустившись в подвал, Иван Алексеевич не отказал себе в удовольствии понаблюдать за развертыванием рыбаковской армии. Люди Сивого давно сидели в полной боевой готовности, но была вероятность, что им не придется даже выходить. Огнем нескольких автоматов дистанционно управляли из соседнего помещения.

— Если будет прямое столкновение, — проинструктировал бойцов сам Сивый, — бить всех. На поражение. Но один или двое мне нужны целыми и невредимыми.

Пронаблюдав, как, перебегая и проползая от дерева к дереву, стягиваются наркобоевики, Иван Алексеевич решил, что не стоит дожидаться, пока они начнут стрелять, и дал команду:

— Пли!

Внизу ничего слышно не было. Но с поверхности земли раздалось несколько коротких очередей.

На экранах, показывающих изображение в инфракрасных лучах, было видно, как упали несколько боевиков. Остальные замаскировались на местности и тоже открыли огонь. Но стрелять было не в кого. Для того чтобы увидеть первого живого человека, рыбаковцам пришлось бы преодолеть забор, простреливаемое пространство перед домом, дверь из бронированного стекла, несколько изгибов коридора... Так что задача была не из легких.

Кто-то из нападающих сообразил, что в непосредственной близости от забора должно быть «мертвое пространство». Вскоре там собрались все.

Как только из-за ограждения вылетела первая граната, дистанционно открылись вентили баллонов со слезоточивым газом, и нападающие были вынуждены остановиться. Впрочем, не все. У некоторых обнаружились противогазы. Нацепив их, боевики продолжили бессмысленный штурм.

Два взрыва — и одна из бетонных плит забора покачнулась и упала. В образовавшийся проем вбежали люди в пятнистой камуфляжной форме с автоматами. Постреливая и передвигаясь зигзагами, бо́льшая их часть смогла добраться до стены дома. В это время в тыл к атакующим вышла резервная бригада. Ее бойцы были оснащены индивидуальными инфравизорами[1].

Без труда переловив и перерезав отравленных газом, боевики Сивого практически в упор расстреляли прорвавшихся во двор дачи. Нападавшие так и не успели включить взрыватель связки противопехотных мин, которая должна была обрушить казавшееся непрочным дачное строение.

В живых осталось даже больше, чем было надо Сивому. Трое. Оклемавшись от газа, они попытались буянить, но в предоставленных им отдельных помещениях не было ничего, что можно было бы сломать. Каждого из них водили на допрос. Наркобоевики высокомерно молчали или истошно матерились, всем своим поведением показывая, что любые вопросы им безразличны.

Сивый приказал полностью раздеть пленников и убитых. При обыске наркотик нашли только у одного, убитого уже возле дома.

— Завтра я с ними переговорю... Уведите, — приказал Иван Алексеевич.

И боевиков препроводили в бетонные апартаменты.

5

Тем же вечером на зеленоградской базе Рыбака раздался телефонный звонок. Телохранитель поднял трубку и задышал в нее.

— Ты, ублюдок, прекращай сопеть. Передай хозяину, чтоб сматывался.

— А ты кто такой? — оскорбился бандит.

---

[1] И н ф р а в и з о р — прибор, делающий видимым тепловое излучение. С его помощью можно видеть в полной темноте.

— Мухой чтоб летел! — Говоривший не обратил на реакцию наркомана никакого внимания. — Если узнаю, что не передал, — сдохнешь в муках.

Телохранителю было знакомо это выражение. Его употреблял всего один человек из окружения нарко-барона — Гнус.

Трубку на том конце положили, и боевик поторопился передать услышанное Рыбаку.

Получив сообщение, глава наркомафии взъярился:

— Готовить машину. Двух — на разведку. Быстро!!!

Телохранитель моментально исчез.

Старик задумался: «Значит, я был прав: Гнусу я нужен. Даже после сегодняшнего покушения на его любимого Дарофеева. Запасусь терпением. Рано или поздно все выяснится».

Вернулись разведчики. В окрестностях здания, в котором скрывался Рыбак, никаких следов милиции не было.

— Едем.

«Понтиак» с преступником выехал дворами на Ленинградское шоссе и направился в сторону Твери. В резиденции осталось пятеро вооруженных боевиков. Они нашпиговались морфином и ждали оперативников, полные решимости дать им отпор.

6

Спецназовцы появились через час. Два взвода расположились вокруг дома и взяли на прицел окна и двери.

— Внимание! Вы окружены! Сопротивление бесполезно! Сдавайтесь и выходите с поднятыми руками!

Мегафонный голос резал слух, но из дома не доносилось ни звука. Никакого шевеления в окнах. Видя, что преступники не реагируют на приказы, командир отдал приказ штурмовать здание.

Короткими перебежками спецназовцы начали продвигаться вперед. Положение атакующих осложнялось тем, что вокруг всего здания шла широкая асфальтовая дорожка. Чтоб подобраться вплотную, ее пришлось бы пересекать и тем самым подставлять себя под пули бандитов.

Внезапно один из солдат в последних рядах штурмующих вскинул руки и упал.

Смерть подкралась совершенно бесшумно, и опергруппа потеряла второго бойца, пока командир не понял, что стрельба идет из оружия с глушителем.

Расположившись за кустами и деревьями, спецназовцы открыли ответный огонь. Пули разбивали стекла, рикошетировали от решеток на окнах и, видимо, не причиняли засевшим в здании бандитам никакого вреда.

— Прекратить огонь! — раздалась новая команда.

Штурмовики исполнили приказ, но бандиты резонно посчитали, что к ним он не относится. Как только у них оказалась возможность появиться в окнах, они вновь открыли стрельбу.

— Предлагаю последнюю возможность сдаться!

На это наглое высказывание один из рыбаковских телохранителей ответил длинным предложением, в котором перечислял родственников противника.

— Беглый огонь! — выкрикнул командир приказ. — Стрелять на поражение!

Теперь бойцы, сберегая боеприпасы, метили в любое движение, замеченное в комнатах. Но свет не горел, и поэтому снова патроны пропали впустую, попадая лишь в случайные тени на пустых стенах. Просчитав, что так преступников не взять ни живыми, ни мертвыми, спецназовцы вынуждены были применить более мощное оружие.

В кусты приволокли гранатомет из автобуса. Первый выстрел не дал желаемого результата. Граната пробила решетку и взорвалась в комнате.

— ...!!! — крикнул в ответ наркобоевик, в смысле, что ничего у вас не получится.

В ответ пошла вторая граната. В вспышке разрыва было видно, как отбросило на стену какого-то человека. Грохот гранаты продолжил яростный вой умирающего бандита.

Разъярившись от первой потери, преступники стали поливать огнем все, уже не заботясь о собственной безопасности. Это стоило им еще двоих.

Теперь уже можно было штурмовать. Солдаты подбежали к зданию, высадили дверь. За ней оказалась прочная железная решетка. Выстрелами сбив два замка, спецназовцы устремились внутрь. Освещая себе путь ручными фонарями, они рассредоточились по первому этажу, где обнаружили труп, изрешеченный осколками гранаты.

На втором этаже лежали еще двое. Один из них шевелился. Не отпуская автомат, он жал и жал пальцем на гашетку, не обращая внимания на то, что в «рожке» давно кончились патроны.

— Эй! Тут ход в подвал! Он заперт! — раздалось по притихшему зданию.

Штурмовиков остановила прочная с виду железная дверь — вход в бомбоубежище, — которая, по замыслу создателей, должна была остаться целой даже в эпицентре ядерного взрыва.

Четыре ручные гранаты. Взрыв. И из дыма и грохота вываливается стальная плита. По ней бегут штурмовики. Они проносятся по короткому коридорчику и попадают под шквальный огонь озверевших наркоманов. Но недаром каждый из бойцов получил и надел перед операцией бронежилет. Пули преступников застревают в металлических нагрудниках. Ответные выстрелы — и, пронизанные десятком семимиллиметровых отверстий, бандиты валятся на пол.

Бой закончен.

Солдаты обходят помещения в поисках оставшихся в живых. Но больше в здании никого нет.

Лишь многочисленные отпечатки пальцев могут свидетельствовать, что недавно, совсем недавно здесь был Рыбак. Но это обнаружится только к завтрашнему утру.

Глава 27

1

Встав утром, Сивый в первую очередь поинтересовался самочувствием пленных. Выслушивая доклад, он горестно качал головой:

— Ну надо же!..

Еще вчера казавшиеся здоровыми парни теперь лежали пластом на холодном полу и истекали потом. Правда, перед этим они пытались выбить двери, выломать решетки на окошечках под потолком. Не преуспев в попытках освобождения, они некоторое время ругались. На этом запал кончился.

Боевик рассказывал, что от еды они отказывались, зато постоянно требовали воды.

— До полудня воду не давать, — приказал Иван Алексеевич.

Следующие несколько часов он посвятил насущным проблемам. Торговцы наркотиками пока побаивались возвращения Рыбака, но товар брали. Поступили новости из Бразилии. Тамошние производители готовы были поставить пробную партию кокаина. Афганцы уже выслали центнер высококачественного гашиша.

К вечеру наркотик уже должен был прибыть в Москву.

К Дарофееву был послан гонец с заданием. В нем Сивый просил целителя просмотреть его организацию и найти в ней «двойных» агентов.

По сведениям Ивана Алексеевича, именно с этого начал Гнус свое восхождение в рыбаковской «крыше». Без сомнения, Пономарю это поручение тоже было по плечу.

Ровно в двенадцать часов Сивый спустился в подвал. Его сопровождали два охранника. Один нес пластиковую бутыль боржоми, другой — три шприца с раствором морфия.

В первой камере наркобоевик смог лишь приподнять голову. Он лежал в странной позе и злобно сверкал глазами, не в силах шевельнуться.

— Мне нужен Рыбак, — сказал Сивый и подал знак.

Боевики, как погремушками, подразнили наркомана водой и шприцами.

Но страдающий оказался на редкость волевым субъектом. Он выпятил губы, и по подбородку потекла струйка слюны. При этом он попытался резко выдохнуть, но плевка не получилось.

— Убрать.

Прозвучал тихий хлопок выстрела, и во лбу бандита появилось аккуратное отверстие, из которого медленно потекли кровавые капли.

Остальные пленники оказались гораздо сговорчивее. Они приняли дары Сивого и согласились доставить его послание кому угодно, хоть черту лысому, хоть Рыбаку. Разницы для них не было.

Уколовшись и вернув себе человеческий облик, наркобоевики в сопровождении людей Ивана Алексеевича отправились в Зеленоград. Но Рыбаком там уже не пахло. А в его логове вовсю хозяйничали люди в милицейской форме.

Да и следы ночного обстрела окончательно развеяли иллюзии, что наркобарон до сих пор находится в доме.

Связавшись с Сивым, посланники доложили ему обстановку.

— Где еще он может быть?

— Есть несколько мест...

— Обойти все! Письмо должно быть доставлено сегодня!

Бандиты залезли в машину и в сопровождении трех людей Сивого поехали на розыски. Лишь на третьей явке им указали необходимый адрес. Ехать пришлось в район Солнечногорска.

Рыбак теперь обосновался в подвале заброшенного кирпичного здания, невесть как оказавшегося в какой-то опустевшей деревне. Путешественники заметили в одном из окон скучающего охранника.

Обнаружив подъезжающую машину, он тут же схватил рацию. Пока он рапортовал, из машины выпустили первого наркобоевика. Следуя указаниям Сивого, он направился внутрь. Оставшимся в автомобиле было видно, как его встретили и повели вниз.

Все время ожидания бандиты Сивого находились под прицелом появившихся в окнах двух головорезов с автоматами. Через некоторое время посыльный вернулся:

— Рыбак ждет.

Машина газанула и задним ходом отъехала метров на сто. Лишь после этого маневра рыбаковцев впустили теперь уже вместе с посланием.

— Мы ждем ответа...

— Рыбак его даст.

— И никаких игрушек. Стрелять нам приказано при любом подозрительном движении...

2

Письмо развеселило наркобарона. Он заливисто расхохотался, потирая дряхлеющие руки.

В послании Сивый выступал с позиции сильного. С одной стороны, он имел на это полное право. Захват товара, успешное отражение вчерашней атаки действительно могли вызвать ощущение непобедимости. Но, как Рыбак знал на собственной шкуре, победа может повернуться неожиданной стороной.

Однако сейчас победитель пытался диктовать свои условия.

Сивый обещал Рыбаку жизнь и достойные условия существования после выполнения двух требований: сдачи в плен и передачи в распоряжение нового хозяина всех оставшихся людей. В противном случае гарантировалось постепенное физическое устранение всех рыбаковских людей.

«Что ж, этот мальчишка считает, что имеет право разговаривать со мной в таком наглом тоне. Но еще никто и никогда не мог помыкать Рыбаком!

Переговоры. Это именно то, что мне сейчас необходимо. Прекрасно, что Сивый сам предлагает мне этот ход. Посмотрим, насколько он искушен в дипломатии...»

Мафиози приказал принести бумагу и ручку. Получив их, он ненадолго задумался и собственноручно написал ответ.

Первые строки письма содержали резкий отказ от условий Сивого. Рыбак подчеркивал свое влияние на зарубежных поставщиков наркотиков и предупреждал о многочисленных сложностях, с которыми придется столкнуться Сивому, если тот попытается самостоятельно проворачивать наркобизнес. И в самом конце старик предлагал встретиться лично и попытаться найти взаимоприемлемые условия совместного существования.

В постскриптуме предлагался общий план этого свидания. Перечитав то, что получилось, Рыбак остался доволен. Он поставил свою подпись и одной линией нарисовал небольшую рыбку, ощетинившуюся множеством загнутых шипов.

Заклеенный конверт унесли бывшие пленники. Теперь им дали официальный статус полномочных представителей наркобарона.

Сразу после ухода посланников и посланцев Рыбак отдал приказ переезжать. Пока, да и никогда в будущем, он не собирался доверять Сивому. Поэтому, для того чтобы обезопасить себя от возможного нападения, преступник решил немедленно поменять дислокацию. Можно сказать, что у него сработало предчувствие опасности. Оно не обмануло, но угроза исходила не от Сивого.

3

Рано утром Константин ушел на службу, и Дарофеев-старший остался один.

После завтрака он сел за телефон и занялся делами. Прозвонившись в центр, Игорь Сергеевич взял еще три дня отдыха. Отгулов у него больше не было, и целитель попросил оформить их отпуском за свой счет. Возражений не было.

276

Второе дело заняло гораздо больше времени. Номер страховой компании был постоянно занят. Поставив «панасоник» в режим автодозвона, Дарофеев просмотрел напечатанные вчера списки людей Рыбака.

Бегая глазами по машинописным строкам, Пономарь поймал себя на странном ощущении. Возникало чувство, что список не полон. Именно об этом ему говорил давеча Дроздов.

«Правильно, часть же ушла в милицию, — успокоил себя Игорь Сергеевич, понимая, однако, что это не объяснение. — Ладно, позже разберусь...»

Страховая компания наконец ответила. Побеседовав с ее представителем несколько минут, целитель повесил трубку и быстро стал собираться. Агент обещал приехать в течение часа-двух.

Уже в дверях Игоря Сергеевича остановил звонок телефона. Секунду поразмыслив, он все же решил подойти.

— Дарофеев. Старший.

— Доброе утро, Игорь Сергеевич, — послышался голос Дроздова. — Срочно надо встретиться...

— Петр Никитович, я бегу на свою квартиру, ждать страховщика.

— Я подъеду. Без меня никуда не уходи.

— Ладно.

На улице стоял солнечный день. Вчерашний снег растаял еще ночью, и теперь от него остались лишь лужи на мокром асфальте. Заводя «форд», целитель отметил, что надо бы заехать на заправку. Указатель топлива колебался около красной отметки.

«До дома хватит...» — решил Дарофеев и нажал на газ.

4

В квартире, несмотря на солнце за окном, царил собачий холод. Кутаясь в плащ, Игорь Сергеевич порылся в шкафу и нашел теплый свитер из верблюжьей шерсти. Надев его под пиджак, целитель сразу почувствовал себя гораздо лучше. Передвинув кресло подальше от окна, Дарофеев уселся в него и раскрыл томик Кастанеды.

Вскоре явился первый визитер. Им оказался, к удивлению целителя, парень из боевиков Сивого.

— Это вам. — Он протянул конверт.

Приняв пакет, Игорь Сергеевич остановил собравшегося уходить мафиози:

— Мне надо вам кое-что передать, но это на другой квартире.

— Передать срочно? — полюбопытствовал парень.

— Да. Весьма.

— Тогда я подожду.

— Но я могу освободиться часа через два.

— Хорошо. Через полтора часа я буду внизу.

Удовлетворенный таким решением, Дарофеев направился обратно в кресло.

Содержание послания Сивого заставило Игоря Сергеевича крепко призадуматься. Просьба определить предателей в самой структуре мафии означала новый виток в отношениях. Экстрасенс ждал чего-нибудь подобного. Но такое задание означало и повышение уровня ответственности. Иван Алексеевич недвусмысленно показывал, что считает Пономаря уже полностью своим человеком в организации. Целителю повысили оклад, но и спрос за эти грязные деньги увеличился. Выполнить просьбу, конечно, особого труда не составит. Но как быть с агентами, внедренными туда ОБОП? Предавать друзей было нельзя, но и обманывать Сивого было нельзя.

Теперь решение полностью порвать с Сивым созрело окончательно. Оставалось лишь дождаться удобного момента. Следующим появился Петр Никитович. Он долго и энергично жал целителю руку, но вид у капитана был огорченный.

— Случилось что-нибудь? — поинтересовался Игорь Сергеевич.

— Да как сказать? И да, и нет... Вчера вечером наши ребята попытались взять Рыбака...

— И как? — «Рыбачий» вопрос очень интересовал целителя.

— Никак. Парни попали в засаду, а самого преступника и след простыл.

— Как неприятно!.. — всплеснул руками Дарофеев. — А остальные адреса?

— С ними проблем не было. Взяли почти без шума. Но Рыбак... Я же тебе говорил, что его кто-то предупреждает. Ты не посмотрел, кто?

Игорю Сергеевичу не хотелось врать, но он напрочь позабыл о просьбе Дроздова посмотреть агентов мафии в его структуре.

— Нет, Петр Никитович, времени не было...

— Ладно, с этим пока можно повременить. А вот наркобосс нам нужен немедленно.

— Ты хочешь, чтобы я прямо сейчас его нашел?..

— Да.

Окинув капитана взглядом, целитель невесело ухмыльнулся:

— Попробуем.

Тут же закрыв глаза и вызвав мысленный образ преступника, Дарофеев стал определять его местонахождение.

Сперва появился астральный контакт. Игорь Сергеевич как бы залез в шкуру старика и начал переживать его ощущения и эмоции. Через несколько секунд маг смог уже присоседиться и к ментальной сфере. Мгновение — и возник четкий зрительный образ: дорогой ковер на неоштукатуренной кирпичной стене. Поддерживая этот уровень видения, Дарофеев взял панораму. В поле зрения показались несколько деревянных развалюх и на окраине заброшенного селения — приземистое кирпичное здание с выбитыми окнами. Временное жилье Рыбака.

Теперь осталось самое ответственное: определить расположение этого здания. В углу мысленного видения экстрасенс вызвал два экранчика. Компас и цифровой индикатор.

Посмотрев их показания не открывая глаз, Игорь Сергеевич продиктовал:

— Северо-запад. Расстояние 128 километров от Москвы, 3 километра вправо от шоссе... Кирпичный дом. В нем шестеро. Пятеро вооружены... Записал?

— Вооружены... — повторил Дроздов, водя ручкой. — Да, все записал.

Игорь Сергеевич попытался просмотреть схему будущих передвижений Рыбака. Начав с недавнего прошлого, он проследил путь из Зеленограда, но начиная с ближайшего будущего информация была закрыта знакомым гнусовским блоком.

— Я бы посоветовал поспешить... Его будущее не просматривается. Я не могу точно сказать, сколько он еще пробудет в этом месте...

— Позвонить от вас можно?

— Если найду старый аппарат... Новый я увез.

— А, ладно, — махнул рукой Петр Никитович. — Из машины свяжусь.

Он направился к выходу. Дарофеев пошел провожать.

— Да, чуть не забыл, — остановил капитана целитель. — Это касается моей дочери...

— Мы еще не нашли...

— Нет, не то. Я узнал, что один из ее друзей-наркоманов недавно встречался со Светой.

— Так-так...

— Можно ли установить за ним наблюдение? Девочку надо спасать...

— Его адрес? — Дроздов вытащил из кармана блокнот с ручкой.

Игорь Сергеевич продиктовал все, что ему было известно про Васю-Торчка.

— Думаю, мы это сделаем.

— Спасибо.

— До свидания.

5

Вскоре появился агент, торопливый парень в спортивной куртке и со стрижкой «под ноль». Он мельком осмотрел квартиру, дверь, поохал над причиненными взрывом разрушениями.

Вид парня не внушал доверия, и Дарофеев ждал от него какого-то подвоха. Получив в качестве подтверждения справку из милиции, агент на удивление быстро заполнил бумаги и выставил в них сумму 100%-ной страховки. Заставив целителя расписаться, парень пригласил его через пару дней зайти за деньгами и моментально скрылся. Ошарашенный такой скоростью, Игорь Сергеевич вышел вслед за ним. В десятке метров от подъезда он заметил сидящего в «Москвиче» курьера Сивого.

Заехав по пути на заправку — парень терпеливо подождал Дарофеева на выезде, — целитель добрался до дома брата. Он один поднялся в квартиру и вынес боевику конверт с отпечатанными листами:

— Передайте вашему хозяину, что его задание я смогу выполнить только через пару дней.

Кивнув, парень сбежал по лестнице.

После его ухода Дарофеев некоторое время бесцельно блуждал по комнатам. Попытался подтянуться на перекладине, пихнул кулаком грушу, подергал толстые канаты. Настроения не было. Наконец он переоделся в домашний халат. Когда он вешал брюки, из кармана со звоном вывалились ключи. Игорь Сергеевич соединил две связки, свою и Кости. Образовавшееся при этом переплетение колец выглядело весьма внушительно и могло сойти за кастет.

Поигрывая звякающим монстром, целитель вспомнил, что Костя выписывает какую-то газету. В связке находился и ключ от почтового ящика.

От нечего делать Дарофеев сходил за прессой. Поднимаясь и на ходу разворачивая газету, он обнаружил на первой полосе свою фотографию.

Прямо на лестнице прочитав коротенькую передовицу, целитель задрожал от возмущения. Анонимный автор статьи рассказывал читателю о череде несчастий, постигших известного биоэнергетика: о гибели жены и взрыве его квартиры. Из этих фактов делался вывод, что господин Дарофеев каким-то образом «перебежал дорогу» некой преступной организации и теперь вынужден расплачиваться за свои прегрешения.

К этому прилагался фотоснимок, на котором целитель стоял с опущенной головой. Это производило впечатление, что он виноват и заранее согласен со всеми обвинениями.

«Это же я на кладбище! — вспомнил экстрасенс. — Как раз закапывали Лизу, и я... Вот сволочи!»

Вихрем взлетев по лестнице, Игорь Сергеевич вбежал в квартиру и стал набирать номер редакции этой газеты. Ответили сразу.

— Мне нужен главный редактор.

— Он на планерке, — ответила женщина и повесила трубку.

Пономарь еще раз набрал тот же номер:

— Мне немедленно нужен ваш главный редактор. И будьте любезны, не вешайте больше трубку!

— Кто его спрашивает?

— Меня зовут Игорь Сергеевич Дарофеев. Вы расслышали? Дарофеев.

— Очень приятно, ответственный секретарь Ливанова Надежда Павловна... — представилась женщина. — Можно узнать, зачем вам понадобился наш Павел Петрович?

— Ваша газета напечатала сегодня про меня грязный пасквиль!

— Да, статья была. Она вам не понравилась?

— Это же бред какой-то! Меня называют сообщником мафии!

— Вы, наверное, невнимательно ее прочли. Там все наоборот. Вы — пострадавший от рук мафии.

— Неважно. Пострадавший, сообщник... Главное, мое имя теперь будут связывать с этими подонками! У ваших щелкоперов что, есть какие-то доказательства?

— Нет, это лишь размышления по поводу ваших трагедий...

— Я не хочу, чтобы где бы то ни было появлялись подобные размышления по этому поводу. Вам понятно?

— Мы освещаем все события, которые сочтем интересными для читателя. Если вам что-то не понравилось, обращайтесь в суд. У нас свобода печати.

— Есть в этой стране презумпция невиновности?! — закричал Игорь Сергеевич уже в пищавшую короткими гудками трубку.

Глава 28

1

После ухода Васи Света словно погрузилась в какой-то туман. Она плакала, бродила по комнатам, смотрела в окно или пялилась на стены. Все ее мысли и эмоции сконцентрировались на пронизывавшей все ее существо безмерной жалости к себе. Вечерний укол не изменил ее состояния. Гнус, которому девушка вкратце рассказала о случившемся, лишь немного посочувствовал. Но вскоре он заперся в своей комнате, оставив Свету наедине с ее девичьим горем.

Выспавшись, младшая Дарофеева почувствовала себя гораздо лучше. Было уже далеко за полдень, и события прошедшего дня подзабылись, потеряли свою остроту. Ощущение потери еще сильнее притупилось после очередной дозы морфия.

«Дядя Володя» исподволь наблюдал за поведением девушки. В этот день он был необычно серьезен и молчалив. Дождавшись, когда Света обратит на это внимание, Гнус начал проводить в жизнь очередной этап своего плана.

— Нам с тобой сейчас предстоит сложное дело.

Маг насупился, как бы подчеркивая своей суровостью всю сложность задуманного.

— Какое?

— Это связано с Дарофеевым... Помнишь, ты говорила, что хотела бы ему отомстить?

— Почему хотела? Я и сейчас хочу.

При упоминании об отце в глазах Светы проявилась смесь решимости и злобы.

— Я обещал тебе подумать над этим. Теперь я могу рассказать схему наших действий... И ты в этом плане играешь главную роль.

Гнус, конечно, не собирался рассказывать девушке о том, что его план отомстить Дарофееву созрел давным-давно и что Света, сама того не зная, является участником широкомасштабного воздействия на своего отца. Но лишь сейчас пришла пора ее самостоятельного появления на сцене.

Выслушав «дядю Володю», девушка покачала головой:

— Как-то не верится, что он на это пойдет...

— Это совершенно не важно. Доказательства — моя проблема.

— Тогда у меня возражений нет.

— Что ж, по рукам?

И Света протянула магу свою маленькую ладошку. Он осторожно, почти с нежностью пожал ее.

— А теперь — акт первый[1]! — Гнус громко хлопнул в ладоши и одновременно топнул ногой.

— А чего делать мне? — спросила Заяц.

— Пока наблюдать. Авось когда-нибудь пригодится.

Сходив в свою комнату, маг принес несколько тонких церковных свечей, бутылочку с водой и большой кусок воска телесного цвета.

— Для этих дел, — пояснял «дядя Володя», — необходим именно природный воск. Парафин из свечки не годится.

---

[1] Описываемый ниже ритуал, в отличие от других сцен, описывающих работу магов-биоэнергетиков, с начала и до конца является плодом воображения автора романа. В силу этого автору хотелось бы предостеречь любезного читателя от выполнения подобных действий. Как профессиональный биоэнерготерапевт, автор заявляет, что применение данной методики в реальной жизни может привести к самым неожиданным результатам, возможно даже плачевным для самого экспериментатора.

Оторвав кусок вязкой массы, маг начал мять его, разогревая руками.

— Воску необходимо человеческое тепло. Тогда эффект будет сильнее и намного выше его вероятность.

В знак того, что пока все понятно, Света кивнула.

Доведя массу до пластичного состояния, Гнус придал куску сходство с телом человека. Появились руки, ноги, голова и отличительные мужские признаки.

— Смотри, сходство должно быть максимальным. У ног — колени, ступни. У рук — локти и ладони. Лицо может быть практически любым. Особой роли оно не играет. Но для лучшего эффекта можно было бы наклеить на голову маленькую фотографию. Также было бы неплохо иметь его волосы и ногти. Они могут вставляться в соответствующие части тела. Но, поскольку у нас такой возможности нет, обойдемся без них.

Вскоре фигурка была готова. Маг даже прочертил на ней острой иглой нижнюю границу ребер и лопатки.

— Обязательно должен быть пупок, — сказал он, выковыривая лишний воск в указанном месте. — Это было «раз». Теперь «два».

Положив копию человека на стол, Гнус расставил вокруг нее свечи и запалил их.

— Обрати внимание. Свечки ставятся наоборот. Вот выступающий фитилек. Тут голова. С другого конца — ноги. Ноги — вверх, голова — вниз.

Свечки выстроились по пятиугольнику вершиной к магу. Потом он взял в руки бутылочку и открыл пробку:

— Здесь — настоящая святая вода из церкви.

Вылив жидкость в мисочку, «дядя Володя» поместил плошку в пространство между свечами. Затем он взял фигурку и, окунув ее в воду, заговорил басом, подражая священнослужителю:

— Крестится раб Божий во имя Святого Духа, Сына и Отца!

Повторив эту фразу трижды, маг вытащил куколку и перекрестил обратным крестным знамением.

— Нарекаю имя тебе — Игорь Дарофеев, сын Сергеев! Да будет так во имя Духа Святого, Сына и Отца! Аминь!

Когда этот ритуал был завершен, девушке показалось, что в какой-то момент кукла шевельнулась.

— Так. Теперь самый ответственный момент. Для него мне уже нужна твоя помощь.

— Я готова, — неожиданно для себя басом проговорила Света.

— Ты знаешь, что такое медитация?

— Так, немного... ОН написал об этом пару книжек...

— Дилетант... — прошипел Гнус так тихо, чтобы не заметила девушка.

— Я их пролистала. Ничего не понятно.

— Это там так мудрено написано. На самом деле медитация — процесс достаточно незамысловатый. Если коротко, это концентрация мысли при полном расслаблении тела.

— Так просто! — восхитилась Заяц. — А чего ж про нее столько пишут?

— В процессе медитации надо представлять себе разные вещи, процессы. Пытаться понять их. Каждый понимает по-своему. Вот и пишут все кому не лень...

— Деньги зарабатывают, — догадалась девушка.

— Ты сообразительна не по годам, — похвалил ее Гнус. — Но для того, что мы хотим сделать, тебе надо немного подготовиться.

— Как?

— Всего один укол.

«Дядя Володя» демонстративно извлек из нагрудного кармашка ампулу из коричневого стекла:

— Этот состав поможет тебе легче достигнуть нужного состояния.

— А что это?

— Если тебе это что-нибудь скажет, смесь психостимулятора и мощного галлюциногена.

286

— А это не опасно?

— Нет, — отрицательно покачал головой «дядя Володя». — Разве что потом немного поболит голова...

— Давайте! — решительно выпалила Света.

Скинув халатик, девушка распласталась в привычной уже позе. Маг протер подмышку Зайца ваткой со спиртом, примерился и сделал укол.

— Сейчас, — проговорил Гнус властным тоном, — я стану говорить тебе, что делать, а ты будешь постоянно рассказывать, что видишь.

При этих словах у девушки перед глазами все поплыло. Вещи обрели странную текучесть. Она попыталась зафиксировать свой взгляд на каком-нибудь предмете, но любой из выбранных объектов, быстро струясь, выплывал из поля зрения. Во рту появилось странное ощущение, которое бывает при заморозке, когда удаляют нерв. Света попробовала пошевелить языком. Он не подчинялся.

— Все во рту онемело? — полувопросительно сказал маг.

Борясь с тошнотой, девушка попыталась кивнуть. Кивок не получился. По ее собственным ощущениям, Света проделала сложное зигзагообразное движение головой.

— Не беспокойся. Через несколько минут все пройдет и координация восстановится.

Еще раз кивать девушка не решилась. Она закрыла глаза, и перед ними поплыли замечательные красочные узоры. Они плавно переливались один в другой. Среди них возникали какие-то образы, картины, которые в свою очередь растворялись в извивающихся цветных пятнах, рождающих новые изображения.

— Открой глаза! — приказал чей-то голос.

Выходить из иллюзорного мира было неприятно, но девушка почему-то подчинилась. Теперь во внешнем мире ничего не расплывалось. Вещи обрели прежние четкие, пожалуй, излишне четкие границы.

И этих границ у каждого предмета оказалось по нескольку штук.

Любая вещь, на которую Света обращала внимание, превращалась в подобие матрешки. С той лишь разницей, что все внешние слои были совершенно прозрачными и проникали друг через друга.

— Ты можешь говорить? — прогрохотал переливчатый голос. В ушах эта фраза повторилась затухающим эхом несколько раз.

— Не знаю... Не знаю... Не знаю... Не знаю... — Все тише и тише, до полного исчезновения первоначального звука.

Девушка вдруг заметила, что ее окружает постоянный шумовой фон. «Бом-бом!» — медленно бил басовый колокол. Ему вторили колокольчики помельче: «Длинь-длинь-длинь». Прислушавшись, Света поняла, что слышит удары собственного сердца. Это маленькое открытие наполнило ее такой радостью, что девушка весело расхохоталась.

— Садись! — прозвучал очередной приказ.

Подчинившись, Света посмотрела на Гнуса и замерла от восхищения.

От тела мага мощными волнами расходились потоки сияния. У него тоже было несколько оболочек, но они были несравнимо ярче облаков, окружавших неодушевленные предметы. Каждая из них имела свой цвет.

Посмотрев на свою руку, девушка увидела, что и с ней творится то же самое. Кисть была окружена розоватым облаком теплой энергии. Но мало того, под кожей тоже виднелось множество переливающихся волокон. Они скользили относительно друг друга, переплетались, не останавливая ни на миг своего плавного движения.

— Что ты видишь?

Эти звуки уже не громыхали. Света видела всю гамму чувств, выраженных в словах. Здесь была смесь любопытства, раздражения, безжалостности, гордости, еще каких-то эмоций, которым девушка не могла подобрать названия. Частице ее сознания не понравилась такая смесь, но эта частица была слишком мала, чтобы обращать на нее внимание. Ощущение эйфории захлестывало любые проявления здравого рассудка.

— Что ты видишь? — повторился прежний вопрос более раздраженным тоном.

Перед Светой творилось так много интересного, что она попросту забыла ответить в первый раз.

— Всего много. Они одно в другом.

Ей хотелось рассказать о своих наблюдениях одновременно и коротко и понятно. И произнесенная фраза показалась девушке верхом совершенства.

Гнус понимал, что под влиянием галлюциногена у Светы возникнут затруднения с облечением мыслей в слова. И по реплике девушки он сделал вывод, что она уже находится в состоянии экстрасенсорного восприятия.

Взяв восковую куколку, Гнус вложил ее в руки Свете:

— Смотри на него. Это твой отец. Ты его видишь. Ты отчетливо видишь, что он сейчас делает.

Маг подозревал, что защита, созданная Дарофеевым, закрывает информацию только от него, Гнуса. Если это было так, то прорезавшееся на небольшое время астральное видение Светланы сможет его найти.

Можно, конечно, было и самому с помощью нескольких методов преодолеть «черную дыру» Пономаря, но затраты сил на это мероприятие были необоснованно велики. Куда проще воспользоваться его дочерью как отмычкой, открывающей доступ к уязвимым местам противника.

Вперившись взглядом в восковую фигурку, Света увидела, как она меняет пропорции и на самом деле превращается в Игоря Дарофеева. Он сидел в незнакомой обстановке и ножницами вырезал из газеты прямоугольник.

— Он. Сидит, — нараспев сказала девушка.

Опасаясь, как бы девушка не потеряла контакт, Гнус дал ей небольшой металлический крест, состоящий из четырех букв «Т», соединенных основаниями. По центру этой фигуры находилось небольшое отверстие.

— Наложи это ему на голову.

Света повиновалась. На Дарофееве возникла квадратная плоская шапка. Это производило весьма комичное впечатление, и Заяц очередной раз покатилась от смеха.

Теперь маг вложил в пальцы девушки длинную иглу:

— Проткни его через дырку.

Несмотря на нетвердость в руках, Света попала острием в отверстие с первого раза. Надавив на закругленный конец иголки, она проткнула Дарофеева насквозь.

Несколько мгновений ничего не происходило. И вдруг девушка увидела, как ее отец отбросил ножницы и схватился за голову. В ту же секунду Света сама почувствовала страшную боль, пронзившую ее тело с головы до ног.

Увидев, как исказилось мукой лицо Зайца, Гнус выхватил из ее ладони восковую куколку. Девушке тут же стало легче.

— Что случилось?

— Он корчится. И я за ним.

— Сейчас больно?

— Нет. У меня такая штука...

Не став выяснять, что за штука имеется у Светы, маг приказал ей:

— Теперь закрой глаза и отдыхай.

— Все сделали мы надо как?

— Да. Все в порядке.

— Хорошо как это было просто я буду закрыть отдыхать ты здесь я хорошо тут... — Девушка не вдумывалась в смысл произносимых слов. Ей было приятно говорить.

Оставив бормотавшую какую-то бессмыслицу Свету, Гнус заперся в своей комнате. Там он спрятал фигурку в железную коробочку и приступил к работе.

290

Оставив просмотр дарофеевских дел напоследок, маг-чернушник визуализировал Рыбака.

Планы старого преступника не изменились. Они даже начали превращаться в реальность. На завтрашнее утро планировалась встреча Рыбака и Сивого. Это было крайне интересно. Маг просмотрел несколько вероятностных линий развития событий. Получалось, что эта встреча приведет к объединению двух организаций. Наркобарон должен был выторговать у Сивого «пост» управляющего по делам наркобизнеса. Такой исход удовлетворял Гнуса.

Возможность того, что Рыбак станет лишь консультантом, была значительно ниже. И совсем низкой была вероятность полной отправки наркодельца «на заслуженный отдых» или его физического устранения и открытой войны двух группировок. Прикинув шансы, маг решил, что благоприятный, он же мирный, исход переговоров случится в трех из четырех шансов. Но нельзя было допустить, чтобы об этом узнал Пономарь. Гнус тут же проделал старый фокус, скрыв наиболее очевидные линии вероятности. Теперь, если бы Дарофеев проделал ту же работу, он бы увидел, что неизбежно вооруженное противостояние.

Теперь можно было заняться и приятным делом.

Найдя дарофеевскую защиту, черный маг сконцентрировался и создал вне своего поля астрального разведчика с программой собрать максимум информации о ближайших днях и планах Пономаря. После программирования Гнус заключил энергетическую машину в «черную дыру» и направил к Пономарю.

Оболочки защит соприкоснулись. Большая поглотила малую, и на секунду все стало тихо.

Затем маг увидел обратный процесс. От оболочки врага отпочковалась небольшая сфера. Она развернулась, и Гнус тут же поглотил свой механизм.

Доставленная роботом информация немало развеселила мага. Поимка анонима, которого Дарофеев считал Гнусом, да еще во время поминок!

Нынешнее физическое состояние Пономаря оставляло желать лучшего. В результате ритуала, проведенного Светланой, ее отец испытывал жестокие боли во всем теле. Он пытался избавиться от порчи, но это у него пока что не получалось. Но были и огорчительные сведения. Их источником послужил Вася-Торчок.

Отказ наркомана поговорить с Дарофеевым спровоцировал того рассказать о Смекалко милиции. И теперь за Василием было установлено наблюдение.

Гнус вызвал карту перемещений Торчка. И — о ужас! — завтра тот планировал навестить Свету-Зайца!

Визуализировав наркомана, маг обнаружил, что он занимается изготовлением любимого наркотика. Нащупав ментальное тело Васи, Гнус на полную мощность включил всю свою способность к суггестии[1].

Маг отождествил себя с Торчком. Я-Торчок собирается уколоть себя. Я-Торчок опускает иглу шприца в пузырек с раствором наркотика, но игла не доходит до жидкости. Я-Торчок оттягивает поршень шприца. Я-Торчок не видит, что шприц наполнен только воздухом. Я-Торчок вводит иглу в вену и давит на поршень.

Решив, что с утра он посмотрит, что случится с Васей, Гнус прекратил сеанс медитации.

Выйдя к Свете, он обнаружил, что она отошла от действия галлюциногена и теперь находилась под действием одного психостимулятора.

— Я ухожу, — сказал маг. — Вернусь завтра вечером.

— Хорошо, — отозвалась девушка.

— Ни в коем случае не забывай про уколы. И про то, что тебе надо снижать дозу.

— Ага...

— Сама уколешься?

— Попробую.

---

[1] С у г г е с т и я — внушение на расстоянии.

292

— Запомни, сегодня на ночь и завтра днем. И не забудь сделать то, о чем мы с тобой условились. Ключи висят у двери.

— Угу...

— Будь предельно осторожна! Ну, пока.

Он поцеловал Свету и удалился.

Глава 29

1

Голову Игоря Сергеевича пронзила острая боль. Тело изогнула судорога. Он отбросил ножницы, которыми вырезал провокационную статью, и напрягся из последних сил.

«Мне не больно... — внушал он себе. — Я уже умер от боли».

В таком состоянии представить это было совсем несложно. Перед внутренним взором Дарофеева возник его труп. Хладное тело лежало на полу, и над ним уже кружились мухи. Насекомые садились на кожу и откладывали яички.

Игорь Сергеевич много раз проделывал такое упражнение в молодости, когда у него еще были какие-то заболевания. И сейчас медитация шла хорошо. Целителю почти не приходилось прикладывать к ней мысленных усилий.

Из яичек проклевывались маленькие личинки. Они вгрызались в бесчувственное тело Дарофеева. На глазах росли и жирели. Когда Разин рассказывал Игорю Сергеевичу (тогда еще просто Игорьку) об этой методике, особый упор он делал на то, чтобы картины, возникающие в сознании пациента, были не столько страшны, сколько омерзительны.

«Смерть не ужасна, — говаривал Виктор Анатольевич, — она глупа и отвратительна».

Тело умершего Дарофеева вспухало, выделяло какую-то желтую жидкость. По нему ползали жукимогильщики. Крысы рвали зубами протухшие останки.

Сначала Пономарю было трудно все это себе представлять. Особенно с такими подробностями. Но однажды он посмотрел документальный фильм какого-то английского режиссера, в котором при ускоренной съемке показывалось разложение трупов различных животных. После этого шокирующего показа делать упражнение стало гораздо легче. Появилась привязка к однажды виденному.

От тела остался один только скелет. Над ним проходили века. Кости Дарофеева крошились, выветривались, пока от тела ничего не осталось.

Весь процесс представления своей смерти и разложения назывался «танатотерапия»[1].

«Мертвые не болеют! — поучал Игоря Сергеевича Разин. — Древние считали, что если человек верит, что он уже покойник, то к нему не смогут прицепиться духи и демоны, вызывающие болезни. Для них этого человека как бы нет».

Закончив упражнение, целитель почувствовал себя более или менее сносно. Боль отступила, но не было гарантии, что она не вернется вновь.

Оставался вопрос: что же случилось?

Дарофеев вспомнил, что перед тем, как его скрючило, ему вспомнилось лицо дочери. Или не вспомнилось, а он увидел ее? Игорь Сергеевич не мог припомнить, чтобы у Светы когда-либо было такое странное выражение глаз. Абсолютное безразличие и одновременно наслаждение собственной злобой.

Воспоминание отозвалось мукой во всем теле.

На этот раз Игорь Сергеевич решил бороться с этим по-другому. Он представил себе ярчайший белый свет, льющийся на него сверху. Свет, который должен был выжечь весь негатив. Подставляя тело под лучи, Дарофеев увидел, что космическая энергия

_____

[1] Т а н а т о т е р а п и я — слово происходит от слияния двух древнегреческих слов: Танатос — бог смерти, и терапия — лечение. Дословно: излечение через смерть.

294

не проникает в его позвоночник. Там оставалось черное веретено, которого раньше никогда не было.

«Порча... — понял целитель. — Странно. Я не могу с ней справиться... А может...»

Он тут же позвонил Виктору Анатольевичу. Трубку долго не снимали, наконец Дарофеев услышал знакомый голос:

— Алло.

— Привет, Виктор.

— Здравствуй. Что случилось на этот раз?

Игорь Сергеевич помялся. Было стыдно обращаться к мастеру с такой мелочью, как порча. Но Дарофеев, как ему показалось, нашел выход:

— Посмотри, у меня, кажется, что-то не так...

При такой постановке вопроса всегда можно было сослаться на усталость или перевести разговор в шутку.

— Эге, братец... — начал было Разин и замолчал сам.

— Что?

— Погоди.

Когда Виктор Анатольевич сканировал его на расстоянии, Пономарь обычно это чувствовал. Но теперь он не ощущал никаких свидетельств астрального контакта.

«Всю чувствительность мне забили...» — решил Дарофеев.

— Это черная магия, — высказался Разин.

— Ого! А я думал, простая порча... — прошептал Игорь Сергеевич. — То-то я никак не мог это вытащить...

— Знаешь, по телефону я помочь тебе не могу. Надо встретиться.

— Когда?

— Завтра в шесть вечера на «Третьяковской» в центре зала.

— Если доживу — буду.

— Да куда ты денешься! Ты, Пономарь, всех нас переживешь!..

— Твоими бы устами...

— Кстати, приготовься. Расколдовывать тебя будем нетрадиционным способом.

— Как будто мы с тобой традиционные лекари...

— Ну, смотри, я тебя предупредил.

2

В этот вечер Василию повезло. К нему пришли целых три тусовки.

У одной имелись все ингредиенты, но было негде сварить, и они хотели воспользоваться квартирой и услугами Торчка при изготовлении наркотика. Другая группа принесла несколько пузырьков лекарства, из которого производился винт. Но у них не было реактивов. Зато химикаты оказались у третьей команды.

Дым стоял столбом. Не только от огромного количества народа, набившегося в квартиру. Все напропалую курили, испарялись химикалии, от кипятившегося на газовой плите лекарства исходил приторно-сладкий аромат.

Давно не случалось Васе иметь дело с таким большим количеством наркотика. По предварительным подсчетам, должно было получиться более пятидесяти миллилитров винта.

Каждый из присутствующих считал, что он больше всех понимает в изготовлении наркотика. Около Васи постоянно кто-то крутился, ему давали трудновыполнимые, а зачастую и вовсе противоречившие друг другу советы. Из-за теоретических расхождений постоянно возникали бурные дебаты. Но мордобоя пока удавалось избежать.

Вася выпроваживал споривших прочь, но на их место тут же приходила следующая группа любопытствующих.

Несмотря на внешние неблагоприятные условия, процесс неумолимо двигался к завершению. И — о чудо! — настал апофеоз. В баночке плескались пятьдесят четыре миллилитра винта. Торчок оглядел присутствующих и начал торжественную процедуру дележки.

Как изготовителю ему полагалась ровно половина. Естественно, сам такое количество он употребить не мог. Самодельный наркотик — вещь скоропортящаяся. Поэтому у Торчка имелся определенный контингент знакомых, готовых купить это зелье. На выручку Вася мог сносно прожить несколько недель.

Двадцатимиллилитровый шприц погружался в желтоватую жидкость. Множество глаз следили, как прозрачная емкость наполняется вожделенным раствором.

— Все уже, — говорил Вася.

— Ты чо? Еще полкуба! — возражали ему.

Торчок не спорил. Он снова слегка оттягивал поршень, и объем жидкости немного увеличивался. Потом наркотик переливался в подставленный пузырек, и процесс начинался заново. Некоторые тут же опробовали получившийся препарат. Другие плотно закупоривали его пробочкой, до дома.

Если раньше звучали рекомендации по изготовлению, то после окончания процесса рекомендации касались употребления. У каждого был свой опыт в этом нелегком деле, и каждый хотел поделиться личными наблюдениями.

Получив желаемое, бóльшая часть тусовки разбрелась кто куда. С Васей осталась только парочка, которой некуда было податься, да какая-то приблудная девчонка, желающая уколоться на халяву.

Торчок был не против. После того как Заяц продалась мужику-вампиру, Васе хотелось доказать ей, что он лучше какого-то старикашки. Но когда под боком ластится к тебе утешительница, кому захочется возвращаться к прошлому?

Однако наркоман твердо решил завтра с утра сходить к Зайцу. Пусть попытка вернуть девушку обречена на провал, Торчок все же решил попытаться. Но пока...

— Сколько?

— Полтора, — ответила незнакомка. От нее исходил какой-то затхлый запах, несло потом. Ворот ее блузки лоснился от грязи.

Созерцая это явление, Вася поморщился:

— Помылась бы ты, что ли?

— А надо? — угрюмо отозвалась девушка, видимо подспудно надеясь на отказ.

— Надо.

— А может, сначала вмажешь?

— После бани!

— Ну ломает же... — Грязнуля пыталась бить на жалость, но Торчок был неумолим.

— Мыло, мочалку, полотенце там найдешь.

Натужно охая и всем видом показывая, как ей плохо, девушка поплелась отмываться. Вася проконтролировал ее действия: в двери ванной имелась щель, достаточно широкая, чтобы видеть, кто занимает помещение и что он там делает.

Убедившись, что девица разделась и влезла под душ, наркоман решил не дожидаться ее и уколоться заранее. Он набрал свою обычную дозу, слил в отдельный пузырек, нейтрализовал раствор содой.

Когда пузырьки прекратили выделяться, Вася взял шприц, насадил на него иглу с намотанной ваткой. Опуская фильтр в жидкость, он задумался и переместился мыслями к Свете-Зайцу. Накатили воспоминания. Василий не заметил, что игла не касается поверхности.

Укол. В шприц потекла кровь. Удивляясь, почему контроль не расходится по объему, Торчок надавил на поршень. Тот подался на удивление легко. Трех секунд хватило на введение всех пяти миллилитров воздуха. Удивленный, Василий выдернул иглу из вены, прижал пальцем место укола и повалился навзничь, прикрыв глаза и ожидая действия наркотика.

В сердце вдруг что-то стукнуло. Такой звук был знаком Торчку. Это значило, что вместе с раствором в кровь попал пузырек воздуха. Это было немного неприятно, но не страшно. Воздух растворяется в крови, если его не слишком много... Стук повторился. Потом еще и еще раз. Удары слились в один сплошной гул. Это сердце пыталось прокачать несколько кубических сантиметров воздуха.

Торчок почувствовал, что в глазах у него темнеет, что он задыхается. Приподнявшись, наркоман попытался позвать на помощь, но было уже поздно.

Сердце остановилось. Василий Смекалко умер.

3

Вернувшаяся подруга сверкала наготой и чистотой.

— Вась, — позвала она.

Тот лежал недвижим. Глаза прикрыты локтевым сгибом.

— Приходуешься?

Девушка прикоснулась к руке парня. Кожа оказалась холодной и липкой. Поморщившись и обтерев пальцы о стену, наркоманка взялась за рукав и оттянула Васину руку от лица.

На нее уставились неподвижные, налитые кровью глаза.

Сопоставив все имеющиеся факты, девушка сделала правильный вывод — она истошно завопила.

На крик прибежала полуодетая пара из соседней комнаты. Убедившись, что хозяин квартиры мертв, они собрали совет.

— Здесь стремно. Вдруг придут менты, а хозяин — жмурик.

— Да, церемониться с нами не будут...

— Я предлагаю: забрать весь стрем и валить. Кто за?

Похватав реактивы, шприцы, иголки, наркоманы разделили оставшийся винт и опрометью кинулись из квартиры. Выбегая из подъезда, они не заметили, что их провожали взглядом двое незнакомцев в машине.

— Что-то быстро они ломанулись, — произнес один из них.

— И рожи такие напуганные... — поделился наблюдением второй.

— Может, случилось там чего?

— Пойдем проверим?

— Мы же должны только следить за ним...

— Скажем, что дверью ошиблись. Давай. Не нравится мне это.

Поднявшись, они обнаружили, что дверь в квартиру открыта. Бочком прокравшись внутрь, наблюдатели нашли тело.

— Мертв, — констатировал первый. — Кто будет звонить Дроздову?

4

Всю ночь Игорю Сергеевичу снились кошмары. Такие тяжелые сновидения последний раз посещали его лет пятнадцать назад.

Поднявшись полностью разбитым, он с ужасом вспомнил, что сегодня на его квартиру должны приехать мастера-стекольщики и рабочие из «Сезама»: менять железную дверь.

С трудом добравшись до кухни — болела каждая мышца, — Дарофеев запихал в себя завтрак. За этим занятием его и застал Константин.

— А вот и я! — влетел он в кухню. — Ты чего такой?

Этот вопрос был вызван измочаленным видом народного целителя.

— На мне черное колдовство...

— Не может быть!.. Разве это не сказки?

— Сказки, только очень страшные, — прокряхтел, вставая, Игорь Сергеевич.

Видя, что брат куда-то собирается, Костя остановил его:

— Ты куда?

— Домой. Ремонтники сейчас придут...

— Да ты посмотри на себя. Бледная немочь! Никуда я тебя не пущу!

— Я должен! — Дарофеев решительно попытался отстранить закрывшего проход Костю.

— Тогда я с тобой!

— Ты же после дежурства.

— Не волнуйся, я там отоспался.

Они приехали как раз вовремя. Не успел старший Дарофеев расположиться в своем кресле, как в дверь позвонили. Прибыли мастера из «Сезама».

Они споро сняли искореженную дверь и тут же навесили новую. В общей сложности работа заняла всего час. Игорю Сергеевичу вручили новые ключи. Он расплатился, расписался, и мастера ушли.

Стекольщики тоже не заставили себя ждать. Они деловито расположились в гостиной. Один ходил по комнатам и замерял окна. Двое оккупировали разложенный стол и принялись нарезать стекла.

Первой была закончена комната дочери. С помощью Кости Игорь Сергеевич затащил туда свое кресло и расположился в нем.

Слышно было, как в кухне стучит молоток, переругиваются меж собой рабочие. В воздухе пахло пылью и краской.

— Костя... — позвал целитель. — Сходи за молоком, пожалуйста...

Брат взял ключи, сумку и ушел.

Вскоре Дарофеев услышал, как кто-то пытается открыть дверь. Потом раздался звонок.

Придерживаясь за стену, Игорь Сергеевич поплелся открывать.

На лестнице стояла Света.

— Здравствуй, папа.

— Светочка, как хорошо... Ты... насовсем?..

Не отвечая, девушка прошла в квартиру. Огляделась:

— Какой разгром!

— Нас взорвали...

Целитель, еле передвигая ноги, брел за дочерью. Она вошла в свою комнату:

— И здесь полно мусора...

Повалившись в кресло, Пономарь перевел дух.

— А где мама?

— Я же говорил... Она умерла. Я ждал тебя на похороны...

— А я тебе тогда не поверила...

Преодолев омерзение, девушка бросилась отцу на шею. Вспомнив, что играть надо по полной программе, Света изобразила горькие рыдания. Целитель ничего не понимал. Он чувствовал, что дочь надо просмотреть энергетически, но сил на это не было.

— Как тебе, наверное, без нее одиноко! — плакала девушка.

— Да, — грустно согласился Игорь Сергеевич. — Она была прекрасной женщиной...

Внезапно Дарофеев понял, что руки дочери уже не обнимают его. Они скользили по одежде, опускаясь все ниже. Нащупали ремень на брюках и начали его расстегивать.

— Что ты делаешь? — Целитель попытался отодвинуться от девушки, но не пустила спинка кресла.

— Тебе так одиноко... — продолжала рыдать Света. — Я ведь могу ее заменить...

— Не надо... Не стоит...

Несмотря на всю абсурдность ситуации, Игорь Сергеевич пытался отговорить девушку от такого опрометчивого шага. Но Светины руки уже пробовали стянуть с отца брюки.

— Я ведь лучше, — убежденно говорила дочка. — Я моложе. Тебе будет хорошо...

— Прекрати! — из последних сил рявкнул Дарофеев.

Не обращая внимания на его слова, Света продолжала. Игорь Сергеевич перехватил ее руки, уже добравшиеся до трусов, но девушка вырвалась.

— Папка, ну что ты? Давай...

— Светлана! Перестань!.. Это... Это нехорошо!..

— Но мы же с тобой родные люди...

— Нет! — крикнул целитель. Он отпихнул девушку от себя, и она повалилась на кровать.

На шум заглянул один из рабочих-стекольщиков:

— Тут все в порядке?

— Этот старый козел хотел меня изнасиловать! — закричала Света.

Она вскочила и кинулась прочь из комнаты, громко завывая. Хлопнула входная дверь.

Мужик с любопытством оглядел опешившего целителя.

— Чего это она?

— Не знаю, — вздохнул Игорь Сергеевич. — Вроде дочка мириться пришла... А потом стала лезть мне в штаны... Ничего не понимаю...

— Да, — сочувственно покачал головой рабочий. — Ну и молодежь пошла!

Глава 30

1

Встреча Сивого с Рыбаком была обставлена в лучших традициях.

Две кавалькады машин встретились на Минском шоссе. Некоторое время они шли одна за другой, потом так же, цепочкой, свернули на проселок.

Добравшись до убранного поля, машины охраны выстроились двумя полукругами. В центре оказались «понтиак» Рыбака и БМВ Сивого.

Каждый из главарей в окружении нескольких головорезов вышел из своей машины. Охранники вытащили два раскладных стульчика, установили их поодаль от основной массы телохранителей.

Подозрительно поглядывая друг на друга, Рыбак и Сивый расположились в них. Метрах в двадцати рассредоточились боевики, готовые стрелять на любое подозрительное движение противников.

— Ну, здравствуй, Рыбак...

— Здравствуй, Сивый.

— У тебя появились какие-то предложения?

— Появились. — Наркобарон держался с достоинством, но без напускного высокомерия, словно разговор шел на равных и не было никакого разгрома его наркомафии.

— Какие?

— Я хотел бы поговорить с тобой откровенно...

Сивый сразу насторожился. Откровенность у Рыбака? Это что-то новое.

— Давай попробуем.

— Для начала я хочу задать тебе пару вопросов. Нет, ты не подумай, что старик хочет вмешаться в твои дела. Я хочу предупредить тебя...

— Для чего?

— Давай об этом позже... Итак, пользовался ли ты какими-нибудь моими старыми связями?

— Предположим, что да.

— Можно узнать, какими именно?

Прикинув, Сивый решил соврать. Рыбак еще имел силу, чтобы вмешаться в доставку наркотиков.

— Пакистан и Таиланд.

— Гашиш, опий и героин? Хорошо. Только знаешь ли ты — поверь, я не хочу, чтобы ты воспринял мои слова как запугивание, — что́ тебе будет поставлено? Наркотика там будет в лучшем случае треть. Остальное — мел или простая трава. И так — каждый раз. И ты, Сивый, ничего с этим сделать не сможешь. Если будешь качать права, тебе скажут, что отправили тебе все, как надо. Подмена произошла в пути... Рассказать, что будет дальше?

— Интересно.

— Дальше ты вынужден будешь поднять цену. И ни один драг-диллер[1] не сможет брать у тебя товар.

— Приятная перспектива. Только почему я должен тебе верить?

Рыбак пожал плечами:

— Верить мне или нет — твоя забота. Но ты должен признать, что в наркобизнесе я собаку съел.

— И поэтому можешь надуть любого новичка, — продолжил Сивый. — Но ты забыл, что и у меня имеется кое-какой опыт. И этот опыт подсказывает

---

[1] Д р а г - д и л л е р — торговец наркотиками (*англ.*).

мне, что ты неспроста затеял эту встречу и разговор. Ты хочешь вернуть себе прежнее положение.

Рыбак ничем не выдал своей досады. Он так же равнодушно смотрел на лесок вдали и лишь повернул голову к Сивому, чтобы удивленно посмотреть на него.

— Не думай, что ты хитрее всех, Рыбак.

— Я всего лишь удивлен твоим странным предположением.

— Не надо... Ты хотел откровенности? Ты ее получишь. Сейчас ты можешь только произносить слова. Может, даже и правильные слова. Но... сейчас это твое единственное оружие. А я хорошо подготовился. Посмотри-ка этот список.

Вид нескольких заполненных листов бумаги ошеломил Рыбака.

— Откуда?

— Сейчас у всех этих хаз находятся мои ребята. В машине сидит человек. Он держит кнопку. Стоит ему убрать палец — твоих людей в Москве больше не будет.

— Так вот к кому переметнулся Гнус...

— Нет, — рассмеялся Сивый. — Это мой Дарофеев.

— Зря я не взорвал его с первого раза!..

— Теперь поздно. Пришла пора выслушать мои условия. Ты правильно понял, что я нуждаюсь в твоей помощи. Твои знания и опыт не имеют цены. Но назову ее я: ты будешь продолжать жить.

Сивый умолк. Рыбак нервно заерзал:

— И это все, что ты мне предлагаешь? Да стоит мне мигнуть — и от тебя ничего не останется!

— Да и от тебя тоже... Но ты этого не сделаешь. Мы с тобой слишком сильно любим жить, чтобы так по-глупому с ней расстаться.

— Кончай философствовать! Что ты от меня хочешь?

— Ты, как и раньше, будешь заправлять наркобизнесом. Но только уже в пределах моей организации. Тебя будут хорошо охранять. Любой твой шаг против меня будет сказываться на твоих условиях содержания. Внешне мы станем лучшими друзьями. Ты будешь моей правой рукой. Но все твои приказы будут проходить через меня... — Иван Алексеевич видел недовольную ухмылку Рыбака, но продолжал: — В принципе я могу пойти еще дальше. Я буду твоей правой рукой, если это польстит твоему самолюбию. Представь, ты будешь главой самого сильного клана!

— А ты будешь дергать меня за ниточки?..

— Зачем же так прямолинейно? Гнус от тебя ушел. Людей у тебя мало. Товара почти нет. Денег тоже. Что тебе осталось делать?

— Хочешь сделать из меня свадебного генерала?

— Нет, зицпредседателя.

— Ну, хрен редьки не слаще.

Рыбак ломался только для вида. Он был весьма доволен исходом беседы. Если соблюдать осторожность, то, пожалуй, можно будет переиграть Сивого и стать на его место.

Сивый же, со своей стороны, догадывался, что Рыбак не смирится с поражением. Принимая его, Сивого, условия, наркоделец приложит все силы, чтобы спихнуть своего партнера. Но Иван Алексеевич приготовил Рыбаку сюрприз. Среди охранников будет находиться верный человек, который должен впитать стиль руководства Рыбака и со временем заменить старика.

— На твоем месте я бы соглашался не раздумывая, — доверительно прошептал Иван Алексеевич.

— А я на своем месте соглашаюсь после размышлений.

— Значит, по рукам?

— По рукам.

Партнеры встали и обменялись крепким рукопожатием.

Боевики расслабились и опустили оружие. Рыбак сел в БМВ Сивого, и его повезли на новое место жительства.

— Остался один маленький вопрос, — сказал вдруг Иван Алексеевич.

— Какой?

— Пономарь. Он не должен знать о нашем соглашении.

— А при чем тут теперь я?

— А при том, что твои люди должны продолжать его преследовать. Но Дарофеев должен оставаться в живых. Он нужен мне.

— Конкретно. Твое предложение?

Сивый пересказал Рыбаку дальнейший план своих действий.

2

Залпом выпив два стакана молока, Игорь Сергеевич рассказал брату о странном визите дочери.

— Нет, ну надо же... — искренне огорчился Константин. — Стоило мне выйти, как с тобой сразу что-то случилось.

— Да не было ничего страшного, — утешал его целитель. — Рабочие видели, что я с ней ничего не делал.

— Все равно неприятно.

Дождавшись завершения работ, Дарофеев-старший отблагодарил стекольщиков. В это время его брат пытался навести подобие порядка в квартире. Он подметал, выносил ведра с разбитой посудой и стеклами к мусоропроводу.

Попытки остановить его натыкались на непреодолимый аргумент:

— Ты сейчас больной — и сиди, не мешай.

Когда уборка была закончена, братья перекусили. Ел один Константин, Игорь ограничился еще одним пакетом молока.

К шести вечера они подъехали на «Третьяковскую». Разин уже ждал. Он оглядел понурого целителя.

— Да, дела хуже, чем я думал...

— Но уже лучше, чем вчера, — отпарировал Пономарь.

307

— Не будем спорить. Пойдем лечиться.

Они вышли из метро и прошли немного дворами.

— Куда мы идем? — полюбопытствовал Игорь Сергеевич.

— К тантристам.

Троица вошла в подъезд старого двухэтажного дома. Виктор Анатольевич стал спускаться по лестнице, ведущей в подвал, и пригласил за собой братьев.

Преодолев дверь с мощной пружиной, они оказались в ярко освещенном небольшом помещении, на стенах которого висело множество изображений богов индуистского пантеона. Ниже находились вешалки для одежды и стойка для обуви.

— Ботинки снимать, — предупредил Разин.

Разувшись, они прошли в следующую комнату. Это оказался просторный зал, погруженный в полумрак. В воздухе висела дымка от множества горящих ароматических палочек. По стенам также были развешаны изображения богов и мандалы[1]. Под ними пылали ряды свечей.

В центре стояло непонятное сооружение черного цвета. Присмотревшись к нему внимательнее, Игорь Сергеевич обнаружил, что это гигантский лежащий фаллос.

У его основания во множестве лежали живые цветы и какие-то подношения. Очевидно, жертвы священному лингаму.

Помимо вновь прибывших, в зале находилось еще около десятка человек.

Дарофеев немало читал о тантристах. Он знал, что они поклоняются Лингаму Шивы, который бесконечным стержнем пронизывает все миры и на котором держится Вселенная. Имел некоторое представление о методах, используемых адептами тантрического учения. Но ни разу Дарофееву не приходилось сталкиваться с тантриками вживую.

Заметив, что к ним пришли, тантристы подошли к вошедшим и облобызали каждого из них. Мужчины

---

[1] М а н д а л ы — священные изображения.

целовали в щеку, женщины — в губы. Константину, да и самому Игорю такой теплый прием был в новинку.

Лишь Виктор Анатольевич, как свой, радостно обнимал всех.

— Сейчас начнется обряд, — предупредил Разин, когда церемония встречи закончилась.

— Что мне надо делать? — Целитель, забыв о плохом самочувствии, с любопытством смотрел по сторонам.

— И мне? — вставил Константин.

— Тебе, Костя, ничего. Сядь где-нибудь и смотри. А тебе, Игорь, предстоит суровое испытание. — И Разин хитро подмигнул. — Они сами с тобой сделают все, что надо.

К Игорю Сергеевичу тут же подошли двое в облегающих трико. Парень и девушка. Он взял Дарофеева за левую руку, она — за правую. И целителя повели к алтарю.

Игоря Сергеевича уложили на лингам и попросили закрыть глаза. Он повиновался.

Зазвучала индийская музыка, тантристы начали бормотать молитву на непонятном языке. Целитель почувствовал, что к встретившим его ароматам прибавился какой-то новый, резкий и неприятный.

Постепенно молитва становилась все громче. Послышались ритмичные барабанные удары. И целитель понял, что процесс избавления от колдовства уже идет полным ходом. Несмотря на почти полную бесчувственность к энергетике, Дарофеев ощущал, как через него прокатываются мощные волны какой-то незнакомой ему силы. Игорь Сергеевич, расслабившись, плавал в этих потоках. С каждой секундой он чувствовал себя лучше и лучше.

Музыка стала совсем громкой, бормотание перешло в ритмичное пение. Целитель уже чувствовал в себе силы и начал как мог помогать процессу собственного исцеления. Через некоторое время он вдруг обратил внимание, что в хоре остались только мужские голоса. В этот же момент Игорь Сергеевич ощутил на себе множество рук.

Руки раздевали его!

Через минуту он уже лежал обнаженный, не смея открыть глаза. Игорь Сергеевич чувствовал, что вокруг него только женщины. Они ласкали дарофеевское тело. Прикасались пальчиками к интимным местам, и целитель почувствовал, что его охватывает возбуждение.

Он никогда не думал, что станет участником сексуальных практик тантристов. Эротические занятия и переживания Дарофеев считал делом крайне интимным, которое нельзя выносить на всеобщее обозрение. Но сейчас целитель вынужден был все терпеть, чувствуя, что этот немыслимый ритуал действительно помогает ему. Тем временем ласки девушек становились активнее. Помимо воли Игорь Сергеевич застонал.

Тантристки восприняли это как знак, и Дарофеев ощутил, как ему надевают презерватив. Целитель в ужасе приподнялся, но было уже поздно.

Врача-биоэнерготерапевта, недавнего вдовца, насиловала неизвестная ему женщина.

Игорь Сергеевич приоткрыл один глаз. Девушка, которая с ним совокуплялась, была весьма мила на вид. При этом она не сама делала все эти движения. Оказалось, что ее держат за руки и ноги четверо тантриков и ритмично поднимают и опускают.

Попытавшись абстрагироваться от происходящего, Дарофеев попробовал выйти на энергетический уровень восприятия. Удивительно, но ему это удалось. Больше не было никакого черного стержня в позвоночнике. Все каналы и меридианы энергетических тел функционировали нормально.

Теперь Игорь Сергеевич, не обращая внимания на физический аспект собственного существования, сконцентрировал внимание на метафизических планах. Перед его взором предстала гармоничная картина множества разноцветных потоков, проходящих через его тело.

Все эти лучи производились находившимися в помещении тантристами. Не вмешиваясь в их работу,

Дарофеев постигал, что они делают, и понятое нравилось ему. Находясь в сексуальном контакте, эти люди могли генерировать мощнейшие потоки энергии. Полученная сила могла использоваться на достижение множества целей. В данный момент ею лечили Игоря Сергеевича.

Он чувствовал, что пронизывающий его поток становится мощнее и насыщеннее. Под его натиском срывались с насиженных мест все энергетические застои в теле Дарофеева. Он чувствовал себя, как новорожденный. Нет, как нерожденный. До появления на свет надо было еще дожить.

Игорь Сергеевич чувствовал, что этот момент скоро настанет. Он был все ближе и ближе. И наконец Дарофеев закричал. С целителя сняли девушку, презерватив, наполненный теплой жидкостью, и позволили открыть глаза.

Несмотря на полумрак и дым, заполнявший зал, Пономарю показалось, что он попал в незнакомый мир. Все краски сверкали. Фигуры многоруких божеств, казалось, вот-вот сойдут с полотнищ. Его окружали прекрасные просветленные лица обнаженных людей. Игорь Сергеевич издал громкий радостный вопль и подпрыгнул от счастья. В этот момент он понял, что значит возлюбить все сущее.

Подошел молодой человек и протянул целителю одежду. Дарофеев заключил юношу в объятия.

— Спасибо! Спасибо! Как мне благодарить вас?

— Приходите к нам еще, — посоветовал молодой человек. — Вы сами просветленный, и нам многому можно у вас поучиться... Если вы, конечно, согласны...

— Согласен ли я? Да я счастлив принять это предложение!

И целитель еще раз крепко обнял тантриста.

Одевшись, он буквально выбежал на улицу. Несмотря на то что был уже вечер, Игорю Сергеевичу казалось, что он попал в яркое летнее утро.

Константин, не понимая причин столь радостного поведения, обратился к Виктору Анатольевичу:

— Что произошло?

— Э-э-э... Его прочистили. Очень сильно.

— Значит, он теперь здоров? То есть расколдован?

— Да.

— А я так ничего и не понял... А этот акт в конце... Он был необходим?

— Не знаю. Это же их сценарий. Я просто нашел группу, которая смогла бы помочь Игорю, и они помогли.

Расставшись с Разиным, целитель забрался в «форд» и попытался повести машину сам. После того как они чуть не врезались в ближайший столб, Костя потребовал поменяться местами.

Брат радостно согласился. По мере того как они подъезжали к Костиной квартире, эйфория Дарофеева постепенно угасала.

И когда братья вошли в дом, у Игоря Сергеевича осталось лишь бодрое настроение.

— Странно, что я раньше с таким предубеждением относился к тантристам, — говорил он Косте. — Я читал о страшных оргиях, человеческих жертвоприношениях, прочих страстях... А оказалось, что они весьма милые люди...

Словесные излияния Пономаря прервал телефонный звонок. Это был капитан Дроздов.

— Игорь Сергеевич, я до вас полдня дозваниваюсь!

— Петр Никитович, у меня были неприятности...

— Как? Новые?

— Да. Но с ними я справился сам.

Поймав на себе недоуменный взгляд Кости, Дарофеев поспешно добавил:

— Да и друзья не остались в стороне.

— Я вам тоже хочу о неприятности сообщить...

— И что на этот раз?

— Наркомана Васю нашли сегодня ночью мертвым. Вскрытие показало, что в вену был введен воздух, что вызвало...

— Постойте, я знаю, что это вызывает. Вы мне скажите: это убийство?

— В том-то и дело, что не похоже. Он ввел воздух сам...

— Но не мог он быть самоубийцей!..

— Извините, Игорь Сергеевич, наркоманы — люди непонятные. Что взбредет им в голову, предсказать невозможно... Так что Свету вашу надо искать другими путями.

И в который раз за прошедшие дни Дарофеева наполнила холодная мрачная решимость расквитаться с Гнусом. Закончив разговор с капитаном, целитель немедленно лег медитировать.

Глава 31

1

В палисадничке, напротив подъезда, в котором находился тантрический храм, сидели четверо молодых людей. Одеты они были в ватники, и благодаря засаленным оранжевым жилеткам их можно было принять за дорожных рабочих.

Мужики сидели, передавая по кругу бутылку «Столичной», и курили. Правда, дым от их папирос был непривычно горьковат, но никто из немногочисленных прохожих не обращал на это внимания.

Из подъезда вышли трое. Один, радостный, как идиот, обнимался с двумя другими и без умолку что-то говорил. Дождавшись, когда троица свернет за угол, «рабочие» встали и затушили папиросы, рассовав бычки по карманам. Допив водку, они направились неспешным шагом в тот же подъезд. Войдя в первое помещение тантристов, они вытащили из-под телогреек короткоствольные автоматы и, пинком открыв дверь, ворвались в зал.

— Всем стоять! Руки вверх! — закричал один из бандитов.

Прерванные посреди медитации, тантрики непонимающе смотрели на вошедших. Боевик дал короткую очередь по стене.

— Встать! — повторил стрелявший.

Медитировавшие медленно повставали.

— Что вы делаете? — направился к бандитам один из молодых людей. — Вы пришли в храм. Здесь положено снимать обувь при входе.

— Храм? — удивились налетчики.

— Никогда бы не поверили...

— Нам приказывают снять обувь?..

— Это наглость?

— Наглость!

Бандит подошел к парню и заглянул ему в глаза:

— Значит, разуться?

— Да, — сказал тантрист и повалился на пол от удара прикладом автомата в пах. Ударивший медленно прицелился и выстрелил несчастному в голову.

— Тихо! — рявкнул он на остальных сектантов, жавшихся по стенам. — Ну-ка, чем вы тут занимаетесь? Это что такое? — Он дулом указал на стоящий посреди помещения алтарь.

Ему никто не ответил. Бандит обошел сооружение вокруг.

— Экий разврат. Это же... — Он назвал лингам русским народным словом из трех букв и послал в него длинную очередь.

Пули пробили фанерное сооружение насквозь.

— Зачем вы это делаете? — послышался женский голос.

— Эге, — повернулся бандит, — тут и бабы есть. Ну-ка, кто это сказал, иди сюда!

Вперед вышла немолодая, но привлекательная женщина.

— Я.

— Ну, отвечай, что вы тут делаете?

— Мы молимся, медитируем, стремимся достигнуть личного совершенства...

— Вы слышали? — ухмыльнулся боевик. — Они совершенства достигают!

Налетчики расхохотались.

— Сейчас мы дадим вам настоящее совершенство! — И бандит навскидку выстрелил в женщину.

Пуля ударилась в пол между ступней тантристки. Та же не моргнув глазом продолжала смотреть в глаза бандиту.

— Ишь ты. Не боится. А если так...

Второй выстрел пришелся в лобок женщины. Беззвучно она повалилась на пол. Налетчик подошел к ней, пнул в живот:

— Жива, сука. Больно небось? Ответь.

Молчание.

— Говори, стерва!

И еще один удар ногой.

— Я... не боюсь смерти... — прохрипела тантристка.

— Ну, раз не боишься... Получай.

Несколько пуль пробили грудную клетку. Женщина дернулась и затихла.

— Ну, кто тут еще не боится? — Бандит поводил автоматом из стороны в сторону. — Или больше нет таких смелых?

В ответ на эти слова несколько парней кинулись на бандита. Он успел выстрелить в одного из нападавших, но второй смог ударить боевика ногой в голову. Тот отшатнулся, и в этот момент третий тантрик попытался завладеть оружием.

Стоявшие у входа остальные трое бандитов, до сего момента не принимавшие участия в бойне, вскинули автоматы и несколькими прицельными выстрелами уложили сектантов.

— Ну, есть желающие? — Оправившийся от удара бандит вновь держал оружие и прицеливался по очереди в оставшихся живых.

— Да кончай ты их, — сказал один из боевиков, охранявших выход.

— Нет, погоди. Тут же бабы... А я их люблю... — И бандит громко заржал. — Они небось постоянно с той дурой обнимаются... — Бандит указал на оскверненный алтарь. — Почему бы им и с моей не позаниматься?

В этот момент дверь позади бандитов открылась, и в зал вошел еще один человек. Он оглядел помещение и заорал:

— Чем вы тут занимались? Почему все живы? Быстро!

Тантристы, у которых появилась было надежда на избавление, в ту же минуту были расстреляны. Не издав ни единого стона, они попадали на пол. Бандиты прошлись между ними, досылая каждому и каждой пулю в голову.

— А теперь все вон отсюда! — приказал Гнус.

Боевики попрятали оружие и ушли. Маг же принялся обыскивать помещение. В одном из углов зала обнаружилась его цель: помойное ведро. Вывалив его содержимое на пол, Гнус стал разворачивать свертки с мусором. Внутри одного из кульков обнаружилось то, из-за чего и была устроена эта бойня.

2

Убежав от отца, Света заглянула по дороге к Василию. Девушка хотела помириться с Торчком. Но ее встретила опечатанная дверь.

После смерти наркомана Дроздов отозвал пост наблюдения. Поэтому девушку никто не заметил.

Вернувшись на квартиру Гнуса, Света пообедала, укололась и стала ждать «дядю Володю».

Он явился только под вечер. Девушка слышала, как он пришел, как он возится в прихожей, снимая ботинки, но навстречу не вышла. Зайдя в комнату, маг улыбаясь посмотрел на понурую Свету. Та сидела на диване и листала журнал, делая вид, что не замечает вошедшего.

— Чего грустишь?

— Ничего у меня не получилось...

— Ну-ка расскажи подробнее...

Слушая повествование девушки, Гнус развеселился.

— Это то, что надо! — вскричал маг.

— Но почему? — Света не понимала причин столь бурной радости.

— Сейчас узнаешь. Раздевайся.

— У меня нет настроения заниматься сексом...

— А мы и не будем. Раздевайся, раздевайся...

Исполнив просьбу, девушка встала перед Гнусом.

— Ну?..

— А теперь — смотри! — И он жестом фокусника вытащил из кармана использованный презерватив — Угадай, что это?

— Кондом...

— А что внутри него? Знаешь? Сперма твоего отца!

Света не разделяла веселья Гнуса по этому поводу.

— Ну и что?

— Как что? Теперь мы можем заявить на него! Это выливается в тебя, и мы идем в милицию! Свидетели у тебя есть, так что можно считать, что Дарофеев уже на нарах!

Под диктовку чернушника девушка написала заявление, в котором обвиняла своего отца Игоря Сергеевича Дарофеева в сексуальных притязаниях и изнасиловании. Расписавшись, она поставила число и подпись.

3

Свете повезло, их участковый еще был на месте. Виктор Ильич внимательно прочитал бумагу. Завершив этот процесс, Огин уставился на девушку. Он насупил брови и сощурил глаза. Участковому казалось, что именно таким бывает гипнотический взгляд.

— Так... — произнес Виктор Ильич. — Так...

Девушке не надо было изображать горе. Таинственное исчезновение Василия занимало все ее мысли. Но кроме потери друга, существовало еще и дело, которое она должна была свершить. Месть.

— И когда это произошло? — Огин наконец сформулировал вопрос.

— Я написала. Сегодня.

— Так, так... — продолжал размышлять участковый. — А раньше он такого себе не позволял?

— Я все написала, — терпеливо сказала Света. — Раньше он только домогался. А теперь...

И она скрыла лицо в ладонях, разразившись рыданиями.

— Ага... А из дома ты ушла из-за его домогательств?

Девушке надоело повторять, что в заявлении обо всем написано.

— Да...

Участковому стало жалко девушку.

— Что ж. Тут дело такое... Обязательно надо заводить уголовное дело.

Он достал из стола бланки протокола допроса и начал заполнять их. Свете пришлось вытерпеть второй круг одних и тех же вопросов, пока допрос потерпевшей, как она теперь официально называлась, не закончился.

Подтвердив подпись своих слов, девушка вновь заплакала.

Участковый в это время куда-то позвонил, и вскоре Свету осматривал судебный гинеколог.

Он задал только один вопрос:

— Сопротивлялась?

Девушка отрицательно замотала головой, а врач продолжил исследование. Когда осмотр закончился, гинеколог заявил:

— Имел место половой акт. Повреждений не найдено. Я взял на анализ мазки со стенок влагалища, и похоже, в них наличествует сперма. Чья она — выяснится завтра.

Так в уголовном деле появился третий документ.

Уже отпустив Свету, участковый вспомнил, что не знает, где она теперь живет и куда отправлять повестку. Потом, решив для себя, что повестка все равно отсылается по адресу прописки, он успокоился и продолжил пополнять бумагами новое дело.

Было уже за полночь, когда зазвонил телефон.

— Капитан Огин слушает.

— Вас беспокоят из редакции... — Говорящий назвал солидную ежедневную газету.

— Да-да. Чем могу помочь?

— К нам поступила информация, что сегодня заведено в отношении известного экстрасенса Дарофеева Игоря Сергеевича уголовное дело.

— Да. Я его и завел...

— Правда ли, что он обвиняется в сексуальном насилии над собственной дочерью?

— Да, но я не имею права...

— Спасибо. Того, что вы сказали, вполне достаточно.

— Но я же ничего не успел сказать... — недоуменно проговорил Огин, слушая короткие гудки.

4

В это же время к дому, в котором жил у брата Дарофеев, подошли двое. Они прошлись по двору и остановились около «форда». Через несколько минут машина выехала на проспект Вернадского. Свернув на улицу Удальцова, угонщики вскоре въехали в парк «Сорокалетия Победы».

Остановившись около оврага с протекающей по нему речушкой, они вышли из машины. А еще через пару минут «форд» полыхал среди бурьяна на самом дне оврага. Один из преступников достал из кармана листок бумаги и пришпилил его на ветку ближайшего дерева. Рисунок на листке изображал разноцветную рыбку с острыми шипами.

5

Этим утром Игорь Сергеевич собирался переезжать обратно. Он сложил вещи в чемодан, попрощался с Константином и вышел во двор.

Машины не было.

Взбежав с чемоданом наверх, Дарофеев заколотил в дверь. Брат открыл дверь и увидел запыхавшегося целителя.

— Что случилось?

— Машину украли! — крикнул тот и ринулся к телефону.

Набрав «02», Пономарь заявил о пропаже.

— «Форд»? — переспросил дежурный. — Номер московский У673АБ?

— Да! Да!

— Ваша машина обнаружена. Позвоните по телефону... (Прозвучали семь цифр.) Там вам скажут подробнее.

Продиктованный номер оказался телефоном соседнего отделения ГАИ. Там Игорю Сергеевичу сообщили, что этой ночью его машину сожгли в близлежащем парке.

— Ваш автомобиль находится в состоянии, не подлежащем ремонту. Мы пока оставили его на месте. А вы можете зайти к нам за актом.

Костя вызвался сопровождать брата. Проехав несколько остановок на троллейбусе, они оказались в парке. Летом его обычно заполнял народ, но сейчас по дорожкам ходили лишь немногочисленные собачники.

Увязая в глине, Дарофеевы прошлись по изгибам оврага. В самом узком месте Игорь Сергеевич обнаружил обгоревший остов своей машины. Гаишник не соврал. Достать остатки «форда» можно было только трактором или подъемным краном.

— Эй, смотри. — Костя указал на одно из деревьев. Там, проколотый веткой, на ветру колыхался листок.

Целитель взял его в руки:

— Это Рыбак...

— Придется опять потревожить Дроздова, — вздохнул Игорь Сергеевич.

320

Возвращаясь, Костя вынул из почтового ящика сегодняшнюю газету. Пока целитель дозванивался капитану, брат успел просмотреть ее.

На первой странице опять красовалась фотография Игоря. Заголовок, набранный крупными жирными буквами, гласил: «Вдовец с горя соблазнил собственную дочь».

— Игорь! Иди быстро сюда!

— Теперь-то что?

Увидев статью, целитель рассвирепел:

— Ну, я им покажу! Я их в порошок сотру! По судам затаскаю!

— Ты прочитай сначала!

— Я и так знаю, что там одно вранье! Я понял, зачем эта сучка вчера заходила! Унизить меня хочет!

— Уймись! — рявкнул Костя. — Читай. Там все гораздо серьезнее.

Нехотя Дарофеев прочитал текст. По мере продвижения к концу лицо целителя багровело.

— Не может этого быть!

— Может. С такими вещами не шутят. Раз написано, что заведено уголовное дело, значит, так и есть.

В изнеможении Игорь Сергеевич сел на кровать:

— Так, значит, меня теперь разыскивают? Милиция? Но я же этого не делал! Ты веришь мне?

— Я-то верю. Но ты попробуй объяснить это всем остальным.

— Постой! Рабочие. Они тоже могут подтвердить!

— Но ты же сам говорил, что они видели только, как она уходила...

— Да! Но Света тогда крикнула, что я ПЫТАЛСЯ ее изнасиловать!

— Эх, если они бы это помнили...

— И что же мне теперь делать?..

Костя задумался:

— Домой тебе нельзя. По этой статье сразу, до конца расследования, в тюрьму. Здесь тебе оставаться тоже нельзя. Вычислят. А о квартире, которую ты снимаешь, знает кто-нибудь?

— Ну, Дроздов... Больше никто.

— А пациенты?

— Да, если они такой пасквиль прочтут...

— ...то не догадаются, что ты там.

— Наверное... — вздохнул целитель. — Ладно. Поеду туда.

— Я к тебе буду заходить. Больше никому не открывай.

— Да соображаю я... Надо бы еще с работы отпроситься...

В центре Игоря Сергеевича ждал очередной сюрприз.

— Знаете, Игорь Сергеевич... — сказали ему по телефону в регистратуре. — Вы у нас больше не работаете.

— Как так?..

— Распоряжением директора с сегодняшнего дня... А это правда, что вы с дочкой?..

— Ложь, — тихо сказал Дарофеев и нажал на рычаг.

Он тут же перезвонил Дальцеву. Директор центра Павел Георгиевич был на месте. Услышав голос Игоря Сергеевича, он сразу помрачнел.

— Пойми меня. Про тебя в газетах такое пишут! А мы должны блюсти высочайшую моральную и нравственную высоту.

— Но вранье же все это!

— Хорошо. Пусть вранье. Добейся опровержения, оправдания. А я не могу пока держать тебя в центре. Мы можем потерять наше лицо. У нас же и так через одного — мессия. Или считает себя таковым. Сам знаешь, по многим дурдом плачет... А распутства тут допускать нельзя...

— Да оговорили меня!

— Погоди. Дай договорю...

— Нет, это ты меня послушай! Как что — так Дарофеев. Как шефство над больницей — Дарофеев! Как на конференцию в Мухосранск — Дарофеев.

Я тебе все дыры затыкал! Я же все книги свои без твоей помощи писал. А ты в соавторы как лез? А?

— Не кипятись, Игорь, — виновато проговорил Павел Георгиевич. — Давай договоримся по-хорошему?

— А что, можно по-плохому? — саркастически процедил Пономарь.

— Я тебя не увольняю, — не подавая вида, что его оскорбил тон или последнее высказывание целителя, продолжил Дальцев, — а отпускаю в бессрочный отпуск. Выкрутишься, оправдаешься — будешь и дальше работать у нас. Нет — не обессудь.

Дарофеев понимал, что это только слова. Павел Георгиевич никогда не выполнит этого обещания. Не прощаясь, целитель повесил трубку.

Глава 32

I

Чтобы соблюсти хоть какую-нибудь конспирацию, братья решили ехать на Фили раздельно. Первым шел Константин, за ним, метрах в двадцати, Игорь Сергеевич.

Целитель полчаса готовился к этому походу. Выйдя в медитацию, он просмотрел весь маршрут брата. Путь казался свободным.

Затем Дарофеев настроился на собственную невидимость. В воздухе его тело, конечно, не испарилось. Защита заключалась в том, что любой, случайно или намеренно бросивший взгляд на биоэнергетика, не обращал на него никакого внимания.

Путешествие прошло успешно. Никем не замеченные, братья проникли в квартиру. Константин тут же ушел за дарофеевским чемоданом, а Игорь Сергеевич остался один.

Он прогулялся по комнатам. Вот изрезанное кресло. Тут когда-то стояли образа. А здесь его били. Как же давно это было... Почти две недели назад...

За это время на полу скопился тоненький слой пыли. Пономарь ходил, и за ним оставались следы. Заметив это, он взялся за веник и минут двадцать тщательно выметал все помещения. Закончив уборку, целитель сел в испорченное кресло.

Брат должен был появиться как стемнеет, а до этого у Игоря Сергеевича была куча времени. Если вчера вечером он медитировал для собственного удовольствия, хаотично блуждая по мирам, то сейчас необходимо было заняться серьезной работой.

После глобальной прочистки энергетики у тантристов выход в тонкие пространства происходил необычайно легко.

Дарофеев вышел на социальные поля. Перед его взором во множестве плавали медузоподобные существа. Эгрегоры.

Сами по себе они были целителю неинтересны. Давно прошли те времена, когда он выходил на этот план из чистого любопытства. Понаблюдать, как эгрегоры проникают своими щупальцами-отростками в разных людей. Как один и тот же человек принадлежит к бессчетному количеству эгрегоров. Как внутри больших эгрегоров живут и умирают эгрегоры малые.

События в этом мире полностью повторяли или предвосхищали все, что происходило в мире людей. Но для того чтобы понять это, необходимо было научиться читать эгрегоры. Определять, какой из них за что отвечает, и уметь видеть тенденции их развития.

Дарофеев все это мог.

Настроившись на эгрегор Отдела по борьбе с организованной преступностью, Игорь Сергеевич зафиксировал его характеристики. Это энергетическое образование служило целям прогресса, и вибрации его выходили за границы обычных социальных образований. Конечно, по своей высоте он не дотягивал до религиозных организаций, но светлое начало в нем объективно присутствовало.

Впрочем, и чернухи там было предостаточно. Карательная таки организация...

Второй структурой, параметры которой просканировал целитель, были их враги. Бандитские организованные формирования. Попросту говоря, мафия. Их эгрегорам было не до духовных высот. Низкие, плотные, внушающие своим членам эгоистичные побуждения, эти сущности плавали почти у самого дна мира, в котором находился Дарофеев.

Теперь оставалось самое сложное: просмотреть людей, связанных с обеими структурами.

Полученные Игорем Сергеевичем сведения привели его в замешательство. Почти треть сотрудников правоохранительных органов каким-либо образом контактировала с преступниками. У одних эти связи были сильными, у других — очень слабыми. Но сама цифра — треть — внушала трепет.

Абстрагировавшись от всех остальных, Дарофеев нашел отдел Дроздова. У самого Петра Никитовича было все чисто. Но среди его подчиненных были трое, связанные с различными мафиозными группами.

Но ни один из них не работал на Рыбака или Сивого. Запомнив этих осведомителей, целитель переключился на группировку Ивана Алексеевича.

В ней было около пяти тысяч человек. Без труда определив сотрудников милиции и ФСБ, целитель задумался. Внедренных органами насчитывалось более пятидесяти человек. Большинство из них занимали незначительные посты в иерархии Сивого. Но двое подобрались к нему очень близко. Раскрывать их Ивану Алексеевичу было нельзя. Дарофеев не секунды не сомневался в их дальнейшей судьбе.

Но, с другой стороны, если Сивый и так о них знает?

Так это же можно определить!

Но сделать это Игорю Сергеевичу не дали. В дверь требовательно позвонили, и Дарофеев пошел открывать.

Будучи мыслями все еще в тонких мирах, целитель отпер.

— Мы от Ивана Алексеевича, — сказали пришедшие. — Собирайтесь. Он хочет вас видеть.

2

Сивый поселил Рыбака на своей даче. Тот сразу потребовал телефон:

— Надо спасать что осталось.

Посомневавшись, Иван Алексеевич исполнил просьбу старика. Наркоделец тут же развил бурную деятельность.

Каждый разговор его записывался, и Сивому сообщали о содержании бесед. Рыбак пока держался в рамках договора. Он объявил о слиянии двух организаций, переподчинил своих людей Сивому, но оговорил, что это временно, пока он не поправит свое здоровье.

Эмиссарам Ивана Алексеевича в разных странах он был вынужден сообщить пароли, благодаря которым поставщики отправят партии наркотиков без примеси «пустой породы». Связавшись с несколькими торговцами наркотиками, Рыбак подтвердил новые цены и опять, ссылаясь на плохое самочувствие, поручил им поддерживать связь с людьми Сивого.

Пока все шло удачно.

После того как наркобарон сделал последний звонок, к нему пришел Иван Алексеевич.

— Что скажешь, Сивый? — Рыбак развалился на диванчике и нагло скалил зубы. — Доволен?

— Чем?

— Кончай придуриваться, — лениво махнул рукой наркоделец. — Ты же все мои беседы слышал. Твои психологи их уже по косточкам разобрали. Не болтанул ли Рыбак лишку? Или, скажешь, не так?

— Так, — согласился Сивый. — Но я к тебе за другим пришел...

— Ну-ка, ну-ка, интересно...

— Можешь ли ты рассказать мне про Гнуса?

Старик в упор посмотрел на Сивого, словно оценивая, стоит ли доверять этому человеку такую тайну. Игнорируя этот взгляд, Иван Алексеевич продолжил:

— Что тебя с ним связывало? Какие были отношения?

После этих вопросов Рыбак прикрыл глаза и несколько минут лежал молча. Сивый ждал.

Наконец наркобарон произнес:

— Это самый страшный человек, которого я встречал. А встречался я со многими. Внешне он никакой, словно и нет его. Иногда замечаешь, что он рядом, тут, только когда он чего-нибудь скажет. Он умен, хитер и безжалостен. Все, что он делал, было подчинено какой-то цели. И когда я узнал, что цель эта — отомстить Дарофееву, я был ошарашен. Сам понимаешь, для мести он мог бы набрать команду. Но тогда он был бы к ним привязан. И он воспользовался моими людьми.

Это первый предавший меня, против которого я ничего не могу сделать. Он ускользает, как угорь. Он знает все твои ходы. И если они идут ему на пользу — не мешает. А если нет, что бы ты ни предпринимал — все равно будет так, как он задумал.

Я дорожу своими ребятами. Видишь, чтобы их спасти, я пошел с тобой на сделку. Гнус же не любит никого. Он убивал за провинности, за которые я бы даже не наказывал...

У него есть ВЛАСТЬ над людьми. Я видел, как он скручивал человека, не прикасаясь к нему. Я видел, как он убивал взглядом. Бойся его, Сивый. Бойся, как боюсь его я...

Утомленный такой речью, старик расслабился на своем диванчике. Иван Алексеевич лихорадочно обдумывал услышанное.

«Если то, что говорил старик, хоть на половину правда, значит, опасность грозит и мне. Гнус мстит Пономарю. И если мои планы относительно Дарофеева идут против Гнуса, он мне помешает. А если нет? Это надо немедленно проверить!..»

Стараясь не потревожить Рыбака, Иван Алексеевич тихо вышел. Поднявшись к себе, он приказал как можно скорее доставить Пономаря на одну из московских квартир.

«Против Гнуса у Пономаря шансов почти нет. Если все пройдет гладко, я выжму из этого Дарофеева все, что можно».

Снабженные всеми адресами целителя, за ним выехали двое из личной охраны Сивого.

3

Подходя к дому в Филях, Костя увидел, как из подъезда вывели Дарофеева-старшего. Бросив сумку с продуктами, младший брат кинулся навстречу, но было уже поздно.

Целителя посадили в машину, она резко взяла с места и выехала на проспект.

Побежав за ней, Константин остановился на обочине и лихорадочно замахал рукой, пытаясь остановить попутку. По Кутузовскому непрерывным потоком шли машины, но, как назло, никто не останавливался.

Через пару минут, убедившись в бессмысленности преследования, Дарофеев-младший вынужден был отказаться от этой затеи. Он побежал в квартиру. Там, под телефоном, его ждала записка от брата.

«Костя, — писал Игорь Сергеевич, — у меня все в порядке. Один из моих пациентов вызвался мне помочь. Я переезжаю к нему. Выясни, пожалуйста, все, что можно, про мое дело. Скоро я позвоню».

Под посланием был росчерк: *Дарофеев*.

Прочитав этот текст, Константин успокоился. Но у него оставались еще какие-то смутные подозрения: уж слишком бандитский вид был у сопровождавших Игоря. Потом последовал звонок Петру Никитовичу.

Дроздов снял трубку:

— Слушаю.

— Говорит Константин Сергеевич, брат Дарофеева. Вы знаете, что его обвиняют в изнасиловании Светы?

— Да. Я читал эту статью.

— Видите ли, он не мог этого сделать...

— Константин Сергеевич, я не поверил в это ни на секунду. Насколько я знаю Дарофеева, он высоконравственный человек...

— Да-да. Но мне хотелось бы узнать, кто ведет это дело. Какие доказательства? Что можно сделать, чтобы снять с Игоря это дурацкое обвинение?

— Константин Сергеевич, сегодня уже поздновато, но завтра я все узнаю.

— Видите ли, Игорь настолько испугался этого дела, что решил скрыться.

— Ну, это не самый разумный поступок...

— На мой взгляд, он хочет выяснить, посадят его или он может, ничего не опасаясь, давать показания.

— Хорошо, это я тоже разузнаю.

— Да, и я бы мог выступить свидетелем. Я весь тот день сопровождал Игоря...

— Это хорошо. Но вы же брат, лицо заинтересованное...

— У него есть и другие свидетели. Рабочие, которые ремонтировали квартиру.

— Это уже лучше. Завтра свяжитесь со мной около полудня. Я постараюсь выяснить.

— Спасибо, Петр Никитович.

Они распрощались, и Константин Сергеевич поехал домой.

4

Заметив брата, бегущего к машине, целитель попросил:

— Поехали быстрее. Я не хочу встречаться с этим человеком.

Бандит кивнул и нажал на газ.

«Как же неудачно они приехали, — думал Дарофеев. — Да еще Костя попался... Не расскажешь же ему про Сивого и мои с ним дела... Да, кстати, а зачем это я ему так срочно понадобился?»

Пока Игорь Сергеевич размышлял над этим вопросом, машина пересекла мост и направилась по Шмидтовскому проезду в сторону Красной Пресни. Они пересекли трамвайные пути и остановились у какого-то старого четырехэтажного дома, где их уже ждал Иван Алексеевич. Он стоял и напряженно вглядывался в экстрасенса.

Игорь Сергеевич немедленно атаковал:

— Что случилось? Я сижу, работаю, выясняю ваших стукачей. Тут являются эти люди и срывают меня с места. Что произошло?

Сивый радостно развел руками:

— А я подумал, что вы совсем обо мне забыли...

Он взял Дарофеева под локоть и провел на диванчик. Присев рядом, преступник продолжил:

— Вы должны сказать мне спасибо, что я вас нашел. После утренней статьи в газетах слишком много людей стали вами интересоваться.

— Все, что там написано, — чистейший бред! — возмущенно вставил целитель.

— Да, конечно, я не сомневаюсь. Вы не стали бы этого делать. Но поймите меня. Мне не хочется вас терять. А все это следствие, допросы, дознания, заключение под стражу, наконец, могло отрицательно на вас отразиться...

Игорь Сергеевич вдруг почувствовал, что Сивый врет. Но биоэнергетик пока не мог понять в чем и поэтому продолжал внимательно слушать.

— Вы не представляете, как тяжелы условия жизни в тюрьмах. Жизнь с закоренелыми негодяями может сломать кого угодно. Ваш талант там могут растоптать. А этого допускать нельзя. У меня есть кое-какие связи. И я воспользуюсь ими, чтобы это уголовное дело было закрыто.

— Спасибо, конечно, но...

Целитель хотел сказать, что мог бы попытаться справиться с этим и сам, но Иван Алексеевич его не слушал:

— Пока что вы побудете здесь. Это место совершенно безопасное. И кроме того, помнится, вы обещали дать мне сегодня список. Я прошу прощения, что вынужден был прервать вашу работу над ним, но сейчас у вас будут все условия для продолжения медитации.

— Я смогу отсюда позвонить?

— Да, конечно, но не сейчас. Скоро сюда доставят аппарат с антиАОНом, и тогда — сколько угодно. А пока в вашем распоряжении соседняя комната. Там все условия: бумага, пишущая машинка. Думаю, излишне напоминать о том, что не стоит привлекать к себе внимание. Ваше окно все равно выходит на глухую стену, так что чувствуйте себя спокойно. Да, чуть не забыл. Поскольку у вас сейчас появилось множество свободного времени, не могли бы вы посмотреть, как будут развиваться мои дела? Какие опасности меня подстерегают? Как их предотвратить?

— Но это долгая работа... — попытался отказаться Игорь Сергеевич.

Сивый расхохотался:

— Во времени я не ограничиваю.

Он проводил Дарофеева в мрачноватую узкую комнатушку. Стены в ней были оклеены потемневшими от времени обоями. У окна стоял тяжелый дубовый стол. На него была водружена небольшая коробка.

— Портативный компьютер, — объяснил Иван Алексеевич. Он показал, как им пользоваться, и удалился.

Целитель набрал на клавиатуре несколько слов. Убедился, что правильно понял все инструкции. Походив по комнате, Игорь Сергеевич выглянул в окно. За стеклом действительно виднелась серая бетонная стена. Между ней и домом — заросли полыни и чертополоха. Насколько хватало взгляда, никаких признаков того, что сюда заходят люди, не было.

Работать не хотелось. Приоткрыв дверь, Дарофеев столкнулся с охранником. Тот натужно изобразил вежливую улыбку:

— Что-нибудь надо?

— Туалет.

Громила проводил туда целителя. Пока Игорь Сергеевич находился наедине с пожелтевшим унитазом, телохранитель дежурил за дверью.

Вернувшись в свои «апартаменты», биоэнергетик попытался исполнить задание Сивого. Но медитация не клеилась. Что-то явно мешало.

Попытавшись разобраться в причинах, Дарофеев вновь прошелся по помещению. Он выставил руки вперед, ладонями вниз, и прислушался к своим ощущениям. Пальцы покалывало. Исследовав всю предоставленную ему территорию, Игорь Сергеевич выяснил, что комната находится в геопатогенной зоне[1].

Выйдя к охраннику, Игорь Сергеевич заявил:

— В этом помещении я работать не могу. Скажите об этом вашему хозяину. Мне вообще нельзя в нем находиться.

— Сивый будет недоволен... — пробасил громила. — А что, совсем нельзя?

Дарофеев задумался:

— Нужны лимон, соль, блюдце. Друза горного хрусталя тоже пойдет...

Вскоре целителю принесли требуемое. Он насыпал соль горкой, поставил в нее лимон и оставил это сооружение на столе.

Проверив через несколько минут энергетический фон, Игорь Сергеевич счел его уже приемлемым. Повторив дневное путешествие, Дарофеев нашел эгрегор организации Сивого. Теперь он попытался определить агентов конкурирующих группировок. Такие тоже нашлись. Оставалось зафиксировать увиденное на бумаге. Игорь Сергеевич настроился на автоматическое письмо, и его ручка начала выводить имена, фамилии, клички...

---

[1] Геопатогенная зона — зона на поверхности земли или в помещении, в которой наблюдается угнетающее влияние на процессы жизнедеятельности человека. Зоны локализуются преимущественно в районах разломов в земной коре, подземных рек и т. д.

Глава 33

1

Дело по обвинению гражданина Дарофеева в совершении изнасилования дочери поступило к следователю прокуратуры — старшему лейтенанту Юфереву Михаилу Андреевичу.

С ним-то и связался капитан Дроздов и договорился о встрече. Юферев произвел на Петра Никитовича благоприятное впечатление. Он смотрел на мир голубыми глазами и пытался сохранять серьезность.

— Я много слышал о вашем или уже моем Дарофееве, — начал Михаил Андреевич. — Сколько раз по телевизору он говорил о духовности, о выполнении божественных заповедей, и вот...

— А могли бы вы познакомить меня с делом?

— Сами знаете, на этапе следствия это запрещено. Но... Там все так непонятно...

— Я ведь не частное лицо. Дарофеев, можно сказать, долгое время работает на нас... Так что же там непонятного?

— Во-первых: изнасилование, по словам потерпевшей, произошло днем. Пришла же она в отделение лишь вечером. Дальше. По результатам гинекологического обследования половой акт с ней не проводился, однако в мазках обнаружена сперма. Чья она, пока не известно, но я направил ее на генетический анализ. Потом мне удалось выяснить, что в момент изнасилования в квартире Дарофеева присутствовали рабочие.

— Да, его брат это подтверждает.

— Утром я допросил двоих из них. Они подтвердили визит Дарофеевой, но дальше их показания расходятся. Один заявляет, что она выбежала с криком: «Он меня изнасиловал!» Другой: «Он хотел меня изнасиловать!» С другой стороны, оба подтверждают, что в тот день Дарофеев чувствовал себя неважно. Он передвигался с помощью брата и вряд ли был способен на насилие.

— Значит, вы считаете, что состава преступления нет?

— Я так не считаю. Я склоняюсь к этому мнению. Но, чтобы окончательно во всем убедиться, необходимо допросить самого подозреваемого.

— Михаил Андреевич, его брат говорит, что он опасается заключения под стражу...

Юферев наконец рассмеялся:

— Передайте его брату, что, с моей точки зрения, Дарофеев не представляет социальной опасности. И что, очевидно, придется заводить встречное дело по клевете. Особенно по этой бездарной статье...

— Это прекрасно. Вскоре он у вас появится.

2

Дискета со списком, составленным Игорем Сергеевичем, отбыла той же ночью. После напряженной работы целитель крепко заснул.

Поднявшись около полудня, он потребовал завтрак и телефон. Стараясь быть вежливыми, что перерастало в приторную бандитскую галантность, охранники предоставили целителю то и другое.

Перекусив, Дарофеев позвонил брату. Тот уже успел связаться с Дроздовым, который сообщил все, что узнал от Юферева.

— Мне надо ехать, — заявил целитель.

Громилы замялись:

— Надо спросить у хозяина...

— Я что, пленник?! — взъярился Игорь Сергеевич. — Я должен сделать свои дела!

— Но мы...

— Немедленно звоните Сивому и доложите, что мое дело закрывают. И я должен там быть.

Нехотя бандиты повиновались. Вскоре целитель разговаривал с Иваном Алексеевичем.

— Мои друзья из органов все уладили, — заявил целитель.

— Но вы понимаете, это может быть провокацией...

— У вас — да, не отрицаю, такое возможно. Но эти люди не стали бы меня обманывать.

— Что ж, зовите моих людей, я распоряжусь.

Вскоре Игорь Сергеевич ехал на метро к брату. Встретившись, они направились в прокуратуру. Как гарант безопасности Дарофеева их сопровождал Дроздов.

— Этот Юферев очень приятный человек, — успокаивал по пути Петр Никитович. — Он говорил, что там все притянуто за уши. Доказательств никаких, только голословные обвинения...

Наконец Игорь Сергеевич предстал перед следователем. Некоторое время они молча изучали друг друга. Каждый своим методом.

Целитель рассматривал ауру[1] своего визави. В ней преобладали яркие зеленовато-голубоватые тона, что говорило о хорошей балансировке эмоциональной и интеллектуальной сфер.

Взгляд же Михаила Андреевича изучал всего Дарофеева. Изнеженные руки, не знавшие физического труда. Тонкие, но сильные пальцы. Взор настороженный, но под опасливостью чувствуется умудренность опытом и готовность сострадать.

— Давайте займемся документами, — предложил Юферев.

Игорь Сергеевич согласился. Со стороны разговор мог бы показаться дружеской беседой. Если бы один из ее участников не делал заметки на листе бумаги.

— Отношения со Светой у меня всегда были ровные. Но в последние два-три года она как-то стремительно повзрослела. У нее появились тайны, свои проблемы дочь старалась решать сама, без нашей помощи или подсказки. В результате связалась с наркоманами. Несколько дней назад она ушла к ним в притон. Была... Как это называется? Облава? Да?

---

[1] А у р а — биоэнергетический термин, означающий совокупность энергий, излучаемых человеческим телом.

Всех и ее тоже арестовали и поместили в больницу. Я поехал за ней, но опоздал. Кто-то назвался моим именем, и Света ушла с ним. Несколько дней я ничего не знал. Но потом дочь позвонила. Я звал ее домой, но она крикнула, что ненавидит меня. Это было очень странно. Раньше она просто не умела ненавидеть. Потом я встретил ее дома, когда Света забирала свои вещи. И все повторилось. Слезы, крики отвращения. Я ничего не понимал. И вот на днях произошло это.

Я... В общем, мне было нехорошо, мою дверь взорвали, и ко мне должны были прийти ремонтники. Стекла вставить. Меня сопровождал Костя, брат. Я попросил его купить молока. Он ушел, и появилась Света. На этот раз она была неестественно ласковой. Такой дочь никогда не была. Кинулась меня обнимать. Говорила, что хочет заменить мне Лизу. Лиза — моя жена. Она недавно умерла...

И я вдруг понял, что дочь имеет в виду... Пока Света на мне висела, она умудрилась расстегнуть мне брюки! Я оттолкнул ее. Она упала на диван и опять плакала, говорила, что ненавидит. В дверь заглянул рабочий. Света крикнула что-то про насилие и убежала. Вот, собственно, и все...

— Да, грустная повесть... — промолвил следователь. — А вы не помните, что дословно она сказала перед уходом?

— Э-э-э... «Он хотел меня изнасиловать».

— Что ж, спасибо. Теперь мне все ясно, кроме двух моментов. Первое. Что послужило причиной столь сильной ненависти к вам, что девушка решилась на прямой подлог? И второе. Генетический анализ спермы, которую у нее обнаружили, говорит, что она принадлежит ее прямому родственнику. Но полового контакта с ним у нее не было.

— Странно, — пожал плечами Игорь Сергеевич. — После гибели Лизы у меня был только один контакт. Да и то это был лечебный процесс.

— Лечебный?

— Да, один мой друг познакомил меня с тантристами. А у них почти все ритуалы предполагают сексуальный контакт.

— Вы можете направить ко мне этих людей?

— Конечно.

— Тогда на сегодня все.

— Как? — привстал Дарофеев. — Разве вы не понимаете, что я не преступник?

— Не волнуйтесь, это-то я вижу. Но для того чтобы закрыть дело, необходимо ваше присутствие. А так — вы свободны. Видите, я полностью доверяю вам. Даже не беру подписку о невыезде. И пригласите вашего брата.

3

Пока Константин давал показания, Игорь Сергеевич и Дроздов решили съездить в подвальчик к тантристам.

Целитель без труда нашел дом, в котором он побывал, и они спустились по ступенькам. Дверь была заперта на висячий замок, но из-за нее доносился странный гнилостный запах.

— Трупом пахнет, — определил Петр Никитович. — Надо вызывать бригаду.

Прибывший наряд милиции взломал хлипкую преграду. Включив в зале свет, они увидели страшное зрелище: по всему помещению лежали тела погибших, валялись стреляные гильзы.

Алтарь, на котором когда-то лежал Игорь Сергеевич, тоже был изрешечен пулями. Следами от выстрелов были испещрены и стены.

Медэксперт попросил подмогу и начал осмотр трупов.

Несмотря на недовольные взгляды милиционеров, Дарофеев прошелся по помещению. Он пытался найти девушку, которая тогда спасла его. Ее тело оказалось в самой большой куче, у стены с мандалами. За последние дни целитель видел немало лиц мертвых людей, но это ошеломило его своим неземным спокойствием. Взгляд мертвых глаз девушки сохранял просветленность. И экстрасенс смог оторваться от созерцания их лишь тогда, когда подошедший к телу медик прикрыл ей глаза.

Внезапно в помещении резко посветлело. Появился человек с видеокамерой на плече. За ним шла девушка со ртутной лампой в руках:

— «Криминальные новости». Что здесь произошло?

Одному из оперативников дали микрофон.

— По нашим сведениям, — подобравшись, говорил милиционер, — здесь находилось молитвенное помещение одной из сект. На него было произведено нападение, в результате которого погибли двенадцать сектантов. Нападавшие использовали автоматическое оружие. Причины этого массового убийства не ясны, но можно предположить...

Не обращая внимания на телевизионщиков, Игорь Сергеевич все еще смотрел в лицо девушки. Внезапно он понял, что плачет. Слезы медленно стекали по щекам целителя, падали в лужицу запекшейся крови.

Впервые Дарофееву было жалко убитого человека. Но жалость вызывал не сам факт гибели, а то, что в этой незнакомой тантристке целитель вдруг увидел свой идеал женщины — образ той, кого он хотел сделать из Лизы, но у него не получилось.

И сейчас, разглядывая черты убитой, Игорь Сергеевич скорбел о том, что ему не удалось познакомиться с ней ближе. Не довелось поговорить, поделиться своими знаниями, опытом, самому почерпнуть что-то новое.

За душу убитой целитель был спокоен. Но это тело могло бы еще жить...

Снимая общий план, оператор остановил объектив камеры на Игоре Сергеевиче. К целителю тут же подошла девушка с микрофоном:

— Господин Дарофеев, в последнее время вы оказались в самой гуще криминальной жизни Москвы. Можете ли вы что-нибудь сказать по поводу вашего присутствия здесь?

Игорь Сергеевич поднял глаза.

— Уйдите... — тихо сказал он. — Пожалуйста.

К бригаде телевизионщиков подбежал капитан Дроздов:

— Кто здесь главный?

— Ну я, — отозвалась девушка.

— Я из ОБОП. — И Петр Никитович показал репортеру удостоверение. — Вы обязаны вырезать все кадры, в которых присутствует этот человек.

Девушка попыталась что-то возразить, но Дроздов прервал ее:

— Это закрытая оперативная информация.

— Пожалуйста, — пожала плечами репортер. — Господин Дарофеев, отойдите, пожалуйста. Оператору надо сделать еще один общий план.

Когда телебригада наконец ушла, Игорь Сергеевич поблагодарил Дроздова.

— Да что ты! — отмахнулся тот. — Итак тебя чуть не каждый день в газетах склоняют. А на телеэкран тебе попадать совсем некстати. Да, насчет газет. Ты должен написать опровержение той утки.

— Напишу...

— И еще. Можешь найти убийц?

Этот вопрос заставил Игоря Сергеевича сбросить апатию.

— Да. Немедленно! Пойдем!

— Куда?

— В любое тихое место.

Они вышли на улицу, перешли через дорожку и устроились в скверике напротив дома.

Там стояли две мокрые после недавнего дождя скамейки. Не обращая внимания на влагу, Дарофеев уселся прямо на крашеные доски. Закрыл лицо ладонями. Петр Никитович встал к целителю спиной, чтобы не мешать.

— Они сидели здесь, на этом самом месте, и ждали, пока я выйду! — внезапно сказал целитель. — Сейчас я их найду...

Ясновидение включилось как по заказу, моментально. Игорь Сергеевич увидел четырех бандитов. Они курили анашу и пили водку. Вот вышли Дарофеевы и Разин. Вот убийцы вошли в подвал. Дальнейшие издевательства Пономарь исключил из просмотра. Но вот появилось черное пятно. Гнус! И он здесь побывал.

Целитель не мог разобрать, что делал его недруг, все было покрыто непроницаемой пеленой. Но вдруг Игоря Сергеевича осенило: его враг искал использованный презерватив. Теперь все встало на свои места.

Проследив путь бандитов (это оказалось весьма просто, так как все преступники скрывались в одном месте), целитель вышел из медитации:

— Они на бульваре Яна Райниса... Это боевики Рыбака.

— А я думал, что их не осталось...

— Это иногородние.

— Что ж, если они никуда не уедут, завтра поутру их возьмем...

— Да, вы просили меня посмотреть, кто из ваших продался бандитам. Я нашел троих.

И целитель перечислил коррумпированных.

— Надо же... — Дроздов почесал затылок. — Двоих я уже вычислил, но третий — для меня новость... Придется эту операцию планировать без него.

— И еще одно, — продолжал Дарофеев. — Здесь опять присутствовал Гнус. Есть его следы. И мое обвинение в насилии — тоже его рук дело. Света до сих пор под его влиянием. И эти бандиты — единственный сейчас выход на Гнуса. Я должен узнать от них все.

— Ну, свидание с ними я могу тебе устроить, — улыбнулся Дроздов.

Приехав домой, Игорь Сергеевич переоделся в свое кимоно с драконами. Шелк приятно холодил, и целитель поймал себя на мысли, что уже довольно давно при подготовке к медитации он не использовал привычных ритуалов.

Причем это никак не отражалось на качественности ясновидения. Порадовавшись такому изменению, Пономарь лег и моментально вышел в тонкие миры.

Он облетел вокруг собственного тела и с приятным удивлением обнаружил, что его мощь как биоэнергетика возросла. Старый канал связи с космосом стал толще. И если раньше он возникал по прямому приказу, то сейчас присутствовал постоянно.

Отправившись в Информаториум, Дарофеев заказал информацию о способах преодоления блока защиты «черная дыра». Ответ его и огорчил, и обрадовал.

Ему сообщали, что эта информация будет им получена в воскресенье. Через два дня.

Следующим вопросом было усиление означенного блока. На этот раз сведения поступили сразу.

Игорю Сергеевичу советовали устроить многослойную защиту. Давалась принципиальная схема.

Также была возможность отвлечения внимания противника на собственный фантом, окруженный «черной дырой». При этом предлагалось запрограммировать дублера на различные действия, самому оставаясь в стороне схватки. Но следовало и предупреждение, что такое столкновение ведет лишь к потере энергии обеими сторонами, а сами защиты остаются невредимыми.

«Что ж, измотать противника тоже неплохо», — решил целитель. Выйдя из Информаториума в более плотные слои, он сразу создал армию из двух дюжин своих двойников. Дав им задание каждые два часа атаковать кокон Гнуса, Дарофеев окружил их индивидуальными оболочками и послал на штурм.

Пронаблюдав за первым нападающим, Игорь Сергеевич нашел, что тот справляется со своей задачей. После гибели фантома «черная дыра» Гнуса немного сократилась в своих размерах, но никакой информации из себя не выпустила.

Как ни странно, ответных действий не последовало. Как ему советовали, Дарофеев усилил свою оболочку.

Ему хотелось еще посетить эгрегор тантристов, но дал о себе знать невыключенный телефон. После десятого гудка целитель поднял трубку:

— Да.

— Игорь, привет.

— Здравствуй, Костя. Как у тебя?

— Вот допросили. Следователь попался толковый. Понимает, что ты чист.

— Ну, иначе и быть не могло.

— Теперь, чтобы полностью закончить все это, ему нужна Света.

— Где ж ее взять?

— Объявлен всероссийский розыск.

— Это несерьезно. Если Гнус ее держит у себя, никто ее не обнаружит.

— А ты?

— И я пока не могу. Но это пока...

— Ладно, спокойной ночи.

Едва Пономарь нажал на рычаг, раздался еще один звонок. На этот раз говорил Сивый. Он просил встретиться по неотложному делу.

Скрепя сердце целитель согласился.

Глава 34

1

После визита в милицию Света изнывала от тоски. Никаких развлечений, кроме стопки старых журналов, не было. Единственной отрадой служила уже до дыр зачитанная газета со статьей про Дарофеева. Девушка чуть ли не наизусть выучила весь текст.

«В редакцию поступила информация, что известный экстрасенс господин Дарофеев обвиняется в совершении насильственного полового акта с собственной дочерью. Участковый, капитан Огин, подтвердил эти сведения. Недавно овдовевший Дарофеев всегда считался борцом за нравственные устои. Тем более обидно слышать, что он...»

Статья заканчивалась выспренней фразой: «Редакция надеется, что двуличный растлитель понесет заслуженную кару».

Отложив газету, Света поплелась к холодильнику.

Как и раньше, «дядя Володя» делал ей два укола, утром и вечером. Но девушке такого количества наркотика стало не хватать.

Вот и сейчас она достала очередную ампулу морфина. После нескольких неудачных попыток Света уже могла с первого раза попасть иглой в вену. Одно было плохо: каждая инъекция действовала все слабее.

Девушка перепробовала по нескольку раз все доступные ей наркотики. Но с действием чистого морфия ни один из них сравниться не мог.

Уколовшись, Света тут же встала и ликвидировала следы преступления. Промыла шприц с иглой под водопроводным краном и спустила их в мусоропровод. Прижгла след от укола спиртом и намазала солкосерилом — гелем для быстрейшего заживления ран.

Она походила по квартире. Легла, уставившись в потолок.

Если раньше после инъекции она не могла некоторое время просто стоять, то теперь укол лишь восстанавливал нормальное самочувствие. А чтобы получить желаемую эйфорию, требовалась все большая доза.

2

Внезапно открылась входная дверь, и девушка услышала чьи-то голоса.

«Может, это Вася?» — подумала девушка и выскочила в прихожую.

Но это были совершенно незнакомые парни. Они уставились на Свету, как на кусок сочного мяса.

Привыкнув, что кроме «дяди Володи» в квартире никого не бывает, Заяц обычно ходила нагишом. И, встретив теперь незнакомцев, она не сообразила, что надо хотя бы прикрыться.

— Вот, познакомься. Это твои новые друзья. — За спинами парней Гнус был совершенно не виден.

— Рома.

Правый светловолосый визитер осклабился:

— И Гриша.

Левый протянул девушке ладонь, в которой уместились бы четыре ее ладошки. Света поняла наконец, что в таком виде больше находиться нельзя. Она взвизгнула и убежала в комнату. Парни гортанно расхохотались.

— Тихо, тихо, — приказал Гнус. — Девчонку не обижать!

— А как же?.. — Гриша изобразил похабное движение тазом.

— Всему свое время... Света!

Накинув халатик, девушка вышла.

— А вот и наша Светочка, — с приторной сладостью в голосе сказал маг. — Она хорошая девушка, но очень скучает без общества.

— Мы развлекать умеем. Правда, Гриша?

— А то!

— Что, ребята, вмажетесь за знакомство? — предложил Гнус.

Глаза парней хищно засверкали.

— Мы всегда «за».

— Тогда подождите в комнате.

Света и наркоманы прошли в гостиную. Пока маг возился на кухне, ребята напряженно пожирали девушку глазами.

Наконец появился «дядя Володя». Он нес поднос, на котором двумя веерами были разложены три шприца и несколько ампул.

— Угощайтесь.

Рома и Гриша мгновенно преобразились. Отпихивая друг друга, они расхватали предложенный морфий. Схватив по шприцу с иглой, парни разбежались по разным углам. Искоса посматривая друг на друга, они стали вскрывать ампулы.

— Мужики, что ж вы девушке ничего не оставили? — вмешался маг.

Бочком, словно опасаясь внезапного нападения, каждый парень вернулся и отделил из захваченного по одной ампуле.

— Они — ребята хорошие, — объяснял Свете Гнус странное поведение гостей. — Вот только жизнь их не баловала. За каждую такую стекляшку они должны были... А, ладно, не будем о грустном...

Пока «дядя Володя» готовил шприц для инъекции, девушка наблюдала, как колются парни. Они не использовали никаких дополнительных приспособлений, чтобы пережать вену. Заведя руку назад, они прижимали бицепс к ребрам. Затем резкое движение вперед — и рука от плеча и ниже оказывалась перекручена. На предплечье взбухали вены, и одним движением производился укол. Парни настолько были уверены в попадании, что даже не втягивали в шприцы кровь.

Потом очередь дошла и до Светы. Маг ввел ей два миллилитра. Эта да еще и предыдущая доза смешались в крови девушки и вызвали долгожданный экстаз. Не обращая внимания на окружающих, Заяц распахнула халатик и потянулась пальцами к промежности.

Но ее опередили. Чья-то лапища обхватила это место и стала с силой растирать. Девушка застонала. Этот звук был воспринят как сигнал к дальнейшим действиям. На Свету навалилось тяжелое распаленное мужское тело. Раньше девушка знала только один вид секса — когда ее ласкали, гладили, старались сделать все более или менее нежно. Теперь же она столкнулась с сексом непривычным. Ее мяли, щипали, завязывали в узлы. Ее брали жестоко и похотливо, как самку. Ее грубо насиловали, не считаясь с желаниями и возможностями девушки.

Первый час или полтора Света еще могла получать какое-то удовольствие. Но к концу второго часа она лишь постанывала, не в силах сопротивляться сильным рукам наркоманов. Девушку кидали, переворачивали, как каучуковую игрушку.

Думала она лишь об одном: «Скорее бы это кончилось...»

Но пытка сексом все продолжалась и продолжалась. Под конец изможденная девушка не то заснула, не то потеряла сознание. Но и тогда наркоманы не прекратили своего занятия.

3

После того как Рома присоединился к Свете, Гнус покинул веселую компанию. Он не раз видел этих боевиков-насильников в деле, и это никогда не доставляло ему удовольствия.

Для мага они были похотливыми свиньями, неутомимыми и готовыми на все ради наркотиков. Они должны были быть задействованы в следующем, предпоследнем, ходе против Дарофеева. Последним ходом намечалось физическое устранение целителя. Но пока до этого момента оставалось несколько дней, и маг должен был подготовить почву.

Приступив к медитации, маг вдруг осознал, что ему мешают. И мешает сам Дарофеев.

«Этому недоделанному мою защиту не взять...»

Но атаки были настойчивы, и Гнусу пришлось потратить некоторое время для защиты. Он увеличил всасывающую мощность своей «черной дыры».

Блок Дарофеева не выдержал и распался. Но под ним самого врага не было.

Черный маг увидел запрограммированного биоэнергетического робота. Моментально уничтожив его и поглотив энергию, питающую это создание, Гнус злорадно расхохотался.

Такое поведение Дарофеева было для мага внове и привносило элемент неожиданности и опасности. Обычно Пономарь пассивно защищался. Сейчас же произошло хорошо спланированное нападение. Вряд ли у Пономаря хватит сил повторить его, но надо оставаться начеку.

С этим решением Гнус так же выделил из себя пару фантомов и замаскировал их своей защитой. В случае следующего нападения произошла бы битва дублеров, никак не затрагивающая их создателей.

После этих приготовлений он визуализировал Рыбака. Нащупав его информационное тело, Гнус выяснил, что тот пока работает на Сивого, но не перестает лелеять честолюбивые планы. Старый наркоделец был уже неинтересен.

Настроившись на его хозяина, Гнус с удивлением узнал, что в том проснулся страх. Страх перед ним, Гнусом. Просмотрев ближайшее прошлое, маг нашел беседу, в которой Рыбак предостерегал Сивого. Этим нужно было немедленно воспользоваться.

4

Просмотрев список двойных агентов, сделанный Пономарем, Иван Алексеевич остался недоволен. Почти все они ему уже были известны. За исключением пяти-шести человек.

«Было бы странным, если бы я знал всех двойников, — размышлял Сивый. — Значит, Дарофеев начал темнить».

Тогда преступник позвонил целителю и попросил его встретиться следующим утром. Была вероятность, что Игорь откажется, но со скрипом тот все же согласился.

Сивый уже находился в своей спальне и готовился почивать, как вдруг перед ним возник какой-то человек. Он вошел бесшумно, так, что Сивому показалось, будто визитер появился из воздуха. Как ни пытался Иван Алексеевич разглядеть его лицо, он почему-то никак не мог зафиксировать взгляд на какой-либо детали. Черты словно струились по черепу.

— Кто тебя пустил?

— Я — Гнус, — ответил ночной гость. — Охрану можешь не звать. Я их отключил.

Сивый сел на кровати:

— Что тебе надо?

— Немного. И чтобы избежать лишних вопросов, скажу сразу: я с тобой работать не буду. Это раз. Два. Если не хочешь неприятностей, ты сделаешь то, что я тебе скажу.

— Но почему?..

— Сначала послушай. Когда к тебе поедет Пономарь, ты поставишь на него засаду. Они в него постреляют. И твои же люди его спасут. Благородно? Не правда ли?

— Это труда не составит.

— Дальше. Вытягивай из него все, что сможешь. Но к завтрашнему вечеру он должен быть свободен.

— Но если он скажет не все, что мне нужно?

На эту реплику Гнус не ответил. Он поднял голову и посмотрел в потолок.

В ту же секунду Сивый почувствовал, что его тянет назад. Не в силах бороться с этим притяжением, Иван Алексеевич упал на кровать, и его спину медленно начало выгибать до тех пор, пока макушка не уперлась в простыни.

— Хватит? — раздался далекий глумливый голос.

— Да... — прохрипел Сивый, и его отпустило.

— Тогда — прощай.

И Гнус ушел так же бесшумно, как и появился. Глава мафии несколько минут приходил в себя. Наконец, полностью оклемавшись, он нажал кнопку вызова охранников.

Тут же в двери появились двое громил:

— Что случилось, хозяин?

— Ко мне никто не входил?

Охранники переглянулись:

— Нет, хозяин, никого не было...

— Свободны.

Сивый начал размышлять: «Если Гнусу необходимо напугать Пономаря, то почему он не сделает это сам, используя своих людей? Все остальные покушения намеренно прошли мимо. Но это стрельба. Как говорил кто-то из писателей, история повторяется дважды: один раз в виде трагедии, другой раз в виде фарса. Но в данном случае порядок может поменяться. Значит, в следующий раз выстрелы могут достичь цели... И поэтому я теперь должен благодарить Гнуса за его предупреждение?.. Должен, но как-то не хочется...»

Он снова вызвал телохранителей:

— Приведите Петюню, Лысого и Мормона.

Когда те появились, заспанные и зевающие, Сивый объяснил им задание.

5

Утром за целителем заехали двое боевиков Сивого. Дарофеев еще спал, когда в дверь позвонили.

Накинув халат, он пошел открывать. Несмотря на то что его разбудили так рано — еще не было шести, — Игорь Сергеевич чувствовал себя бодро. Он впустил бандитов и попросил их подождать.

— Хозяин просил поторопиться, — пробубнил один из пришедших, деревенского вида мужик с красными, покрытыми оспинами щеками и носом.

— На меня он не обидится, — заверил его Пономарь и пошел умываться.

После кружки крепкого кофе настроение Дарофеева улучшилось. Он быстро оделся и спустился вместе с бандитами в лифте.

При выходе из подъезда сработала интуиция. Неожиданно для самого себя целитель прыгнул влево. Тут же в дверь ударила пуля.

Игорь Сергеевич сделал еще один шаг и оказался под прикрытием кустов. С них еще не облетела листва, и Дарофеев надеялся, что снайпер его не заметит.

Телохранители залегли за машиной и вытащили оружие. У одного оказался гигантских размеров пистолет, другой держал помповое ружье.

Раздался еще один выстрел. Пуля чиркнула по асфальту рядом с телохранителями. На этот раз они, видно, засекли стрелявшего и открыли ответный огонь.

— Обходи дом! — громко прошептал один из боевиков. — Мы тебя там подберем.

Пригнувшись, по узенькой тропке, проходящей перед окнами, целитель забежал за угол. Мокрые кусты цеплялись за плащ, рядом то и дело раздавались выстрелы... Но Дарофеев вдруг понял, что опасности нет.

Он дождался машины. Бандиты резко тормознули прямо у его ног. Они втащили экстрасенса в салон и рванули между деревьями, раздавив по ходу детскую песочницу.

Выехав на Рублевку, они облегченно вздохнули.

— Хорошо, что снайпер один был, — покачал головой краснолицый.

— Угу, — поддакнул его напарник, средних лет мужчина со стрижкой ежиком. — Было бы их двое — нам не уйти...

Игоря Сергеевича не трогали эти разговоры. Он устроился поудобнее на заднем сиденье и начал медитацию.

Посмотрев на прошедшее приключение, он нашел стрелявшего. Мало того, что снайпер оказался жив, так им оказался смутно знакомый целителю парень. Припоминая, где бы он мог его видеть, Дарофеев узнал в снайпере несколько раз приходившего к нему в центр связника от Сивого.

«Вот, значит, как ведет себя Иван Алексеевич... — рассмеялся про себя экстрасенс. — Захотел меня запугать. Будто мало мне было покушений от Рыбака... Придется подстроить Сивому какую-нибудь каверзу...»

Приняв такое решение, Пономарь решил воплотить его немедленно по прибытии. Но пока что информации, необходимой для его осуществления, было мало. И Игорь Сергеевич расслабился, наслаждаясь пейзажем за окнами машины.

На сей раз Дарофеева везли в святая святых Сивого — на его личную дачу.

6

Преодолев раздвижные ворота, автомобиль въехал на пустой асфальтированный двор. Целителя вывели из машины и проводили в дом. Там Игоря Сергеевича обыскали на предмет оружия, просветили рентгеном.

После этих процедур он встретился с Иваном Алексеевичем.

— Ситуация серьезная, — заявил тот. — Я захватил некоторые каналы доставки товара и пароли Рыбака. Но у меня возникли некоторые сомнения в их истинности. Мне бы хотелось, чтобы вы это проверили как можно быстрее. В противном случае я понесу колоссальные убытки.

— Конкретика, — коротко потребовал Дарофеев.

— Я все предоставлю. Да, мне только что рассказали, что сегодня на вас было покушение?

— Да, — ответил целитель. — Это была крайне неприятная ситуация. Не все люди Рыбака пока что пойманы... Но ничего, сегодня мои друзья должны ликвидировать остатки рыбаковской банды.

— Да? И где?

— На Яна Райниса.

Игорь Сергеевич вдруг понял, что сказал лишнее, но было поздно.

— Что ж, мы их подстрахуем.

Это было как раз то, чего Дарофееву крайне не хотелось. Он хорошо помнил прошлую операцию по освобождению Лизы.

— Не стоит. Там будет достаточно народа.

— Ладно. Оставим ментам их дела. А вас я прошу сюда.

И Сивый проводил целителя в небольшую, но со вкусом обставленную комнатку.

— Надеюсь, здесь нет никаких вредных излучений. — Иван Алексеевич демонстративно прошелся по помещению.

— Посмотрим, — сухо ответил Игорь Сергеевич и повторил маневр Сивого. — Да, похоже, энергетический фон тут в норме.

В дверь постучали, и боевик протянул Ивану Алексеевичу компьютерную распечатку.

— Это вам. — Сивый отдал целителю листы. — А я вас пока оставлю.

После ухода главаря Дарофеев просмотрел текст, состоявший всего лишь из нескольких десятков строк. Названия стран, наркотиков, имена и адреса каких-то людей и бессмысленные фразы на разных языках.

«Пароли», — догадался Пономарь.

Он устроился в кресле и, положив на колени бумаги, начал медитацию.

Глава 35

1

Оставив Дарофеева, Сивый прямиком пошел к Рыбаку. Тот уже поднялся, и Иван Алексеевич застал старика за утренним туалетом. Обнаженный по пояс, наркобарон обливался холодной водой, охая и отфыркиваясь.

— Доброго тебе утра, Рыбак.

Старик повернулся к вошедшему, снял с держателя полотенце:

— Что случилось в столь ранний час?

Пока Рыбак обтирался, Сивый молча наблюдал за ним. Наконец он ответил:

— Есть ли у тебя люди на бульваре Яна Райниса?

— Там была резервная хата для казанцев.

— Была?

— Ее взял Гнус.

— Значит, там сейчас его люди?

— Должно быть. — Рыбак повесил полотенце и зашаркал в комнату. — А почему тебя это заинтересовало?

Сивый посторонился, пропуская старика, и направился за ним:

— Я узнал, что сегодня их будут брать.

— А-а-а... Хочешь оказать Гнусу услугу?

— Почему бы и нет?

— Я тебя предупреждал. Не связывайся с ним. Он тебя уничтожит, если что.

— Но ты-то жив.

Рыбак пожал плечами:

— Делай что хочешь. Адрес я тебе дам.

2

К восьми утра квартиру, в которой находились разгромившие тантрический храм, окружили сотрудники милиции и омоновцы. Предварительное наблюдение показало, что в ней находятся все четверо. Преступники вели себя тихо, никуда не выходили. Когда все приготовления были закончены, в дверь позвонили. Через несколько минут послышались тяжелые шаги, и заспанный голос спросил:

— Кого там принесло?

— Телеграмма.

— Я не жду.

— А мне какое дело? Распишитесь и делайте с ней что хотите.

Недовольно ворча, бандит отпер. Омоновец рванул дверь на себя, она распахнулась.

Стоявшие на лестнице выдернули бандита из коридорчика и моментально скрутили. Преступник настолько опешил, что не успел оказать достойного сопротивления. Ему зажали рот, защелкнули на за-

353

пястьях наручники и под дулами автоматов положили на ступеньки, лицом вниз.

Пока одна группа занималась первым, другие оперативники ворвались в квартиру.

Спавшие преступники вскочили. Один из них кинулся к лежавшему на столе в шаге от него пистолету, но короткая очередь прошла ему руку. Он упал и злобно выматерился.

Двое сдались без лишних телодвижений. Увидев превосходящие силы милиции, они подняли руки и позволили надеть на себя «браслеты».

Пока перевязывали раненого бандита, в квартире проводился обыск. Оперативники нашли пять автоматов «АКС» с глушителями, два пистолета «ТТ», коллекцию шприцев и пакет с маковой соломкой. При личном досмотре у задержанных на руках обнаружились множественные следы уколов. У всех четверых на запястьях были одинаковые татуировки: ощетинившиеся шипами небольшие экзотические рыбки.

Под конвоем задержанных вывели на улицу и рассадили по двое в милицейские «газики». Не включая сирен, машины двинулись по бульвару.

На подходах к Волоколамскому шоссе их обогнал КамАЗ. Пассажир грузовика на ходу открыл дверцу и выронил что-то на проезжую часть. Раздался сильный хлопок. Граната взорвалась под колесами первой машины. Ей разворотило весь передок. Последовал второй взрыв, и «газик» объяло пламенем выплеснувшегося бензина. Машину перевернуло, она покатилась по дороге и остановилась, ударившись о мачту освещения.

Вторая машина резко затормозила. Из нее выбежали трое охранников-омоновцев и милиционер-водитель. Они открыли огонь по остановившемуся КамАЗу. В ответ тоже зазвучали выстрелы.

Из горящей машины слышались крики задыхавшихся в дыму. Задние дверцы от удара перекосило, и оттуда выползли задержанные наркобоевики. Взрыв и пожар практически не причинили им вреда.

Они лишь наглотались дыма и теперь ползли прочь от звуков боя, не в силах сдерживать натужный кашель.

Сзади подъехала старенькая «Волга». Из нее выскочили, стреляя на ходу, четверо боевиков, вооруженных автоматами.

Через минуту сопротивление омоновцев было подавлено. Прибывшие вскрыли стоящий на обочине «газик» и вывели еще двоих бандитов. Их быстро запихали в фургон КамАЗа, туда же до этого оттащили первых двоих. Грузовик рванул с места и помчался в сторону Кольцевой. Пассажиры «Волги» на секунду остановились у оставшегося целым милицейского «газика». В его салон полетела граната. Взрыв вынес все стекла, и машина загорелась.

В следующее мгновение поле небольшой битвы опустело.

Еще через минуту собралась толпа любопытных.

3

Еще до полудня задание Сивого было выполнено. Просмотрев будущее Ивана Алексеевича, Дарофеев нашел его не слишком привлекательным. Наличествовал целый веер вероятностных линий грядущего. Целителю пришлось внимательно просмотреть их все.

В одной из них Сивого убивали при атаке ОМОНа на его дачу.

Но о таком исходе Ивану Алексеевичу сообщать было не резон.

Другая заканчивалась его пленением. Здесь тоже приятного было мало. В тюрьме мафиози поместили бы в камеру с беспредельщиками, и оттуда Сивый вышел бы полутрупом.

Эти варианты проистекали из намерения Игоря Сергеевича выдать мафиози Дроздову. Поскольку решение было принято, остальные варианты развития событий носили чисто гипотетический характер.

Но целитель, желая порвать связи с организованной преступностью, сейчас должен был дать максимально правдивую информацию. Или хотя бы правдоподобную.

Поэтому, вернувшись мысленно назад во времени, до принятия решения о разрыве, Дарофеев стал смотреть линии вероятности, оставшиеся в потенциале.

Но и там ситуация была не лучше. Пароли, захваченные, по словам Сивого, у Рыбака, оказались с «двойным дном». Они позволяли первый раз приобрести настоящие наркотики. Но затем, когда заключался договор на приобретение крупной партии, зелье подменялось тальком или другим безобидным веществом. Деньги же делились пополам между Рыбаком и поставщиками. Но оставалось невыясненным, куда подевался сам Рыбак. Теперь все, что было связано со старым наркодельцом, находилось под защитой Гнуса.

Оставались считанные часы до момента, когда Дарофеев сможет через нее проникнуть. И ему хотелось в этот момент иметь полную свободу действий.

По расчетам Игоря Сергеевича, атака на Сивого должна была произойти со дня на день. Следовательно, главаря следовало поводить за нос и поскорее убираться с его дачи, чтобы успеть рассказать все Дроздову.

Открыв глаза, Пономарь некоторое время просидел, глядя в одну точку. Потом он встал и, разминая слегка затекшие мышцы, прошелся по комнате. Подошел к окну.

Перед ним был настоящий ровный плац. Высокий бетонный забор и крашеные зеленой краской железные автоматические ворота.

Внезапно мотор, отодвигающий створку, заработал, металлический лист отошел в сторону, и во двор въехал микроавтобус. Из него вывели четверых людей, одетых, несмотря на холодную погоду, только в трусы и майки. К ним подошел какой-то низенький человечек и заговорил. Очевидно, он обладал властью над приехавшими, потому что после каждой его фразы плечи мужиков опускались все сильнее. Наконец один из них осмелился ответить. Слов слышно не было, но Дарофеев видел, как шевелятся его губы. В ответ мужичок замахал руками и повернулся к дому и к Игорю Сергеевичу лицом. Целитель сразу узнал его. Рыбак.

Но что он тут делает? Почему он свободно здесь ходит, да еще имеет право распоряжаться? Судя по его поведению, он не пленник. А кто?

На этот вопрос Дарофеев мог придумать только один ответ: нынче Рыбак полноправный партнер Сивого. И пароли не были захвачены. Их дал сам Рыбак.

Но старик решил обмануть Ивана Алексеевича и разорить его. Или не разорить, но причинить массу неприятностей. Так вот из-за чего Гнус закрыл наркодельца! Он не хотел, чтобы Дарофеев узнал об этой сделке.

Но враг не смог предвидеть фактор случайности. Пока Игорь Сергеевич размышлял и делал выводы, Рыбак скрылся в доме, а приехавшие побрели вслед. Мельком взглянув на их лица, целитель понял, что и они ему знакомы. Скорее даже не лица, а вибрации, которые излучали эти люди. Да! Это же те самые боевики, которые убили тантристов!

Но они-то откуда здесь взялись? Их же сегодня должны были захватить!..

И Дарофеев вдруг вспомнил недавний разговор с Сивым.

«Я же проговорился!.. — с ужасом понял целитель. — А раз Сивый с Рыбаком, они отбили его людей! Дроздов мне этого не простит... Но тем более мне скорее надо отсюда выбираться...»

Целитель выглянул за дверь. В коридорчике маячили двое громил с автоматами.

— Эй, — позвал Пономарь. — Который час?

Один из охранников глянул на часы:

— Без четверти одиннадцать.

— Кошмар! — всплеснул руками целитель. — Быстро позови мне твоего хозяина!

Сивый явился через пару минут:

— Что случилось?

Разыгрывая нервозность, Игорь Сергеевич мерил комнату шагами:

— Мне срочно надо в Москву.

— Отчего такая спешка?

— Во-первых, в час мне надо быть в прокуратуре. Закрывать дело об изнасиловании и возбуждать новое, о клевете. Там меня будет ждать брат. Нельзя вызывать у него никаких подозрений. Во-вторых, я должен отдать письмо с опровержением в редакцию. И сделать я могу это только лично. В-третьих, Лизе завтра девять дней. А у меня ничего не готово. Достаточно причин?

— С избытком, — скривился Иван Алексеевич. Ему не хотелось отпускать Дарофеева, но, испытав на себе мощь Гнуса, Сивый стал побаиваться и целителя. Кто знает, на что способен Пономарь, если его разозлить.

А экстрасенс уже не был тем самодовольным хапугой, которого в первый раз увидел Сивый. В глазах Дарофеева появилась решительность. Такого человека, если он задумал что-либо, лучше не останавливать.

— А вы исполнили мою просьбу? — вопросительно поднял брови Иван Алексеевич.

— Конечно. Вы захватили только часть информации. Эти пароли могут подействовать всего лишь один раз. На следующую закупку нужен новый пароль. Сейчас вам доставят товар полностью. Но второй заказ должен быть подтвержден по-новому.

Целитель никогда не видел Сивого в таком раздражении.

Мафиози сжимал и разжимал кулаки и что-то злобно шипел себе под нос.

— Как мне отсюда выйти?

— Я провожу, — не сдерживая гнева, рявкнул Иван Алексеевич.

Сивый привел Дарофеева в подземный гараж.

— Думаю, излишне напоминать, что, выехав за ворота, вы должны забыть об этом месте?

— У нас с вами доверие взаимное, — проникновенно сказал Игорь Сергеевич и посмотрел Сивому в глаза.

Тот отвел взгляд:

— Оставьте машину у какого-нибудь метро. И позвоните предупредить... — Мафиози вздохнул. — Я надеюсь, что завтра вечером мы с вами вновь встретимся...

Дарофеев выразил надежду, что свидание будет приятным.

4

Выпустив экстрасенса, Сивый чуть ли не бегом направился к Рыбаку.

Старик наслаждался сеансом массажа.

На своей даче Иван Алексеевич держал нескольких женщин разного цвета кожи. Они были собственностью Сивого. Простым боевикам было запрещено даже прикасаться к ним.

Лишь в качестве высочайшей милости мафиози мог позволить особо отличившемуся разок попользоваться дамой из его гарема. Все они были проститутками самого высокого класса. Узнав о них, старик немедленно выторговал себе парочку. И сейчас его дряхлые мышцы разминала статная обнаженная африканка.

— Вон! — заорал на нее Иван Алексеевич.

Девушка молча повернулась и убежала, сверкая ягодицами.

Рыбак проводил взглядом удаляющиеся бедра и не торопясь перевернулся на живот:

— А теперь что послужило поводом твоего визита?

— Ты меня пытался надуть! — бесновался Сивый.

— Да? — удивленно зевнул Рыбак. — И в чем же?

— Я узнал, что твои пароли — фикция!

— Кто же тебе такое поведал?

— Тебе какое дело? Отвечай!

— Только после того, как ты расскажешь мне об источнике информации.

— Хорошо. Это Пономарь.

— Пономарь? — переспросил старик.

— Да! Да! Пономарь!

— Не он ли сидит в одной из комнат на втором этаже?

— Да, там... — Сивый, недоумевая, разглядывал потягивавшегося наркодельца, который никак не реагировал на обвинения Ивана Алексеевича.

— А то я думал, кто это на меня пялится?

— Что?! — Мафиози чуть не сел на пол. — Он тебя видел? И узнал?

— Наверняка... Ты ведь давал ему мой портрет.

— Значит...

— Да. Он захотел нас перессорить. Но ты ведь не поддашься на провокацию?

Выругавшись, Сивый побежал к выходу.

— Постой, — тихо сказал Рыбак.

— Что еще?

— Ты куда?

— Дать приказ, чтоб его догнали...

— Ты его отпустил?.. Ну ты козел... Как ты думаешь, что он теперь сделает?

— Не знаю, но я хочу его догнать. Он не мог далеко уехать.

— Для того чтобы у тебя была причина сделать это эффективнее, я выскажу догадку. Он тебя сдаст. Ты надавил на него слишком сильно. Он не Гнус. Ему нет резона помогать тебе бесконечно.

Под истеричный писклявый хохот Рыбака Иван Алексеевич выкатился из комнаты. Промчавшись по коридорам, он влетел в пункт наблюдения.

Машина, которую он дал Дарофееву, была заминирована. Не лично для целителя, а на всякий случай.

— Десять минут назад отсюда выехала «волжанка», — сказал Сивый оператору. — Взрывай ее.

Молодой парень щелкнул одним из тумблеров. Где-то недалеко прозвучал короткий раскат грома. Он эхом прокатился по перелескам, и все стихло.

5

Выехав на трассу и свернув по направлению к Москве, Дарофеев вдруг почувствовал опасность. Чувство это было иррациональным, но оно не раз спасало целителя.

Подробно медитировать не было времени. Игорь Сергеевич надавил на тормоз и выскочил из машины. Отбежав несколько десятков метров, он углубился в лесополосу около дороги. Ничего не происходило.

«Может, ложная тревога?» — подумал Дарофеев, и в этот момент прогремел взрыв. Повернувшись к оставленной им «Волге», целитель увидел, как волна раскаленного воздуха подняла в воздух капот машины.

Медленно треснуло и рассыпалось лобовое стекло. Язычки пламени вырвались из обнаженного мотора и, обгоняя друг друга, расползлись по всей машине. От такого зрелища Дарофеева прошиб холодный пот.

«Он поговорил с Рыбаком... — догадался Игорь Сергеевич. — И тот сказал, что я все видел. Но зачем меня убивать? Или Рыбак догадался, что я ему не прощу всех своих мучений и наведу на Сивого милицию?»

Со всех ног целитель кинулся к дороге. Он вытащил из кошелька несколько сотенных купюр и принялся энергично ими голосовать. Тут же остановились «Жигули». Их водитель первым делом поинтересовался:

— Твоя тачка полыхает?

— Нет, — отмахнулся Пономарь. — Мне в Москву. Срочно.

— Ну, садись... За сотню довезу...

Высадив Игоря Сергеевича у станции метро, «жигуль» уехал, а целитель побежал искать телефон. Найдя в карманах жетон, Дарофеев позвонил брату.

— Ты где пропадаешь? — обрадовано закричал Костя. — Тебя Дроздов всюду разыскивает. Мне три раза уже звонил.

— Костя, помолчи. Я в страшной опасности. Мне нужно место, чтобы скрыться.

— Что произошло?

— Встретимся — расскажу подробнее. А пока — спаси меня.

— Через час на нашем месте.

— Буду.

«Нашим местом» у братьев называлась скамейка у станции метро «Преображенская площадь». Там Константин не раз дожидался задерживавшегося в Центре традиционной народной медицины Дарофеева-старшего.

Глава 36

1

Ждать Дарофееву пришлось недолго. Из подземного перехода выбежал Константин и прямиком направился к целителю.

— Привет. Что произошло?

— За мной охотится мафия, — почти прошептал Игорь Сергеевич, оглядываясь по сторонам.

— Ну, к этому тебе не привыкать...

— Это уже не шуточки.

— Ладно, ладно... Рассказывай.

— Потом. Сейчас мне надо скрыться в таком месте, где бы меня никто не нашел.

Костя призадумался:

— Можно в принципе у моих друзей...

— Звони скорее!

По телефону Дарофеев-младший договорился с одним из Дмитриев, участвовавших в задержании банды Мустанга. По пути на квартиру целитель понуро молчал.

Ему не хотелось рассказывать брату всю правду. Но необходимо было как-то оправдать свой визит на дачу Сивого.

— Сегодня с утра за мной заехали...

Они сидели втроем на кухне Димы и пили кофе. По дороге Игорь Сергеевич успел придумать версию:

— Сказали, что заболел какой-то весьма богатый человек. Я отказывался, но визитеры были настойчивы. Сулили золотые горы. Пришлось согласиться. Увезли меня за город. Дом — дворец. Полечил я этого деятеля. Ему полегчало. Однажды я выглянул в окно. А во дворе гуляет какой-то старик. Как я его увидел, так чуть не сел. Рыбак.

— Тот самый? — Дима чуть не поставил чашку мимо стола.

— Тот самый. Я быстро собрался. Дали мне машину, и я уехал. А потом меня что-то кольнуло. Я остановился, вышел, и тут автомобиль взорвался.

— Ого... Повезло вам...

Решив, что не стоит лишний раз хвалиться своей интуицией, Пономарь продолжил:

— Дальше — просто. Остановил частника, доехал до Москвы, звякнул Косте. И вот...

— Да. Эти ребята обязательно проверят, погиб ли ты, — предположил Константин.

— А когда не найдут тела, устроят охоту, — добавил Дима.

— Если уже не устроили. — Дарофеев нервно щелкнул пальцами. — Теперь время против меня... Я должен раскрыть всю эту банду и отдать материалы Дроздову. Иначе...

— Моя хата — в вашем распоряжении. Если что потребуется... — Дмитрий развел руками, показывая, что проблем быть не должно.

— И вот еще какая сложность... — Дарофеев замялся. — Я не могу показываться на глаза Дроздову.

— Почему? — вопросительно кивнул Костя.

— Я его заложил... Ну не знал я, что это мафиози, хвастаться стал, вот, мол преступников разоблачил, ну и проговорился про сегодняшнюю операцию... А потом увидел, как привезли тех убийц. Им даже наручники не успели снять... — Игорь Сергеевич умолк и отвернулся.

— Не беспокойся. — Костя положил руку на плечо брата. — Работай. Мы тебя прикроем.

— Из-за меня погибли люди... — прошептал целитель.

— Игорь, я сейчас поеду к Петру Никитовичу. Давай адрес Рыбака.

Пономарь вышел из задумчивости:

— Что?

— Где Рыбак?

— Погоди. Тот за́мок может целое войско штурмовать. Я должен просмотреть все уязвимые места. Да. Сейчас же. Дайте мне полчаса, и я напишу Дроздову все, что надо.

2

Пока Дима с Костей обсуждали передрягу, в которую попал целитель, сам он заперся в одной из комнат и настроился на получение информации с помощью ясновидения.

Прозрачный, как архитектурный макет из оргстекла, перед Дарофеевым возник дом Сивого. Снаружи он не представлял собой внушительного зрелища. Но внутри...

На самом деле это была шестиэтажная постройка. Четыре подземных этажа занимали: гараж, арсеналы, жилые комнаты роты боевиков, сауна с бассейном, тренажерные залы, тир, складские помещения. Но все это мало интересовало Игоря Сергеевича, хотя он и отметил про себя, что оборона у Сивого поставлена по последнему слову техники. Дарофеев искал подземные ходы.

К даче были подведены электричество, канализация, но вряд ли Иван Алексеевич стал бы в случае опасности использовать эти крысиные норы. Наконец целитель нашел тоннель. Он начинался сразу под самым нижним этажом и вел строго на север, к шоссе. Пономарь пролетел по нему до конца. Выход находился в двух километрах от дома и был замаскирован под небольшой холм у дороги. Под слоем дерна находилась толстая железная плита, управляемая, очевидно, дистанционно. Вернувшись к началу, целитель обнаружил и средство передвижения: автомобиль БМВ.

Теперь следовало разузнать планы хозяина дачи. Настроившись на Сивого, Дарофеев для лучшего проникновения отождествился с ним. Иван Алексеевич пребывал в тревоге. Но покидать убежище был пока не намерен. Он надеялся на запасной выход.

Его разведка уже установила, что во взорванной машине никого не было. И теперь всем людям Сивого по Москве была дана ориентировка: найти и доставить Дарофеева, живого или мертвого.

Первая часть работы была выполнена. Игорь Сергеевич нашел бумагу и начал писать депешу капитану Дроздову. Больше всего пришлось помучиться с планом дома. Чертежник из Дарофеева был никудышный, но эта схема удалась. Целитель отметил огневые установки и нарисовал подземный ход с координатами выхода.

В постскриптуме Игорь Сергеевич сообщал, что на даче обитает Рыбак и что вскоре капитан получит список группировки Сивого.

Перечитав текст, Пономарь размашисто расписался: врач, народный целитель Дарофеев.

Константин, получив послание, тут же уехал к Петру Никитовичу, а его старший брат вооружился ручкой и, не обращая внимания на любопытствующего Диму, опять запер за собой дверь. Организацию Ивана Алексеевича целитель уже изучил. Оставалось перенести сведения на бумагу.

3

Прочитав рукописный текст, полковник Федин отложил листы и воззрился на Дроздова:

— Что скажете, капитан?

— Лев Петрович, вы помните, Дарофеев всегда давал точную информацию.

— А как быть с утренним провалом? Восемь человек погибло! Восемь!

Петр Никитович выдержал пронизывающий взгляд начальника.

— Хорошо, — проговорил Федин. — Раз там Рыбак, надо атаковать. Но с двойной, тройной перестраховкой! — Полковник ударил по столу тяжелым кулаком. — Никакого риска. — Он перелистал бумаги. — Смотри, он пишет: «Забор оснащен встроенной системой для подачи отравляющих газов». Взять самые надежные средства защиты. Дальше: «Возможно ведение огня с восьми стационарных радиоуправляемых крупнокалиберных пулеметов». Тут никакие бронежилеты не помогут. Поэтому... — Взяв паузу, полковник хитро взглянул на Петра Никитовича. — Неофициально разрешаю применение психотропного оружия и гранатометов. Но если хоть намек об этом попадет в прессу... Голову сниму!

— Слушаюсь! — радостно вытянулся Дроздов.

— Насчет оружия я сейчас распоряжусь, а вы идите собирайте группу захвата.

— Есть! — Капитан повернулся, чтобы уйти, но Федин остановил его:

— Постойте. Я свяжусь с ближайшей воинской частью и попрошу несколько рот для оцепления. Разъясните им задачу, но о психотропном оружии...

— Понял, товарищ полковник.

— Теперь идите.

И Дроздов пулей выскочил из кабинета начальника.

4

— Товарищи бойцы, перед вами стоит задача стоять в оцеплении. — Петр Никитович стоял на плацу перед двумя сотнями солдат в камуфляжной форме с автоматами наперевес. — Ближе трех сотен метров к дому не приближаться! Со стороны противника возможно применение отравляющих веществ. Поэтому по команде «газы!» немедленно надеть средства защиты. Всем приближающимся к оцеплению со стороны дома предлагать сдаться. В случае отказа — открывать огонь на поражение. Командиры отделений! Слушай мою команду! По машинам!

Вскоре вереница военных грузовиков, набитых солдатами в плащ-палатках, прибыла к повороту с шоссе, за которым находился дом Сивого.

— Стройся!

Воины повыпрыгивали из машин и встали, загородив почти всю проезжую часть.

— Бегом марш!

Командиры рот, следуя карте, повели бойцов на заранее определенные позиции. Там, окопавшись, группы стали ждать действий спецназа.

Памятуя о приказе Федина перестраховаться, Дроздов расставил на подъездных путях к базе Сивого по наблюдателю с рацией. Они заняли позиции и замаскировались.

Ровно в шестнадцать часов началась атака. Во дворе разорвалась первая мина. Прицельной стрельбе прямой наводкой мешали деревья, и вести огонь приходилось навесными выстрелами. Второй снаряд перелетел дом и разорвался на заднем дворе. Третий попал точно в крышу.

Здание словно вымерло. После шести-семи выстрелов огонь прекратили.

Система наблюдения Сивого давно засекла передвижение войск и то, что дачу окружили. Но дальности пулеметов не хватало для ведения огня. Да и в лесу вести прицельную стрельбу было все равно невозможно.

Дежурный охранник сразу, как прозвучал первый взрыв, связался с базой боевиков. И подкрепление должно было уже выехать.

Разведчик спецназовцев сообщил, что к дому с западного направления движутся два крытых брезентом грузовика. Дроздов немедленно собрал совещание командиров:

— Ваши предложения?

— К нам едут от сорока до сотни человек, — высказался один из лейтенантов. — Наши бойцы никогда не были в настоящей боевой обстановке. Они могут не выдержать прямого столкновения. Поэтому лучше всего ударить по ним прямой наводкой из гранатометов.

— Поддерживаю, — согласился Дроздов. — А прикрытие? Они не должны рассеяться по лесу.

— Сделаем коридор до объекта, — предложил другой командир. — Снимем бойцов с позиций и марш-броском в тыл к грузовикам.

— Позиции обнажать нельзя! Снимите половину ребят, а остальные пусть остаются, — приказал Петр Никитович.

Когда до дачи Сивого оставалось с полкилометра, машины с боевиками остановились. Но не успели бандиты выйти из кузовов, как раздались два выстрела.

Обе гранаты попали в цель. Машины вспыхнули. Вопли раненых, матерная брань смешивалась с гудящим звуком набирающего силу пожара. Оставшиеся в живых боевики, стреляя по кустам, бросились врассыпную. Залегшие за деревьями солдаты открыли ответный огонь. Часть выстрелов достигла цели, но многим бандитам удалось залечь в кювете. И теперь они нервно палили во все стороны.

— Сдавайтесь! — крикнул кто-то из солдат.

Отозвавшийся бандит осведомился об умственных способностях воина и, подтверждая свое нелестное мнение, выпустил в сторону предложившего короткую очередь.

Взорвались топливные баки сначала у одной, следом у другой машины. Пылающий бензин потек по дороге, залил обочину. Такое нападение с тыла вынудило боевиков сменить расположение, и при этой передислокации они понесли большие потери.

Наконец через десять минут оставшиеся в живых бандиты начали бросать оружие и поднимать руки. На них надели наручники и приковали к деревьям. Из полусотни боевиков осталось не больше десятка.

После нейтрализации резерва Сивого солдаты возобновили обстрел дома из гранатометов. Но дача на огонь упорно не отвечала. Лишь около забора появилось какое-то дрожание воздуха.

У одного из солдат, стоявшего в оцеплении с наветренной стороны, появилась резь в глазах. Внезапно он начал истошно кашлять, хватаясь руками за горло.

— Газы! — понял кто-то.

Окоп несчастного находился в самой низине, и помочь ему не удалось. Но остальные бойцы натянули противогазы и продолжали удерживать свои позиции.

Видя, что обстрел дома не приносит почти никакого результата, кроме его постепенного разрушения, минометчикам дали приказ повалить забор.

После пристрелки несколько бетонных плит были повалены. Увидев, что путь свободен, какой-то лейтенант заорал:

— В атаку! Вперед!

Бойцы встали из окопов и побежали к дому.

— Стой! — крикнул Дроздов, но его услышали немногие.

Приблизившись к забору на сотню метров, солдаты попали под заградительный огонь внезапно оживших пулеметов. Большинству удалось спрятаться за деревьями, но были и жертвы.

— Минометчики должны подавить огневые точки! — приказал Петр Никитович.

— Легко сказать, — возразил капитан спецназовцев. — Это настоящие доты на вышках. Их не снять.

— Но должен же быть выход...

И выход нашелся. По рации Дроздову передали, что оцепление спецназа около указанного Дарофеевым холма задержало выезжавшую машину. В ней находились двое. Судя по описанию, Рыбак и Сивый.

— Вот теперь они в наших руках! — обрадовался Петр Никитович.

Он взял с собой несколько бойцов и отправился к потайному ходу. Там, около разверстого холмика, их ждали спецназовцы. Они охраняли двух людей. Старика и мужчину средних лет.

— А, Сивый, — поприветствовал преступника капитан. — Давненько мне хотелось с тобой встретиться. Давненько...

— Веришь, а я бы пережил и без нашей встречи... — огрызнулся Иван Алексеевич.

— Не горячись. Лучше скажи, в этом проходе нет ли каких-нибудь ловушек? Ты же на них мастер...

— Сам проверяй, — ласково проговорил Сивый и сплюнул.

— И проверю. Приведите пленных.

Вскоре появились обгоревшие боевики.

— Смотри, Сивый. Я их пущу вперед. Не жалко? Твои же ребята.

— А чего их жалеть? Каждому вышка светит.

— Ну раз так...

Отряд из нескольких закованных в наручники бандитов и десятка спецназовцев углубился в тоннель. Одного из преступников вытолкнули вперед, и он обреченно вышагивал по центру коридора.

Внезапно тишину разорвали выстрелы. Бандит упал, не успев даже отпрыгнуть. Пули пробили ему грудь, он захрипел и скончался.

Шедшие сзади заметили места, откуда велся огонь. Прозвучало:

— Ложись!

Вслед за этим — взрыв гранаты.

Избрали следующего смертника. Этот крался по стенке. Но и его постигла участь предшественника. После третьей жертвы ловушек больше не обнаружилось. Бойцы беспрепятственно продвигались вперед.

Они добрались до автостоянки и нашли дверь, ведущую в дом Сивого.

— Интересно, — поинтересовался кто-то из спецназовцев, — там слышали наши взрывы?

Но его опасения оказались напрасными. Преодолев дверь, отряд оказался в небольшом пустом помещении с единственной дверью в стене. Бойцы приоткрыли дверь и выглянули за нее. Там был длинный коридор. Совершенно пустой.

— Давай, — кивнул Дроздов.

Один из бойцов, всю дорогу несший небольшой зеленый ящичек, сорвал с него пломбы и открыл. Внутри оказались пять странного вида гранат. Все надели противогазы, и первая граната полетела в коридор. Послышалось слабое шипение, и все стихло.

Через минуту отряд безбоязненно вышел из комнаты. Все видимое пространство заволокло дымом. Бойцы начали методичный обыск всех помещений. В некоторых из них обнаруживались люди. Кто смеялся, кто плакал, кто бессмысленно смотрел на стену. Мужчин обезоруживали и связывали попавшимися под руку веревками, кусками ткани. Женщин — а их здесь было большинство — оставляли без внимания.

Дроздов держался сзади и пытался наскоро обыскать попадавшиеся на пути комнаты. Но ничего интересного, кроме оружия и личных вещей, в них не было. Вскоре подошла подмога. Вторая граната с психохимическим газом нейтрализовала следующий подземный этаж. И через двадцать минут все было кончено. Отравленных боевиков по двое выволакивали из дома и сажали под прикрытием автоматчиков во дворе. Впрочем, бежать никто и не пытался.

Глава 37

1

На свежем воздухе бандиты вскоре отдышались. Приходя в себя после воздействия наркотического газа и постепенно осознавая свое незавидное положение, они сперва недоуменно хлопали глазами, потом начинали ругаться. Охранники не обращали на оскорбления почти никакого внимания. Разве что легонько стукали прикладами автоматов наиболее рьяных сквернословов.

Пожар, разгоревшийся на надземных этажах, быстро потушили. Теперь дом производил впечатление разрушенного во время войны. Однако все подземное хозяйство сохранилось полностью.

Солдат увезли обратно в казармы, и на территории дачи остались только спецназовцы и сотрудники ОБОПа.

Из Москвы прибыла группа экспертов. Они во главе с Дроздовым прошлись во всему шестиэтажному корпусу.

После тщательного обыска с миноискателями было обнаружено несколько сейфов. Сивого наскоро допросили, но он наотрез отказался сообщать шифры.

Все найденные компьютеры оказались тоже запаролированы. Снять с них информацию можно было только после набора особого кода. Дроздов распорядился вынуть из хитроумных машин жесткие диски и отправить в лабораторию для дешифровки. Но со встроенными в стены сейфами так поступить было нельзя. Первый из них попытались открыть с помощью дрели. Но когда распахнулась тяжелая металлическая дверца, взглядам присутствующих предстала обугленная и еще дымившаяся куча пепла. Все, что осталось от секретных документов Сивого. Пришлось опять звонить в Москву и вызывать специалистов по вскрытию сейфов. Пока они ехали, захваченных боевиков по одному выдергивали из общей кучи и препровождали к следователям. На допрос.

Некоторые раскалывались сразу, но таких было явное меньшинство. Другие молчали, как партизаны.

Среди задержанных, как доложили Петру Никитовичу, оказалось несколько людей Рыбака. Причем четверо из них находились на положении пленных. Их держали в отдельных запертых комнатах.

2

Пока шли беседы с рядовыми преступниками, капитан Дроздов разговаривал с Сивым. Тот равнодушно отказывался отвечать на большинство вопросов, касающихся его преступной деятельности, но при упоминании о Гнусе страшно испугался:

— Про этого человека я ничего говорить не буду, даже если бы хотел...

— Почему? — доверительно спросил Петр Никитович.

— Мне еще жизнь дорога.

— Жизнь? — удивленно покачал головой капитан. — Тебе, Сивый, все равно вышка светит.

— Уж лучше от пули, чем так...

— Как?

— Он приходил ко мне... И кое-что показал... Нет, пусть о нем тебе Рыбак рассказывает. Ему терять нечего. А у меня есть надежда на пожизненный...

— Может быть... А насчет Гнуса не беспокойся. Дарофеев его...

Сивый прервал Петра Никитовича:

— Вашему Дарофееву жить осталось от силы дня два.

— Откуда такая информация?

— Сам догадался. Говорил же тебе, Гнус у меня побывал. Да и Рыбака он предупреждал, чтоб Пономаря ему оставили.

— Игорь Сергеевич с ним справится, — убежденно сказал Дроздов.

— Справится? — Иван Алексеевич невесело расхохотался. — Гнус с ним как кошка с мышкой играет. Можешь попрощаться со своим осведомителем.

Капитан насторожился:

— Откуда тебе это известно?

— Сам сказал, — огрызнулся Сивый. — Твой Дарофеев на меня работал...

— Врешь! — вскочил Дроздов.

— На первом подземном в комнате у лифта — сейфик. Код... (Иван Алексеевич назвал комбинацию из восьми цифр.) Открой. Посмотри... И подумай, зачем он меня сдал. Мои сейфы ни один человек открыть не сможет. Наш... (Преступник сделал упор на слове «наш».) Дарофеев знал об этом. Он думал, что все его грешки пеплом пойдут. Ан нет. Почитай, начальник. Интересно будет. Обещаю.

Петр Никитович кликнул охранника и приказал увести арестованного. Уходя, Сивый обернулся и подмигнул капитану:

— До встречи, майор.

Сейф действительно оказался там, где указал мафиози. Возле него уже возился какой-то человек с электронным стетоскопом. Отстранив его, Дроздов набрал записанную комбинацию. Дверца бесшумно распахнулась, и капитан вытащил довольно толстые скоросшиватели, набитые бумагами. Раскрыв один из них, он тут же узнал почерк Дарофеева. Игорь Сергеевич сообщал информацию об одном известном государственном деятеле. Перечислялись его привычки, слабости, интимные факты биографии.

Пролистав документы, Петр Никитович нашел в них еще много знаменитых фамилий. И все тексты кончались личным росчерком Дарофеева. Одним из документов был отчет о присутствии Игоря Сергеевича при убийстве анонимщика. А самым последним, со вчерашней датой, — текст о возможности использовать документы, захваченные при разгроме группировки Рыбака.

После ознакомления с бумагами Петр Никитович задумался над словами Сивого.

«Вот оно в чем дело... — понял капитан. — Игорь втихаря работал на мафию, а когда они повязали его кровью и заставили участвовать в их делах более активно, он сломался. А Сивый хитер... Дал мне понять, что на него завязаны такие люди, подобраться к которым почти невозможно. Большая политика... Теперь ясно, почему Дарофеев передал план этого дома через брата. Теперь он вынужден скрываться и от меня, и от Гнуса... Странная ситуация. Остается только выждать время. Сивый говорит, что развязка должна наступить в ближайшие дни... Игорю помочь я ничем не смогу. Даже если найду его... Остается лишь надеяться, что из схватки с Гнусом он выйдет победителем. Но скорее всего, с Дарофеевым придется распрощаться... Жалко... Пользы от него было много. Да и привык я к нему. Ладно, — решил капитан, — если он выживет, я его вытащу. А там посмотрим...»

3

Исписав последний лист, Игорь Сергеевич отложил ручку и посмотрел на свою работу. Тридцать страниц, исписанных мелким почерком.

Растирая уставшие пальцы, целитель перелистал список. Здесь были все, кто работал на Сивого в Москве. Более полутора тысяч человек, каким-либо образом сотрудничавших с мафией. Тут были и закоренелые преступники, и те, к чьим услугам прибегали время от времени, и коррумпированные чиновники, и служащие офисов, работавших под «крышей», воры компьютерные и обыкновенные «гоп-стопщики».

Но еще больше народа осталось вне поля зрения Дарофеева. Он физически не смог бы за один раз переписать полный список мафии.

«Иногородних — в следующий раз», — решил целитель. Он посмотрел на рукопись и вдруг понял, что написал ее практически набело. Сразу. Почерк при автоматическом письме, который раньше трудно было разбирать самому писавшему, теперь стал ровным и аккуратным.

«Это хороший признак», — порадовался за себя Пономарь и взглянул на часы.

Шел уже третий час ночи. Дарофеев прокрался в ванную и умылся. Холодная вода сняла напряжение, и Игорь Сергеевич облегченно вздохнул. Вернувшись в предоставленную ему комнату, он разделся и лег спать. Но сон не шел. Все еще оставалось непонятное возбуждение. Такое бывало у Дарофеева, когда он не до конца выполнял какую-либо работу. Можно было, конечно, перебороть это томление, самогипнозом заставить себя уснуть. Но что-то подсказывало целителю, что этого делать нельзя.

Игорь Сергеевич вновь начал процесс медитации. Никакого конкретного задания он себе не давал.

«Пусть я окажусь там, где происходят наиболее важные для меня вещи...»

И перед внутренним взором Дарофеева возник разрушенный дом Сивого. Незримый, целитель пронесся по его коридорам и в одном из них наткнулся на Дроздова, несущего несколько папок с бумагами. От них исходило до боли знакомое излучение.

«Что же это?»

И вдруг Пономаря как ударило: «Это же мои отчеты Сивому!..»

Игорь Сергеевич запаниковал. Иван Алексеевич клятвенно обещал целителю еще в самом начале их сотрудничества, что эти бумаги будут уничтожены при любой попытке милиции их захватить.

И вот Дроздов ими завладел.

«Теперь он все знает... Даже клочка одной из этих бумажек достаточно, чтобы засадить меня в тюрьму!.. Что же делать?..»

Вскоре Игорь Сергеевич сообразил, что вполне может проследить судьбу этих документов. Он приказал времени: «Вперед!» — и стал наблюдать.

В течение года эти бумаги будут пылиться в сейфе Петра Никитовича. Потом один из документов будет использован для своеобразного шантажа одного из высокопоставленных чиновников. Но никаких признаков, что документы послужат для обвинения самого Игоря Сергеевича, не было.

«Или Дроздов меня простит... Или...»

Проверить факт своей будущей смерти Дарофеев не посмел. Он прислушался к своей интуиции. Та тревожно молчала. Но ощущения собственной гибели не было.

Успокоив себя тем, что люди, занимающиеся биоэнергетикой, могут загодя предчувствовать момент перехода в мир иной, целитель направился проведать Гнуса.

Тот, как обычно, находился под «черной дырой». Но были и новшества. На подходах Дарофеев, очевидно, не заметил какие-то охранные структуры и, едва появившись в опасной близости от Гнуса, оказался вынужден спешно усиливать свою защиту.

«Черная дыра» Гнуса вспухла множеством пузырей, каждый из которых немедленно отделился и направился в сторону целителя.

Защиту Игоря Сергеевича окружили двадцать шесть нападающих фантомов. Дарофеев попытался переместиться куда-нибудь подальше, но этот маневр не удался. «Черные дыры» искривляли астральное пространство вокруг целителя, и он не мог двинуться с места.

Тело Игоря Сергеевича покрылось холодным потом.

«Это уже не игрушки...»

В голову ничего не приходило. Никаких вариантов спасения. Вдруг Дарофеев решился. Он так же выделил из своей «черной дыры» двадцать семь двойников. Они начали борьбу с фантомами Гнуса. Воспользовавшись этим, Пономарь ускользнул из заблокированной сферы. Оставшийся незадействованным фантом Дарофеев направил прямо на своего врага. Не дожидаясь окончания событий, Игорь Сергеевич вышел в более тонкие слои.

Его никто не преследовал.

«Да, глупо было снова лезть на рожон...»

Но целитель чувствовал удовлетворение. Раньше он не выбрался бы из этой ловушки.

Оглядевшись по сторонам, Игорь Сергеевич вдруг понял, что находится у Информаториума. Он призывно переливался красными змеящимися полосами на ярко-синем фоне.

Дарофеев полетел внутрь. Там все было как прежде. Воображаемый стул стоял на воображаемом полу, а перед ним матово поблескивал воображаемый экран.

«Даю запрос, — подумал целитель. — Могу ли я получить интересующую меня информацию?»

На стене из непостижимой информационной дали выплыли две знакомые, переливающиеся радугой, буквы: «ДА».

«Могу ли я узнать методы проникновения под защиту «черная дыра?»

Слово на экране мигнуло, но не изменилось.

Игорь Сергеевич затрепетал в предвкушении.

«Готов к восприятию», — телепатировал он.

Сперва высветилась цифра 1. Она исчезла, уступив место схеме. На ней были изображены две «черные дыры» в соприкосновении. Послышался сопровождающий текст:

«Данный метод заключается в прямом контакте двух подобных блоков. Проникновение через защиту

378

возможно на крайне непродолжительное время и сопряжено с большими энергозатратами.

Не срабатывает при применении противником многослойной защиты, поскольку невозможно определить количество внутренних слоев».

Картинка сменилась. Теперь на ней были представлены две защиты в разрезе.

«Вариант второй.

Основан на применении высших мерностей пространства. Проникающий должен владеть мыслеформами четырех- и более высоких измерений».

На изображении плоский человечек, окруженный поглощающим кругом, выращивал трехмерный щуп. Эта энергетическая линия выходила из двумерной плоскости и проникала во второй круг.

«Недостатком данной системы является высокая энергоемкость и невозможность использования для энергетиков ниже девятого уровня. Время проникновения, так же как в предыдущем варианте, приближается к нулю».

Дарофеев покачал головой. Он считал, что находится на восьмом уровне.

«Третий вариант, — продолжал бестелесный голос. — Насильственное вскрытие защиты противника».

Целитель насторожился. Если этот метод не слишком сложен, он мог бы воспользоваться им. Остальные вызывали у Игоря Сергеевича какое-то смутное отвращение. А этот мог быть именно тем, что он искал.

«Для насильственного вскрытия «черной дыры» рекомендуется нейтрализовать искривление информационного пространства, ею вызываемого, с помощью «белой дыры». Под «белой дырой» подразумевается объект, способный источать приблизительно бесконечное количество энергии».

Дарофеев хмыкнул: «Как же поддерживать существование такой штуковины?»

В ответ появилась новая схема. На ней человечек протягивал канал передачи энергии к Солнцу. Этот луч проходил вне тела оператора и завершался в «черной дыре» противника, окружая ее сияющей сферой. Соприкосновение и... Враг остается беззащитным!

«Недостатки, — продолжалось поступление сведений. — Для контроля звездной энергии требуется подготовка, длящаяся около суток по земному времяисчислению. При разрушении защиты противника требуется немедленное прекращение подачи энергии. В противном случае противник может оказаться энергетически перенасыщен, и нападающий отяготится кармой сознательного убийства».

«Какая необходима подготовка?» — спросил целитель.

«Первый этап. Очистка. Вызов архетипа очищающего пламени. Длительность — от восьми часов и выше.

Второй этап. Предварительная настройка. Легкое погружение в стихию огня. Длится около четырех часов. При успешном выполнении повышается температура конечностей.

Третий этап. Полное погружение в стихию огня. Пламенем становится все тело. Продолжительность — два часа.

Четвертый этап. Отождествление со светилом. Стадия наиболее опасная. При ней тело может выделять лучистую энергию. По времени она должна занимать не более получаса.

Пятый. Постройка канала до Солнца. Две минуты.

Шестой. Продление луча до защиты противника. Минута.

Седьмой. Установка «белой дыры» и разрушение защитного блока. От пяти до восьми секунд.

После достижения желаемого результата постепенный, но быстрый выход из контакта со звездной энергией и огненной стихией».

Информация перестала поступать к Дарофееву, но он еще какое-то время сидел неподвижно. Наконец Игорь Сергеевич вспомнил, что надо делать.

«Спасибо», — помыслил он.

«Пожалуйста», — ответили ему.

Дарофеев вышел из медитационного состояния. Теперь он был полностью удовлетворен.

Усталости, как ни странно, не ощущалось, но спать уже хотелось. Зевнув, Игорь Сергеевич решил не терять времени зря. Представив себе бушующее пламя, занимающее все видимое пространство, целитель окружил себя огнем. Жаркие языки лизнули его тело, и начался процесс очистки.

Тело целителя горело слоями. Энергетическая грязь, встретившись с огненной стихией, медленно обугливалась и отпадала сморщенными чешуйками.

Поставив процесс самосожжения на подсознательный контроль, Дарофеев с ощущением выполненного долга погрузился в глубокий сон.

4

Игорь Сергеевич валялся в постели до десяти утра. Разбудил его телефонный звонок. Целитель долго слушал его трели, пока не сообразил, что Димы, хозяина квартиры, нет дома.

— Да, — ответил Пономарь, на всякий случай зажимая пальцами нос.

— Игорь, ты? — послышался голос Константина.

— Я.

— Не заболел? Что-то голос у тебя...

— Нет, все в порядке. Какие новости?

— Много новостей, и все странные.

— Рассказывай!

— Первое. Звонит мне Дроздов и просит тебе передать, чтоб ты не волновался. «Бумаги в ход не пойдут», — говорит. Ты понимаешь?

— Да. Это наш с ним маленький секрет.

— И второе. На мой адрес пришла видеокассета. Для тебя. Написано: «С приветом от Гнуса».

— Что?!

Глава 38

1

Пока милиция и спецназовцы штурмовали квартиру, в которой скрывались убийцы тантристов, в квартире на Можайском шоссе Света Дарофеева рылась в холодильнике.

Девушка привыкла, что там находится картонная коробка, полная ампул с наркотиками. Но сейчас хранилище оказалось пустым. На кухонном столе в изобилии валялись вскрытые и опорожненные ампулы. Наверняка здесь ночью похозяйничали Рома и Гриша.

Дрожа не от холода, а от внутренней потребности организма в морфине, она вернулась в комнату. Там, развалившись на кровати, храпели два боевика. Они спали без одеяла, которое, скомканное, валялось на полу. Света впервые смогла разглядеть их органы насилия.

Гениталии наркоманов поражали своими размерами. Но мало того, на них виднелись татуировки! Один изобразил себе булаву во весь член, у другого на головке виднелось какое-то насекомое типа шершня. Девушку передернуло от такого зрелища.

Вернувшись на кухню, Света осмотрела пустые ампулы. Да! В каждой из них на донышке или на стенках были маленькие участки, покрытые сеточкой мелких игольчатых кристаллов. Остатки морфия!

Заяц знала, что надо делать. Набрав в шприц пару миллилитров воды, она залила ее в одну из ампул. Втянула жидкость обратно в шприц.

Проделав эту операцию раз двадцать, девушка решила, что пора уколоться. Но в смывках было слишком мало наркотика, и он лишь усугубил желания Светы.

Бесцельно побродив по комнате, девушка выглянула в окно, посидела в кресле и наконец решилась.

Подойдя к запертой двери, за которой находилась комната «дяди Володи», она тихонько постучала.

Ответа не было. Заяц подождала немного и понуро отправилась обратно.

Когда она подходила к кровати, ее икру внезапно свела судорога. Чуть не плача от боли, Света допрыгала на одной ноге до кресла и повалилась на мягкие подушки.

Через пару минут мышцу отпустило. Едва девушка облегченно вздохнула, заломило сразу всю спину. С каждым мгновением девушке становилось все хуже. Каждое движение отдавалось острой болью в суставах, словно туда насыпали крупный песок и теперь он царапал суставные поверхности, мешая их плавному скольжению.

В мышцах лопались тонкие металлические нити-пружинки. Их режущие концы царапали тело изнутри, и не было возможности избавиться от них, кроме одного-единственного способа — принять порцию морфия.

Свету ломало. Она пыталась принять такое положение, при котором боль бы ослабела. Но любая позиция доставляла облегчение лишь на краткий миг, и снова ее мышцы скручивало и рвало на части.

В момент, когда, казалось, не было больше сил терпеть эту муку, в комнату вошел Гнус. У него в руках Света увидела два шприца, наполненных прозрачной жидкостью.

«Но почему два? — подумала девушка. — Мне же будет много...»

Но наркотик предназначался не ей. «Дядя Володя» растолкал спящих и вручил им по утренней дозе.

Пока наркоманы ублажали себя, маг подошел к девушке и заглянул ей в глаза. Она смогла задержать свой взгляд на нем лишь на пару секунд. Тело скрючилось, и голова, описав непредсказуемую траекторию, уперлась подбородком в левое плечо.

— Тебе плохо? — участливо поинтересовался Гнус.

— Эк деваху ломает! — заржал Рома. Или это был Гриша?

— Подожди немного. Скоро я тебе помогу.

Это «скоро» растянулось для Светы в вечность, хотя на самом деле прошло не более получаса. За это время бандиты позавтракали, а «дядя Володя» принес из своей комнаты массивную видеокамеру на трех ногах.

Девушке было все равно, что творится вокруг. Все ее тело жаждало одного: морфия... Морфия! МОРФИЯ!!!

Настроив камеру, Гнус сходил еще за одним шприцем. Появившись, он закричал:

— Ребятки, начинаем снимать!

Рома и Гриша затушили сигареты и подошли к магу.

— Чего делать?

— Картина первая: наполнение баяна.

Разложив на журнальном столике ампулы и шприц так, чтобы были видны все надписи, Гнус приказал:

— Рома, вскрывай скляхи и выбирай. Только мордой в объектив не лезь.

Бандит профессионально исполнил задание. Он наполнил шприц морфином и замер, ожидая следующего приказа.

— Света, теперь снимаем тебя. Поерзай, покажи, как тебе плохо.

Девушка не обращала внимания на слова Гнуса. Ее внимание было приковано к вожделенному раствору. От близости желаемого она действительно выгнулась всем телом. По нему прошла волна дрожи.

— Молодец. Хорошо. Теперь сцена укола. Гриша, твоя очередь. Только попади ей в вену с первого раза. Лишние дубли нам не нужны.

Оставаясь спиной к камере, наркобоевик взял шприц у напарника и приблизился к девушке. Он бесцеремонно выгнул ей руку в локте, перетянул бицепс ремнем. Света застонала от боли.

Точное движение — и игла проткнула кожу. Поршень шприца неумолимо идет вниз, и морфий разносится током крови по страдающему телу девушки. На лице Дарофеевой гримаса нечеловеческой муки плавно перетекает в выражение такого же нечеловеческого восторга. Боль испаряется, и обнаженное тело девушки расслабляется.

— Хорошо. — Гнус выключил камеру. — Снимаем следующую сцену. Сексуальную. Участвуют Света и Гриша. Внимание! Мотор!

Наркоман подхватил легкое тело девушки и понес на кровать. Грубо швырнув ее на матрас, он снял брюки.

— Стоп! — сказал маг. — Сейчас я буду снимать сбоку. — Он передвинул треногу с камерой, пощелкал кнопками. — Начали!

И бандит со всей дури прыгнул на Свету. Она вскрикнула, но сексуальный агрессор уже делал свое дело.

Гнус водил объективом от головы до бедер девушки, снимая то искаженное мукой или блаженством лицо Светы, то ее ноги, обнимающие насильника.

Наркоман двигался ритмично и размеренно. Он похотливо рычал и мял своими гигантскими ладонями грудь девушки.

— Теперь вдвоем! — прозвучал очередной приказ Гнуса.

Рома с видимым удовольствием присоединился. Свете очередной раз пришлось пережить пытку группового насилия. Одурманенная сверхдозой наркотика, она безвольно подчинялась рукам бандитов. Ее поднимали в воздух, изгибали дугой, выкручивали ей руки и ноги.

Бандитов не смущал направленный на них объектив камеры, документирующий каждое их движение. Они не раз принимали участие в таких съемках. Пленка подобного содержания могла заставить любого чиновника выполнять волю Рыбака. Особенно если таким образом насиловали его жену или дочь.

Не в силах сопротивляться, девушка лишь тихо постанывала. И это еще сильнее распаляло наркоманов.

— Достаточно, — сказал Гнус.

Гриша и Рома замерли и посмотрели на хозяина, ожидая дальнейших распоряжений.

— Привяжите ее к спинке кровати.

Немного отдышавшись, Света поняла, что с ней происходит. Она же сама дала согласие на то, что Дарофееву подкинут пленку, на которой записано, как ее насилуют. Девушка даже согласилась на симуляцию собственной смерти.

— Я загримирую тебя под труп. Раны, кровь — все это делается элементарно. Пусть Дарофеев думает, что тебя убили... — убеждал Зайца «дядя Володя». А Света радостно кивала, удивляясь столь изощренной форме мести.

Теперь же, наблюдая сквозь полуприкрытые веки, как ее лодыжки и щиколотки обхватывают веревочные петли, девушка не волновалась. Ведь это всего лишь игра.

— Снято. — «Дядя Володя» пританцовывал около камеры. — Теперь каждый берет по скальпелю.

Эти слова испугали Свету-Зайца. Она раскрыла глаза и увидела приближавшихся к ней бандитов с блестящими острыми ножами.

«Может, это для достоверности? — думала девушка, но тревога не уходила, а становилась еще сильнее. — Зачем дяде Володе меня убивать?..»

На видеокамере загорелся красный глазок.

— Начали!

И один из наркоманов лег на Свету. Началась очередная сексуальная сцена.

Не прекращая своих ритмичных движений, бандит приподнялся над девушкой на одной руке. Дарофеева почувствовала холодное прикосновение между грудей. Это было не больно. Сталь скользнула сверху вниз, и девушка посмотрела на свой живот.

На нем отчетливо виднелась тоненькая алая линия. Вдруг она как бы вспухла, и из нее покатились первые капли крови. Это зрелище привело Свету в такой ужас, что она не шелохнулась, когда наркоман сделал следующий надрез. Лишь после этого она закричала.

— Хорошо, — удовлетворенно бормотал Гнус, стараясь удержать в поле зрения видоискателя мечущуюся из стороны в сторону голову девушки.

Бандит занес скальпель и приставил его к соску Светы. Она дернулась, и лезвие глубоко вонзилось в ее плоть. Крик, последовавший за этим, мог вызвать жалость даже у камня. Но наркоман лишь усмехнулся и промычал сквозь зубы:

— Не вихляйся, дольше проживешь... — И опять провел лезвием вдоль тела Дарофеевой.

Хотя морфий и притуплял физическую боль, он не мог полностью нейтрализовать страх девушки. Она, несмотря на предупреждение бандита, кричала и вырывалась.

— Заткните ей рот, — холодно приказал Гнус.

— «Дядя Володя»! Они же меня режут. По-настоящему! — Света рыдала, пытаясь воззвать к своему благодетелю. — Вы же говорили, что все будет не по-настоящему!

— А ты и поверила, глупенькая... — ласково улыбнулся маг. — Жизнь — это тебе не детская сказочка.

— Помогите! — истошно завопила девушка, но Рома накинул ей на рот тряпку и завязал тугой узел вокруг шеи. Теперь Света могла лишь мычать.

Наркоманы располосовали тело девушки с головы до пят. Они вывозились в Светиной крови, ни на секунду не прекращая сексуальных притязаний. Гнус заботился лишь о том, чтобы выбрать наиболее эффектный ракурс съемки. Он когда подгонял, когда приостанавливал садистов-наркоманов.

Вскоре, посмотрев на счетчик ленты, маг заявил:

— Ребята, пора закругляться.

Озверевшие боевики тут же начали резать гораздо глубже. Света, потерявшая было сознание, вновь пришла в себя. Каждая новая рана сопровождалась лишь приглушенным стоном. Сил кричать у девушки больше не было. Сознание то уходило, то возвращалось. До тех пор, пока не исчезло навсегда.

Наркоманы потрошили труп, пока не кончилась кассета.

— Молодцы, — похвалил их Гнус. — А теперь награда...

И маг вытащил из кармана пару шприцев. Рома и Гриша схватили наркотик и немедленно укололись. Однако действие раствора на их организмы оказалось не тем, что они ожидали. Боевики разом упали на пол и забились в конвульсиях. Не прошло и минуты, как они были мертвы.

Гнус устало улыбнулся. Он достал из видеокамеры кассету, положил ее в коробку. Подумав немного, маг взял ручку и написал сопроводительную записку.

2

Наступил вечер. Оставив видеокассету в почтовом ящике Дарофеева, Гнус вернулся в квартиру, где его ждали три бездыханных тела.

«Если я все правильно рассчитал, — думал маг, — завтра будет последний день жизни Дарофеева. Или моей...»

Брезгливо обойдя трупы насильников, он прошел в свою комнату и скорее по привычке, нежели из-за необходимости, запер за собой дверь. Предстояло узнать последние мировые новости.

Погружение в медитационное состояние сегодня далось Гнусу с некоторым трудом. Сконцентрироваться первое время не удавалось. То ли мешали духи убитых, то ли была другая причина, но магу пришлось напрячься, чтобы отделиться от тела и выйти сознанием в тонкий мир.

Первым делом он проверил, как Сивый исполнил его рекомендации. Наблюдая сцену псевдопокушения, Гнус удовлетворенно кивал. Но настораживало то, что защита Пономаря раз от раза становилась все сильнее. Чернушник вспомнил, как ему практически без труда удалось проникнуть на дачу Ивана Алексеевича. Охрана состояла всего из пяти бодрствующих боевиков. Усыпить их по очереди для мага уровня Гнуса было проще простого.

А как испугался Сивый, увидев в своей спальне незнакомого человека!

Вернувшись в настоящее, черный маг настроился на Рыбака. Тот обнаружился перед человеком в милицейской форме. Шел допрос.

«Резв стал Пономарь... Резв. Но недостаточно...»

Решив, что все прочее ему неинтересно, Гнус отключил свое сознание и погрузился в сон.

3

Внезапно маг пробудился. Его сторожевые структуры сообщали о присутствии врага.

«Странно, — Гнус недоумевал. — Раньше они меня бы не потревожили. Справились бы сами...»

Он начал озираться в астральном пространстве. Энергетические роботы среагировали на появление «черной дыры».

«Не иначе как Пономарь ко мне пожаловал...»

Гнуса настолько возмутило ночное вторжение, что он применил один из самых сильных приемов нападения. Суть его заключалась в том, чтобы окружить противника сплошной сферой из «черных дыр». Такая ловушка должна была высосать из незваного гостя огромное количество энергии. Однако визитер изменил сценарий поединка. Он не дал «черным дырам» Гнуса слиться в единую поверхность. Чернушник наблюдал, как защита Пономаря выпустила большее количество объектов, чем он сам. Фантомы Дарофеева вступили во взаимодействие с фантомами Гнуса. Они взаимоуничтожились, и маг обнаружил еще один такой объект, приближающийся прямо к нему.

«Это что, Пономарь пошел в лобовую атаку?»

Маг пару минут потратил на уничтожение добротно сделанного блока, пока не обнаружил, что под ним никого, кроме программы, нет.

«Ничего, сегодня мы выясним, чьи зубы крепче... Доживем до вечера, а там посмотрим...»

Глава 39

1

Дожидаясь Константина, целитель проверил свою готовность к переходу во вторую стадию подготовки. Все тело Игоря Сергеевича слегка жгло. Он чувствовал, что у него поднялась температура, но отрицательных эффектов это не вызывало. Напротив, Дарофеев ощущал себя бодрым и готовым к великим подвигам.

Просканировав себя, Пономарь не обнаружил никакой энергетической грязи. Подсознательный контроль процесса очистки работал безотказно. Казалось, стоит чуть оттолкнуться от пола, и Игорь Сергеевич взмоет под потолок. Теперь, когда сознание функционировало полностью, целитель продолжил подготовку к битве магов. Он волевым усилием увеличил интенсивность огненной стихии.

Это тут же вызвало еще большее повышение температуры. Для контроля Дарофеев поставил себе градусник. Через пять минут ртуть поднялась до отметки 37,8°.

«Мало... — огорчился Игорь Сергеевич. — Но время пока есть. Все надо делать постепенно...»

2

Приехавший Дарофеев-младший тут же сообщил:

— Звонили из прокуратуры. Там нас ждут для закрытия дела.

— Это хорошо, — нараспев сказал целитель. — Но сегодня я не могу. У меня важное дело. И для него может понадобиться помощь твоих друзей.

— Как странно ты говоришь... Словно в опере... — Костя осмотрел брата с ног до головы. — И глаза блестят...

— Это подготовка, — пел экстрасенс.

— Да от тебя жаром пышет! — встревожился Дарофеев-младший. — Все нормально? Ты не простыл?

— Это побочный эффект. Не обращай внимания... Где кассета?

Осмотрев подарок Гнуса и прочитав сделанную нарочито коряво надпись, Игорь Сергеевич вставил кассету в видеомагнитофон.

На экране появились огромные руки, вскрывающие ампулы с морфием. После этого появилось изображение Светы. Одежды на девушке не было никакой.

Пономарь привстал, вглядываясь в каждое движение дочери. Ей было плохо. Она извивалась в кресле и тихонечко стонала.

В следующем эпизоде те же гигантские руки делали Свете инъекцию. Лица мужика видно не было.

Константин поморщился:

— Омерзительно...

Но потом шли еще более отвратительные картины.

Младший Дарофеев не выдержал:

— Я не могу это смотреть!..

— Тогда обзвони друзей. Пусть к пяти они будут здесь.

— Как ты можешь петь при виде таких ужасов?! — возмущенно крикнул брат.

— Я должен знать, что они с ней сделали. Мне нужно накопить заряд священной ненависти...

— Ты с ума сошел! — Костя вышел и хлопнул дверью.

Игорь Сергеевич слышал, что он все же начал обзванивать друзей.

Все три часа документального фильма Пономарь не отрывался от экрана. Если бы целитель увидел эту пленку в другом состоянии, она бы несомненно повергла его в ужас. Жестокость, насилие, смерть, измывательства над трупом дочери должны были вызывать отчаяние у отца.

Но сейчас все было не так. Погружавшийся в стихию пламени, Игорь Сергеевич не мог испытывать обычные человеческие эмоции. Дарофеев горел, и фильм лишь усилил жар внутреннего огня. Дыхание стало глубоким, и Игорь Сергеевич с трудом сдерживал нетерпение, чтобы не начать раньше срока атаку на Гнуса.

Начали приходить друзья Константина. Первым появился Дима номер два. Дарофеев пожал ему руку, но тот отдернул ладонь:

— Так и сжечь можно...

— Игорь, — обратился к целителю Константин, — ты скажи, чего делать?

— Погоди. — У Пономаря внезапно прорезался глубокий рокочущий бас. — Через пару часов я это узнаю.

Голос Игоря Сергеевича гудел так, что вибрировали окна.

— Что это с ним? — шепотом спросил Дима.

— Не знаю. Готовится к чему-то... — пожал плечами Константин.

А у Дарофеева наступала следующая фаза подготовки. Время бежало незаметно, скучать было некогда.

Когда пришел момент отождествляться с Солнцем, Игорь Сергеевич обнаружил, что небо покрывают низкие дождевые тучи. Но такая погода не была препятствием для целителя. Еще будучи начинающим экстрасенсом, он умел разгонять облака. Это требовало времени, но сейчас все шло как по маслу. Мысленным ножом Дарофеев рассек грозовой фронт. Через несколько минут небо прояснилось.

Солнце стояло уже низко, но в пределах видимости. Прикоснувшись к нему, целитель стал впитывать солнечную энергетику. Приближался решающий момент.

Внутренний жар усиливался, Игорь Сергеевич буквально полыхал, его лицо начало светиться настоящим, физически видимым светом.

Вскоре интуиция сказала ему: «Пора!»

И Дарофеев начал создавать «белую дыру».

Кокон Гнуса нашелся без труда. Окружив его своей, излучающей гигантские потоки энергии сферой, Игорь Сергеевич начал штурм.

Его враг не был готов к такому повороту событий. Он резко усилил поглощающую способность своего блока, но было поздно.

Энергия Солнца переполнила самодельную «черную дыру». Оболочка взорвалась и распалась. Брызги маленьких «черных дырочек» также были сметены мощным потоком энергии.

Гнус попытался загородиться новым слоем, но Дарофеев без труда сломал эти хлипкие преграды. Враг захлебнулся в энергетическом потоке, и Игорь Сергеевич с изумлением узнал его. Определить местонахождение этого человека не составило труда.

Выбежав к ожидавшим его ребятам, целитель вскричал:

— По машинам!..

И первым бросился вниз по лестнице.

4

Дверь пришлось ломать. Ворвавшимся в квартиру ударил в ноздри трупный запах. Гнус не удосужился убрать тела девушки и боевиков. Теперь они предстали перед Игорем Сергеевичем, Костей и его шестью друзьями.

— Вот сволочь, — злобно прошептал кто-то.

— Туда, — показал целитель рукой. — Туда. Он там.

И эту дверь пришлось вскрывать силой. В комнате на полу лицом вниз лежал человек.

— Дышит... Живой...

Дима и Вова подошли к лежавшему и перевернули.

— Но это же... Разин... — пробормотал Константин. — Значит, это он все устроил?..

— Да, — вздохнул Игорь Сергеевич.

Гнус открыл глаза:

— А, Пономарь с дружками... Заявился... Добро пожаловать...

Голос Виктора Анатольевича раздавался словно издалека. Он был слабый, тихий, но от его безжалостной интонации все невольно отступили на шаг.

— Виктор, зачем? — Дарофеев нагнулся над Разиным.

Тот сверкнул глазами и попытался приподняться на локте.

— Хочешь в объяснялки поиграть? Изволь...

Маг закрыл глаза и расслабился. Вдруг Игорь Сергеевич почувствовал, что Разин начал биоэнергетическое воздействие. Обернувшись, целитель увидел, что его брат и ребята начали приближаться к ним. Их глаза засветились злобой.

Дарофеев отреагировал моментально. Окружив бывшего друга и учителя «черной дырой», он прервал гипнотический сеанс.

— Вырос... — отреагировал Разин. — Крепко вырос... Поздравляю...

— Говори! — гневно приказал Дарофеев.

— Ты мне страшные рожи не корчи. Не испугаешь. Я тебя, Пономарь, как облупленного знаю. Кто ты такой и что можешь...

— Не тяни резину. Говори!

— Пожалуйста. — Виктор Анатольевич поднялся и проковылял к стулу. Усевшись, он продолжил: — Я расскажу тебе два варианта. Выбирай.

Жил был Игорек Дарофеев. И до боли в печенках хотелось ему стать экстрасенсом.

Нашел он однажды себе учителя всему этому делу. Некоего Разина. Нахватался он методов, сведений всяких забавных, ну и решил, что теперь он сам себе голова.

А разиня Разин ему доверял, все тайны выкладывал. А Игоряша записывал за учителем слово в слово.

Но кроме Дарофеева была у Разина еще группа учеников. Какие талантливые, какие не очень. И среди самых уникальных была девушка Лизочка Смирнова.

А Разин был тогда холостым... И мечтал он обучить Лизу всему, сделать из нее настоящую женщину-мага и жениться на ней...

— Я... — попытался вставить слово Дарофеев.

— Подожди! Но наш Игорек тоже влюбился в Лизу. И, не понимая того, что семейная жизнь может погубить незрелую девушку, соблазнил ее. Да, он тоже хотел учить ее биоэнергетике. Но не смог. Не сумел.

А чтобы зарабатывать побольше, связался с мафией... А чтобы прославиться, написал несколько книжек. И использовал в них все то, что узнал от своего благодетеля. А благодетель оказался не святым. Много лет он копил злобу на бывшего ученичка, помогал ему. А сам готовил страшную месть.

Месть такую, чтоб у Игорька кровь замерзла от ужаса. Чтоб был он раздавлен и растоптан. Чтоб пошли прахом все его достижения. Чтоб сотни раз он пожалел о своем предательстве. И однажды момент настал.

Разин наслаждался беспомощностью Игорька. Разин по крупицам отнимал у него все, что тот скопил за свою жизнь. Жену, общественное положение, дочь. Он заставлял Игоряшу жить в постоянном страхе. И под конец, когда будет пройдена последняя ступень падения, он планировал медленно убить обоих братьев на глазах друг у друга. Или заставить их самих сделать это. И лишь перед самой смертью вернуть им сознание и память о происходящем.

Но у него не получилось...

Игорек закалился и смог уничтожить учителя...

— Это правда? — гневно спросил Дарофев.

— Не знаю... — Виктор Анатольевич попытался улыбнуться. — А теперь слушай второй вариант.

Начало все то же. Разин и Игорек. Любовь и предательство. Но окончание истории совсем не такое печальное...

Учитель простил ученика. Трогательно, не правда ли? Даже после ухода Игорька Разин продолжал его любить. Он пристально следил за его продвижением и радовался успехам бывшего ученика. Но вскоре стали заметны страшные вещи. Игорек стал больше думать о деньгах, чем о совершенстве.

Он повышал ставки за прием. Стал выбирать пациентов побогаче. Опять же стал оказывать платные услуги мафии. Это крайне огорчало Разина. Крайне огорчало... Он ведь все еще считал себя ответственным за судьбу Игорька.

А судьба катилась под уклон. И Разину стало жалко ученика. Он решил исправить положение. Годы ушли на подготовку плана, который бы заставил Игоря проснуться от спячки. Вынудил бы его продолжить движение вперед и вверх. Показал бы этому дурачку, что те представления, за которые он цепляется, не более чем иллюзия. А потенциал у Игорька был огромен.

Все дальнейшее известно.

Разин, учитель, испортил свою карму, чтобы помочь своему ученику! Можно ли вообразить жертву грандиознее?

Замолчав, Виктор Анатольевич грустно посмотрел на Дарофеева. Игорь Сергеевич покачал головой:

— И что же из этих историй истина?

— Не знаю. Решай сам. Мне уже все равно.

Целитель отвел взгляд от Разина, и тот в эту же секунду прыгнул. В его руке, как по волшебству, появился пистолет. Гнус обхватил Пономаря за шею и приставил дуло к виску:

— Все, тебе конец!

Произошло это так быстро, что ни один из семи зрителей не успел среагировать. Но внезапно Виктор Анатольевич отпустил Дарофеева. Взвыв, он смотрел на свою обожженную о горло целителя руку.

Отскочив к окну, Разин прислонился к стеклу, обеими руками держа оружие:

— Кто подойдет — пристрелю.

Произнося это, он не переставал целиться в Игоря Сергеевича.

Стоя ни жив ни мертв, Дарофеев вдруг понял, что у него произошло спонтанное отделение сознания от тела. Ему стали видны все энергетические потоки, исходящие от Виктора Анатольевича. Сконцентрировавшись на лучах, проходящих сквозь руки Разина, Пономарь начал что есть сил их скручивать.

Закричав, Гнус попытался освободиться от энергетической хватки. Со стороны битва производила крайне странное впечатление: двое людей пытаются выкрутить друг другу руки, не прикасаясь к противнику.

Дарофеев вышел победителем. Ему удалось завести руку, держащую пистолет, за спину врага.

— Давайте хватайте его! — крикнул Игорь Сергеевич безмолвно стоявшим Константину и его друзьям. — Пока я могу его удерживать!

Ребята бросились к магу, но тот опередил их. Разин прыгнул спиной вперед.

От удара стекло вылетело. Виктор Анатольевич, хохоча, пролетел над подоконником. Несколько секунд слышались раскаты его смеха, потом глухой удар. Все стихло.

Первым подбежав к разбитому окну, Игорь Сергеевич посмотрел вниз. На мокром асфальте лежало распластанное тело Разина.

— Вот и все, — вслух подумал Дарофеев. — Вот и все...

Он отошел от оконного проема и сел на кровать.

— Позвоните в милицию, — попросил кого-то Костя. Он присел рядом с братом. — Это правда, что он рассказывал?

— Не знаю... — отмахнулся Игорь Сергеевич.

— Я про твои связи с мафией.

— Это — да...

— Ну знаешь ли!.. — Костя занес кулак для удара, но передумал. — Я-то думал, ты честный человек, а ты — мразь.

И Константин Сергеевич плюнул, пытаясь попасть в старшего брата. Целитель без видимых усилий остановил полет слюны, направленной ему в лицо.

Капля жидкости повисела перед носом Пономаря и медленно исчезла за окном.

— Последний удар Гнуса... — не поднимая глаз, пробормотал Игорь Сергеевич. — Или подарок...

Подошел Дима, у которого последний день скрывался Дарофеев. У него на ладони лежал пистолет, который выронил Разин.

— Смотри. Все патроны холостые...

Потом появился наряд милиции во главе со старшим лейтенантом. Он о чем-то спрашивал Игоря Сергеевича, тряс его за плечо. Целитель не реагировал.

Неведомо откуда приехал Дроздов. Петр Никитович заглядывал Дарофееву в глаза, трогал за руку. Все это уже не волновало целителя.

Даже в машине, зажатый между двумя дюжими милиционерами, Игорь Сергеевич продолжал думать и никак не мог понять:

«Неужели Разин пошел на такое ради меня?..»

КОНЕЦ

Литературно-художественное издание

Воробьев Кирилл Борисович

ОБОРОТЕНЬ

Редактор *Г.С. Лапшина*
Художественный редактор *А.М. Титова*
Технический редактор *К.И. Заботина*
Корректоры *Л.М. Агафонова, Е.В. Туманова*
Компьютерная верстка текста *А.А. Павлова*

Лицензия ИД № 02795 от 11.09.2000 г.

Подписано в печать 5.10.2000. Формат 84х108$^1/_{32}$.
Печать офсетная. Гарнитура Литературная. Усл. печ. л. 21,0
Тираж 10 000 экз. Заказ № 3680.

ООО «Издательский дом «ОНИКС 21 век»
107066, Москва, ул. Доброслободская, 5а
Отдел реализации: тел. (095) 310-75-25, 150-52-11
Internet: www.onyx.ru, e-mail: mail@onyx.ru

Отпечатано в полном соответствии
с качеством предоставленных диапозитивов в ГИПП «Вятка»
610033, г. Киров, ул. Московская, 122